中国少数民族文学发展工程
Chinese Ethnic Minority Literature Development Project

中国少数民族文学发展工程 · 翻译出版扶持专项（民译汉）

平凡的人生

（藏族）才加／著
（藏族）赵有年／译

作家出版社

目录

平凡的人生

一

那个秋风瑟瑟的秋末，他从大学毕业回来后，就被分配到一个叫谷芒的牧区学校里当老师去了。

走到学校门口，他才把背在背上的行李放到了地上，从口袋里取出一块崭新的手帕，边揩拭额头上的汗珠，边端详起那所牧区小学的环境来。这所学校并不大。校园里整齐地排列着四排不算太长的校舍，校舍的左右两边有两片较大的空地，想必就是这所学校的操场了。但是那两片空地上除了矗立着一个铁杆子之外，不见任何的体育器材，况且那两片空地的地势也没有推修平整，为此，又很难断定究竟是不是学校的操场了。此时此刻，偌大的校园里见不到一个师生的影子不说，排列在他面前的校舍里也听不到学生们琅琅的读书声。于是，他在校园门口呆立了片刻后，心里暗忖道：难道我的意识出现了错觉吗？一阵后，他确定这是事实，而自己的意识没有发生什么错觉，他确定这所学校里此时的确没有一个人之后，就兀自跨进校园的大门，缓缓向横排在他前面的那一排校舍走了过去。

那一排排房屋都是土木结构的马脊梁瓦房，大多数房舍墙面上的白石灰一片一片地剥落掉后，墙皮下垒起的土块都显露了出来。房屋的木窗棂里基本没有玻璃，都用一些硬纸贴着来挡风遮雨，为此一阵大风吹过后，从木头窗棂上传来一阵风吹动硬纸的啪啪声来。他揭开一个没有玻璃却贴着硬纸的窗棂的一角往里望去时，发现那个面积不算大的教室里一共排着四排课桌，每排都安置着十张课桌。于是，他心中暗想道：这个教室里的学生还不少哩！

而后，他拍打着那排房子的每一扇房门，可无济于事，那排瓦房的每间房子里都宁无声息，空无一人，空荡荡的房间里只传来一阵阵回声，却见不到一个人的影子。然后，他漫无目的地在校园里走了一圈，还是没有看见一个人的影子。接下来，他又无奈地经过那扇铁大门走出了空荡荡的校园，又沿着校园的围墙走了一大圈后，就径直爬上了校园背后的那座小山丘，站在山顶上俯瞰起学校来。从山丘上鸟瞰校园时，仿佛人的手掌上放了一颗山楂一般，不但能清晰地看到校园的整个布局，而且还看到离校园较远的公社政府的那一排排马脊梁瓦房，还能一目了然地看到辽阔无边的草原上广袤无垠的油菜地。此刻，油菜地里的油菜已经收割掉了，广袤无际的油菜地里只矗立着参差不齐的油菜秸秆。为此，他的心中顿时产生了"这里应该叫辽阔的草原呢，还是叫辽阔的耕地呢"的疑问来。

以前，他在读小学的时候，从小学的课本里读过一篇题目叫做《金银滩上开满着灿烂的民族团结之花》的课文。那篇课文里所描述的草原上有牧草，有鲜花，而且还有许许多多的牛群和羊群，描述的是一片广阔无垠而又秀丽妩媚的大草原，为此，至今他还对那篇课文里所描述的景象记忆犹深。可是，今天呈现在他眼前的这片草原上既没有牧草，也没有鲜花和牛羊群，而且显得如此的荒芜和寂静。为此，对之前一直在农庄和城市里生活，从来没有见过草原景色的他来说，突然看到眼前的荒凉景象，内心不禁生出了巨大的失落感来。

过了一阵后，他发现从公社的方向走来了一个黑黝黝的人影，不久那人就走到了学校门口。那人看到他站在山丘上之后，就爬上山丘径直向他走了过来。他发现那人向他走了过来之后，也站起身来向那人迎了过去。

"你是拉玛老师吗？"

“嗯，是的，我是拉玛，是新分到这所学校里来的老师。您是哪位啊？”

“校长派我前来迎接你的。我从早晨开始一直在公社里等你，可是，到目前公社里没开来一辆拖拉机或卡车等，你是怎么来到这里的呢？”

“我徒步行走而来的。”

“徒步？”

“是啊，我今天早晨从县城徒步走到这里来的。”

“你走得多快啊？从县城到这里可有很长一段路程呢。”

“我今天早晨天没亮就开始动身上路了。”

“即便这样，你还是走得够快的了。”

“学校里怎么连一个老师或学生都没有……”

“哦，你可能还不知道这里的情况吧，这所学校的全体师生都去修建美丽滩水渠去了。”

“美丽……美丽滩水渠……”他好像在哪里听说过这个名字，可他一时没有想起来究竟是在哪里听到这个名字的。

“自从修建美丽滩水渠工程动工之后，谷芒乡乡政府决定让政府的干部和学校里的师生们停止两个月的工作或教学，所有的干部和老师都必须去参加修建美丽滩水渠的劳动，甚至连学生也去参加修建美丽滩水渠的劳动了。”

“美丽滩水渠什么时候开始动工兴建的呢？”

“已经有几年了，加上今年已经有五个年头了。”

“美丽滩水渠，哦，我记起来了，我以前在报纸上看到过有关修建美丽滩水渠的消息。”

“是啊，这件事多次在报纸和广播等新闻媒体中报道过。”

“那么谷芒学校的师生们什么时候才返回学校来呢？”

“一个月以后？”

“啊……”

“哦呀，不到一个月老师和学生们都回不了学校的，为此，离这学期开学还有一个月的时间呢，所以校长专门派我来向你传达这一消息的。”

“这么说，这个学校一个月之内开不了学是吗？”

“是的，校长说，你可以国庆节以后再回学校来。”

“确实，这样说来离开学还有一个月的时间呢……”那人说出的那句话，顿时浇灭了拉玛内心深处对教学的那片火一样炽烈的热情，他脸上的神色也顿时变成苍白色了。

“那么一个月之后修建美丽滩水渠的劳动就能结束吗？”拉玛继续问那个人。

“哪里能结束啊！只是一个月之后就进入了冬季，谷芒草原上的大地都封冻，干不了工程，大家只好停工休息了。等到第二年开春冰雪消融了之后又要继续劳动下去了。”

“是啊。哦，大叔我忘记问您的贵姓了。您也是这所学校的老师吗？”

“不不不，我这辈子没上过学，大字不识一个，怎么能当上学校的教师呢？我是这个学校里的一名炊事员。我的名字叫党才让，大家都叫我党才呢。”

“……”

“你怎么了？莫非身体哪里不舒服吗？”

“不不不，嗯……”

“我们走吧？”

“去哪儿呢？”

“今天晚上我俩去公社的招待室休息了，明天你可以回家去，等到十月三日返回学校来就可以了。”

于是他和党才大叔下了像是学校的靠山般的山丘后，径直向公社走去。一路上党才大叔好像给他说了许多话，可他是没听到党才大叔和他说话呢，还是根本就不想和他搭话了呢？总之一直到公社院子之前他没开口跟党才大叔说过一句话。

“拉玛老师，这是你今晚要休息的寝室了。”来到公社大院后，党才大叔对他说。

“好的。”

“不久炊事员就会敲响开饭的钟声的，你到时候准时来公社的食堂里吃饭，公社的食堂就在那边。”

“好的。”

党才大叔离开后，他就躺在床上休息起来。此时，他心中之前还熊熊燃烧着的那个立刻走上讲台给学生上他人生中的第一课的希望之火完全被熄灭了。与此同时，不知是从哪里来的困顿感向他袭来，他就懵懵懂懂地进入了梦乡，还蒙蒙眬眬地做起梦来……

“拉玛老师，开饭啦，难道你没听到炊事员已经敲响了开饭的钟声吗？”党才大叔边敲着门边给拉玛说。

“好的。”

“那里是买饭票的地方，我们先过去买饭票吧。”

“这是今年新分配到我们学校来的拉玛老师。”党才大叔把他带到管理员华丹大叔面前。

“欢迎你！”管理员华丹大叔对他欢迎道。

“他是我们公社的管理员华丹大叔。”

“您好！华丹大叔。”

“你要买多少天的饭票呢？”

“你只卖给他两顿饭的票就可以了。一张晚饭票和一张早餐票。”党才大叔抢先回答。

“好好好。”

从公社管理员华丹大叔那里买好了饭票之后，他和党才大叔走到宿舍对面的食堂门口，每人从窗户里递给炊事员一张饭票取了饭菜后，又回到寝室里去了。他已经一整天没吃一口饭，此刻，已经是饥肠辘辘了，于是他三下五除二吃完了两个馒头和一碗面片。等吃饱了肚子他才意识到自己口渴了，他找遍了整个房屋，就是没找到一件能盛水的暖瓶之类的器皿，也发现房间里很久没有生过火，炉子上连一把水壶都没有。此时此刻，他多么急切地渴望得到一口水喝啊！

一阵后，他和党才大叔收拾好了碗筷，他把碗筷放在炉灶上准备洗碗筷时，党才大叔对他说："拉玛老师，碗筷暂且放着我们明天再洗，现在我们到外面去散散步吧。"

于是，拉玛丢下那些狼藉的碗筷就跟着党才大叔走出了政府大门，来到了谷芒草原上。

这里顿时给他带来了一种视野开阔，心胸豁达，凉爽舒适的快感。他和党才大叔踩踏着满地矗立着秸秆的油菜地向前走去。谷芒草原是如此的宽广辽阔，一眼望不到边。可是人们的刻苦耐劳超越了那片旷阔无边的茫茫大草原，他们把辽阔的谷芒草原开垦成了眼前这片一眼望不到边的草原耕地，并且种上了一望无际的油菜。现在油菜都收割完了，满山遍野的油菜地里只留下了矗立着的参差不齐的油菜秸秆。

他俩行走在那片辽阔的草原耕地上时，他又记起了他小时候读过的那篇题目叫做《金银滩草原上盛开灿烂的民族团结花》的课文来了。于是他在心中又暗忖道："总之草原就是如此的辽阔无边。可人的心比草原更开阔，他们靠自己的双手把辽阔的大草原变成了广袤无垠的耕地，人的力量是多么的无法估量啊！"

"草原，确实辽阔无边啊！"拉玛老师开口说道。

"之前，你见过草原吗？"党才大叔问拉玛老师。

"见过，不过是在课本上见到的。在课本上所描述的那个草原和谷芒草原无法相比，那个草原到了夏季开满各种美丽的花朵，草原上漫山遍野都是马群、牛群和羊群，课文上描写的草原像个仙境一样秀美啊。"

"没把草原翻耕成耕地之前，这里也是个花儿的海洋，蜜蜂们的乐园啊！哦，你怎么知道这草原叫做谷芒草原的呢？"

"这地方不是叫谷芒吗？那么它自然就叫做谷芒草原了。"

“喔，我还以为你原先就知道这片草原的历史呢，原来你是通过推类法来推断出来的啊。”

“难道它不叫谷芒草原吗？”

“没错，以前就叫谷芒草原，现在已经不这样称呼了。”

“那么现在为什么要更换了名字呢？”

“也不是现在更换称呼的，更换谷芒草原称呼的时候你还是个天真无知的孩子呢，眼前这片一眼望不到边的草原的一半叫做金滩，还有……”

“啊！这里就叫金滩草原吗？”

“是啊，难道你听说过金滩草原的名字吗？”

“我以前上小学的时候学过一篇课文，它的题目就叫做《金银滩草原上盛开灿烂的民族团结之花》呢。”

“哦，金银滩草原指的就是这片草原，就是现在我俩站着的这片草原了。”

原来他此刻就站在小时候不知仰慕过多少次的金滩草原上了啊！那时候，金滩草原上牧草茂盛，鲜花灿烂，牛羊满坡，可是，现在……

“那么，银滩草原在哪里呢？”他立刻向党才大叔询问道。

“你吃得了苦的话，我们现在就可以去银滩草原上转一圈。”

他今天从县城徒步走到谷芒草原来的，此刻虽然觉得腿肚隐约有些疼痛，可是金银滩草原是他小时候起就梦寐以求的美丽大草原，他岂能这样轻易地放过这个机会呢？

他和党才大叔穿过那片立满秸秆的油菜地，继续向前走去。走在金滩草原上他心中不断地拿现在的草原和那篇《金银滩草原上盛开灿烂的民族团结之花》课文里所描述的草原反复地对比。可呈现在他眼前的金银滩草原上除了一眼望不到边的耕地之外，看不到他所渴求的那种牧草碧绿，鲜花盛开，牛羊遍地的美丽景象，使得他失望到了极点。

“对面的那片草原就是银滩草原了。”他和党才大叔来到一条深沟的岸边，党才大叔突然停止了脚步，指着对面的那片茫茫的大草原对他说。

横亘在他俩眼前的那条沟壑虽然很深邃，可两面的草滩呈现在同一个水平面上，乍一望去两片草原显得一样平坦。如果再倒退三四步而望去时，觉得两边的草滩仿佛就是连在一起的一片茫茫的大草滩，人们很难猜到两片草原中间还横亘着一条深不见底的大沟来呢。听说以前那条沟底里覆盖着茂密的森林，布满纵横的泉水，所以，古人们把那条沟取名为“谷芒沟（泉水头多）”。后来，一批“河南青年”来到这片草原后，不但把金滩草原开垦成了耕地，而且，还砍伐了沟底的森林而开垦成了菜地，种植了各种蔬菜。可是，没过多久谷芒沟里的泉水都相继干枯了。所以，上级政府为了把流淌在江琼河里的水引到草原上来，解决当地人畜饮水困难的问题，才号召群众动工修建起美丽滩水渠来。美丽滩水渠也叫三代水渠，这个命名是表示这里的牧民们就算花去三代人的代价也要把江琼河里的水引到草原上去的决心。那条沟的对岸就是茫茫的银滩草原了。银滩草原又如眼前这片金滩草原一样，到处是一眼望不到边的草原耕地，为此，他突然变得不想继续走到银滩草原去了。而且，听了谷芒沟的来历后，他觉得更加的口渴了起来……

二

一个月之后，拉玛老师又回到了谷芒学校。今天的校园跟一个月之前的情景完全不同了。校园里到处能看到师生们的身影。教室和学生宿舍，办公室以及周围环境都进行了一番大扫除，校园就有了一个学校的样子。在这所学校里，算上他总共有九名老师，老师们现在都已经到齐了，为此，扎西顿珠校长就召集全校的老师召开了这学期的第一期会议。会议中，老师们经过再三的协商后，把教四年级的语文课和二年级的数学课，以及全校的体育课的任务等安排给他来上了。学校这样安排教学的课程也是有原因的。在学校现有的教师中拉玛老师是最年轻的，所以就把上体育课的任务安排给了他；拉玛老师所学的专业是藏语言文学，就把教二年级的数学课安排给了他；拉玛老师他是这所学校唯一的一名大学生，他虽然没有教学经验，可他有着较高的文化知识水平，所以就把教四年级的语文课安排给了他。那样也就罢了，可在会上扎西顿珠校长还有所顾忌地对拉玛老师说："你能教得了四年级的语文课吗?"扎西顿珠校长的那句话深深刺伤了拉玛老师的自尊，于是拉玛老师真想用"连个小学四年级的课程都教不了，我到这里干吗来了呢?"这样的狠话来答复扎西顿珠校长，这时，目前学校里那个唯一能带得了小学四年级语文课程的卓杰老师当着大家的面说："对拉玛老师来说，上四年级的语文课暂时会有一点儿困难的，可只要拉玛老师他努力克服一阵后，他的教学水平就会好起来的，上小学四年级语文课对他来说不会有问题的。"卓杰老师还对着拉玛老师说："拉玛老师，如果以后在教学问题上有什么不懂的地方你就可以随时来找我，我会义无反顾地帮助你辅导一下的。"接下来，老师们就接连不断地说起话来，他们没给拉玛老师说话的机会。

"拉玛老师以后你会成为卓杰老师的助手的，这样一来就减轻卓杰老师肩上的负担了。"嘉阳老师说道。接着李茂老师、洛桑老师、昂庆老师都异口同声地对拉玛老师说，"是啊，拉玛老师你以后就要成为卓杰老师的助手了啊!"最后，扎西顿珠校长说了一句"从明天开始大家就开始正式上课吧"的话之后，就结束了会议的议程。

拉玛老师回到自己宿舍之后反复琢磨着扎西顿珠校长今天在会议上说过的话，心里仿佛被什么东西给堵住了似的，总觉得郁闷不解，他觉得自己在会议上没有说出"连个小学四年级的课程都教不了，我到这里干吗来了呢?"的话而感到懊悔不已。可是拉玛老师冷静地思考了一下后，觉得自己也太自不量力了，实际上拉玛老师他连小学四年级的课本都没有见到过是什么样子呢，为此，觉得他今天没说出那句话是非常正确的选择了。可他的心里又突然产生了“难道给学生们上课真的就有那么的困难吗?”的疑虑来。

今天是正式开学上课的第一天。晨练结束后,他又返回到自己的宿舍里,干干净净地洗漱了一下脸面,还穿了一套崭新的西服和一双新皮鞋,对照镜子反复梳理了一下他头发。等他打扮妥当时,就听到校园里响起了上课的铃声来。拉玛老师拿着昨天就准备好的备课本和书本,以及一盒粉笔,径直向四年级的教室里走去了。

“同学们早上好!”首先要给学生们问候一声,等学生们回敬说完“老师好!”之后,“然后……然后……就开始上课了。不……要得介绍自己……不……同学们……”

随着离教室越近,拉玛老师莫名紧张了起来,紧张得他的心跳都加速了,而后他心中的那个紧张感立刻转移到他的大腿上去了,腿肚子都微微地颤抖了起来。

拉玛老师忐忑不安地来到教室门口,站立片刻后,他鼓足勇气走进教室里去了。当他走到教室,跨上讲台,站在讲台上往下看去时,只觉得讲台下面有许多红彤彤的脸正望着他看。于是,紧张之余除了迷迷糊糊地看到了一片红彤彤的脸庞之外,他什么都没有看清楚。一时间,他把从昨天就准备好的走进教室后首先要说的话都忘得一干二净了。他究竟在讲台上站了多久,连他自己也说不上来了。随着传来了学生们齐声说出的“老师好!”的话后,他才如梦初醒地惊醒了过来,这时候学生们的吵闹声也提高了。当发觉学生们都在自己的座位上站立着后,他才及时给学生们说出了“同学们好,大家请坐下吧!”的话来。他刚说出那句话,那一张张红彤彤的脸都刷的一下低了下去,于是一双双黑溜溜的眼睛从底下紧盯着他看,仿佛在向他讨要什么。

“嗯……首先我向大家做一下自我介绍吧,我的名字叫拉玛……”

“……他叫拉玛……”这时候一些学生在底下叽咕起来了。

“我今年刚从青海民族大学毕业,今年……岁了。”

“我的家乡在绒庄(农庄)。在我的家乡没有草原,从小起我就特别喜欢大草原……”

“绒瓦（土方家）……”几个学生依旧在私底下议论着。

他边做着自我介绍，边朝着学生们看了一眼。做完了自我介绍，于是他马上翻开那个由他自己昨天就做好的教案，寻找起自己接下来要说的话去了。

“是啊，下面同学们也做个自我介绍吧，让我们师生们彼此之间熟悉一下，那么，就从第一排座位开始吧，你……”

“……”

“你……”

“……”

“你……”

“……”

整堂课下来，全班里连一个学生都没有开口说话。

这就是他人生中给学生上的第一堂课，也是他焦急地等待了很久后上讲台上的第一堂课。下课后回到办公室时，他整个人都疲倦得浑身软绵无力而又汗迹斑驳的了。他坐在自己的办公桌前又详细回忆了一下刚才在课堂上的情节后，自己也说不出在整节课上究竟给自己的学生们教了些什么内容。走进了教室后首先由他开口说“同学们好”了呢，还是先由学生们先对他说“老师好”之后，他才向学生们说“同学们好”呢？总之，给学生上课真就那么困难吗？

整堂课上他只听到了“老师好”“拉玛”“绒瓦”等话，以及……学生们都默不作声，只用黑溜溜的眼睛也斜着不说话的神色又出现在他眼前了。即使是这样，他的心中也充满着信心，认为教师的工作虽然有些繁忙，可经过一阵刻苦努力之后，自己一定会慢慢变得好起来的，他相信以后自己会上好每一堂课的。

“同学们好！”

“老师好！”

这是两周后在一堂课上出现的情节。他走上讲台后，又看到了好多张红彤彤稚嫩的脸庞和一双双清澈明亮的眼睛在凝望着他。

“这堂课上我们还是来做个自我介绍吧。自我介绍时大家只说一下自己的名字就行。呀，从第一排的这位同学这里开始吧。”他利用了两周的时间才知道同学们不爱说话的原因后，这样鼓励学生们说。

“我的名字叫旦多。”

“你叫什么名字呢？”

“我叫李多。”

“下一个。继续……”

“我叫俄多。”

“色多。”

“木多。”

“阿多。”

“呀，现在从第二排的第一个学生这里开始。”

“赛果。”

“才果。”

“李果。”

“三果。”

“多果。”

“中间的一排。”

“关贝。”

“斗贝。”

“才贝。”

“……”

“俄果。”

“俄果。”

“俄果。”

“你们的名字都叫俄果吗？”

“是的……”

“接下来……”

“尤特（犊牛）……”

听到这个同学的名字后，全班同学们都突然哄堂大笑了起来。他强忍了一阵后，也忍俊不禁地随着学生们的笑声大笑了起来。顿时，教室里充满了喧闹的大笑声。

“呀，好了好了，大家停止住笑声吧！”

同学们陆续停止了笑声后，教室里又变得安静了下来。同学们都用机灵的目光盯着拉玛老师在看。

拉玛老师手里拿着粉笔用楷体字把那天要上的课文的题目写在黑板上后，就开始给学生们上课了……

那是最令他开心的一节课。也是他有了六个“多”，五个“果”，三个“贝”，以及三个“俄果”和一个“尤特”的一堂课……

三

吃过午饭后他又来到办公室开始批改学生的作业，做备课，搜集整理参考资料等事情来。由于他对待教学工作非常认真，过了一个月之后，在那次月末的工作总结会上，扎西顿珠校长当着全校老师的面表扬了拉玛老师。在同事们长时间的鼓掌声中，拉玛老师的心中感到了莫大的欣慰，也得到了极大的鼓励。可是，在会议上扎西顿珠校长批评嘉阳老师说，嘉阳老师在这个月里喝醉过十五次，为此，嘉阳老师露出裂开豁口的前门牙，当着全校老师的面发誓并做出了以后要少喝酒，一定认真教学的保证。

拉玛老师和嘉阳老师是住在同一个寝室里的同事，因此，自从拉玛老师来到这所学校后接触最多、最亲密的人就是嘉阳老师了。嘉阳老师是他们学校的所有教职工中唯一没有上过学的老师，他是靠自学得到人民教师这份伟大而神圣的职业的。可是，后来发生的一件让嘉阳老师意想不到的事情影响到了他自学文化课的积极性，从而中断了他加强学习文化知识的兴趣，为此，现在他的教学水平有限，只能教二年级以下的学生了。嘉阳老师是个性格非常温和的人，特别是他是个虔诚的信教徒，他把因果报应看得比自己的眼睛还贵重，他对每个人都以诚相待，见到谁都会露出他口中豁了牙缝的牙齿，以笑脸相迎他见到的每一个人。为此，全校的师生都不叫他为嘉阳老师，而用阿坚老师（性格温和的意思）的敬词来称呼他。

每个夜晚，当拉玛老师挑灯看书的时候，阿坚老师就无事可干了，为此，阿坚老师首先对着拉玛老师不安地发誓道：“今晚一定会少喝一点点儿酒的。”可随着酒精遍布了阿坚老师的全身后，阿坚老师口中的玩笑话就会逐渐多起来的，不久阿坚老师就会对拉玛老师说道“拉玛老师，你放下书来，咱们两个人好好聊聊天吧！”这时候，拉玛老师也丢不下这个面子，收拾了他还在看着的那本书后，随声附和地跟阿坚老师聊起天来。

听阿坚老师说，他以前非常喜欢学习文化知识，而且还学得认真刻苦，也有浓厚的学习兴趣。可是，某天他上山放牧傍晚回到家时，发现他家的那些长短不一的经书都被堆积在他家帐篷后面的山丘上焚烧成灰烬了，没过几天教他拼读和皈依经的阿克（和尚）也被抓起来带到公社里去参加劳动改造了，从此就阻断了他学习读书的机会。他每每想起以前所发生过的事情时，心情就会变得烦躁不安起来，于是他就用酒来浇愁，渐渐他就非常依赖酒了，到最后他就变成现在的这个嗜酒如命的样子了。现在他已经是个五十多岁的人了，可他心中依然没有减退学习知识的渴求，可是现在酒精吞噬了他当年那超强的记忆力，那种继续读书的希求也就只能成为了兔子头上犄角的朋友了（藏族俗语，形容很罕见的意思）。

阿坚老师说，再过一年他就可以退休了，到时候他就要回到牧区的家里去生活了。听他的话音知道在他的心里充满着矛盾，他一方面非常急切地盼望着马上退休回到家里休息，另一方面他又怀有几分对教师岗位的留恋而叹息着。因为，他聊起退休后回到家里就可以享受和孩子或孙子们围坐在一起下棋等天伦之乐时，他的脸上不但会露出笑容，而且还毫无保留地露出他口中那口豁了缝隙的前门牙来；可谈起退休却象征着人的一生快要结束了的事来时，他又不禁长长地叹息起来。每每谈到这些话题，阿坚老师眼中充满留恋地说："时间过得真快啊！我觉得自己仿佛昨天刚参加工作一样啊！"

拉玛老师的班里有六个"多"，五个"果"，三个"贝"，以及三个"俄果"和一个"尤特"。研究那些学生的名字虽然是他课余要去做的一件无比重要的事，可他怎么不去思考这个问题呢？首先他从那六个"多"中思考起他们班里的那个旦多的实名来。最终他断定他们班里的那个旦多的实名是旦正多杰的简称后，就去向旦多求证，旦多并不知道自己的实名究竟叫什么。后来，某天旦多的家长来学校探望学生，拉玛老师就借机向旦多的家长询问起旦多的实名，旦多的家长居然说旦多的实名叫做旦正太。为此，拉玛老师得知一个旦多中囊括了草原上所有以"旦正"两字起头的孩子们的名字了，那么，那些李多、俄多、色多、木多，特别是那三个俄果，让人怎么去分辨这些昵称呢？

今天拉玛老师特意利用了一堂课的时间，给班里的同学们提出了要更正一下他们那些旦多、才果等不雅称呼的要求。特别是用如"尤特"这种不雅的谣名作为人的实名来称呼的话，是很不雅观的，他给自己的学生谈论着这些事，一堂课的时间就不知不觉间结束了。原因是以前在他们绒庄里也有一个起谣名为"尤特"的人，他把绒庄的那个有关"尤特"谣名来历的故事讲给自己的学生们听了之后，学生们哄堂大笑了起来。

绒庄的那个"尤特"的实名叫做多杰，村民们给多杰起这么一个谣名是因为那天绒庄邀请了周仓活佛来村里做茶供。周仓活佛来时，恰巧遇上了绒庄里每年举行的"六月十七"传统节日（每年农历六月十七日那天夜晚，村民们聚集在村庄的麦场上载歌载舞娱乐），为此，活佛的公主也到会场观看民歌比赛来了。会场虽然是个比赛民歌的场所，可也是村子里十五岁至二十岁之间的小青年们从心底里等待了已久的一个节日。在这一天，那些男女小青年们的身子虽然在会场里，可他们的心思却不在民歌比赛上，而在青年男女彼此的脸庞和身子上，男青年们不去听民歌比赛，却睁大眼睛在人群中寻找起自己喜欢的那个如花朵般美丽姑娘的面容来。

“找到一个如花儿般可意的姑娘后，男青年们会干些什么呢?”他问班里的学生们。听了他的问题后，三个俄果、才果和李果等女生们却害羞地低下头去了。

“首先由男青年们去拽一下那位姑娘的衣袖或者衣领，如果那位姑娘连头也不回地从她的肩上把你的手甩开，还从口中说出些不喜欢听的咒骂声来时，你马上就得悬崖勒马，适可而止了。相反，姑娘回过头来脸上还带着微笑，或者用媚眼看上你一眼，或者口中说‘你不害羞’的话来时，你就有希望了，就得马上要抓住姑娘的话茬发展下去。那么你们中间有会抓住姑娘话茬能继续调侃下去的人吗?”

“没有!”男同学们干脆地答话道，女同学们的头更低了下去。

“那时候你就得这样说了。嗯……嗯……”他清了清嗓子后说，“‘夜这么黑我的脸怎么会热红呢?’或者说，‘脸不贴在火上怎么会疼呢?’或者，天上有月亮的话，你就用在月光下显得羞怯的样子来勾引那女子的芳心了。可我们绒庄的那个多杰‘尤特’他没有那样做。他首先围着会场里的姑娘们右转了一圈，又围着姑娘们左转了一圈，详细寻找着如绽开的鲜花般的美丽姑娘们而去时，突然在人群中见到了一朵使他心花怒放的花朵——活佛的公主。于是他就不由分说地冲进了人群，猛地从后面抱起了她就跑出人群去了。早就防备着的公主发现自己被一个无耻之徒抱在怀里在奔跑时，就无比惊吓地用汉话大声喊起‘救命啊!’来。他们的举动引起了村民的注意，于是村民们围过来看着他们都哈哈大笑了起来，笑声笼罩了整个绒庄。从此，大家就称多杰为‘多杰尤特’了。”

同学们听完拉玛老师讲的笑话都看着“尤特”哄堂大笑了起来。

他也看着"尤特"问道："你的真名真的就叫'尤特'吗？"

"尤特"红着脸只是挠了挠头不说话。

"把谣名当作一个真名来称呼是这地方的一件陋习啊！你小时候的名字叫什么呢？"他来到"尤特"的身边摩挲着"尤特"的头关切地问。

"老师，我也不知道，我小的时候喜欢玩跟牛犊顶头的游戏，为此而得到了'尤特'这个名字。""尤特"对老师老实交代道。

"是啊。既是个谣名也肯定会有它的来历的，你既然不知道自己的真名也没问题的。你请坐吧！"拉玛老师用手示意让"尤特"坐下后，他又走到讲台上给学生们问了最后一个问题。

"大家说，这堂课我们学到了些什么呢？"

"什么都没学到！"同学们看着彼此的脸凝望了好一阵后，齐声回答道。

"不是学了多杰尤特的故事吗？"

"哦，就是啊……"

"同学们，你们大家说'多杰尤特'这名字好听不好听啊？"

"不好听。"同学们拉长声调齐声说。

"这样的名字怎么会好听呢？如果以后他当官做了一个局的局长，大家就叫他为'尤特'局长了；如果以后他当了某个县的县长大家就叫他'尤特'县长了；如果未来他当了一名伟大的人民教师那么他的学生们就叫他为'尤特'老师了。那么我们怎么办呢？"同学们彼此面面相觑地大笑着，却不说什么话。

"我们是不是应该把'尤特'的名字换成一个漂亮的名字啊？大家看怎么样啊？"

"好，好，非常好！"同学们都非常赞同地鼓起掌来。

"从今往后他就叫，嗯……嗯……"

拉玛老师看着同学们的脸，同学们也望着拉玛老师的脸在急切地等待着。

“洛智尖措”，拉玛老师拉长着语调大声给他班里的学生们说。那名字虽是个极普通的名字，可今天听着就觉得那个名字非常的好听。

“洛智尖措。”

教室里同学们的掌声久久没有停息。这堂课对拉玛老师来说是一堂充满欢声笑语，而又收获最大的课，这堂课给了他无限的乐趣。为此，那天下午他到外面去散步了。在散步的途中他想起了党才大叔。于是，他放快了脚步到党才大叔家做客去了。他来到这个学校快过去一学期了，可他一次也没有诚心地和他来到这地方认识的第一个朋友好好聊过天呢。来到党才大叔家，党才大叔用糌粑和牦牛肉干招待了他。聊天时，党才大叔想起了他已过世了的慈父来。党才大叔在父亲去世时，他是个刚到七岁的孩子呢。可他阿爸生前的模样，说话时的神态和脸上的表情依然在他的记忆里封存。和党才大叔的聊天彻底消除了他当初以为党才大叔是个“积极分子”的误解，他实在是对这个问题欠考虑，因为党才大叔出生的时候新中国还没有成立，那么他又怎么起名叫做党才了呢？党才大叔虽然没有详细给他谈论自己是怎么学习文化知识的事情，可从他说他在昌隆洲中做佛家弟子的时候他的法名叫做党增尼秀的情况来看，他一定听到过许多的佛法典籍，可是那天他俩没有谈论更多的有关佛法经典方面的话题。当谈到藏文语法的时候，党才大叔还一句不误地谈论了有关司徒和札登语[①]语法规则，这让他不禁从内心里产生了既兴奋又羞愧的双重感觉来。党才大叔也说在不久之后就要退休了，这是一件多么令人痛惜的事啊……

四

在狂风大作的某天，拉玛老师参加工作以来的第一个学期就结束

① 司徒和札登语：藏语语法专著。

了。师生们都回了自己的家乡或老家之后，偌大的校园里只留下了拉玛老师和那个守学校的晁吾老汉两个人。晁吾老汉是个高兴起来控制不了自己的喜悦，甚至连自己身上的衣服都能赠送给别人的人，可闹起情绪时甭提跟他说话聊天了，是连“大叔你的鼻尖上有根毛”这样的玩笑话也不能给他说的一个喜怒无常的人。为此，在寒假里拉玛老师整天和晁吾大叔聊天几乎是不可能的事了。再说，拉玛老师早就做好了利用这个假期写一篇记录自己小时候生活历程的《回忆录》的打算，如果整天和晁吾老汉聊天虚度日子的话，岂不是浪费了拉玛老师那比金子还宝贵的时间吗？为此他停止了出门逛游散心而回到了自己的宿舍里，烧旺了宿舍里的炉子后，从办公桌的抽屉里取出了一个笔记本开始伏案写起他的那个《回忆录》了。

他坐在办公桌前不觉间过去两个多小时，可打开扉页放在他面前的那个笔记本上除了“回忆录”三个字之外，他根本没找到可写的东西。细想起来，他的脑子里一片空白根本找不出可撰写“回忆录”的任何素材来。平日里，他一闲下来那些往事就接踵而至来到他的记忆里，使得他无法释怀，给他柔弱的心灵上留下了很大的创伤。父亲去世的时候，他还小，没有体会到人世间生离死别的痛苦，可母亲的去世给他带来莫大的痛苦，那痛苦犹如白纸上写下的黑字一样深深烙印在他的记忆深处，使他永远也翻不过去那一页了。可是当他取出纸笔来想把那些痛苦的往事记录下来时，又觉得以前那些痛苦的经历仿佛是一场梦或一场幻觉，写下来又觉得根本没有什么意义和价值了。

炉子上的茶壶里翻滚着烧开的开水。屋外刮的风越大房屋中炉子里的炉火就烧得越旺，他再怎么往炉子里添加柴火也填不满，为此他想起了辞藻学中说火的异名为“给吃”①的真正意义来。他待在宿舍里瞬间度过了五六个小时，可他依然没有找到可写的东西，为此他彻底失望了。于是他丢下手中的笔，起身穿上衣服到外面散步去了。

---

① 给吃：藏文辞藻学中对火的异名。

辽阔的谷芒草原上看不到一棵树木，牧草也极为稀少荒芜，牧人们把草原上原本绿油油的植被翻耕成了黑黝黝的耕地，一刮起风来，满天就扬起翻卷的沙尘暴来，此刻草原上正吹刮着大荒风，为此整个草原变得灰蒙蒙的一片了。公社的马脊梁房屋被沙尘笼罩得时而清晰时而模糊不清。他在公社里没有一个志同道合的朋友，为此，他经过公社的会议室，办公室、餐厅，以及公社大院后面的商店、粮油供应站、兽医站、卫生院等单位和商铺，转悠了一大圈后，又回到学校里去了。现在他实在没处可去，于是又不得不回到宿舍，烧旺炉子，安静地待在宿舍里了。

每当他一个人独处的时候，那些不幸的往事就如幽灵一样悄无声息地闯进他的记忆里来，今天也不例外，当他一坐下来那些痛苦的往事又来敲响他那扇记忆的大门了。

那天早晨，阿妈送他上路了。那是他有生以来第一次告别阿妈到远方去生活，为此他感到很伤心，觉得舍不得和阿妈分开。阿妈也是第一次和自己的儿子分别，为此阿妈的眼角里也噙满着泪水。一阵后，他硬着心肠转身离开了阿妈。他大踏步走过去飞快地消失在了对面那座大山的后面，经过了那条羊肠小道后急忙又爬上了那座山的山顶。当他站在山顶上回首望去时，隐隐约约发现阿妈依然站在村口留恋地凝望着他。于是，他大声向阿妈喊道："阿妈，再见，我走了！"

走了很久的路他才来到了他梦寐以求的那所大学。陌生的城市，陌生的校园，陌生的老师，陌生的同学，对年龄尚幼的他来说是面对生活的一种挑战，这一切无非是他想念阿妈的理由。"无产"自小成了鼓励他前进的动力，他把思念阿妈的精力都放在了学习上，废寝忘食地学习起文化知识来。他来到学校里不久，师生们给他起的"勤奋如喇嘛"的赞语慢慢在校园里流传开了。可是那学期还没有结束时，村里的一位老乡给他寄来了一封家信，家信中写道："拉玛，你的母亲病了，你如有时间的话就回一趟家来吧。"得到阿妈得病的消息后，他决定要回一趟家了。那天晚自习下课后，他拿着请假条找老师请假去了。

老师看了他的那封从家里寄来的信后对他说:“从这封信中看不出什么问题来,再说学校也马上要放假了,放了寒假之后你再回家不行吗?”他听了老师的话又回去了,到宿舍里他作了一番认真的思考后,又觉得非要回一趟家不可了。这次,他实在无法抗拒想要回家的念头,为此第二天他又找老师请假去了。老师看着他说:“好啊,不过每个父母都喜欢乖巧上进的孩子,失望的是这学期我们班三好学生的名额只好让给其他同学了。”

第二天,他还是乘坐开往家乡的班车回家了……

“啪啪啪……”

这时候,有人敲响了他宿舍的窗户。那拍打窗户的声音把他从深沉的回忆里拉了回来。于是他马上走过去打开了房门,才发现那个敲打他窗户的人原来是晁吾老汉。

“喂,单身汉,我已经做好晚饭了,你马上去我宿舍吃饭吧。”晁吾大叔说着话头也不回地向自己的宿舍走去。那太合他意了,可是某天晁吾大叔生气时,这顿饭一定会成为晁吾老汉揭他短的把柄,到时候这顿饭会成为他心头的包袱的,可民以食为天,管他呢。于是他拿着碗筷到晁吾大叔的宿舍里吃饭去了。

“给,我煮了两块骨头,一块给你吃,一块由我自己吃,所谓的牧人汤就是这样的,肉粒比面条多……”晁吾大叔露出掉落了一颗门牙的嘴说。

晁吾大叔宿舍里炉子烧得很旺,炉火声嗡嗡作响,满屋弥漫着肉香味。今天晁吾大叔的心情不错,他可以放心地在晁吾大叔这里吃一顿晚饭了。那夜,晁吾大叔露出缺了一颗牙的前门牙,发出哈哈的笑声,给他谈了很多话。拉玛跟晁吾大叔住习惯了之后,觉得他根本不是人们所说的那样是一个癫疯的人,而是个秉性耿直、表里如一的大好人。他说他不喜欢那种左右逢源的两面派人物。

夜很深了,可晁吾大叔的话还没有说完。

“大叔,你已经到睡觉的时候了,你平日里几点睡觉啊?”他以为自己在晁吾大叔的家里待久了而觉得不安地说。

“我睡觉从来不管时间，有时候我整宿都睡不着觉，可能是我已经老了或接近死亡的征兆吧。”晁吾大叔回答道。

“我也偶尔有整宿睡不着觉的时候呢。”

“那么你晚上睡不着觉的时候就来我这里，我俩聊天。”

“……”

和晁吾大叔聊天不像和党才大叔聊天觉得那样忧伤。和党才大叔聊天时，他就会想起自己已经亡故的父母和痛苦的那些往事来，听晁吾大叔说话就会忘记自己内心所有的烦恼和忧愁。那夜，他离开晁吾大叔的宿舍时已经到半夜时分了。

“从明天开始我俩轮流做饭吧，谁闲了就由谁来做晚饭啊！”他离开晁吾大叔的宿舍时，晁吾大叔对拉玛老师说。

当他走出晁吾大叔的宿舍时，之前在屋外呜呜地吹刮着的大风已经停止了。夜空中星光灿烂，银河横跨过晴朗的夜空，此时他想起了阿妈给他讲过的有关银河的故事来，从而，他心中又抑制不住想起了自己的阿妈来……

第二天起，拉玛老师和晁吾大叔就轮流做起饭或做好饭后吆喝彼此来各自的宿舍里吃饭了。值得高兴的是，这样一来就减少了每当黄昏时分拉玛老师因没人陪伴而心中产生的寂寞感。再说，自己怎么去动手做一顿让别人满意的饭食也成为了拉玛老师心中的负担。无论如何，这样和晁吾大叔相伴着不知不觉间度过了一个漫长的寒假。

转眼间，就快要到春节了。可放在他面前的那本笔记本上仍然没有填写一个字，依旧只写着“回忆录”三个字，却不见任何的内容。那天晁吾大叔也回家了，整个校园里就只剩下拉玛老师一个人了，于是拉玛老师又把那个笔记本拿起来，看着那个写有“回忆录”的标题，挖空心思想写点儿东西了。

……他回到家的时候，他的阿妈已经卧床不起了。阿妈的枕边放着一个痰盂，痰盂里吐满了掺杂着鲜血的痰水。从阿妈睡的那间冰冷的房间就能看出阿妈的卧室里已经很久没有生过火，也已经很久没有打扫过，卧室里落满了一层厚厚的尘埃。见到此情此景，他心中的悲痛感就不由得升了起来。于是，他立刻动手做起了家务活来。他往灶膛里添了些柴火生起了火，他立刻烧开了一锅开水，麻利地擦洗干净了满屋子狼藉摆放着的碗碟，而后倒了一碗滚烫的开水送到他阿妈手中去了，而后用一条湿热毛巾揩拭掉了他阿妈脸上的污垢后，给阿妈的背部垫了枕头让阿妈稳稳地坐了起来。当他收拾放在阿妈枕边的那个痰盂的时候，发现痰盂的痰水里掺杂着很多血丝，于是他断定阿妈患上了肺病。可阿妈说："我的肺好着呢，痰水里有血丝是因为几天前我患上了风寒感冒而吐出的痰水。"阿妈说的一点儿也没错，过了几天后阿妈的咳嗽渐渐停止了，她口中不但没有了痰，而且还可以起床行走了。为此，阿妈就担心儿子的学业来。也不知道是谁给她的儿子拉玛写了那封信让他辍学回到家里来的，斥责拉玛说："以后不管你收到什么样的信件，学校没放假以前你不准回到家里来！"

拉玛很难确诊阿妈究竟得了什么病。可他阿妈对他说："有时候我的脑子里刺疼刺疼的，觉得针扎一样难受。"为了到曼巴那里给阿妈看病，拉玛和他的阿妈很早就从绒庄里出发，他们母子徒步走了三天的路后才到达了位于丹德山上的丹德曼巴的诊所。丹德曼巴抓着阿妈的手脉详细诊断了一阵后，确诊出了阿妈病根后就对他们母子说："这病按藏医的角度看就叫癫痫风。"于是医生给阿妈抓了一个月的药之后说："你暂且回家去吃这些药吧，吃这服药如果有了好转的迹象的话你再到我这里来抓药，这种病要长期吃药来治疗了。"

拉玛和他阿妈从丹德山丹德曼巴那里返回到家里，阿妈服用了一个月的藏药后，她脑中的刺疼感有了明显的好转，为此他们断定是那个藏药起了很好的疗效。为此，拉玛又鼓促他阿妈说："阿妈，我们再到曼巴那里抓一次药吧，这样一来你的病就快好了。"可他阿妈没有同意他的意见，还逼迫他说："现在你快要去学校上学了，等你去上学之后，我自己会到曼巴那里抓药的。"他没有抵过阿妈的执拗，就只能作罢了。

那天阿妈又送他上路了。那是他们母子的第二次分别了，离开时，他眼中满含着泪水舍不得离开他阿妈。可阿妈却跟以往不同，她的脸上既没有露出悲伤感，眼中也没有流出一滴泪水来。于是，他又硬着心肠转身离开了阿妈，飞快地消失在村前那座大山的背后，经过了那条羊肠小道后又爬上了对面那座山顶。登上山顶回头向身后望去时，还隐隐约约发现阿妈依然站在村口远远地凝视着他。于是，他大声喊道："阿妈，再见，我走了！您要注意身体啊！"

……

几天后，晁吾大叔回来了。他从家里带来了肉和糌粑，为此，连续几天都由晁吾大叔负责做晚饭，拉玛老师就只管享用了。每天傍晚快到吃晚饭的时候，晁吾大叔不知道从哪里冒出来，径直来到他的宿舍门前敲响他的窗户对他打招呼说："来吃饭了！"于是，他也理所当然地从柜子里取出碗筷就跟在晁吾大叔的后面，到他的宿舍里吃饭去了。他每去一次晁吾大叔的宿舍不到大半夜就回不了自己的宿舍的。为此，极大地影响到了他写那篇《回忆录》的进度。虽说民以食为天，可为了吃一顿饭浪费那么多宝贵的时间多不划算啊！之后晁吾大叔再来敲响他的窗户时，他就莫名地感到厌烦起来。

已经到年关了，公社那边间断传来了孩子们燃放爆竹的响声。他第一次要在这个陌生的地方过年了，他到商店里买来了一斤酒和糖、香烟等年货准备过年了。除夕夜，晁吾大叔回家了，整个校园里又孤零零地只剩下他一个人了。公社那边又不断传来了燃放爆竹的响声。于是他就起身做起了他人生中第一次除夕夜的年饭来。每个地方做除夕夜年饭都有自己不同的习俗，可记得小时候拉玛的阿妈喜欢做"缠脖子长面"，为此他那晚也模仿着阿妈的手艺学做了一碗"缠脖子长面"，独自一个人吃起了除夕夜年饭来。小时候，他们多么期盼早一点儿吃到除夕夜的美食啊！可今晚的年夜饭是多么的寡淡无味啊，他只吃了一碗饭后就再也没有食欲了。为此，他就放下碗筷后，过去往餐桌上摆起了烟酒等供品来。可他既不抽烟又不喝酒，于是他望着餐桌上的烟酒等待着什么。可仔细一想，这一年在这个“家”里的主客都是他自己，除了自己还有谁会来这里陪伴他过年呢？为此，他首先喝了一丁点儿白酒，而后他也学着抽了一支烟，之后又喝了一点儿酒，不久他居然变得醉意蒙眬了起来。于是他就走出宿舍，站在院子里朝家乡的方向望去。屋外的空气特别的冷冽，天空缀满了闪闪的星星，银河像一条巨龙从他头顶的半空中横跨过去，隐没在遥远的天边。看到空中的银河，他又想起了小时候阿妈给他讲过的那个有关银河的故事，眼中流下的泪水顺着他的脸颊滑落了下去……

五

开学已经有一个多月了。他把自己班里学生们的乳名或谣名都改成了实名。他的这种新的教学方法非但没有得到校长的认可，在月末总结大会上，扎西顿珠校长还严厉地批评了他。

“拉玛老师整天不好好给学生们上课，尽干些不着边际的事情，他在课堂上更换学生们的姓名，你为什么要做这种无聊的事呢？”扎西顿珠校长突然问他道。

校长的那句突如其来的问话，着实让拉玛老师感到了很大的意外，顿时把他给愣怔住了。可拉玛老师从校长脸上的神色中看到，校长并没有什么恶意，为此拉玛老师放心了许多，他就对校长解释说：“我没有什么目的，用实名会有不混淆学生间姓名的作用，如不这样做仅在我的班里就有六个‘多’，五个‘果’，三个‘贝’，还有三个‘俄果’和一个‘尤特’……”他一口气说道。

听了拉玛老师的话后，其他老师们都哄堂大笑起来，打断了拉玛老师的话题。校长听了拉玛老师的话也笑了一阵后说：“我们学校的确存在这种情况，在牧区牧民们确实用乳名称呼人。那些乳名首先是在自己家庭中使用，而后代替了孩子们的实名，谣名变实名的现象也时有发生，‘尤特’……”校长反复念了几下“尤特”这个谣名后继续说道：“这些的确是陋习，可是你把上课时间当成更换几个学生姓名的专场课就不对的……”

“不这样做，如果这个学生以后当官做了局长……”拉玛老师抢过校长的话头说，“……人们就叫他‘尤特’局长了，如果这个学生以后当了县长人们就叫他‘尤特’县长了，如果这个学生未来当了人民教师学生们就称他‘尤特’老师了。所以，我现在把他的名字改作了洛智尖措。这件事对我们来说也许是一件很不起眼的事，可对洛智尖措来说意义就很重大了。”

听了拉玛老师的这番话后，老师们都打住了笑声，认真深思了起来，有些老师还认可拉玛老师的做法而点起了头来。

“把谣名当作实名来称呼这虽然是个陋习，可是你利用上课的时间去做更换几个学生姓名的专场课就是不对的。”校长依然坚持自己的观点。

可是，拉玛老师从心底里否决了校长的观点。因为拉玛老师记得自己上大学的时候他的老师经常教导他们说：“老师的任务不仅仅是上上课，给学生教会几个字那么简单，老师不但是要成为给学生指明学习方向、生活方向、社会方向的导师，而且还要成为学生最好的朋友。”

拉玛老师每天早晨第一节课上要点一次名的，可他每次点到“尤特”这个名字时，无论他的脸上带有多么严肃的神色，学生们一听到“尤特”的名字时，还是情不自禁地放声大笑起来。这时候，拉玛老师不由得向“尤特”望去，还发现“尤特”定会红起脸，显得特别的尴尬而又无奈起来。所以，每天早晨点名不但成了拉玛老师心头的一件痛事，而且肯定也是‘尤特’心中的一件大痛事。有时候拉玛老师偶尔向“尤特”的脸上望去时，还发现“尤特”的脸上带着那纯正的童真看着他，从“尤特”的那双纯洁无瑕的充满着无限的期待在凝望着拉玛老师的目光中洞察到他仿佛在等待着什么。可拉玛老师思考了很久后依然没有摸透“尤特”的心思。有一天，拉玛老师突然记起了他的大学老师给他们说过的那句话，就猜到了“尤特”在盼望着什么，为此他就利用了一节课的时间才更换了“尤特”们的名字。从此“尤特”的名字叫洛智尖措，之后拉玛老师在早晨点名的时候学生们的笑声就停住了……拉玛老师就把那些实情一一讲给老师们听。有些老师为刚才听到“尤特”时的大笑而感到不好意思起来，还有一些老师用敬佩的目光看着拉玛老师。

“上课的时间就得认真上课，不要做那些无理取闹的事了。”校长依然坚持着自己的观点。之后校长就把话题转到了阿坚老师的身上去了，这次校长当着大家的面赞扬了阿坚老师戒酒的事。

过完年之后，阿坚老师彻底戒酒了。这事要是说给别人听可能还有些不相信，可拉玛老师亲眼目睹过这个事实。拉玛老师除夕晚上买来的那瓶白酒还剩着半斤，他把那半瓶白酒给阿坚老师喝时，阿坚老师谢绝了他的好意。拉玛老师诚心诚意地去给阿坚老师敬酒，阿坚老师都没有喝一口，并且还露着大豁着的前门牙说：“不，不，不，我现在已经戒酒了。”其实，那天晚上拉玛老师自己也想喝点儿酒，可阿坚老师坚决没有喝，所以拉玛老师也只好作罢了。自从阿坚老师戒了酒后，每天晚上当拉玛老师看书时，阿坚老师就再也不露着那两颗豁了口的大门牙笑着对拉玛老师说“呀，拉玛老师你也不要看书了，过来我俩聊聊天怎么样啊？”的要求。阿坚老师或者来到宿舍后早早上床休息了，或者到其他同事的宿舍去聊天很晚才回到宿舍里来，一回到宿舍他马上上床睡觉，尽量不去打扰拉玛老师了，平日里那间宿舍就成了拉玛老师一个人的宿舍。没有人打扰，拉玛老师就开始做起了他的那个《长远的教学计划》来。那可不是在课堂上给学生上课那么简单的计划，在那个《长远的教学计划》的目录上看，包含着各种内容，其中有些章节需要用二十年，或四十年，甚至一生，乃至一个世纪去办理了。可有些章节很简单，就是在一节课上让学生们知道五个谚语或会写一篇小作文等内容。可有一件事情让他很担心，再过一个月封冻的地皮就要开化了，等地皮一开化，全校的师生们又要去修美丽滩（或三代）水渠了。到那时他们就不得不停止上课，这事多耽搁他们的教学任务啊！

一个月的时间转瞬即逝。当如虎般寒冷的严冬过去后，春姑娘也悄无声息地来到了谷芒草原。在农田中，三辆拖拉机正冒着滚滚浓烟，在弥漫的沙尘中翻犁着草原上的耕地。从耕地边露出的青草，足以证明春天真的回到了金银滩草原了。

谷芒公社下发的通知中指出，下星期一开始，全体师生们要停课，利用三个月的时间去修建美丽滩（三代）水渠了。为此，老师们从那天起就开始准备帐篷、物品、被褥、柴火、铁锨和镢头。学生们也放假，在各自的班级里做起了参加劳动的准备，不久，他们去修建美丽滩（三代）水渠准备工作完全就绪了。

星期一的早晨，从公社的方向开来了一辆卡车，径直开到校园里来了。当那辆卡车在校园里停好后，师生们就把早就准备好的帐篷、物资和被褥、工具都装进卡车的拖厢中去了。当师生们的物资装妥当后，卡车就发出一声刺耳的响声驶出了学校的大门。这时候，每个班的班主任让自己班里的学生们排着整齐的队伍，喊着“一二一，一二一”的口号，全校的师生整齐地走出了校园的大门，向修建美丽滩（三代）水渠工地走去，整个校园顿时变得寂静无声了。

“热爱学习，热爱劳动”是一个学生要具备的条件，可是他们当中年龄最大的只有十七岁，最小的只有七岁，为此大多数学生甭提修渠了，连抬起铁锨和镢头都很困难。政府理应把那些年龄过小的学生留在学校里继续接受教育，或者放假后把他们送到家里为好，可公社社长却无情地说：“要从小培养学生们爱劳动的兴趣。”

第一次见到美丽滩（三代）水渠工程，让拉玛老师惊呆了。说这条水渠的标准是高两米，直径为三米，总长为八十四千米，为此他担忧地想到这些学生和牧民们什么时候才能修出水渠，把清幽幽的江琼河水引到美丽水渠来呢？除此之外，其实江琼河名声大，可实际上只是一条很小的河流而已，就算把所有的江琼河的河水都引到美丽滩水渠中也只没过渠底，那么，政府为什么还要修这么大规模的水渠呢？再说，江琼河河道深邃，金银滩草原却坐落在江琼沟崖边的辽阔草原上，就算修成了美丽滩水渠，又怎么能把流淌在深邃沟底的江琼河引到美丽滩水渠中去呢？“火苗要向上燃烧，河水要向低处流淌。”这是世间的规律，把水引向上流这怎么可能实现呢？某天拉玛老师在公社领导们的面前把他心中的疑惑说给他们听后，公社领导们笑着对拉玛老师说：“哈哈，拉玛老师你还没听说过有抽水机吗？新世纪是个科技时代，所以，只要科技发达了就也有办法能把往下流淌的河水抽到逆流而上了。”

从远处眺望起美丽滩水渠，犹如一条盘绕在谷芒草原上的巨龙，公社的干部、牧民和师生们把草原的地皮翻了个底朝天后，挖出的那条深邃的沟道蜿蜒曲折地伸向远方而去。拉玛老师望着规模如此宏大的工程，着实为群众办事力量的不可估量而感到惊奇。

为此，拉玛老师想写一篇有关美丽滩水渠情况的报道发到省城的藏文报编辑部，可是这地方除了铁锨和镢头之外，没有纸笔等文具，所以，这个报告除了写在拉玛老师心底的那张白纸上之外，没有其他的办法了。过了许久，拉玛老师心中的那些疑虑慢慢沉淀到心底，当初见到美丽滩水渠时的惊奇感也随着时间的推移平息了下去……

六

谷芒草原上的油菜地中开满了黄灿灿的油菜花，在微风的吹拂下油菜花摇曳着美丽的头颅，蜜蜂在花丛中嗡嗡飞舞着采集甜蜜的蜂蜜。这时候，在谷芒草原刮了一冬一春的大荒风完全停止了，生活在谷芒草原上的牧民们可以尽情享受草原的美景和温煦的阳光了。

谷芒学校的师生们白天的劳动虽然很繁重，可野外清新的空气给他们的身心带来了无限的舒适和快乐。明天就要结束他们为期三个月的劳动任务，他们心中怎么不感到高兴呢？从那天下午起，他们完全停止了手头的劳动，孩子们如同小鹿奔向山丘般欢愉地跑到油菜地边，打着滚儿，摔着跤，追逐着，欢快地玩耍起各种游戏来。孩子们的心灵没有受到世俗的污染，显得那样的天真无瑕，就是这种天真劲儿赢得了大人们对他们的无限喜爱。他们是这片草原的未来，也是这片草原未来的主人。现在他们都结伴在这片油菜花地边无忧无虑地玩耍着，可是他们未来的道路将会完全不相同。这些孩子中有的孩子的道路是平坦而充满着灿烂的阳光，大多数孩子一定如他们的祖先们那样留在这片草原上放牧、耕种和不断挖修美丽滩水渠，靠劳累的体力劳动生活了。此时此刻，他们年龄尚小智力还没有完全发育成熟，为此他们并没有完全成为这片草原的主人。生活在这片草原上的许多牧民缺乏文化知识，为此他们只能做牲畜们的主人，暂且没有更广阔的生活前景。这群孩子们未来的道路又会是怎样的呢？依然要去做牲畜们的主人呢，还是真正做草原的主人呢？这些是拉玛老师看着那群可爱的孩子们有感而发的情感。

第二天，那辆卡车又发出刺耳的响声缓缓来到了他们的工地。师生们把帐篷、被褥、铁锨、镢头等东西装进卡车拖厢后，卡车发出一声刺耳的响声向学校方向驶去。这时候，每个班的班主任让自己班里的学生们排着整齐的队伍，又喊着“一二一，一二一”的口号，追赶着卡车向谷芒小学的方向走去。

现在拉玛老师唯一担忧的事情就是如何追赶上学生们所落下的课程，再过一个月学校又要放暑假了，可这期间他没有写完正在努力撰写的那个《长远教学计划》中的几个小章节。而且，他的班里的学生们明年就要毕业了，他不由得从心中紧张了起来。他每天不但让每个学生会说五句谚语，会写一篇小故事，而且还布置孩子们分组玩猜谜语等游戏活动。他的这些计划还没有完成，为此，他觉得时间显得太珍贵了。他把他的那个教学计划讲给学生们听后，学生们的脸上露出了一片茫然，却没有发表任何意见，对拉玛老师的那个长远教学计划，他们既不反对又不表示赞成，大家的脸上带着一种无所谓的神色在凝望着拉玛老师。

“这个教学计划我今生一定要完成。”不管学生们的态度如何，可拉玛老师依然持着坚定的态度对着他的学生们发誓。

几天后，他的学生们的上进心和学习的氛围日渐高涨了起来，他的教学计划正有了一点儿起色，为此他不由得紧张了起来。他一如既往地在黑板上写下五个谚语让学生们背熟，还把《智慧老人和勤劳孩子》等寓言故事讲给学生们听。之后又让学生们将他讲过的故事都写下来。可是在他的班里没有一个会讲故事的学生，而且写出的故事中错别字满篇；故事的次序杂乱，有头无尾，没有一个学生能写不出一篇完整的故事来；再说学生们写来的故事字迹潦草，有的学生还只写了个题目，有的学生的故事写得不知所云，非得老师猜测揣摩一番不可，有的学生还只交了一张白纸呢，为此，彻底浇灭了拉玛老师内心对教学的盎然兴趣，他的信心彻底由这些学生们给搞没了。

那天晚上他很想喝一顿酒来发泄一下他内心的激愤。他拿出那瓶过年时喝剩下的半瓶白酒猛喝了一大口。阿坚老师发现他突然喝起酒来后就觉得很奇怪，于是他从被窝里爬起来看着拉玛老师说：“你今天怎么了？”

“不知为什么，今晚我突然很想喝酒了。”于是他把酒瓶伸到阿坚老师面前说，“来，你也喝一口吧！”

“不不不，我已经戒酒了。”阿坚老师露出那颗有缝隙的门牙，摇着手笑着说。能看出来，说这话时他吞了一口涎水，从这一微妙的动作中可以看出阿坚老师还没有忘记喝酒。

“酒喝多了对你不好，可少喝点会没事的。”

“不不不，我只要喝上一口就不能把持住自己就会不停地喝下去的。今晚就你一个人喝酒吧，来，我给你倒酒。”

“不不不，我自己倒，我酒量不大，喝不了几口的。”

拉玛老师和阿坚老师面对面地坐着，拉玛老师在喝酒，阿坚老师张着嘴露出有缝隙的牙齿望着拉玛老师。

“阿坚老师，依我看，你心中还没有彻底放下酒。你那么嗜好喝酒，怎么突然就戒酒了呢？”

“嗯……没什么，就是现在我年龄大了，喝醉酒就管不住自己了。”

“那么，你自己管住自己，少喝点儿酒不行吗？”

“那说明你没喝过酒，我如此嗜好酒，喝了一口，惹了嘴就再也管不住自己了。”

“我没见过你喝醉酒后耍酒疯的样子，你既没有酒疯，又不说太多的酒话，我如果有你那么好的酒量，就不会戒酒的。”

“我喝了酒就没有不醉的时候，喝一次酒就得醉一次，不喝醉，就觉得全身不舒服。我的话慢慢多起来的时候说明我已经醉了……”阿坚老师咽了一口涎水后说，“我想了想，我是从二十六岁开始喝酒的，来到这个世上没干成什么事，可把酒给喝美了。我现在虽然已经戒了酒，可每每回想起我们家那些三代人收集的书瞬间被烧成灰烬的事和阿克（和尚）关进监狱里去世的事，我痛苦得又不由自主地想喝起酒来。我们这个家族虽然自古就不是什么大户人家，可阿爸曾经告诉过我，我们这个家族里前后出过三位高僧。阿克教我皈依经的时候年事已经很高了，那时候他常常教导我说‘你今后要努力教书育人啊，如果你不继承好我家的传统美德的话，你们做后辈的怎么对得起那三位高僧啊？这些书可是我们家祖传的宝贝，是那三位高僧遗留下来的文集啊！等你长大而智力开发了之后，才会知道这些书的价值的’。阿克给我说过的这些话经常在我的记忆里回荡着。我特别羡慕你勤奋好学的精神，所以希望你不要喝酒了，喝过第一次酒，你就会想喝第二次、第三次的，当你的身体完全被酒精占据了之后，再也摆脱不了酒的。我当初由于去解除内心的痛苦才借酒消愁，最后就变成这副模样了。”

“你说得很有道理。忧愁苦闷时就会想起酒。你知道今晚我为什么要喝酒吗？”阿坚老师默默地望着拉玛老师期待着他说出想说的话来。“……我无论如何也没想到我班里的学生们的学习成绩那么差，今天我让他们写了一篇故事，而且我把这个故事的情景从头到尾都讲给他们听了，你看看他们给我交上来的作业。一来在我的班里没有一个学生会讲故事，而且写出的故事中错别字满篇；二来写出的故事还次序杂乱，有头无尾，完全写不出一篇完整的故事来；三来学生们写的故事字迹潦草，有的学生还只写了个题目，有的学生的故事写得不知所云，有的学生写的故事老师不猜测揣摩就不知道他在说什么，还有的只交了一张白纸呢。我还为这些学生写了一篇长远教学计划呢……”

阿坚老师朗朗地笑了一阵后说：“我在这个学校当了这么多年的老师，还第一次见到为学生的学习而发愁喝酒的老师呢，你的这些学生还算是学习成绩好的学生了。从谷芒小学毕业时不会写自己名字的学生多的是。”

“不可能的，我不相信。”

“我说的是实话啊。那些孩子来学校当了五年的学生，可这五年他们年年要参加修建美丽滩水渠的义务劳动，哪有学习文化知识的时间啊，他们怎么学写自己的名字呢？”

“这期间连一个字都没学过吗？”

“哪有学习文化知识的时间啊，在校期间只要背会《经论》就行了。”

“不认识字怎么会背诵《经论》呢？”

“就像旧社会的阿克（和尚）们背诵《皈依经》那样背诵《经论》呗。不谈这些了。这个假期结束后你不是就要到省城去工作了吗？就算你有做个长期的教学计划的时间，可也没有实施那个计划的机会了啊。”

阿坚老师的那句话仿佛给拉玛老师提示了什么，为此他不由得发起愁来。他在大学期间曾被评选为全省的优秀大学生，为此把他暂且分配到谷芒小学做起了临时的教师。上级政府曾答应过他，在基层工作任满一年后，就把他调到省日报社工作了。可是他喜欢在草原上生活，就把那句上调到省城去工作的话当作了耳边风。当他毕业后来到县城报到的时候，县城的有关领导又向他说起过那件事。自从来到谷芒学校工作后他就从来没有想过去大城市工作的事，可今晚阿坚老师又谈起了这事，他的内心又产生了巨大的矛盾，于是他暗自盘问道："我究竟去不去大城市工作啊？"

一个月的时间过得真快啊！转眼间就到放暑假的时候了。学校没有专门印卷子给学生进行统一考试的要求，可以按照老师的意愿，学生们来到老师面前给老师诵读自己会读的一篇课文后，老师们按照学生朗读课文的熟练程度打分。可拉玛根本不满意用那种方法考出来的成绩，就通知他们班里的学生他要出题印卷子考试的事，学生们既不赞成也不反对他的这种做法，他们的脸上只带着满脸的茫然望着他，显得非常的麻木。他深思熟虑了一番后，最终决定这学期结束后自己要调到城市去工作了，为此，给学生们说不得不放弃他的那个长远教学计划。

"老师，城市大吗？"

他看了一眼那个学生说："城市特别大，在谷芒草原这么大的地面上盖满着楼房。"

"老师，城市里有多少人呢？"

"这个，每个城市的人口都是不一样的。就如谷芒的每个村里居住不同数量的人口一样。那么你们村里有多少个人呢？"

"我不知道。"

"那么你们……"

"……"

"有十六七万人口的城市算是个小城市呢。"

"个，十，百，千，万……"同学们立刻掰着指头数了起来，可他们好像不知道十万究竟有多少呢。

“我们全公社人口的二三百倍。”他说，可学生们的脸上没有一点儿感到惊奇的神色。

“老师，城市里有什么呢？”

“……”

如果拉玛老师给自己的学生们谈起城市，那可离他们的生活太遥远了，他们根本体会不到城市这个概念。当学生们听到拉玛老师要去城市里工作的事后，他们的脸色突然变得刷白了起来。可他们既不说一年来拉玛老师给他们辛苦教学的感恩话，也不说其他的任何一句话，甚至不提及“老师您为什么要到城市里去啊？你在草原上生活不幸福吗？您的家就在城市里吗？”等问题。为此他失望极了。相反，他们向他问起了城市的大小，城市的面积和城市中有什么等幼稚的问题。他们真不愧是写《智慧老人和勤劳孩子》故事时上交空卷的学生啊！但是，从学生们的提问中让他稍微有点儿高兴的，也是那个交过白卷的学生提问的“城市里有什么呢？”的话题了。

七

草原上的油菜花又逐渐凋零了，金银滩草原上的秋天不久就要来临了。拉玛老师到地边散步时，他心里突然想到“我留在这里还在等待着什么呢”？他反问了自己一句，并站在地边沉思了好一阵后，又折身回到了学校。学生们放暑假已经过去两个多礼拜了，目前学校里只剩下他和杰卓杰老师及晁吾大叔他们三个人，整个校园空荡荡的又显得异常的寂静了起来。他和杰卓杰老师本来就来往不亲密，显得很陌生。如果他不是出现了什么错觉的话，总觉得杰卓杰老师好像对他持有什么成见，虽然他不知道杰卓杰老师为什么要这样对待他，可他明显感觉得到杰卓杰老师对他的不满。因为，在校园里他多次跟杰卓杰老师打过招呼，可杰卓杰老师只理睬过他一次，可就那么一次也是含着爱理不理地对他说了一句："我要到东面去"之后就扬长而去了。还有一次拉玛老师见到杰卓杰老师后，主动跟杰卓杰老师打了个招呼，可杰卓杰老师不回答他问候的话，而冷冰冰的反问他说："你把课本里的新名词都解释错了。"杰卓杰老师的一句话把拉玛老师给噎住了，而后，拉玛老师也就没有理睬过傲慢无礼的杰卓杰老师。可现在拉玛老师就快要和杰卓杰老师分别了，俗话说"人要离别时，鸟要起飞时"，不管杰卓杰老师对拉玛老师有什么成见，可拉玛老师是个快要离开这个学校的人了，为了同事之间最起码的礼貌，拉玛老师离别前还是想过去跟杰卓杰老师告个别。为此，拉玛老师直接到杰卓杰老师的家里去了。

"你来得可正巧啊！我正准备吃中午饭呢，来来来，坐下来，我俩一起吃中午饭吧。"杰卓杰老师说着就把拉玛老师让进屋里，还把糌粑袋子和碗放在了拉玛老师的面前。

"再过几天后我就要走了。今天来你这里一方面想和你聊聊天，另一方面来和你道个别。"拉玛老师边说话边往那只碗里放了适量糌粑后，把碗推到杰卓杰老师的面前去了。

"好事啊，能走的话还是走的好，留在这里没有什么前途的。虽然按你现在的水平到省城去从事新闻工作会有一定的难度的，不过我相信你努力上一两年慢慢就会干好新闻工作的。"

说句老实话，拉玛老师能到省报社去工作并不是他文化水平有多高，也不是在学校里上学时他被评选了一次全省的优秀生的原因，而因为他是无产阶级中的赤贫阶级的后裔，是"无产"的荣誉他才有了调到省上去工作的机会。可是，现在他心中还悬挂着一杆犹豫的天平，为此放暑假已经过了两个星期了，他仿佛在等待着什么似的还不离不弃地留在谷芒学校里，或许就为了那事拉玛老师才端不平内心的那杆秤了。自从那天夜里阿坚老师向他提及城市起，拉玛老师的心就没有办法像以前那样平静下来了。特别是拉玛老师还在学生们面前宣布了下学期自己就要调到城市里去工作的消息。放暑假时，学校召开的学期总结会上，扎西顿珠校长还略带伤感地对拉玛老师说：“城市是你的前途，这里的学生们也需要像你这样的好老师，可我们没有阻拦你前途的权利……”拉玛老师在上学期最后一节课上向学生问起了他们心中最大的理想是什么的时候，他的学生们给他的回答都是“要去放牧，要去放牧……”学生们这些没有远大志向的话着实凉透了他的心。当学生们得知拉玛老师去城市里生活的消息后，有的学生的眼中还含着眼泪哀求地询问拉玛老师说“老师，您不去城市行不行啊？”拉玛老师还很绝情地对同学们说：“我干吗要留在这里啊？留在这里我没有什么前途的。”

“以前我也是这么认为的，可现在想来去城市好像不仅仅是为了什么水平和前途的问题。”拉玛老师给杰卓杰老师回答道。

“小伙子，这说明你什么也不懂了。没有一定的文化水平你怎么在城市里工作呢？”杰卓杰老师毫不留情地说。

“那是因为你没在城市里生活过，城市里也有许多种工作的，有从事脑力劳动的地方，也有从事体力劳动的地方……”

“我是从从事脑力劳动的角度来说的。”杰卓杰老师抢过拉玛老师的话头说，“我虽然没有在城市里生活过，可我也去过城市。小伙子，在我面前，甭说大话了，也不要太傲慢了，就你的那么点儿水平我们谁都有的……”

“哎呀……”

听了杰卓杰老师不留情面的话，拉玛老师顿时尴尬得无地自容了。“我为什么来这里了呢？我干吗要吃他的糌粑呢？”此刻，拉玛老师懊悔地暗忖道。

“这难道是我用两个礼拜等来的结果吗？”走出杰卓杰的宿舍，拉玛老师就这样暗想着，气愤难平地回到自己的宿舍里，马上收拾起自己的东西来。等拉玛老师把自己宿舍里的所有东西都收拾妥当后，过去跟晁吾大叔道了别才背着行李走出了校园。

现在已经到中午了，拉玛老师如果现在上路，黄昏时分能到达县城，于是拉玛老师背着行囊匆匆上路向县城方向走去。一路上，随着吹来的阵阵微风，一缕缕油菜花的清香扑鼻而来。现在油菜花虽然都快要凋零了，可是依然黄灿灿地装扮着偌大的谷芒草原，把谷芒草原称作“金滩草原”的美名也是由此得来的吧？这片草原上虽然牧草稀疏，也看不到生长的什么树木，可在盛夏季节漫山遍野里都盛开着大片大片的油菜花，眼下谷芒草原想必是一年当中最美丽的季节了。一年前他来到这片草原上时，极目望去，满眼都是收割了油菜而长满着油菜秸秆的荒原。可今天当他离开这片草原时，这片草原仿佛又成了油菜花的天堂。无论如何他现在要和这片开满油菜花的世界和那些就要去放牧的孩子分离了，一种悲伤感从他的心底里油然而生了起来。他心中不由得回忆起自己第一次登上讲台，向那些睁着双眼傻傻凝望着自己的学生们做自我介绍时的情景；给同学们讲述多杰尤特的故事时，那三个俄果和才果、李果们羞怯得低下头去的情节；那些男同学们听了多杰尤特的故事后发出的笑声依旧在他的耳畔回荡着。特别让他无法忘记的是那次去修建美丽滩水渠时，学生们在油菜地边追逐、打滚、摔跤玩耍的情景，以及还清晰可辨地记得阿坚老师那豁着牙缝的前门牙露出微笑的神色，党才大叔慢吞吞地说话的样子，晁吾大叔咧开掉落了一颗大门牙的嘴大笑时的表情，这一切都像放电影一样一幕一幕地闪现在他的眼前。

可是，杰卓杰老师说出的那句刻薄而又犀利的话竟然成了驱赶拉玛老师走出谷芒草原的唯一礼物。虽然拉玛老师气冲冲地加快步伐向前行走着，可他现在从心中很想得到扎西顿珠校长的安慰。他多么希望此时此刻扎西顿珠校长跑来阻拦住他的去路，并劝阻他说；“拉玛老师，请你不要去城市，跟我们一起留在谷芒草原工作、生活哦，我们大家团结一致，努力为这些可怜的牧民的孩子教学让他们识字，为他们未来能找到一条出路而努力奋斗吧！”或者能给学生们说出他内心的那个真实想法：“如果你们真有努力学习的渴望，那么，我就没必要去城市里工作了，我们一起努力看能不能实现我的那个长远教学计划吧。”

拉玛老师气愤难平地加快脚步向前行走，心里的矛盾却像大海里的波浪一样翻滚着。

天快黑的时候，拉玛老师才徒步走到了县城。县城上目前唯一的那家“同德县人民政府旅客招待所”早已停止了营业，除了能开房之外，已经吃不到饭了。拉玛老师徒步行走了一个下午，现在已经变得饥肠辘辘了，可他又没地方去吃饭，他只好先到招待所开了房子，就来到大街上，看能不能遇到一个熟人。他一个人行走在县城空荡荡的大街上，那个小县城的大街上既没有几个行人，也不见几辆行驶的车辆，像谷芒草原一样宁静而空旷。随着夜幕降临，马路两边的路灯也渐次亮了起来，悬挂在电杆上的那个大喇叭里正播放着新闻联播。他行走在小县城中仅有的那条马路上从头走到尾，又从尾走到了头，却没有遇到一个熟人，最后他才又不得不失望地回到旅店里去了……

第二天早晨，拉玛老师在县城招待所的饭店里吃了早饭之后，就直接到同德县教育局办理手续去了。他刚大学毕业分配到这个县城的时候，学校给了他一张盖有公章的派遣单，他拿着那张派遣单到同德县教育局里报到的，县教育局又给他开了一张派遣单，他又拿着那张由县教育局开的派遣单去谷芒学校报到。可是，今天他要调回城市的时候，这样空着手回去绝对办不成事儿的。当拉玛老师走进县教育局大门的时候，这些想法就接二连三地闪现在他的脑子里。

的确如此，拉玛老师想的一点儿也没错。首先他自己需要写一份调动工作报告提交到学校，之后由学校的领导班子召开会议，得到校委会的同意后，才由公社给县上打报告，又经过县教育局的领导班子召开会议同意他调动的事之后，拉玛老师才能拿着由县教育局开的调令到省城的调入单位去报到。这些调动工作的程序他连一件也没有办理，不等到下学期开学，他根本无法办理调动工作的手续。但是，县教育局局长对他说：“你是全省的优秀学生，为此可以给你开个特殊渠道办理调动手续的。当初把你临时分配到我们的县城来工作的目的是想看看你习不习惯在这里工作。从你这一年的工作情况来看，一方面你已经习惯在这里工作了，另一方面你还喜欢上了人民教师这份职业，而且还有培养草原儿女的强烈愿望。为此，你可以继续在这里长久地工作了。现在主要看你的意愿，去留都由你自己来拿主意了，我们没有干涉你的权利。”

那个秉性非常随和的教育局领导给拉玛老师讲了一番道理之后，拉玛老师顿时觉得自己不知道说什么好了。现在一心一意留在这片草原上当一辈子老师，好好培养牧民们的子女们呢，还是调到全省的政治、经济和文化的中心的都市去做人民的喉舌——做一名新闻工作者呢？总之，现在选择这两个工作岗位的权利都在拉玛老师自己的手里。此时此刻，拉玛老师他根本不想去思考到城市去工作有多大的光明前途，或留在草原上继续从事民族教育工作有多大的弊端等问题了。其实，他心中放不下人民教师这个伟大而又神圣的职业，心中无法忘记他班里的那些可爱的学生。

“这两个事业中你无论选择哪一个工作都是伟大的事业。”县教育局领导继续对拉玛老师说道。

“领导，就算用特殊的方式办理调动手续的话，也要等到下学期开学吧？”他犹豫不决地问县教育局领导。

“是的，就是，确实是这样的。”

“那么等到开学后，我再来这里办理调动手续吧。”拉玛老师说完话就走出了局长的办公室。

“草原上非常缺少像你这样的好老师，希望你不要再来这里办理调动手续了。”他身后传来了那位教育局领导的声音。

“……”

八

他又来到旅社里躺下来反复思考了好一阵后，才突然想起利用暑假的机会回一趟老家的事来。

第二天，他就乘坐了开往家乡的那趟班车。班车上他没有一个认识的人，寂寞无聊中他又记起了他的那个《回忆录》来。那本回忆录可能就装在他手提袋里面的某个本子的中间，可这些月以来他连一个字都没有往那个《回忆录》里添加进去。平日里他一个人独处的时候，他心中能记起写进那个《回忆录》中的许多素材来，可当他摊开纸拿起笔准备往《回忆录》写些什么的时候，又觉得他心中记起来的那些素材没有可写的价值，或者不知道从哪里下笔为好了。鉴于这种原因，他才没有往那个《回忆录》里添加进去一个字。

今天他心中想到的不是他的阿妈，而是自己年幼的时候封存在模糊记忆深处的阿爸的形象。

那些天阿爸已经卧病不起了。于是他爬上土炕用自己的一双小手夹住阿爸的脸蛋喊叫阿爸站起来。那时候，阿爸根本无法从被窝里站起身来，阿爸用憔悴不堪而又凹陷下去的双眼怔怔地望着他，除了抬起微微颤抖的手疼爱地摩挲一下那张粉嫩的脸蛋之外，阿爸根本说不出平日里喜欢给他说的那句“宝贝，白蛋蛋，是阿爸的鸡蛋啊!”等爱昵亲密的话来。阿爸还没有病倒在床的时候，平常把他顶在脖颈上行走在田边地头，村庄的巷子，村中的商店等地方去转悠。记得那时候商店里有很多的糖果，可阿爸的口袋里却没有给他买糖吃的钱，往往这时候阿爸摸摸自己衣服口袋之后，脸就变得苍白起来。之后阿爸就背着他无奈地走出商店，来到商店门口边晒太阳边下棋的那些老人们面前，低声下气地犹如高官达人家的奴才们的嘴脸般地央求那些下棋的老人们说：“关却大叔……洛智大叔……我这孩子……”可关切大叔连正眼都不瞧一眼阿爸地说道“没有”，之后他又专心致志地下起棋来。紧接着洛智大叔也不瞧一眼阿爸地说，“没有……没有……走开！”说完那些狠话之后，洛智大叔又一心一意地下起棋来。阿爸也非常喜欢下棋，为此他又马上投入到棋盘中去。一阵后他走下阿爸的怀抱，跑到商店里的货架前眼馋地望起货柜里的糖果来。不久阿爸发现他站在货柜前眼馋地看着货柜里的糖果后，就走过来把他抱起来，说着“宝贝，白蛋蛋，阿爸的鸡蛋啊！”的亲昵话哄着他向家中走去。

秋天，绒村每家每户的一名成员集聚到麦场里参加村里的碾场劳动。那天阿爸抱着他去麦场里碾场时，被组里的智巴队长发现后脸色陡变起来，对阿爸说：“你没听说不准带孩子来参加会议的话吗？”而后智巴队长就黑着脸凝望着阿爸。

“不是领来的，而是抱来的，连怀里抱着的婴儿都不能带来吗？”不知道阿爸那天哪来那么大的勇气敢跟智巴大叔顶嘴说出那样大逆不道的话来，平日里他连跟阿妈也说不出如此重的话来啊！那天可能他心中实在憋得慌，才说出那样的气话来的吧。

“已经是个七岁的孩子了，还算是抱在怀里的婴儿吗？”

“能装进怀里就是抱在怀里的婴儿。”阿爸根本不服软，继续顶撞智巴大叔说道。

“不管你是把他揣进怀里带来的也好，还是抱来的也罢，总之带孩子来劳动的一律没有工分的。”智巴队长无情地对阿爸说。

“孩子没有工分也就罢了，我为何没有工分呢？这分明就是无理取闹……好啊，那么我的工分就给你去吃了吧。”

“你知道劳动的时候带孩子来会带来什么影响吗？影响生产，影响农业生产，明白吗？你不要整天把自己的‘无产’两个字贴在脸上‘作威作福’了。绒村的村民们虽然不及你们家贫穷，可大家谁都不富裕，大家都不是资产阶级，而是名副其实的无产阶级啊。”

“我从来没有把我们家子子孙孙贫穷的事当作一件荣耀来向大家夸耀过，相反我觉得那是一种耻辱呢。”

“啊……你说什么？‘无产’是耻辱的。大家都听到了吧，我可没有冤枉他啊！他自己亲口说无产是耻辱的，他是典型的无产阶级的反动派。按你的话说，那么无产阶级专政也是耻辱的了？你不是革命的反动派还是什么呢？好啊好啊，你等着，我们今晚就召开村民大会……”

那时候，拉玛年龄尚小怎么能听懂大人们说的那些话的深刻意义来呢？那天中午，当大家停止了碾场午休时，村子里的四名像阿爸一样健壮的叔叔抬着一大木盘煮熟的正冒着热气的绵羊肉来到了麦场里，他们把那一大盘煮熟的羊肉放在了劳动的人们围成鼓面一样的座席中间时，浓郁的肉香味顿时在麦场周围弥漫开来了。每年碾场的时候，绒村里就有个分一次肉份子的习俗，本地人把这习俗叫做打秋分（秋天的肉份子）。那可以说是生产队给予劳动者们的一份鼓励，也可以说是给劳动者一年辛苦劳动下来的奖励了，这一习俗只有在秋天碾场的时候才举行，平日里根本享受不到的。村里给劳动的人们宰杀一只绵羊给那些参加劳动的人们打一份肉份子。这一天是村里参加劳动的人们最为高兴的一天，也是长达三夏三秋的年月里劳动者们所盼望的好日子了。

“队长。”那些叔叔把肉分到阿爸那里时，他们的脸上都露出了犹豫不决的神色停止分肉。还有其中一个叔叔叫了一声队长后，智巴队长气势汹汹地说：“就按照决定的去做吧，明年也是这样，谁带孩子来打碾场就断了谁的肉份子。”

“阿爸，我要吃肉……”拉玛哭喊道。

“这是狼的肉，吃了狼的肉，狼妈妈来到村里会吃了我们的。你是我宝贝，我的蛋蛋，听话啊，我俩现在就回到家里去，阿妈给你买糖回来了。”阿爸那样说着话，抱着拉玛起身离开了打碾场。

“智巴大叔，不要这样，这可是一年里只有一次的事啊，给那孩子……”人群中有人求智巴队长说。

“那是他的报应，不是在会议上声明过不准带孩子来场里劳动的吗？”人群中又有人说。

“喂，你站住，把我的肉份子让拉玛吃吧。”某人从他们父子的身后喊道。

“……”

回到家时，阿妈上山砍柴还没有回来，家里根本就没有可吃的糖果，阿爸虽然多次亲吻着拉玛的脸对他说过这样的话，可到头来他连个糖的味道都没有尝到过，为此他也早就习惯了阿爸的那句话。

阿妈砍柴回来后，阿爸和阿妈聊着白天所发生的事时，阿妈的脸上缓缓滑下了泪水，并用手轻轻地摩挲着拉玛的头说：“我的宝贝，我的蛋蛋，等你长大后就到很远的地方去上学，到时候我们就离开这个村庄。只要学到文化以后会吃到很多糖果的。”阿妈把一切希望放到了拉玛的身上。

村子里又传来了召开会议的通知。最近这几年村里的会议总是很多，对于村里召开的会议拉玛早就习以为常了。可是，自从那晚阿爸去参加了村里的会议之后，阿妈的心就揪了起来，她不安地一直在自家的堂屋里来回踱着步。她时而走到院子里抬起头来聆听上一阵子，时而又走进屋里往灶膛里添加些柴火，让锅里的开水不停地翻滚着。她半夜里还惊醒了两次，可都没见到阿爸回来。当阿妈第三次迷迷糊糊睡下不久，她就听到有人摇响了他们家大门铁环的声音，于是阿妈从土炕上一蹦跳起来，纵身一跃跳到了灶台边上，由于跳跃幅度过大她就摔倒在了地上了，可她又不知所措地立刻从地上爬起来匆匆向门外跑去。不久，阿妈背着阿爸，还有两个村里的叔叔帮着阿妈扶着阿爸的左右胳膊走进他家的堂屋。阿爸刚才去参加会议的时候还好端端地去的，可散会后回家时为什么又变得血肉模糊如同死人一样被人背回来了呢？这事让拉玛百思而不得其解。总之，那两个叔叔帮阿妈把阿爸背回家，让阿爸躺在床上之后就又匆匆离开了他家。

等那两个叔叔离开后，阿妈立刻拿来了一条热毛巾热敷着阿爸身上的那些青一块紫一块的如同一个个大小不一的人脚印般的伤疤来。等处理好阿爸身上的淤青，阿妈让阿爸躺好后，就立刻到锅台上做了一碗炒面糊糊，端到阿爸面前用木勺一小勺一小勺地喂给阿爸吃。可那时候，阿爸虚弱得已经连咽下一勺子炒面糊糊的力气都没有了，他没力气咽下阿妈喂给他的那些炒面糊糊，那些炒面糊糊又顺着他的嘴角缓缓流淌了下来……

从此阿爸就再也没有从被窝里站起身来。每次阿妈给阿爸喂面糊糊的时候，阿爸左右转动着那双已经深陷下去的眼睛寻找起拉玛来。当他的目光落在拉玛的身上后，阿爸就使劲堆积起自己脸上的皮肤向拉玛笑一笑，或者用凹陷下去的眼睛连眨都不眨一眼地凝望上拉玛很久。从此，阿爸连一次也没有说出过他平时喜欢给拉玛说的那句“我的宝贝，我的白蛋蛋！”那次，阿爸用嘴唇暗示着想给阿妈说点儿什么了，可他的喉咙被什么东西给堵住了似的根本就没有说出他想说的那句话来。于是，阿妈把右耳贴到阿爸的嘴唇上反复询问了很久后，才知了阿爸要想说的意思，就急忙向邻居华丹大叔家跑去。一阵后，邻居家的华丹大叔来到他家，走到阿爸的病床前，把阿爸的手放到他的手掌里对阿爸发誓说：“就算我要坐牢，也要把你托付给我的事情办妥当。”

晚上，华丹大叔怀里揣了一条绳子就走出了家门。平日里，一到晚上阿爸喝了炒面糊糊后就会安然入睡的，可那天晚上他根本就睡不着觉不说，还用失神的目光投向某处直盯看着什么，偶尔还左一下右一下转动着无神的目光，在朦朦胧胧的灯光下寻找起自己的爱子来。一阵后，他找到了自己爱子，于是他又使劲堆积起自己脸上的皮肤向儿子微笑了一下后，露出了想说些什么的神色来，可突然他脸上堆积起了褶皱，用牙齿咬紧了嘴唇，从他脸上的神色中能够觉察出他内心发生的巨大的疼痛感。

不知过了多久，华丹大叔背上背着什么沉重的东西来到他们家的堂屋里，就把背上的东西重重地扔放在了他们家的灶台边上。阿妈见华丹大叔把那个东西背到家里来之后，紧张得在屋里乱跑了一阵后，噼噼啪啪地跑出去当啷一声关上了大门并给大门上了锁。等华丹大叔揭开羊毛口袋后，从羊毛口袋里露出了一只用绳子扎了口的绵羊的尸体来。于是，阿妈马上往灶台里生了火用铁锅热起水来。华丹大叔磨好了刀就剥起那只绵羊的皮子。等华丹大叔剥了羊皮子，他剜割下绵羊的胸叉后，用碗舀出了绵羊胸腔里的积血，并拔出绵羊肚子里的内脏，把羊肠里的粪便推到了肚子中，把大肠和小肠分类出来淘洗干净后，剁了肉和羊肚子上的板油，往接有羊血的盆子里放进了剁碎的肉和羊油，并撒上了盐和花椒等调料，然后把双手伸进血盆子里用手掌捻碎了血块，把血肉拌搅匀后就把羊胸叉和脊梁骨都投进了铁锅中，而后再慢慢灌起了血肠和肉肠，以及肝肠来。灌完肠子之后，他就把羊的胴体解剖开来堆放在羊皮里，用羊皮包裹了起来。这时候，铁锅里的羊肉翻滚了起来，一阵煮熟了的羊肉的醇香味弥漫了整个屋子。

等肉煮熟了之后，接着煮起了血肠、肝肠和肉肠来。阿妈捏着一段半生不熟的血肠，把血肠的一段塞进阿爸的嘴里让阿爸吸吮起血肠来时，阿爸用嘴唇示意着说了一句话。阿妈领会了阿爸的意思后就把拉玛抱过去坐在了阿爸的身边，给他的手中放了血肠、肉肠和肝肠等肉食让他吃了起来。拉玛心想着那天碾场的时候没有吃到肉的事，就狼吞虎咽地吃起来。他解恨似的吞吃起羊肉来，吃得很勇猛而又很迅速。他觉得那时候阿爸的颧骨上好像露出了些红润，脸上也有了些许的笑意来……

班车发出一阵尖锐刺耳的刹车声就停止了行驶。车窗外面飞扬着一层迷蒙的尘土，一时看不清车窗外面的任何景致，等尘土慢慢散去后，才发现他已经到达故乡了。从车窗里能看到绒庄的商店，商店门口现在既看不见下棋的老汉也不见晒太阳的村民，商店门前空荡荡的显得非常的寂静。

他下了车，背着背包经过商店门口和田边地头，穿过村子里那道深深的巷道，来到了自己家的大门口。可是，他家的大门已经被人用土块垒砌封堵得看不见那扇木大门了。看着眼前的景致他心中顿时有了各种想法，一种无法用语言表达的悲伤从他的心底里油然而起，于是他在内心暗自自问道："我还到这个村子里找谁来了呢？"他在自家那个用泥土抹平了的大门口站立了一阵后，不知不觉间迈着脚步向邻居华丹大叔家的大门口走了过去。"华丹叔叔。"他对着华丹大叔家的大门向里面叫喊着，一边还摇响了华丹大叔家大门上的铁环。不久就有人出来给他开门了。出来给他开门的不是别人，而恰恰就是华丹大叔自己。华丹大叔不算太老，可他已经是满头白发，显得比实际年龄苍老多了。他的头上长满如同白色羔羊毛般的白头发，锅底般黝黑的脸上留着一道秤砣般大小的疤痕。

"大叔，你还认得出我来吗？"拉玛稍有些失望地问华丹大叔说。

华丹大叔见到他后脸上露出一副惊奇的神色，看了他好一阵后说："你是？"华丹大叔说话的瞬间，拉玛还看到华丹大叔没有一颗牙齿的口中转动着的舌头。

"我是拉玛呀……"

"啊，拉……玛……"华丹大叔翕动嘴唇地问道。

"是啊，我是拉玛啊……"

之后，华丹大叔激动地一把握住了他的手。当华丹大叔的情绪稍微稳定下来后，就拉着拉玛的手把他让进了院内。周姆大婶呆呆地望了拉玛好一阵后，跑过来一把抓住了拉玛的手，激动地紧握了起来。

华丹大叔家的房屋没有任何的变化，他家的院子里坐落着两间坐北朝南的土木结构房屋。主屋里的椽子们由于常年受到烟熏火燎而变得非常的黝黑了，灶台上面椽木的缝隙里还长长地垂吊着几串灰吊。周姆大婶往灶膛里塞进了一把麦草准备烧茶的时候，烟火的暖流升到灰吊上摇摆了起来。这种房屋的空间很低，从灶膛里升起的滚滚浓烟直升到屋顶上，翻转了一下后立刻布满了整个堂屋，于是被烟雾吞没的拉玛和华丹大叔相对坐在餐桌两边都看不清彼此了。一阵后，拉玛打开他的背包，从背包里面取出了糖和饼干等见面礼递给了华丹大叔夫妇。"太多了，太多了！"华丹大叔说着客套话，把他那双暗淡的目光向拉玛投了过来。当拉玛在灶台边坐下来的瞬间心中产生了一种从未有过的安全感，同时从他的心底里生出了一股说不清道不明的悲伤感，顿时布满了他的心间，于是他的心中被悲绪堵塞得连喘气都有些困难了起来。周姆大婶给拉玛和华丹大叔每人倒了一碗茶后，华丹大叔见拉玛的眼中流淌着泪水，就对他说："你，不习惯被烟熏啊？那么我们还是到屋檐下去坐下来喝茶吧？"

"……"

拉玛不说话却摇着头从口袋里拿出一块新手帕擦拭起眼中的泪水来。

"孩子……嗯……我也……呀喝茶，吃馍馍，这是……嗯……你怎么连一口馍馍也不吃啊？"华丹大叔想说什么，可他又把到了嘴边的话给吞咽了下去后，敬拉玛喝茶吃馍馍来。

"……"

拉玛向华丹大叔点了点头又把手帕装进了口袋。

"孩子……孩子……"拉玛的喉咙着实被什么东西给堵塞住了，此时此刻他不知道说些什么好了，为此他沉默了良久，所以华丹大叔继续说，"自家在山也幸福。我猜你也会回一趟家来的……"华丹大叔心里好像有什么愧疚事一样结束了说话。

"大叔……"拉玛才开口说起话来，华丹大叔用猜疑的眼神凝望着他的脸，等待他会说出什么话来。

"我想看一眼我们的家，可不知是谁把我家的大门用土块给封住了，我家的庄院现在由你们家管护起来了吗？"这恰恰是华丹大叔等待他要说出来的话。

"嗯啊……是是是，我把它管护起来了。我这样做的目的是等着你某天回来后就想把它原封不动地交给你的，我老汉无儿无女，再说我已经有了一副庄院，干吗还要第二副庄院呢？"华丹大叔说出了许多使他意想不到的话来。可是他细想了一下华丹大叔所说的话后，觉得有些奇怪，这事好像和华丹大叔所说的话没有一点儿关系，为此他干脆就没有回答华丹大叔所说的话。这时候，华丹大叔就变得更加坐立不安了起来，如果不是他产生了错觉的话，此时华丹大叔的脸色发白了。

等他在华丹大叔家吃饱了肚子之后，就看他家的旧庄院去了。通往他家旧庄院的门被封住后，华丹大叔从他们两家的隔墙上开凿了一个土门，他穿过那个土门走到他家的老院子里去了。

此时，他家的老院里长着一人高的油菜，眼前油菜花已经凋落了，但油菜的绿意犹存着，老院里弥漫着一股油菜浓浓的清香味儿。他站在久违了的老院子里寻找起以前和阿妈生活过的痕迹，可他家的老院子彻底变了样，找不到小时候在这个院子里生活的一点儿痕迹。此刻，他觉得那个老院子非常陌生，觉得自己仿佛是一个远道而来的客人，他既没有哽咽也没有哭泣。可是仔细看时，发现在庄院墙壁上留有许多小洞眼，那些都是当年他们家盖房屋而开凿的痕迹。特别是那道黑迹斑驳的烟洞的印迹依旧清晰可辨，可以见证他们一家人曾经在这里生活过。从而他在老院里转了几圈，这时候一阵凄凉感从他的心底里油然而生，并在他的心里留存了很久。

之后，他走出了自家的庄院，来到庄院外面，围着庄院的外墙转了三圈后，又穿过村子曲曲折折的巷道，经过村边的田间地头到村子的商店里去了。一路上他遇到了几个村子里的孩子和几位曾经一起生活过的老人，还遇到了一些他童年的伙伴。那些人中有他认识的，也有他根本不认识的。有些人依旧念记着故友的感情，过来紧紧握住他的手盘问起他的近况来。还有些人只跟他打了个招呼，也有些人理都不理睬他地走开了。他来到商店里买了糖果散发给了他所遇到的村里的老人和孩子们，那些得到他的糖果的老人和孩子们脸上露出笑容在看着他。他从商店里买了些生活必需品后，又经过田间地头，穿过曲曲折折的村巷道回到华丹大叔家。他回到华丹大叔家时，华丹大叔和周姆婶子已经做好了晚饭在等待着他。吃过晚饭后，华丹大叔拿了一坛子青稞酒，嚷嚷着要和拉玛喝一顿酒。他见到那坛青稞酒后，立刻想起了他在自己的宿舍里当着阿坚老师的面最后一次喝酒的情景来。那夜虽然阿坚老师叮嘱过他“以后你就不要喝酒”，可他有自己的生活方式，他也不是每天在喝酒，当他遇到不顺心的事就喝点儿少量的酒来解解愁，或者自己遇到什么高兴的事就喝顿酒助助兴的。可今晚谈不上是他很高兴的一晚，也说不上是痛苦的夜晚。不管怎样，他和华丹大叔推杯换盏地喝了起来。酒喝到三分醉意的时候，他不止一次地想跟华丹大叔询问的那个问题就又闪现在了他的心头了。这时候，华丹大叔也已经有些醉意了，为此他就向华丹大叔问起了那些盘绕在他心头已久的事情来。

“大叔，我有句话想问问您……”他打断了华丹大叔的话。

“我也有一句话要告诉你……”他俩不约而同地开口说话了。为此，华丹大叔见拉玛有话要说就又停止了说话。一阵后，拉玛又接着想要说什么的时候，华丹大叔抢先拉玛说：“还是我先说……我还是详细地说给你听吧。”如此，他就只好望着华丹大叔的脸等待着他说话了。

“……你还记得那年你离开时我给你说过‘自家在山也幸福’的话吧？为此，俗话说‘雄鹰翱翔蓝天，也会脚落峭壁’。就像这句俗话说的那样，我早就预料到了你总有一天会回到家里来的。可是，自从你那次离开已经过了十个年头了，我们一直没看到你回来。可是我知道你自小就是个有骨气的孩子，不会把自己的祖宅抛弃不管的。虽是如此，经过多年风雨的侵蚀你家的庄院被雨水腐蚀了，院子里也长满了杂草。你们离开没过多久你家的房屋就开始漏雨了，我缝缝补补了很多年，可由于你家房屋已经老化失修，再加上房屋里多年不住人，屋里的潮气太大，屋顶不断漏雨，房顶的椽梁都严重腐坏后，在几年前的一场暴雨中你家的房屋就彻底坍塌了。所以，我向村委会申请而得到了村委会的批准，我就按照村委会的要求写了保证书后，才往你家的院子里种植了油菜。我在那份保证书中做了保证，发誓等你什么时候回来我就把你家的庄院原封不动地还给你。如果你不相信的话，我俩明天一起去村委会看那份保证书……”

“大叔，我真的很感谢你啊！有句俗话说‘祖宅里长满了杂草’。

这句话讽刺的就是我这样的不孝之子啊！可我家庄院里已经长满了杂草，那就让它疯长去吧。除此之外我还有什么办法呢？”

“可是……”华丹大叔没有把话说完。

“大叔，你喝醉了吗？你都没把话说完啊……”

“……嗯，你也知道，我们两口子膝下没有儿子，从去年起我们老两口又从村里的劳动队伍中退了下来，所以，家里彻底没了经济来源。这些年我想方设法尽我所能地去管护你家的那副庄院，房子最终还是倒塌了，可是……”华丹大叔又打住话题，没有继续说下去。俗话说，“听歌要听曲，听话要听音。”这时候，拉玛才彻底明白了华丹大叔的心思来。原来华丹大叔管护了拉玛家的庄院这么多年，现在他不是想得到一份酬劳吗？他早在学校里的时候就想过这个问题，曾经暗自发过誓有机会时，他一定要回到村里好好报答华丹大叔的，可那心愿至今没有实现，这件事成了他内心沉重的包袱。

“大叔，哪有什么说不出口的啊？我怎么不知道你家里的困难呢？再说，小时候我们家是全绒村中最贫穷的家庭，这你是再清楚不过了。呀，大叔，要多少你就直说吧……”他知道华丹大叔绝对不会说出三百元以上的报酬的，如果大叔他只要“三百元”的话，他准备再添上二百元，答应给他“五百元”做报酬了。

“三……给三百元的话你愿意吗？”华丹大叔吞吞吐吐地说出了他自己心里的真实想法。拉玛猜的果然没有错，华丹大叔果真只向他要了之前预想的钱数。

“不，那太少了，我给你五百元。怎么样啊？”拉玛伸出五个指头给华丹大叔说。

“啊！”

华丹大叔之前惊奇地发出了一声感叹声来，少顷后他点了点头后使唤周姆大婶说：“老太婆，你去把放在箱子里那个坛子给我拿过来。”

拉玛小的时候，作为邻居华丹大叔没少帮助过他家。为此，拉玛一直对华丹大叔心存感谢。今天他自不量力地答应要付给华丹大叔五百元作为管理他家老庄院的报酬，可他想起现在自己口袋里只装着四百元后，一股羞怯心理缓缓涌上了他的心头。

“我把你家的木料分类好后，梁归梁，椽归椽，柱子归柱子地垒起来，上面还盖了一层芨芨草，芨芨草上还抹了一层泥巴封存了起来。可后来我认真考虑了一下后，不知道你什么时候才回来，于是我就自作主张用你们家的木料盖了对面的那两间房子。”华丹大叔说。

“这样说，那些木料对你还起到一点儿作用啊！好得很。”拉玛这样对华丹大叔说。

这时候，周姆大婶抱来了一个陶器坛子放在了华丹大叔的面前。这时，华丹大叔停止了说话，小心翼翼地打开了那块包扎坛口的红布，把手伸进坛子里摸索了好一阵后，才从坛子里面拿出了几个用线捆扎着的东西，用他那双微微颤抖的双手去解开了捆扎那东西的线来。等他解开线后，拉玛才发现原来那些全都是捆扎在一起的钞票。华丹大叔把一把扎在一团的钞票放在拉玛的手里，对他说：“你帮我数数吧。”

那把钞票中有面值十元的，五元的，两元的，一元的，还有几角的钞票呢。一部分钱已经被烟熏黄了，还有一部分钱由于捆扎的时间过长，虽然解开了捆扎它们的线，可依然像之前那样团在一起已经展不平了。他俩花了很长一段时间后才把那些钱十元归十元、五元归五元、两元归两元、一元归一元地分类归整了起来。那些钱一共有四百三十六元八角钱（其中包含面值为角的人民币）。

“嗯……本来应该把所有的钱都一起归还给你的，可我的能力有限，还有一部分钱没有凑齐。这样吧，其余的钱等你放寒假后来我这里拿吧，到时候我一定凑齐后还给你的。哦，你还没结婚的话，放了寒暑假就来我家里住吧？我们家虽然没有好吃好喝的，可俗话说‘自家在山也幸福’，为此，寒假里我就把所有的钱凑齐后还给你的。”

华丹大叔说着话把那些被他积累了多年并扎成一团的钱向拉玛面前推了过去。

拉玛也不假思索地伸过手去从华丹大叔的手里接那些钱，从华丹大叔手里接到那些钱的瞬间，脑子里嗡的一声巨响，他完全清醒了，于是他马上缩回了手来。他虽然没有喝得酩酊大醉，可回想起刚才的那一幕来，仿佛跟那些大醉后收拾不住鼻涕眼泪，口中还豪言壮语地说着“我没有醉”的醉汉没有丝毫的差别。他以为华丹大叔一定喝醉了，于是睁大眼睛凝望起华丹大叔的脸时，可也没看出华丹大叔的脸上有明显的醉意。

“大叔，这钱是怎么回事啊？”拉玛清醒了一下自己的大脑后问道。

“买你们家木料的钱啊！”

“木料？！”

原来之前他俩都误解了。听了华丹大叔的一番诚恳的话后，拉玛感动之余一股热泪从他的脸颊上滑落了下来，同时他的喉咙又被什么东西堵塞住了似的激动得说话都有些困难了。拉玛泪眼婆娑地望着华丹大叔的时候，华丹大叔的脸上他找到了他阿爸活着时候的半边影子来，从而他仿佛又看到了当初华丹大叔紧握着阿爸的手说“就算我要坐牢，也要把你托付给我的事情办妥当”时的情景来。

“……”

他哽咽得没有说出话来，过了很久后，他才向华丹大叔问起一直凝聚在他心头的那句话来。

之前华丹大叔说：“好端端的干吗要去搅扰亡者的灵魂呢？”华丹大叔本打算不回答拉玛的话的。可他见到拉玛的脸上流淌的泪水好像不停地在哀求着华丹大叔，于是，华丹大叔才把那些事情毫无保留地说给他听了……

当年，拉玛的阿爸用唇语或手语说给华丹大叔的原话是这样的，“我现在已经没有几天可活在世上的日子了，我现在唯一的愿望就是在我离开人世之前想亲眼看到给我的儿子（拉玛）吃上一口肉。”华丹大叔知道这事搁在谁的肩上都是一件困难的事，可和拉玛爸做了一辈子的邻居，这可以说是他离世前的遗言……阿爸还用唇语或手语给华丹大叔说了许多话，可华丹大叔没有完全听清楚。

华丹大叔被阿爸的那句话给感动了，为此他回想了一下那天智巴队长在当着那么多人的面没有给他们父子分那份肉份子的事后，托付给我的就向阿爸发誓道："就算我要坐牢，我也要把你托付给我的事办妥当。"

那夜，华丹大叔腋下夹着一个羊毛口袋，腰里缠绕了一条毛绳就向尤隆（牦牛）沟走去。他进了尤隆沟，来到智巴队长家的羊场，华丹大叔先向右顺着羊圈走了一圈后，就蹑手蹑脚从羊圈的一个垭豁跳进了羊圈。当他跳进羊圈时，卧睡在地上的羊群就惊跑了起来。于是他就安静在羊群里呆坐了一会儿，等羊群稍微稳定下来不惊跑了之后，他马上解下那条缠绕在他腰间的绳子，给那条绳子打了个活环，像绵羊一样匍匐着身体立刻往羊群里抛出了那条套羂后，套羂上的环扣恰巧套进了一只羯羊的脖子上。于是他马上交换着双手使劲拉着套羂把那只羯羊拉到了自己的身边，平躺着身体立刻用绳子捆绑住了那只绵羊的四肢，并用绳头扎住了口鼻，给那只绵羊闭起了气来。从而，那只羯羊不断地从喉咙里发出"噢噢噢"的咽气声来。他害怕绵羊因咽气而发出的声音惊醒睡在房子里的牧羊人。这时候羊圈里的绵羊们发觉到华丹大叔后就惊跑到羊圈另一头的角落里，聚集在一起都支棱起耳朵转过头来警觉地望着他不停地打起响鼻来。于是他内心的恐惧感就变得更加的强烈了起来。他觉得平时他宰羊时，从闭扎绵羊的口到绵羊死亡就一会儿的工夫，可他觉得那夜那只羯羊仿佛系有金刚命一般不断发着"噢噢"的咽气声久久不肯死去。平日里他宰羊的时候，每每见到捆绑着的绵羊挣扎着最后一口气时，边发出咕噜咕噜的咽气声，边从眼睛里流淌出绝望的眼泪的情景时，他也同情那些牲畜地流淌出眼泪来。可那晚他变得如同被魔鬼附体了一般，狠心地盼望起那只羯羊马上死去为好。等羯羊不再动弹了之后，他就用肩扛着那只羯羊的尸体走过去把它放在羊圈的围墙上，而后蹑手蹑脚翻过羊圈的围墙，再把那只绵羊的尸体装进羊毛口袋里，扎好袋口就把毛褐子口袋扛在肩上，背着那只羯羊一口气跑到拉玛家里来了。这样，那夜拉玛才吃到了新鲜的绵羊肉、血肠、肉肠和肝肠等美食来，从而阿爸的心也就此平定了下起来。

不知是阿爸的心真的为此而平定了下来呢，还是为了其他的原因呢？总之过了午夜时分，阿爸的脸上露出了从来没有过的平静和恬淡的微笑，随着显出一阵安详宁静的入睡般的神色，看着他的脸永久地睡着了……

这件事是华丹大叔这一生做过的唯一一件不合乎常理的事，也是阿爸这一生做过的唯一一件不合乎因果报应的事。华丹大叔也有过想找个机会向智巴队长坦白罪责的念头，可随着岁月的流逝他已经淡忘了那件罪恶深重的事。现在智巴队长也早就离开了人世，但这件罪责至今深藏在华丹大叔的心中没有向任何人透露过……

“大叔，这五百元不是你给我的而是我要给你才对啊！”

“……”

那夜拉玛好像没有喝醉酒，可他当时的脑子还是没有那么的清晰。第二天早晨，随着升起的那缕阳光，他的脑子也慢慢变得清晰了起来。这时候，拉玛才又回想了一下昨晚华丹大叔所述说的往事，那往事搁在他的心里实在让他按捺不住。于是，他又去了一趟商店，从商店里买了一包茯茶、一些糖果和罐头，提着这些食品径直到智巴大叔家走去。智巴大叔的儿子多杰比他大几岁，他俩虽不是童年的玩伴，可多杰一见到拉玛就认出他来了。当拉玛和多杰坐下来谈论起他们两家的那段往昔的恩仇时，拉玛才发现对于那段往昔的恩仇多杰比他知道得多。那天，多杰坐在自家的土炕上，一见到拉玛来到了他家后，他的脸顿时变得苍白了起来，而后知道了拉玛的来意后，跳下土炕跪在拉玛的面前磕头忏悔起他的阿爸所做的罪责来。

拉玛把华丹大叔讲给他的有关偷过智巴家绵羊的故事从头到尾讲给多杰他们听后，在那一包茯茶的上面放了糖果、铁罐头和几百块钱后，对多杰说：“这些请你务必要收下吧！”

见到拉玛的举动后多杰哽噎得根本说不出话来了。

"……"

绒村里至今还没有一所学校，村子里的孩子们都光着脚丫子，整天无忧无虑地在村子的巷道里玩耍着。乡亲们都对拉玛说："明年在绒村里也要办学校了，你干吗要到城市里去工作啊？还不如来自己的家门口当人民教师，给村子里的孩子们教书好了。"

九

拉玛在老家里住了一个多月。其间，他不但见到了多年没有见过面的童年的伙伴，而且还串了许多绒村村民家的门，并且给村里的老人们送去了饼干和糖果等礼物，还苦口婆心地教导村里的乡亲们说"等明年村里建立了学校后一定要把孩子们送到学校里，让他们认真学习文化知识"的话。

那天早晨，拉玛离开家乡的时候，村里的许多人来商店门口为他送行来了，他还得到了许多绒村的锟锅馍馍（在像绒庄这样的农庄里，把发面装进由生铁做的器具里，埋在燃烧麦草、牛羊粪等带火的灰底下烧制成的馍馍）等礼物。此刻他真正体会到了"自家在山也幸福"这句俗话的真谛来。他离开家乡的那一瞬间，不知道自己在留恋着家乡的什么，看到车窗外乡亲们脸上流露出淳朴无瑕的情感纷纷向他招手道别时，他心中突然产生了一种不想离开家乡的情结来。可这时候，班车缓缓向前驶去了，挥手跟他道别的华丹大叔和周姆婶子的影子慢慢从他的眼中消失了……

"大叔，大婶，我在你们家的坛子里放了几百元钱，其余的钱我马上给你们寄回来。"他坐在摇摇晃晃的班车里自言自语道。

这次回到老家后的最大收获就是拉玛的心中充满了力量和勇气，使他的生活目标变得更加的清晰了起来。为此他急切地渴望起了立刻抵达县城。一到县城他给教育局局长呈报了那份他不去城市工作的申请报告后，立马去谷芒学校投入到自己这一生特别想从事的民族教育工作中去了。

拉玛老师办起继续留在谷芒学校的手续很方便，他写了一份申请书呈报到同德县教育局后，就立刻得到了教育局领导的批准。拉玛老师他人还没到谷芒学校，他继续留在谷芒学校工作的消息早就传遍了谷芒公社和谷芒学校。县教育局还特别派了一辆小车把他送到谷芒公社，谷芒公社的相关领导和学校老师们一并前来欢迎拉玛老师的到来。在学校召开的本年度开学大会上，扎西顿珠校长当着全体老师的面给予了拉玛老师高度的评价说："拉玛老师继续留在谷芒学校无怨无悔地培育草原儿女，我们向他的大无畏精神致敬！"公社的领导给予拉玛老师高度的评价说："拉玛老师自愿放弃了去我省的政治、经济、文化中心城市工作的机会，继续留在这个海拔最高，氧气稀薄，贫穷落后的地方，继续为我县的民族教育事业做贡献，我们向他的大无畏精神致敬！"这些赞扬和吉言在谷芒公社和学校里流传了三个多星期。

等那些赞美声消失后，留下来的依然是那个平凡的人——拉玛他自己。拉玛老师在大学里上学的时候得到过很多的嘉奖，"三好学生""优秀大学生"，特别还得到过"全省优秀大学生"等嘉奖，他曾品尝过赞扬和褒奖带来的喜悦。可是赞扬和褒奖不会长久的，人生中有多么高的嘉奖都不会流传长久的。为此，一个人靠赞扬和褒奖来生活的话，那大概就是痛苦的根源而已了。

"拉玛老师的精神"的赞扬和褒奖逐渐在谷芒草原上淹没了，如此规模的嘉奖大概在谷芒学校现有的教师中至今没人得到过。他的那个《长远教学计划》虽然已经开始实施了起来，可是当全校的师生们得知他的这个计划后，除了极个别的老师支持之外，全校多数的老师都反对他的这个计划。学校的意见是，课本是教育学生的唯一途径，学生的课本既科学又符合学生的心理，介绍了许多文化知识，而且课本里还有许多篇热爱党和祖国的好文章，为此对一个小学生来说，学好小学五年的课本知识就足够了。除此之外没有必要补充什么课外教材内容了，即使需要也得到国家教育部门或县教育局规定的参考教材中选择，把没有被出版发行的牧人的“故事”列为学生的课外读本，那就会成为贻笑大方的事。这句话使得拉玛老师也无话可说了。

几天后学校又一次召开的全校干部职工大会上，拉玛老师以经验交流的方式把自己撰写那个《长远教学计划》的真正目的说给全校的老师们，虽然得到了阿坚、航倩多杰、洛桑等几位老师的支持，可这时候扎西顿珠校长却依旧固执己见地对他说：“在会议上决定的事和实际工作中个人在私下里的操作的事是有根本上的区别的。”为此，他没有扭转过“少数服从多数”的基本原则。

会议结束后，他来到宿舍里囫囵躺在自己的床上，反复回味着向学生们宣布过的誓言来。回忆着那些事情时他突然想起了一段格律诗来。他虽然一时没记起那段格律诗出自哪本书中，可是以前他不知多少次诵读过这段格律诗，至今他仍然没有完全理解这段格律诗的真正含义。当初大学毕业后分配到这地方的时候，他发誓要把自己的一生奉献给伟大的人民教师的事业，可过了一个学期后，当他得知学生们的成绩非常落后之后，他立刻忘记了自己当初来当人民教师时所做出的诺言，差一点儿还抛弃诺言离开教师的职业调到省城去工作了。说句老实话他没有调到省城去工作不是为了坚守他自己当年许下的诺言，而是在暑假期间去了一趟老家，看到老家的乡亲们的精神状态之后，才改变了要调到省城去工作的主意，而下定决心留下来在这个偏僻的地方继续当起了人民教师。无论如何从现在他自己的工作的状况来看他好像还是遵守了当初的诺言，自己没有违背为自己一生立下的初衷，这确实值得庆幸啊！一个人一生的漫漫人生路上会有许多诺言的，那么往后自己要做一名背信弃义的平凡人呢，还是要做一个有理想且遵守自己诺言的伟大人物呢？在踌躇满志中拉玛老师又记起了那句萨迦格言来：

圣人允诺不轻变，

一旦允诺难办事，
犹如石上刻画般，
至死不会弃诺言。

“圣人”“难”“死”等字眼是这首格律诗的中心词，可是一来他不是圣人，二来自己所立下的诺言也不是别人强迫他为答应他完成某种事而立下的诺言，三来不必为了实现自己不经意立下的那个诺言而付出生命代价，为此，拉玛老师觉得那句格律诗和他所立下的诺言之间有着天壤之别。所以他默诵着“一切诺言是痛苦的”的话，用被子捂住自己的头睡了……

不久，阿坚老师和党才大叔都相继退休了。他们两个人离开学校的时候，拉玛老师去工地参加了修建美丽滩水渠的劳动，为此不但没有给他俩送行，甚至连给他俩说句祝福的话都没能做到。参加修建美丽滩水渠的劳动结束后，他们回到学校，再来到自己的宿舍时，发现阿坚老师已经把他的东西都搬走了，眼前宿舍里变得空荡荡的，显得格外的冷清。听说阿坚老师离开学校的时候，跟他的那些公社里的朋友们聚在一起美美喝了一顿酒。拉玛从那些去给拉玛老师送别的人们口中听说，阿坚老师那天喝醉酒后还露出开裂了的前门牙多次提到了拉玛老师的名字。以前阿坚老师如此地喜欢喝酒，可以用嗜酒如命来形容了，可后来阿坚老师突然戒酒了，拉玛老师认为阿坚老师后来戒酒跟他有着很大的关系。他不由得在心里把以前的阿坚老师和后来的阿坚老师做了个比较，起初的阿坚老师特别喜欢喝酒，每个晚上他拿出酒来很抱歉地对他（拉玛）发誓说：“今晚我就喝一丁点儿酒啊！”等喝得酩酊大醉了之后，又对拉玛老师说，“拉玛，你就停下看书吧，躺在床上我们好好聊聊天怎么样啊？”阿坚老师这样一搅扰拉玛老师也没办法继续看书了，于是他就放下书躺在自己的床上陪着阿坚老师说起话来。后来阿坚老师戒了酒之后，就再也不搅扰拉玛老师看书了，一到晚上，阿坚老师很晚才回宿舍，或者很早来到宿舍里就钻进自己的被窝里睡觉了。后来，拉玛老师知道阿坚老师这样做都是为了不影响他撰写那个《长远教学计划》。现在阿坚老师退休离开了学校，宿舍里显得如此的冷清。此时此刻，拉玛老师一个人躺在宿舍里，不由得想念起阿坚老师来，从而阿坚老师的那两颗开了缝隙的前门牙又一次显现在眼前……

没过多久，从师范专科学校里毕业的多杰分配到了谷芒学校，学校又把多杰老师安排到拉玛老师的宿舍住了，之后宿舍里的冷清感又逐渐消失了。

多杰老师和拉玛老师的命运基本相同，他们都是外乡人，谷芒草原不是他们的故乡，为了工作上级分配他们来这里的，为此，他们才相聚在这个学校里。但是，当初拉玛老师是怎么来到谷芒草原上来工作的，想必广大的读者朋友们已经知道了，但多杰老师并不一样，他是被他的女朋友给拉拢到这个学校里来工作的。今年公社的卫生院里还分配来了一位女医生，那就是多杰老师的女朋友——曼巴措姆。多杰老师很不情愿留在谷芒草原上工作，为此，多杰老师来到谷芒小学不久就急切地寻找机会开始调动工作了呢。多杰老师多么希望把自己调到县上或州上去工作啊！“火焰向上升，河水往下流。”当多杰老师听说了拉玛老师主动放弃调到省上去工作的机会，任劳任怨地留在这片荒芜的草原上工作的事后，就常常用一句汉族的俗语来挖苦拉玛老师说：“拉玛老师，你多傻啊，放着调到城市里的机会，留在这里受苦，那分明是个愚蠢的行为。”

多杰老师不懂藏文，可说起汉族的谚语来一套一套的，就如平日里牧人们滔滔不绝地利用俗语说话一样既熟练而又流利大方。就如他自己所说，像他这样的人留在这里给学生们教些拼读课文混日子的话，真是浪费了他满腹的经纶。自从拉玛老师和多杰老师在同一个宿舍里住起来后，拉玛老师的生活规律就发生了很大的变化。之前拉玛老师吃过晚饭后就伏案撰写他的那篇《长远教学计划》或《回忆录》的习惯基本都被改变了。因为，曼巴措姆三天两头就会来到拉玛老师和多杰老师的宿舍和多杰约会。曼巴措姆每来一次他们的宿舍，拉玛老师就陪他俩聊一宿，或者拉玛老师为了给他们提供独处的机会就不得不找各种借口到别的老师的宿舍里去了。此时此刻，拉玛老师也才从心底里默默渴望起自己也有个恋人来。之前他上学时，不是没有姑娘喜欢过他，可他是个性格非常孤傲的人，那时候他有一句“如果你不用爱情的鱼钩来捉住我的话，我会装作没看见你，绝对不会主动向你示出我内心感情而默默独处下去”的座右铭，所以，他坚持着一颗倨傲的心一直单身一人过了下来。为此，直到毕业分配到这里时，他还是个孑然一身的光棍汉……

十

“旦正太。”

“到。”

“冷本才让。”

“到。”

“奥赛杰。”

“到。”

“洛智尖措。”

“到。”

“穆觉多杰。”

“……”

再过一个学期他班里的这些学生就要小学毕业了，于是拉玛老师又不知不觉地紧张了起来。现在他把全身的精力都投入到教学工作中，为此每一堂课下课时，拉玛老师的胸前都落满白色的粉尘，他整个人就变成了一个白人。一周前，拉玛老师给他的学生们上完了五年级第九册课本的所有内容，但离期末考试也只有两个星期的时间了，为此，从今天起他把口语交际课放在了重点，他们就专心致志地听起来。

“很久以前……”口语交际课上拉玛老师给他的学生们讲的都是些民间故事或历史典故，学生们也非常喜欢听他讲的课。

“有个叫更噶坚参的大学者，更噶坚参他怎么变成大学者的呢？他是全靠自己的勤劳和智慧，再加上不分昼夜地勤奋苦读而成为了大学者的。他读了许多古典书籍，等他老了之后才有了渊博的知识，从而他博览群书的美名广为流传。为此，得到那地方名门贵族和高官达人们的赏识和尊敬。从而，他变得无比骄傲了起来。他还到处打听在这个世上有没有比过他知识的学者。他打听了许久却没有找到一个能比过他的学识的学者，于是，某天他骄傲地在某个岩壁上写下了‘世上只有更噶坚参我’几个大字，并在大字上涂抹上了黄灿灿的金粉。就在这个时候格西（善知识）智贡巴（一生深居在山洞里修行的人）瞧见岩壁上的那九个大字后……呀，孩子们，你们说说，这时候格西智贡巴会说出什么话来呢？你们猜到了吗？”他向学生们问道。

“会说出你写在岩壁上的字闪烁着金光的话来。”

“哈哈哈……哈哈哈……”学生们都大笑起来。

“会说‘哇，一个多么有学问的学者啊！’的话来。”

“哈哈哈……哈哈哈……”学生们又大笑起来。

“格西他……”

“……”

学生们一边按着自己的猜测和想法在争辩着，一边偷偷地观察着老师的反应。

“你们大家都没有猜对。”拉玛老师看着他的学生们说，“格西智贡巴说了一句‘这句话里有一个错别字呢’”。

“错别字？……”

“错别字……”

拉玛老师上课的时候，常常说“错别字是我的眼中钉”。当学生们听到拉玛老师说出“错别字”的时候，他们变得更加的精神起来，他们反复诵读起那句话，还反复推敲起写在黑板上的那几个字，可他们还是没有找到老师所说的那个错别字。

“哦，其实在‘呐’（藏文三十个字母中的第四个字母“我”）字下面多了一个下坠（如同汉语声调中的二声，加了二声下坠符号就变成了‘哭’的读音）符号。”拉玛老师笑着对学生们说。

“现在这句话就变成了‘世上只有更噶坚参哭’了。”

“世上只有更噶坚参哭。哈哈哈……”同学们都哄堂大笑了起来。他们的脸上布满了喜悦的神色。拉玛老师给他们上课，他们学习起来没有任何的压力，还显得特别轻松，课堂上师生之间也像课外活动一样互相说话聊天了。为此，他们一点儿也不厌烦拉玛老师的讲课方式，还特别期待起拉玛老师给他们上这样的课。

“这故事真好听啊！”

“老师，接下来呢？”学生们特别想听到那个故事的结局。

“接下来，哦，接下来更噶坚参他就悔悟了起来，他把一句‘骄傲的球体上，聚不了知识的海洋’的俗语作为自己的座右铭，潜心著述写出了很多的书。一个人要想成为智者就千万不能骄傲啊！人的一生中只有读书是没有尽头的，活到老学到老，到死也读不完世上的书籍的啊！”他引出了一句格律诗：

明朝死亡今朝学，
即使此生不成贤，
也要交给来世者，
犹如给自聚财宝。

“这故事太动听了……”

“这个故事是我自己编造出来的。”

“什么！”

“可这首格言不是我创作的，以后你们听我讲课时要学会察言观色啊，时刻观察我是不是在说谎。”

通过开设口语交际课，同学们学习的思路变得更加清晰了，他们的心中也充满了希望，他们对待学习的态度也变得勤奋好学了起来，于是在放寒假的时候学生们主动找上门来向拉玛老师请教学习的方法时，拉玛老师还给他的学生们说：“学习是没有什么捷径可走的，就按照自己的兴趣爱好去学习吧。如果你们的亲人中有善于讲故事的人的话，你们就要求让他给你们多讲些故事听。不过你们得提高警惕察言观色他们有没有在编造新故事。可你们记着千万不要说穿他们的谎言哦。”

放寒假过了两个星期后，草原上又开始吹刮起大荒风来了。每年一到冬季这地方就会刮起大荒风来，那是因为这片草原上的牧民们开垦草原变成了耕地，收割了油菜后把油菜地犁翻成黑土地，再加上整个冬天谷芒草原上没下过一场雪，从而耕地中扬起了尘土，为此这地方犹如预示凶兆一般吹刮起大荒风来了。遇到刮风天气，人们走出屋外连眼睛都睁不开了，每当遇到这样的刮风的恶劣天气，拉玛老师就生起宿舍的火独自整天待在宿舍里不出门。今年寒假学校没让晁吾大叔守学校，傍晚时分就没有人来敲他的窗户了，也没有人给他做肉比面多的晚饭吃了。屋外除了呼呼吹着的风声之外就什么声音都听不到了。平常遇到这样的情况时，他会想起那个《回忆录》来，今天也不例外。

……拉玛告别了阿妈来到学校已经过了三个多月了。这期间他往家里写过很多家信，信中多次询问阿妈的病情，可寄出去的家信犹如石沉大海，自始至终都没有收到一封回信，自然也就没有得到家里的任何消息。他往家里寄出了最后一封信后，仍然没有得到阿妈的任何回音，拉玛就变得不安了起来，于是他觉得自己无论如何也要到家里去看望阿妈不可了。所以，拉玛又到老师那里请假去了。当他来到办公室门口，又不知道以什么理由跟老师请假了。因为他手中没有一封从家里寄来的家信或者没有一句从家乡那边捎来的话做凭据，他怎么向老师请假呢？可他不得不回一趟家，因为他的阿妈一直病着，所以他一直牵挂着阿妈。他只想回到家里看一眼他阿妈就可以回到学校里来了。于是他鼓起勇气走到老师办公室的门口。可他站在老师的办公室门口，正准备喊“报告”的瞬间，他又泄气了，他没有勇气走进办公室，又只好无奈地折身回到教室去了。

那夜拉玛做了一个梦。梦到阿妈穿着一身漂亮的新衣服，身上还佩戴了玉石和玛瑙等首饰，显得珠光宝气，美丽无比。在梦中阿妈打扮得漂漂亮亮地前来给他送行。他还为阿妈的病情好转而感到高兴着呢，可阿妈见他与送行的人们告别的时候，她就躲在人群中，眼中满含着泪水默默地注视着他缓缓离去。绕过那座山，又经过那条山沟，登上那座山顶回头望去时，阿妈看着他渐行渐远的影子对他呼唤道：“儿啊，你马上回到家里来吧！以后你要好好学习啊！”

这时候，他突然从梦里惊醒了过来。从梦中醒来时，阿妈在梦里给他说的那句话还在他的耳畔回响着，起初他的心里充满着欢喜，不久他又回味了那句话后，就突然害怕了起来。所以他无法继续入睡了，于是他爬起来坐在床上，此时，他内心郁闷得连喘气都变得困难了起来，于是他摸索着穿上衣服蹑手蹑脚地走出了宿舍。夜空中的繁星依旧在闪烁着，灿灿的银河从他的头顶横跨过去，延伸到遥远的山头，他觉得银河的末端好像就落在家乡。他仰望繁星站立了许久后，脑海里又不禁想起了阿妈小时候讲给他的那个有关银河的故事。同时，他又情不自禁地想念起了自己的阿妈来，两行泪不由得顺着他的脸颊滑落了下来。他不知道自己究竟在外面站了多久，一阵后东方的天空中出现了启明星，漆黑的夜空就慢慢变得明亮了起来，星星在捉迷藏似的一颗一颗地躲藏起来，最后连那个灿灿闪烁的银河也消失得无影无踪了。

一阵后，有人从他的后面走过来往他的肩膀上轻轻地拍了一下，使得他惊跳了一下。当他转过那泪流满面而苍白的脸，望过去，发现站在他身后的人居然是他的老师。老师从他的表情中知道他家里发生了一件不祥的事情后，就准他请了假。于是他马上跑到宿舍里，往自己的背包里装了些必用品，拎起背包就匆匆向汽车站跑去了……

啪……啪……啪……

这时候有人敲响了他的宿舍的门。突如其来的敲门声，把他从一门心思地写《回忆录》的沉思中拉了回来。可他没有马上过去给那个敲他宿舍门的人开门，而习惯性地从抽屉里取出了碗筷，又把炉子上的茶壶挪到一边，往炉子里添加了些柴火后，擦拭干净炉面上的灰土，就准备到晁吾大叔那边吃晚饭去了。这时候，他的宿舍的门又被某人给敲响了，所以他才知道那敲他宿舍门的并不是晁吾大叔，于是他就马上过去打开了自己宿舍的门。

"阿兹，你！"当他打开房门时，发现站在他宿舍门外的居然是党才大叔，于是他顿时觉得惊奇不已。

"你在忙什么呢？这么长时间不给我开门，我以为你不在宿舍呢？"

"哦，我今天一整天都在宿舍里待着呢，你敲门的时候，我以为是……呵呵我想歪了。党才大叔好久不见了，你还好吧？"他马上把党才大叔让进宿舍之后问候道。

"你刚才说，你想歪了是什么意思啊？一个人在房子里待长了可不好啊！天气好的时候出去散散步，遇上天气不好的时候，出去和别人聊聊天，那样你的身心都会愉悦些的。我好着呢，好着呢。"

"你顶着这么大的风来这里有什么重要的事吗？"

"牧人不怕刮风和寒冷的，今天早晨我从家里出门的时候天气还好好的，走到半路天就变了，突然刮起了大荒风来。"

"党才大叔，你先坐一阵，我马上给你做晚饭吃。"

"……"

拉玛老师给党才大叔倒了一杯茶水，然后麻利地做了一锅肉比面多的草原上的牧人们喜欢吃的面片后，他俩围坐在炉子旁边一起吃起了晚饭。

党才大叔边吃着饭边夸赞拉玛老师："拉玛老师你做的这面片完全符合牧人做饭的风格，非常适合我的口味，我非常喜欢吃。"同时，党才大叔还给他聊了许多有关他退休后的事。最后党才大叔才说出了他今天来学校的真正目的。当拉玛老师得知了党才大叔的来意后，他没有马上答应党才大叔，可又想起去年除夕夜他一个人在宿舍里过年时的凄楚感后，他就有了想到党才大叔家去过年的愿望，之后党才大叔又向他邀请好几遍后，他才答应了党才大叔到他家过除夕夜了。

第二天，谷芒草原上刮了几天的大荒风终于停了下来，天气变得格外的晴朗。他来到公社的商店里买了些糖果、罐头、烟酒等，准备跟着党才大叔离开公社，他突然想起了他上次回老家还给老家的华丹大叔欠着几百元钱的事来，于是他马上到公社的储蓄所给老家的华丹大叔寄去了几百元钱，并在汇款单的附加留言的地方写道："大叔、大婶，明年过年时我一定要来老家，到时候我们一起过年。祝你们老两口在新的一年里一切平安，扎西德勒！"寄出汇款单后，他和党才大叔就每人骑着一匹快马，上路了。

牡马系槽头，
身价有人议。

马你跑来我也跑，
谁渡长路慢慢看。

沙丘上的跑马难，
善骑男儿不遇难。

他和党才大叔骑着马穿过了一片茫茫的大草原，翻过了一座大山，又经过了一条没有河流的深沟，又爬过了一座陡峭的大山，可仍然没有抵达党才大叔家的牧场。一路上党才大叔给他介绍了许多那地方的大山、河流和森林，并给他详细讲起这里的地形地貌。起初党才大叔对他的骑马术存有怀疑之心，到达那个砂砾沟口时，他来了个策马小跑后党才大叔才相信他的骑术。那天下午，太阳快要落山之前，拉玛老师和党才大叔才抵达了党才大叔家的牧场，并走进了他家的那顶黑帐篷。

“哦，拉玛老师，我给你介绍一下我的家人吧。这是我的老伴儿，这是我的女儿，这是我的儿子。”

党才大叔向拉玛老师介绍他家的成员的时候，虽然没有提及叶忠大婶的岁数，可一眼看上去也能看出他们夫妻两人之间的年龄差距悬殊很大。

“我的女儿多杰措等过了这个年就二十一岁了。儿子更嘎也已经到十五岁了，由于都超过了上学的年龄，我就没送他们去上学，所以他们都不识字……”

从党才大叔的谈话中能察觉出他为没有把女儿和儿子送到学校去上学的事而感到莫大的悔意。

这地方的牧人们非常的热情好客。拉玛老师在党才大叔家住了好多天，其间，党才大叔家左邻右舍的邻居们都相继来到党才大叔家向他做了诚挚的问候。这地方的人们把党才大叔称之为“活佛”，听到这个消息后，拉玛老师为此而感到非常吃惊。那夜他反复向党才大叔问了这个问题后，党才大叔才向拉玛老师详细透露了他的身世。原来党才大叔五岁那年就被认定为“等持尼修”喇嘛的转世灵童，九岁那年坐了床，三十五岁那年寺院被毁。这些经历他都一五一十地诉说给拉玛老师听了。党才大叔，哦，不是不是，党增活佛在安置了他（党才）的卧床的那顶帐篷里当着拉玛老师的面打开了那个牛皮箱子后，拉玛老师突然发现箱子里面装着满满一箱子他从前甭说见过了，连听都没听过的经书。

“有时间的话你就读读这些书吧，这些书可贵重着呢，现在人们绝对不会随意买到。这些书是我替换了真名改名为‘党才让’，并做了很多潜规则的事后，才完好无损保留下来的贵重物品啊！”党增活佛自豪地说着话，又叹息道，“唉，书都是些贵重的书，可悲哀的是这些书马上就要没有继承人了。”

拉玛老师小心翼翼地打开那些书籍中自己力所能及的一部分书看了起来。哇，那些书函的确不一般啊！那些书函中不但有声律学、因明学、中论、现观庄严论等书籍外，还有《文字的应用》《幼苗总义明灯》《幼童易于入门论》《口剑论》《正字声义海洋明镜》《诗镜注释》《兔子本生问答》等贵重的书籍。为此，他不由得对这些书籍垂涎三尺起来了……

“喝茶……”

“……”

“给你，请喝茶吧！”一阵后，多杰措姑娘又说了一声请拉玛老师喝茶的话，并伸出双手低欠着身子站在了拉玛老师的面前。这时候拉玛老师才从书本上抬起头来看了多杰措姑娘一眼，马上伸出双手从多杰措姑娘的手里接过了那碗奶茶。

“谢谢你，刚才我没有看到，还以为你给别人说话呢。”

“你完全投入到书本中去了。我阿爸也常常像你这样喜欢看书呢。每个寒暑假期间，他回到家里读起书来时更嘎砸碎了屋里的碗盘他都感觉不到呢……”

“实在没有想到啊！大叔，我以前还称您为厨师党才了呢，罪过，罪过，请您千万要宽恕我的罪行啊……”

“你在给谁说话啊？”多杰措看着拉玛老师的样子大笑了起来。

这时候，他回头往身边看过去时，才发现党增大叔早就不在他的身边了，为此他羞红了脸来。

“大叔，刚刚不是还坐在我身边的吗？”拉玛老师不服输地对多杰措说。

“或许吧！你坐在这里看了很长时间的书，阿爸吩咐我给你送一碗奶茶来，所以我才把这碗奶茶端到这里来了。”

“……”

拉玛老师为了掩盖他的羞怯，顺手拿起了一张那本长书中的一页，低着头假装阅读了起来，还从心底里急切地盼望多杰措姑娘马上离开他。一阵后，他感觉到他的右脸变得热辣辣了起来，为此他没有抬起头来而是转动着眼球向右面望去时，发现多杰措也低着头在看他手中的那页书纸。现在他和多杰措的脸蛋挨得非常近，多杰措姑娘的脸上发出的热量使他的脸也变烫了起来。此时此刻，他的身上产生了一股莫名的燥热感。这种燥热感从前在他的身上从来没有产生过，为此他的身上也顿时变得暖烘烘了起来。一阵后，那股燥热感传递到他的血管里去了，甚至连拿在他手中的那张书纸的顶尖也缓缓颤抖了起来。

“你不是不识字的吗？”他绝望地给多杰措姑娘说道。

“你把书给拿反了。”

当他冷静下来时，发现他果真拿反了书……

十一

自从拉玛老师的双亲相继去世后，至今他还没有过过一个如此幸福的年。江群和江琼两地一到冬季气候就会变得非常的寒冷起来，可党增大叔家的帐篷里却充满着温暖，再加上他们家的人都那么的热情好客，此时此刻，在拉玛老师的心里凝聚着一团火一样的暖流。其实他还想在党增大叔家待上几天，可他害怕在那里住久了他内心的那股暖流就会变得更强大起来，他担心到时候自己再也离不开党增大叔家了，为此，他决定马上动身离开党增大叔家准备回学校里去了。

拉玛老师上路的那天，党增大叔之前就已经安排好，使派他的女儿多杰措送拉玛老师上路了。拉玛老师反复给党增大叔夫妇解释说他可以徒步回去，不用他们派人为他送行了。可是党增大叔夫妇就是不放心拉玛老师一个人上路，为此拉玛老师没有拧过党增大叔夫妇的一片好意，就答应和多杰措结伴而行了。于是，他俩就又骑着之前他和党才大叔骑来的那两匹青色的快马上路了。

他以前给自己的学生们讲他们村的那个多杰尤特的故事时，给学生传授过怎样去勾引女孩子芳心的经验，看来那也像他自己编造“更噶坚参的故事”一样，那些他曾传授给学生们勾引女孩子的经验纯属自己的虚构了。因为此时他甭说去拽多杰措的衣袖或领子了，甚至连多杰措偶尔用含情脉脉的目光偷看他的用意都没有明白过来。

“你怎么了？你在担心些什么呢？”拉玛老师和多杰措骑马临近江群河边的时候，多杰措问拉玛老师说。

“江群、江琼两地离公社比较遥远，你返回家的时候……”

“嗨呀，你操什么闲心啊？你这不是在杞人忧天吗？陪你走了一天的路程又能怎么样呢？我们牧人们每次迁移牧场的时候，平常一走就是两三天的路程呢。”

“你一个人回家的时候，路上……”

“阿爸不是说了让我找个伴儿一起回家的吗？”

“那么如果找不到一个行伴的话……”

“如果真找不到一个同行的伙伴的话，我可以不回去了，或者你又把我送回家去啊！哈哈哈，我对你开玩笑呢……”

“好啊！我可以把你送回家去了……”

渡过江琼河之后，拉玛老师和多杰措就下马休息了起来。在他俩眼前流淌的这条江琼河就是将要引入美丽滩水渠的河水了。从这里翻过许多座陡峭的大山，再经过许多的山路之后，才能到达金滩草原。于是他突然想起老人家常说的那句“不要忘了休息，休息不要过长”的俗话，就催促多杰措马上上路了。而后拉玛老师和多杰措就如藏族俗话中“上坡不骑马背不是马，下坡不下马背不是人”那样，在上山坡的时候他俩骑马而上，下陡坡的时候他俩下马牵着马行走，等到达一望无际的金滩草原后他俩就策马疾驶了一天后，最终太阳快落山的时候就顺利抵达了坐落在金滩草原上的谷芒学校了。

已经多日没有生过火，拉玛老师的宿舍里不但有些阴冷刺骨，而且宿舍里的家饰上还覆盖着一层薄薄的尘土。到了学校之后，拉玛老师进了宿舍放下行李，马上过去熟练地抖捅开了炉子，把炉灰拿到宿舍外面倒掉后，从外面拿来了一把干草填进炉子里，再往干草上面放了些柴火后就把那些柴火给点燃了。当他点燃了那些柴后，炉火立刻轰隆隆地燃烧了起来。而后，他往房子里洒了少量的水打扫了一遍房子，并用抹布擦拭掉了房子里桌椅上的尘土，房子里顿时变得既整齐干净又暖和舒适了起来。不久他又做了一锅肉比面多的晚餐，就陪着多杰措姑娘吃起了晚饭来。

“哦，你做的牧人的面片真好吃啊！”多杰措夸赞他说。

窗外夜幕降临了。刺骨的寒风中，他们骑来的两匹骏马在外面打着响鼻吃着饲草。拉玛老师的宿舍里由于炉火长时间的燃烧而变得无比暖和了起来。这时候，拉玛老师点亮了灯盏。在灯光下多杰措的轮廓变得更加的清晰了，她两眼细长，眼眸黝黑，眼眸中露着善良、温柔、贤惠的神色，为此他的心中油然升起了一股暖流，她在他心目中的位置也逐渐提高了起来。她那双会说话的眼睛里露着高贵优雅的气质，从她的眼眸中一眼就能瞧出她是达官贵族或活佛家的公主的身份来。只因为他产生了这种心理，所以他觉得自己的地位慢慢地降低了，而且他在和多杰措说话的时候觉得他自己的嗓音都有些发抖了起来。随着夜幕逐渐加深，他又开始担忧了起来。他今晚把多杰措安顿到哪里去休息呢？他思谋了很久后才做出决定让多杰措姑娘睡在他自己的床上，他自己睡在多杰老师的床上去了。拉玛老师宿舍里的那两张床离得并不远，可那夜他觉得自己平日里睡觉休息的那张床仿佛离他很遥远，远得仿佛安置在另一个世界里。此时此刻他心里想起了在牧区或农区里的年轻男子们经过帐篷前的牧狗或翻过高高的院墙去跟姑娘们幽会的习俗来，可此时拉玛老师失去了钻进多杰措姑娘怀里的勇气，他的心思都被缜密和谨慎给占据着，为此，证明了他当初的那些野性的雄心此时根本行不通了，于是他翻来覆去地折腾着，根本无法入睡了。为此他默默祈祷今晚自己能睡个安稳的觉来。

那夜，拉玛老师彻底失眠了。他辗转反侧难以入眠，可他不断翻身时，那个该死的床又发出刺耳的吱吱声来，于是他又怕影响多杰措睡觉休息。他既无法入睡，又不敢翻身动弹，不久他的浑身都发烧发热了起来。此时此刻，他多么渴望自己立刻变成他们村里的那个多杰尤特啊！瞬间他鼓起了勇气想起身钻进多杰措姑娘的被窝里去了，可正当他起身的时候那股勇气就像漏气的气球瞬间软塌了下去。“失眠的夜漫长”，那句俗话说的真没错啊！

第二天，他带着多杰措到公社的商店里去给她买了些饼干、罐头和饴醇糖等礼物后，就在公社里到处打听起最近有没有去江群和江琼沟的人来。公社里的一些干部见到他和多杰措姑娘并肩行走着，于是他们的脸上都露出神秘的微笑问候起他来。他本来想给他们解释一下多杰措姑娘是党增活佛，哦，不是，是党才大叔的女儿，和自己没有什么关系的。可是那点儿解释收敛不了人们脸上那个神秘莫测的微笑，他没有向他们做任何的解释，就带着多杰措姑娘离开了。这时候，他发现多杰措姑娘的脸上也露出了不安的神色来。拉玛老师和多杰措姑娘就这样既别扭又难受地一起住了两三天后，他们才打听到了一个去江群的行伴，为此，他俩不得不等待那个去江群的行伴同行了……

和多杰措姑娘同住的日子是拉玛老师这一生中最为快乐的一段时光，也是最痛苦最难熬，又让他无法忘怀的日子了。可失望的是，这些日子以来拉玛老师发现在自己的心中明明有多杰措姑娘的，可他没有勇气向多杰措表白他自己对她的爱慕之情，就这样眼睁睁地看着多杰措跟着那些去往江群沟的老牧人们走远了。马队向前走了一阵后，多杰措姑娘回过头来用深情的眼神回望了拉玛老师一眼。多杰措用她那双会说话的眼睛给拉玛老师诉说着什么，可拉玛老师他怎么能读懂她眼中含情脉脉的用意来呢？他站在路口久久凝望着多杰措的背影渐渐融入到辽阔的草原中，渐渐地从他的视线里消失了……

又一个新学期开学了。师生们就如以前一样又准备去参加修建美丽滩水渠，他利用开学前两个星期的时间写的那篇《关于修建美丽滩水渠中存在的几个问题》的报告现在完全收笔了。他当天就寄到省日报社里去了。

第二天，公社的那辆卡车又发着尖锐的刺耳声开到学校的院子里来了。等师生们把帐篷、铁锨、铁镐和柴火等装进了车厢里之后，卡车发出刺耳的响声像射出的箭一般冲出了校园。每个班的班主任把自己班级里的学生组织起来排着整齐的队伍，发出“一二一，一二一”的口令走出了校园后，校园又变得寂静无声……

十二

一个月的劳动实践结束后，师生们复又回到了学校。这学期校园里流传着许多新闻：他写的那篇《关于修建美丽滩水渠中存在的几个问题》的报道被日报社给退回来了；杰卓杰老师退休了，多杰老师和扎西顿珠校长调动了工作；在县城今年新设置了一所民族中学，从公历九月一日正式启动开学等等。这些情况虽然给他带来了颇多的感想，可对他来说这一切都无关紧要了，目前他的重点工作就倾斜到教学工作上去了，想努力抓好自己班级里学生们的学习，争取今年秋季往县民族中学多送进几个学生。

拉玛老师的那个《长远教学计划》中有一段记录数字的章节。这些数目符不符合谷芒学校的实际情况和他要培养学生的人数目标虽然很难说，但是自从他下定决心留下来在谷芒草原上工作的那天起，他就把谷芒学校现有的学生和他离退休年龄间学生的数目作了个比较，把这个数字作为他人生的价值体现或奋斗目标写进了他的《长远教学计划》中。为此他就在这里过着这种重复而又孤独的清贫日子，就算有再大的困难他也默默忍受着，甘心过着无依无靠，孤苦寂寞的生活。尤其是他身边的同事因各种原因调离到别的地方去开始新的生活时，他也非但不嫉妒他们，而且还无怨无悔地在同一个环境里过着重复而又单调的日子。他宁愿忍受着这一切痛苦和寂寞在这里工作、生活都是因为在他的心目中有个目标，那就是他一心努力去实现他的那个《长远教学计划》。

“同学们好！”

“老师好！”

“……”

“同学们再见！”

“老师再见！”

一周，两周，三周，日子周而复始地流逝着……

时间犹如白驹过隙，一周接着一周地流逝而去了，他们学校五年级的学生们毕业的时间也一天天临近了。这期间，他整天在对他的学生们说“同学们好！”或学生们对他说“老师再见！”的氛围中度过。为此，他整天忙碌着教学工作，他写的那篇《关于修建美丽滩水渠中存在的几个问题》的报道退回来时，新闻编辑要求他到县委征求一下宣传部的意见，如果他写的那篇报告的情况属实的话请让他盖了县委宣传部的公章后再寄到省城日报社后就可以在省城日报发表了，可他忙得脱开不了身就把这事给搁浅了。甚至他连续写那个《回忆录》的时间都没有了。可是无论他在教室里的时候，或者在教室里显得静悄悄，或者在教室里发出哄堂大笑着的时候，当他对自己的学生们说出“同学们好！”的时候，他的学生们总不厌其烦地说“老师好”。那是因为他在讲课的间隙里会给他的学生们讲各种故事来激发他们的学习兴趣和热情的原因。

“……无耻的含义是吗？哦，无耻可是个贬义词啊！好吧，这里结合这个词给你们讲个故事吧。这可是个真实的故事，你们不必怀疑我此时是不是在给你们编造虚假的故事了。一个学生到外国去留学了。外国离我们谷芒草原非常的遥远。外国的含义就是越过了我们的国家边界线之外的其他国家的意思。有的国家在海洋的另一边，不乘坐飞机或轮船就无法到达的。去了外国之后就很难见到自己的父母或亲戚朋友了，为此到了外国就得学会自给自养和靠自我生存的本领了。那个留学生去了外国之后，就奋发图强，努力学习了几年后，就成为了全校的尖子生，他完全达到了留在外国工作生活的条件，而后就到几个有名的单位去应聘工作了，那些单位的领导都非常赏识他的文化水平，可是到头来谁都没有聘请他留在单位里工作了。那么，同学们你们知道那些单位不聘请那个尖子生在本单位工作的真正原因吗？”

“可能那个学生制作了假成绩吧。”

“可能填错了学习成绩。”

“……”

“好了好了，如果你们猜不到答案的话，我可以告诉你们了。因为他在学校里，有一次没有上交生活费。就因为这事才没有单位聘请他留在自己的单位里工作了。”

“啊，不交生活费和寻找工作有什么关系呢？”

“外国人把不交生活费的事当作无耻的行为来看待的，为此，他们把他归类为无耻之徒的行列中去了。在外国无耻的人很难找到工作的。只要人的品行端正，知道荣辱的人就算成绩不好也不会有问题的。我们牧区里的孩子们全都是知荣辱，有羞耻感的好孩子，以后你们小学毕业后无论是继续去学校上学也好，还是辍学后回到家里放牧也罢，可一定要做一个有荣辱感，知羞耻的好人啊，作为人这个行为很重要啊……”

通过拉玛老师孜孜不倦的教诲，他的学生们的心中充满了干劲和勇气，同学之间也加深了团结和友谊。之前老师提问时把头低到胸前只会转动眼睛不敢说话的女同学们也变得勇敢了起来，她们知道了草原的姑娘和草原的学生之间的本质区别。

离放暑假只有两个星期的时候，县上发来了有关同德县新设置的民族中学下个星期一就要招收新生的通知。为此拉玛老师也停止了上课让学生们自由复习了起来，他偶尔到教室里转一圈儿，给学生们传授一下考试时不能紧张，答题时就如平常写作业一样从容淡定地面对考试等方法和经验后，又回到自己的宿舍里去了。

时间过得可真快啊！两个星期的时间瞬间流逝而去了。

那个星期天，他们乘坐一辆大卡车到县上参加小升初的考试。这是一次决定这些可爱的学生们命运的考试，也是显示他工作成果的一次考试啊！

星期一他们考完那场升学考试后又返回到了谷芒学校。他的学生们虽然还没有知道自己的考试成绩，可他们心里的感觉良好，他们每个人的内心中充满着希冀和期盼。

十三

又一个新的学期开始了。谷芒学校校园内外都充满着新的气象。学校的操场中新建了体育场，而且还设置了铁杆等运动器材。学校里的教室、办公室、宿舍和餐厅都做过了很好的修缮，那些墙皮斑驳脱落和窗户的玻璃破损后糊贴着硬纸板的现象都不见了踪影。展现在人们眼前的是一座座洁白整齐的房舍，整个校园跟修建的新房子没有任何的区别。学生们在操场里玩耍着，有的在打篮球，有的在玩铁杆，有的在赛跑，他们尽情地享受着课外活动带来的娱乐。那些只围着操场观看，还不敢进入操场里去玩耍的孩子们是今年刚来学校的新生。同时老师的队伍也有了新的变化。旺倩老师担任了谷芒学校的校长，散智和卓玛杰两位老师从别的学校调到谷芒学校来工作了。如果多杰老师没被调到州上去工作，从今年起担任全校体育课的任务就一定会落到他的肩上，可他在谷芒学校里只工作了一个学期就调走了。那一学期，上全校体育课的任务还是落在他的肩上。那时候，学校里连个像样的体育设施都没有，学生们的课外活动很简单，他们早晨起来只围着学校跑上几圈，课间学生们出来做个课间操，根本开展不了任何体育活动，当时多杰老师当着校长的面可没少发过牢骚。学生们按照自身的条件新组建几项体育项目的计划也列入到了拉玛老师的《长远教学计划》中去了。

目前他听到了两件喜讯，第一个喜讯是从现在起要停止修建美丽滩水渠的社会劳动；第二个喜讯是他之前班里的十八个学生都以优异的成绩考进了县民族中学，听到喜讯的那个夜晚他又彻底失眠了。他并不是彻底不喜欢劳动的典型人物，可是修建美丽滩水渠就如他写进那篇报道里中的那样（劳动量过重，投资过大，效率小，使用期限短之外，渠面过大，渠沟过深，渠间过长等原因，而且，修建那种没有前瞻性的工程，还严重破坏草原的生态）是一项不符合实际的工程。可编辑部只写了个“向大自然斗争”的附言之外，没有删减其他的内容。那个报道符合不符合编辑部的意愿他也不得而知，他只见文件上写着“在金银滩草原上修建了十年的美丽滩水渠修建工程终于结束了！”的报道。他再也没有修改那个报道的必要了，更没有去找相关单位去盖章的必要了。他把那篇报道详细看了一遍后，塞进抽屉里。

十八名学生都考进了县民族中学不仅是孩子们的前途和福气，也彰显着他的工作成绩。他起初听到那些数目后，心中第一个想到的是他的那个《长远教学计划》，他把自己参加工作的年龄和目前听到的数目做了个比较后，以为他要修改一下写进他的那个《长远教学计划》中的数目了，可他反复计算了一下之后又把那个数目给保留了下来。继而他又做起了为那个数目而奉献终生的诺言。他的脸上流露出满意的笑容，又找出那些毕业生的作业本放在他的面前一页一页翻看起来。这些年来，他找到了一个新的教学方法，他当初给那些学生写故事的事，差一点儿还让他彻底告别了人民教师这个伟大而神圣的职业调到省城去工作了。现在他再也不做感情冲动的傻事了，无论学生给他交来写成什么样的作业他都耐心地批改。如不是这样大家就看看这名学生写的作业吧。

造 句

老师：如果我是一名老师就像阿坚老师一样整天要去喝酒。

勤奋：人要勤奋就去修美丽滩水渠。

草原：草原上有油菜花，牧人和牧女们在草原的耕地里劳作。

上课：拉玛老师上课期间给我们讲脍炙人口的故事，我们喜欢听他的课。

学生：我们班的学生尤特更换了名字，现在他的名字叫做洛智尖措了。

又一本作业本上写着：

日 记

公元 × 年 × 月 × 日，刮大风

老师们开始喝酒了。噶甲玛（这位老师每天让学生们写一百个“噶”字，为此而得的绰号）老师又让学生们趴在地上开始写起“噶”（藏文三十个字母中的第一个字母）字来了。三年级的三名学生逃跑到家里去了，现在三年级的教室里只剩下了两名学生。从今天早晨起，外面开始刮起了大荒风，据拉玛老师说草原上刮这么大的风是因为牧民们翻犁草原变成耕地的后果。大风吹动着我们教室窗户上的硬纸板，发出啪啪啪的响声不让我们安心地看书……

那时的往事一幕幕地闪现在他的记忆里，显得那样的清晰而又温暖。他随手拿起那些学生的作业本在翻看着，看着看着，他内心的那股狂热开始慢慢地减退了下来。只不过他之前没有仔细考虑而已，现在细想起来他的那些学生不可能百分之百都能考进县民中的。连他班里的那个成绩最差的学生都能考上中学的话，可见民族中学招录学生的成绩水准了。民族中学今年在全县范围内只招收了三十名学生，那么在这片高原的小县城里的教学质量如何就可想而知了……

屋外又开始刮起了大荒风。不用说，大家都知道这里的时间推移到哪个季节了吧？人的一生中没有几个狂风大作的季节，尤其是对人的青春来说更没有几个这样的季节了。每到这时，他的内心中就不由自主地升起一股凄楚感。每当从他的内心中犹如大海中的波浪般涌起凄楚感时，就用什么豪气壮志都难以压制他内心的悲凉感。这时候他才会想起他的那个《回忆录》，同时许多往事犹如泉涌般地闯进他的记忆里来。凭借着屋外狂风大作的时机，他静下心来细算了一下自己的年龄，他居然惊奇地发现自己已经快到三十岁了。人到三十岁可到了老年六十岁的一半了啊，为此，他对自己仍旧过着单身而又孤独的生活而着实惊吓了一跳。他这一生好像没有拥有女人的福气了。小时候阿妈的一个女朋友常常来他家给阿妈梳头，有一次阿妈的那个女朋友又来阿妈梳头时，跟他开玩笑说，等她的女儿拉忠长大后就要给拉玛当媳妇。那虽然是个玩笑话，可他却把那句话当真了，每次遇到这样狂风大作的日子，他就不由自主地回想起那件往事来。或许是阿妈的那个女朋友开的玩笑惹的祸吧，总之他和拉忠直到十六岁青春期为止彼此没有开口说过话，最后他到城市里去上大学的时候，拉忠姑娘突然得了一场大病而永远地离开了人世。这难道不是他心中刮起的一场大风吗？

上大学的时候，他的女同学华茂常常脸上带着神秘莫测的微笑向他示爱意，可他是那种女子越接近他他越远离女子的男子，所以华茂同学也成为了别人的妻子。他现在才知道自己当时的懦弱，可为时已晚，他再也没有得到华茂同学的机会了。那时候华茂虽然没有用书信的方式向他表达过爱意，可他能清楚地看出她喜欢着他。因为，那时候在她跟他说话的时候，她的话里话外都充满着对他的爱慕之情。

“你阿妈的病情好点儿了吗？”华茂关心地问拉玛道。

“我们家乡有个很有名气的曼巴，吃了他开的药后，我阿妈的病有所好转了。”

“你阿妈还在吃那个曼巴的药吗？”

“是的，继续吃着呢。”

“你阿妈究竟得了什么病啊？不确诊出病因的话就是到医生那里抓药吃也不会起作用的。依我看你还是把你阿妈接到城市里来检查一下吧，到城市的大医院里检查出病因后，再去治疗你阿妈的病就会治好的。给你，这是昨天我们家里给我寄来的钱，你马上去把你的阿妈带到城市里来。这世上我们什么都能找到，唯一找不到的就是自己的阿妈啊！”

“华茂，你说这话是什么意思啊？你以为我是那种不孝顺阿妈的败类吗？我阿妈的病根早就被曼巴确诊了，有不诊断病根去胡乱治疗的曼巴吗？你给我这些钱是什么意思啊？你小看我是贫困人家的孩子而在可怜我吗？或者你在我身上打什么主意啊？否则，你我非亲非故的，你为什么无缘无故地给我钱呢？”

“你想多了。最起码我俩是同一个班的同学……”

“同学……”他抢过华茂的话头继续斥责说，“在班里我有五十名同学，同样都是同学，他们都不关心我阿妈的病情，可为什么唯独你这样地关心起我阿妈的病情来呢？”

华茂实在找不出什么有说服力的话，于是她在他面前呆呆地站了一阵后，就转身离去了。

以前的拉玛和现在的拉玛判若两人，这是不可想象的，可这辈子拉玛没有女人缘，至今孑然一人，依旧过着单身的生活。

此刻，拉玛的思绪又跳跃到多杰措的身上去了。

那天清晨，多杰措早早起床后点燃了她房间里的炉火，原先冰冷的宿舍顿时变得暖和起来，炉子里响起了柴火燃烧的嗡嗡嗡声，炉灶上的那把茶壶里也传来了水开的嘶嘶声。此时此刻，拉玛老师的心中暗想道：难道这就是所谓的“温暖的家庭”的滋味吗？可是这“温暖的家庭”马上就会转瞬即逝的，于是他心中又紧张了起来。他打算想给多杰措姑娘问问："你有没有仰慕的男子啊？如果没有的话……"可让他去说出那句话变得比让他在会议上发言还困难了，他没有勇气把那句话说出口。

"天还早，你这么早起床干什么？"多杰措姑娘收拾着房子，发现拉玛老师起床后就对拉玛说。

"太麻烦你了。我主人家不去做家务活，麻烦你客人帮主人做家务活儿，这多不好意思啊！"

"客人住久了就也会变成主人的。呵呵，开玩笑的啊！有女人在的地方哪有让男子做家务活的道理啊！"

"我有……"他的口中突然有一句话想说给多杰措姑娘听了，可他还是没有勇气把那句话说出口又把它给咽了下去。

"你想说什么呀？你说啊！你为什么不把想说的话给说完呢？有什么不好意思说呢？这屋里除了你我再也没有其他人！"

"你给我倒杯水好吗？"

多杰措知道他之前想说的并不是这句话，他故意不说出他心里想说的那句话了，于是多杰措姑娘无奈地倒了一杯开水，给他端了过去。

"谢谢你，实在太谢谢你了。这么多天以来真的给你带来太多的麻烦了。我第一次来这的时候，第一个认识的人就是你的阿爸了，后来和你阿爸熟悉了之后，每次跟他聊天的时候，我就不由自主地想起了我自己的阿爸来。如果你们家就在附近的话，我可以天天来你家串帐了，说句老实话我最担心的就是学校放寒暑假了。学校一放假师生们都回家了，就由我一个人留在学校里孤苦伶仃地生活了。现在这个世上我已经没有任何亲人了，特别是每到冬季屋外刮起狂风的时候，我就不由得想念起我的阿妈来，还有每当我看到横跨在天空的银河的时候我也想念起我的阿妈来。我上学的时候，我的一位好心的朋友曾劝我把我阿妈带到城市诊断清病根后再去治疗我阿妈的病的建议。可我不想让她知道我阿妈得了癫痫病，还给她说了很多难听的话，打断了她担心我阿妈病情的那份情义。"

“她？你的那个同学是个女同学吗？”

“是的，她叫华茂。”

“从她如此关心你的情况来看，她当时肯定喜欢上你了，现在她在哪里呢？”

“毕业后她回老家了，从那以后我和她就再也没有联系过。”

“别撒谎，难道你们连封信都没有通过吗？”

“没有通过。”

“那么你是个无耻的人。”

“我，无耻！”

“她实在是个心地善良的好姑娘啊！哦，后来你的阿妈真的癫痫病复发而去世的吗？”

“不要多问了……”

他好像犯了旧病一样脸都突然变红了起来。他的这一突如其来的态度让多杰措大吃一惊，同时他发觉了自己不妥当的行为后，羞怯地把头低下去了……

第二天早晨，多杰措姑娘就要离开他回自己的家里去了。为此，他俩的心都变凉了，他去送她离开的时候，他们谁都没有说出“再见啊！”的话来……

十四

时间已经过去很多年了，可他的那个《回忆录》还没有写完。他的那种《回忆录》的写法好像不是一点儿回忆就能写完的了。他的那个《回忆录》里既有他阿爸的生活记录，也有他阿妈的生活记录，那篇《回忆录》却没有一篇完整的故事，是由很多零星的回忆构成的。特别是他写他阿妈的生活经历时只略微提到了点儿有关她去世的内容，可当他真正叙述起他阿妈如何去世的事时，却笔锋一转叙述起其他的事来。为此，从这些举动上就能看出他尽量躲避着这件事，没有具体去叙述他阿妈去世的事实，那是因为他不想让他的阿妈永远离开他的心里。

……拉玛老师怎么分析昨夜做的那个梦也分析不出一点儿吉兆来，为此，他一乘坐上开往家乡的班车就思考起了那方面的问题来。有人说，日有所思夜有所梦，梦是现实生活的写照；也有人说梦是虚幻的，根本没有研究的价值；还有人说梦与事实是相反的，我们应该正梦反思来考虑，梦里梦到的所有美好的事会出现相反的结果，那叫好梦噩兆；梦里梦到的所有不好的事也会出现相反的结果，那叫噩梦好兆了。又有人说上半夜做的梦是虚幻的，可是昨夜梦中的阿妈穿着一身崭新的羔羊皮袄，站在人群中挥手向他告别。“梦见穿新衣服得到人们的赞扬和尊重”，如果真是解梦说所说的那样该有多好啊！可从他自己的经验来说那可不是件好事啊！如果他梦到某人穿着新衣服的话必定会得了感冒发烧之类的小病小灾，难道阿妈患上了感冒发烧之类的小病小灾了吗？或者是……或者是……他的心中突然产生了一个可怕的念头。可他怎么也不敢想象那就是真实。他也尽量去思考别的事情，把自己的心思从那件不祥的预兆中转移开去。

拉玛的阿妈真的像米拉日巴的阿妈娘查格坚一样，摆出自家贫穷的实际情况来激励、教育和敦促拉玛。阿妈常常不让拉玛去管他们的那个家和她自己不说，还向他提出了通过学习改变自己的命运，长大后要自力更生的要求。阿妈虽然不识一个字，可她知道人生苦短的深刻哲理，还常常教诫拉玛说在这短短的一生中或许不能给别人干出点儿什么好事来，可也千万不能心怀恶意干出什么丧尽天良的事情来！于是，阿妈经常教导他：“孩子，人活在世上，你自己头顶的房子，圈里的牲畜，箱子里的财宝，甚至连自己的妻子都会有不属于你的时候。只有通过刻苦学习，自身上得到的文化知识才是真正属于自己最丰厚的财富啊！它不会被劫匪从你身上偷走，不会被强暴者从你的身上掠夺，不会被狡猾的人从你手里骗去，无论你走到哪里它都是带在你身上的隐形的财宝啊！为此，儿啊你可得勤奋学习啊！”阿妈平时用这样充满哲理的教诫的话来教导拉玛。可当时拉玛从来没有把他阿妈的教诫当过一回事儿。现在回想起来阿妈当初向他诉说的话可不是一般的教育而句句是纯粹的警语啊！难怪拉玛常说他的阿妈活脱脱是个米拉日巴的阿妈娘查格坚呢。此时，他突然想起阿妈曾经教导过他的那些经典警句来，他的脸不由自主地红起来。

拉玛一直在写他的那篇没有写完的《回忆录》，写累了之后就到外面散散步。学校外面虽然是一片荒芜，可他依然喜欢这片土地，因为他在这片草原上倾注了自己纯真的感情。他多么希望哪一天眼前这一片片耕地复又变成绿油油的草原啊！到时候草原上长出绿油油的牧草，碧绿的牧草中开满各种美丽的鲜花，到处散发出馥郁的花香，花丛中嗡嗡嗡地飞舞着蜜蜂的美丽景色该有多好啊！他之前还写过一篇草原变成耕地有诸多不利因素的情况报告，可要在报纸上发表的话还得到县城的相关部门签字盖章后才能寄到报社，他因嫌麻烦就没到县上去，所以又像之前那个《关于修建美丽滩水渠中存在的几个问题》的情况报告那样锁在了自己抽屉里。可是他的那篇专题报道并不是没有什么可依靠的理论依据的，揭开了草原的植被层后，如果再想把耕地变成原先的植被层最起码也得需要很长时间去慢慢恢复，这一观点在他的那篇报道中作了详细的阐述。他一直恨之入骨的是牧民们盲目地把金滩草原翻耕成耕地了。

他常常在这片草原的耕地边上散步着，度过了一年又一年，转眼间已经过去了十年，这期间外面的世界也发生了很大的变化。包产到户后，牧民的牲畜分到了牧民自己的手中，牧民们给草原圈上了网围栏，许多学生去寺院当了和尚，公社的性质也变成了地方人民政府。这时候出现了一件让老师们头疼的事，那就是牧人家里缺少放牧的帮手，他们就不送自己的儿女们去上学，而把儿女们留在家里早早地参加劳动了。即便他们的子女品质端正，聪明伶俐，好学上进，他们也不感到痛惜，为了把自己肩上的担子早早地放到自己孩子的肩上，宁死不送孩子去上学了。老师们向自己的学生讲上学的好处时，牧人们又给学生们传授起家庭的重要性来蒙蔽学生们的思想。正当老师和学生的家长们各自想尽各种办法激励争抢学生或孩子的时候，地方人民政府强行给每个村分配了每年每个村向学校报送多少孩子去上学的名额和任务，并对不送适龄儿童去上学的村严格执行了罚款惩罚。如果哪个村每年完成不了送孩子上学名额，人民政府就会采取相应政策和措施，对那个村严格执行罚款制度。那对学校的老师们来说是一件值得高兴的好事儿了，可对学生的家长们来说却是一件让他们头疼不已的事，于是他们就开始走上了拉关系走后门的腐败道路。假如今年这个村里有六个学龄儿童名额，其中一定要完成送五名孩子去上学的任务的话，那么其中那一个不用去上学的孩子就是村长的孩子了；或者有八个适龄儿童重点送六个孩子去上学，那么其中那两个不用去上学的孩子就是村长和村会计的孩子了。另外，如果那年村长或村会计家里没有上学的适龄儿童的话，那么这事就交到给村长和村会计送了礼的家长的头上去了。这条腐败之路自然而然就落到富人或有靠山的牧民手中了，为此，现在来谷芒学校里上学的大部分学生是贫困户或没有靠山的人家的孩子了。这时候，那些送到学校来上学的孩子们变得更加的聪明了起来，他们根本不接受以前那个教鞭底下出高徒的教学方法。如果某个老师们使用老方法来教育他们的话，他们虽然对老师不进行正面的反抗，可他们会拿出更毒的招术来对付老师，就是逃课后潜逃到家中去了。如果一个学生不上学逃学到家里，那么跟着那孩子后面去接那孩子来上学的任务就自然而然地落在了班主任的身上了。拉玛老师曾两次去学生的家里邀请潜逃回家里的学生，彻底知道了这地方牧民眼里的老师的地位了。那次拉玛老师骑着学校的那匹快马到他班里的学生才杰家去接才杰同学上学，才杰同学家的家人看到家里来了客人后，都走出了黑帐篷的门来迎接他，当才杰认出来者是他的班主任拉玛老师后对家里人说：“那不是什么政府的干部来我家做客，而是我的班主任拉玛老师前来接我去上学了。”家人听了才杰同学的话后，就对着拉玛老师说："我还以为是政府的一名干部呢，原来是个老师啊。"首先由才杰的阿妈说着这样藐视老师的话钻进黑帐篷中去了，而后才杰的父亲也不理睬拉玛老师，就跟在才杰的阿妈的后面走进了黑帐篷。可是拉玛老师没有流露出任何憎恨他们的神色，原因是他认为才杰同学的家长们并没有认识到伟大而神圣的教师职业的深刻意义。第二次拉玛老师到卓玛才让同学的家里去接卓玛才让同学回校上学时，卓玛才让同学的家长对他说："都说你是个疼爱学生的好老师呢，这次就看在你的面子上才让我家的孩子去学校上学了。假如噶甲玛那样的老师来我家，甭说放孩子去上学了，甚至连一碗茶都不给他喝了。可是你们要听清楚，有个再一再二，可没有个再三再四，我们只给你们这一次机会了。"随着学校里的学生数量减少，也给他的那个《长远教学计划》的顺利实施造成了极大的阻碍。可拉玛老师的勇气不减当年，他没有丝毫的放松和退缩的意思，还多次给新来的老师们谈论过有关那方面的话题。

"老师们，请大家不要灰心，这十年当中我们虽然才培养了二十多名高中生，但以后等家长们提高了思想觉悟后，再也不会出现学校里没有生源的问题的。"他仿佛对未来有十足的把握似的说。

"拉玛老师……"这时候，新调来的那个老师对拉玛老师说，"依我看，你记录在你的那个《长远教学计划》中要培养学生的数字好像有些不符合科学，你死定这一生非要培养那么多学生的目标是不对的。依我看我们应该按现有学生中能培养百分之几来制订培养学生的计划或规划，才符合科学依据，学校没有生源不是我们老师的问题，而是个社会问题，是唯独在牧区才有的现象。没有生源我们可没地方去捡学生啊！"

"我不同意你的意见。这里的牧民们不送子女来学校上学的问题主要还是在我们的教育工作上出现了问题。教师是教育的灵魂，如果学校里没有学生还用我们这些老师干什么呢？我们必须刻不容缓地去研究和思考牧民们不把他们的子女送到学校来上学问题的根源，只不过我们老师们没重视这问题而已，如果我们大家仔细想想办法的话，这中间肯定有让牧民们纷纷送子女来上学的办法的。可是你马上让我说出个两全其美的办法来的话，我现在也确实给你说不出个一二三四来，可是不久的将来我们一定会想出个两全的办法来的。”拉玛老师依旧对未来充满着信心。

学校里接二连三地调来了许多新老师后，他再也不用去做体育老师，去上全校学生的体育课了。他在学校担任了多年的体育老师，养成了每天早晨早早起床后到操场里跑步，打篮球来锻炼身体的好习惯。他向现在的体育老师提出在学校里要组建一支篮球队，带领学校篮球队的队员们到其他学校里去举行篮球比赛活动，或许还能从在校的学生当中挖掘出一些具有体育特长的学生来的意见和建议，可后来学校里连续换了几个体育老师后，他的那个建议没有马上得到落实。后来由达洛老师来担任谷芒学校的体育老师了，达洛老师还实现了拉玛老师多年的愿望，正式组建了一支篮球队，不久他们还可能带着学校篮球队的成员们到别的学校里去开展篮球比赛活动了。

学校里经常发生学生潜逃回家的事情。他们有各种各样逃跑回家的理由，有的学生以老师不好好上课为由逃跑到家里去，有的同学之间发生了点儿小矛盾而逃跑到家里去，有的是家长教唆他们而为之等。这时候，家长们也没了办法，跑到学校里来诉苦的家长逐渐多了起来。他们说：“某某某老师扇了他的孩子一巴掌”，或者说“某某某学生踢了他孩子一脚”。除了这些鸡毛蒜皮的事之外，他们找的最多的毛病就是“你们学校的教学质量太差了”的理由。

某天，拉玛老师正在给自己班里的学生们上课的时候，又有许多学生的家长到学校里来上访了。这次的问题出在“噶甲玛”老师的身上，他们的真实目的是“学生即便在你们的学校里上了五年的学，可到头来还是只会写个‘噶’（藏文三十个字母中的第一个字母）字根本没有学到其他的文化知识。从这个情况来看，到你们学校来上学，还不如留在家里放牧的好呢”。那些学生的家长们说着他们的理由，就打算把自己的孩子都领回家里去了。某个年轻的家长大声地嚷嚷道："'噶甲玛'老师不但不关心学生的学习，还平常用鞭子打学生的老办法来教育他们的孩子。还有拉玛老师不给学生们教文化知识，而天天给学生们说些没用的民间故事，得过且过地在打发着日子。"

"我们继续上课。同学们，你们中有没有能接着说那个故事后部分的人啊？"他提出这个问题时，或许没有学生能接着他讲过的那个故事讲下去了，于是学生们都默不作声地低着头不说话。

"我们草原上的人都会讲故事的。如要来学校听故事的话我们的孩子们就不用在学校里上课了，我们可以领他们回家去讲故事了。这样上学纯粹多此一举，不必要把我们的孩子放在学校里学那些没有用的民间故事了。我们现在坚决不把孩子留在学校里上学了，坚决要把孩子领家里去，现在再也不看任何人的情面了。"

那个正在教室外面大声吵闹的家长提高嗓门字正腔圆地说。那个家长说话的声音比拉玛老师的讲课声还高，学生们露出不安的神色面面相觑了一阵后，都抬起头把目光集聚在了拉玛老师的脸上，凝望起拉玛老师来。

"我们继续上课。那个民族非常尊敬老师，在他们国家里老师的地位很高，在民众的眼里老师的地位比贵族、军官和富商还要高很多。他们非常渴望自己的女儿嫁给一位老师，只要自己的女儿嫁给一名老师，他们就会感到无比的荣幸，把这事当作全家庭的一份荣誉来看待。就算失去了家庭的全部财产他们也会在所不惜的。他们每人平均的读书量占全世界的第一位，世界上哪一个民族都比不上他们的读书量。那就是犹太民族，也就是伟大的马克思出生的那个民族。"

教室外面，"噶甲玛"老师和几个家长激励地争吵了起来，他们快要动手打起来了。其实这时候"噶甲玛"老师已经痛改前非，彻底改正了之前不认真教学的行为，反而严肃认真地抓起学生的学习来。为此，学生们又承受不了学习的压力，就又想出各种办法逃跑到家里，找各种理由给家长诉苦，才发生了教室外面的这种情况。

“……是啊，他努力了四十多年后，才写出了闻名世界的巨著《资本论》。”

他把手中的那本《资本论》高高地举起给学生们看。

校长出面劝阻后，才止住了“噶甲玛”老师和那些家长之间发生的冲突，没有演出肢体冲突打斗的一幕。可是家长们同仇敌忾，意见一致，他们坚决要把自己的孩子带回家里去了。

十五

几天后，乡政府的领导到学校召开了一次教育大会。在这次由学生的家长、学生、老师和乡政府的相关领导参加，全乡的群众聚集着的会场里，拉玛老师和“噶甲玛”老师有了发言的机会。可那个机会不是一件值得炫耀的好事，而是专门给拉玛老师和“噶甲玛”召开的一次批评大会。“噶甲玛”老师每天让学生们趴在地皮上写一百个“噶”字而弄破了学生们的指头，而拉玛老师却犯了在课堂上不认真讲课整天给学生们讲些无用的民间故事来虚度时光的罪。为此，政府让拉玛老师和“噶甲玛”老师当着全乡群众的面做了检讨。

拉玛老师第一个登上了讲台。他一上讲台，发现眼前顿时出现了很多人的面孔，那些人的面孔上又显露着各种各样的表情。纯朴善良的、骄傲自大的、愚昧无知的、聪明伶俐的，还有刺探事态而随风使舵的表情等。可那些面孔并不在一起，而散落在会场的各个角落，有的在东，有的在西，有的人仰望着天空，有的人俯视着地面。看来，要把那些所有的面孔聚拢起来就显得很困难了。拉玛老师突然见到那么多的陌生的面孔，起初在他心中有了一阵恐惧感来，觉得眼前这场景跟他从学校里第二次去老家探望阿妈时，村里的乡亲们围站在他家的门口，凝望着他的场景一模一样了。从而，他的心中不由得升起了一阵悲伤。同时，他觉得站在台下的那一张张面孔仿佛变成了老家的邻居，一个大队的乡亲，或从小一起长大的伙伴，家乡的爷爷奶奶和叔叔婶婶们的面孔，于是他的眼中默默流淌起泪水。这些面孔中，他唯独没有找到他慈祥的阿妈的面孔。

“没错，为了讲课需要，在平日里我给学生们讲过各种各样的故事，有些故事是我自己编造出来的。今天我也想给大家讲一个故事，可这故事绝对不是我编造出来的，它是一个非常真实的故事。这个故事我至今没有讲给任何人听过。我作为一名人民教师，把这样重要的一个故事深藏在心中没有讲给学生们听，这说明我这个人民教师当得很不称职啊。那是一个我实在讲不出口的故事，也是为了想让故事里的那个主人公永远活在我心里。可是我第二次从城市里来到老家时，我家的门里门外都聚满着人，那群人的面孔也像今天在座的各位乡亲的面孔一样美丽而又可爱和可亲。可是那些所有人的面孔中唯独没有我特别想见到的那个人的面孔。今天我们大家一起在人群中寻找一下那个慈爱的人的那张面孔吧。”

他此时说话的口气跟政府领导们主持会议时说话的口气不相同，也和校长平日里召开会议时给他们安排工作时说话的口气不相同，另外还跟家长们平日里喜欢掺杂谚语的说话的口气也不相同。拉玛老师那非常委婉而又富有感染力的口气吸引了大家。台下的那一张张脸都慢慢朝他聚拢了过来。

……拉玛的阿妈去丹德寺（在青海省化隆县。朗达玛灭法后，西藏高僧三人逃至青海长住丹德。）曼巴那里看了一次病，服用了一个多月的药，为此她的病情稍微有了些好转。自从断了药不久他阿妈的头疼病又复发了。阿妈的头疼病起初只在她干久了苦活时疼痛，那些天她的头疼病主要在白天或夜间间隙性地发作，渐渐她的头疼病复发的次数不但多了起来，而且发作的时间也延长了。为此拉玛的阿妈觉得她非要到丹德曼巴那里去看病不可。第二天拉玛的阿妈从自己怀里掏出那块小手帕，当她打开那块小手帕时，发现手帕里只裹着五元六角钱，阿妈反复思考了一阵后，又把那五元六角钱包进手帕中装进怀里后就出门劳动去了。阿妈来到地里，平日里和她一起在地里除草的女伴们关切地问她说："阿姐，你的脸怎么变得这么苍白啊？"

"可能是昨晚我没睡好觉的缘故吧。"阿妈给她们敷衍了事地回答道。

"又想你的儿子了吧？你怎么这么傻啊？为什么把儿子送到汉地后自己却过着苦日子呢？看你的脸色苍白得连一点儿血丝都没有。假如我是你的话我就把儿子从学校里接出来，给他娶一个花儿一样美丽的妻子，待在家里享清福呢。"

"你不要在我面前提我的儿子了，我可有一个米拉日巴般的好儿子啊。"

"这事我倒是听说过，听说你的儿子肯吃苦努力学习了。"

"所以我不想给我的孩子增加任何负担，也不想让他的学习受到影响"

"可你的脸色变得如此的苍白，不想影响你孩子也好像不行了。"

"这事我已经知道了，我也正在考虑着这方面的事，我尽快会想出一个两全其美的好办法来的。"

"你是怎么教育你儿子的啊？他怎么就那么优秀呢……"

"我常常教导他说，世事变化无常，有时候自己头顶的房子，圈里的牲畜，箱子里的财宝，甚至连自己的妻子都会有不属于你的时候。只有通过刻苦学习自身上得到的知识才是真正属于自己的财富，那财富不会被劫匪从你的身上偷窃掉，不会被强暴者从你的身上掠夺掉，不会被狡猾者从你的手里骗走，无论你走到哪里它都是带在自身上隐形的财宝啊！为此，儿啊你可得勤奋学习啊！我是用这样的话去教育他的。"

"啊啦，你可会说了，那些谚语，哦，也不是谚语，经文，哦，也不是经文。反正这样的话你从哪里学来的啊？"

"从别人的口中听来后记在心里的。"

"你的记性可太好了……"

傍晚，拉玛的阿妈收到了一封儿子寄来的家信。于是，就拿着那封信去找了个村子里识字的人，儿子在那封信里写道：“阿妈，想必现在我们到丹德曼巴那里抓来的那些药已经吃完了吧？儿我希望请您马上到丹德曼巴那里去抓药吧！曼巴不是说这种病需要长久吃药来控制的吗？这些天我每夜都做各种各样的怪梦。每次做那种梦时，就没办法一门心思去读书了，我就不由自主地思念起你来，于是我也没有办法安心学习了。阿妈，在这里我们母子俩商量一下吧？您继续好好吃药，我继续刻苦努力学习。您觉得我的这个想法好不好啊？如果您欺骗我不好好去吃药的话，我就马上辍学回到家里来了。阿妈，请回信！某年某月某日”

“孩子啊，你千万不能回家啊！我吃药……我吃药……”阿妈自言自语地说着话，可没过多久她说话的声音就逐渐很低了。

第二天，阿妈又从怀里摸出那块小手帕，打开后又数起那些钱来。

“你患的这种病在藏医里称它为癫痫病……”阿妈还清楚地记着丹德曼巴所嘱托的话来。

“这种病需要长期服药来控制了……”

阿妈又把那个裹钱的手帕装进怀里，兀自走出家门到地里锄草去了。

“听说你儿子来信了，他在信里说了些什么呢？”

“他提醒我好好吃药来着。”

“那个药管用吗？如果管用的话我就陪你去一趟丹德寺吧，明天我俩就到丹德曼巴那里抓药去好吗？”

“不，我不吃药！”

“你这个人，你可是个明事理却不懂事的人啊！你不吃药的话等于不是耽误了孩子的前程吗？”

“曼巴说，这种病需要长期服药来控制。”

“长期吃药那有什么问题呢？只要不断吃药你的病就会好起来的。”

“我等到病好起来的话，一定会影响到我孩子学习的。”

“你怎么这样啊？净说些不吉利的话。那么你的病不好起来的话就不影响你孩子的学习吗？”

“唉，我也不知道……”阿妈的脸色又变得苍白无力了起来。

那天早晨，阿妈起床的时候突然想起了儿子寄给他的那封信。她记得儿子在信中写到了“要回信”的话，阿妈打开柜子从柜子里取出了那个坛罐，从坛罐里取出那封他儿子寄来的信看了起来。阿妈在那封信上没记住“要回信”这几个字写在信件的哪个地方，她记得那天村子里那个识字的人读信的时候，那句话仿佛就写在倒数第二行的位置上，于是阿妈静盯起信件上的那几行字来。可是，在他阿妈的眼里那些字都好像是画在信纸上的画，她看不懂画在那张纸上的那些图案的意义来。那时候，阿妈的双眼中止不住地流淌出几滴眼泪来，那一滴滴泪水端端滴落在信纸上去了。当泪水渗透到纸背后，那几个字慢慢就变了形，最终变成了其他的图案，变得连识字的人都看不懂的图案了。最后，阿妈又把那封信叠好后藏进坛罐里，又小心翼翼地把陶罐装进柜子里之后，就出门到地里锄草去了。

“昨晚又没睡好觉吗？”

“昨晚终于睡了个好觉，还做了个美梦呢。”

“哦，还做梦了啊？那么你说说你究竟做了个什么美梦呢。我可会解梦的哟！”

“不用解了。我梦到自己穿着一身之前从来没有穿过的漂亮的新衣服，经过村边的那座山冈向远方走去了。”

“哦……”和阿妈一起锄草的那个伙伴听了阿妈的话，长长地拖了一声后接着说，“梦是虚幻的，哪有什么根据可依啊！你千万不要起什么疑心了啊。”

“我怎么会起疑心呢？在现实生活中自己没有穿过一件漂亮的新衣服，在梦里穿一回新衣服也是挺幸福的啊……”

“呀，现在我们不谈有关梦的事儿了，快锄草吧，不然我们完不成今天的任务了。”

“……”

夜晚，阿妈的脑子里产生了一阵强烈的疼痛。那疼痛持续到早晨也没有得到缓解，为此，今天阿妈没办法去参加义务劳动了。阿妈觉得屋子里所有的家饰都变得模糊不清了起来，甚至虚弱得连自己的身体都支撑不起来了，为此她不得不躺在土炕上继续休息了。这时候，阿妈心中最担心的事就是儿子突然回到家里来，她此刻多么希望儿子暂且不要回到家里来。阿妈睡在被窝里越来越舒服了起来，她的意识也渐渐变得模糊了起来。她忽而觉得自己在云层里飘游，忽而觉得自己睡在花瓣上一般软绵舒适了起来。一阵后，有人突然推开他们家的门，同时把她也从那个曼妙的梦境中惊醒了过来。这时候，阿妈才知道自己不是睡在云朵上，也是不睡在花瓣里，而是依旧睡在自己的土炕上。

“你怎么了？你怎么了啊？”邻居家的阿妈周姆紧张地询问起阿妈来。

“没事儿的，昨晚我的旧病又复发了。”

“那么，我们就得去看病啊！明天我们就到丹德曼巴那里看病去。”

“不，不，我不会到曼巴那里看病。”

“那么，我马上找人给你的儿子写信，让他立刻回到家里来。”

“不不不，周姆，你千万不能这样做啊！现在是我儿子的学习最紧张的时候，我们不能为了我的病而影响到我儿子的学习。”

“这样也不行，那样也不行，那么你究竟想干什么啊？给你，你儿子又来信了。”

“信！”

“村子里识字的人们说是你儿子寄来的信。”

“信……”

阿妈挣扎着坐起来，她从阿妈周姆的手里接过那封信，把那封信贴在自己的胸前久久不愿拿开。突然，泪水从她的眼眶里夺眶而出，一颗颗晶莹的泪水滴落在了信封的写有“阿妈”的那两个字上，泪水浸泡得那两个字缓缓变形了。

“快看看……”阿妈周姆说出那句话后，又说，“看看我这人，你我都不识字，怎么看呢?”阿妈周姆又接着说，“我这就到外面去找一个识字的人来，你稍微等等啊!”阿妈周姆正准备出门的时候，阿妈又开口说话了。

“你不用去，不用去了。”

“为什么?”阿妈周姆已经走到门口了，听了阿妈的话后她又转过身看着阿妈问道。

“我……我……我打算不去打开这封信了。”

“啊……”

一阵后，阿妈从怀里掏出了那块小小的手帕，打开手帕后，从手帕里面拿出了那个卷成如同指头粗的钱递给阿妈周姆说：“你给我帮个忙，明天你到乡政府帮我把这些钱寄给我的儿子吧，求求你了，我的好姐姐!”

“傻子，这么点儿小事你用得着这样求我吗? 哦，是啊……”

“你不用担心了，你去找一下乡政府的洛赛干事吧，他知道我儿子学校的地址和班级的名称。”

阿妈周姆向阿妈点了点头后，打开那些钱数了起来。

“一共有五元六角。”

“邮资就从这些钱里扣除吧。”

“嗯。”阿妈周姆点头答应道。

那夜，阿妈失眠了。阿妈的眼前闪现出了许多人的面孔，她把那些面孔都拼凑起来后，发现那些面孔都是她儿子的面孔：儿子出生不久第一次喊“阿妈”时的面孔；他的阿爸去世时看着儿子的脸说“白蛋儿，鸡蛋啊!”时的面孔；儿子第一次跟她分别时的面孔；他和儿子到丹德曼巴那里去看病时的面孔；她和儿子第二次分别时，儿子站在对面的山冈上喊“阿妈好好吃药，注意身体!”时的面孔。这些不同场合的面孔接连不断闪现在她眼前。于是，眼泪从阿妈的双眼中滂沱而出了，在急流不断的泪水中那些面孔变得时而清晰时而模糊了起来。一会儿后，阿妈紧闭着眼睛双手合十地贴在自己的胸前默默祈祷了很久后，缓缓睁开闪耀着火光般的双眼慢慢从土炕上的被窝里爬了起来。

阿妈又从柜子里拿出了儿子寄给她的那两封信紧贴在胸口上，又流出了眼泪来，那些可爱而又可亲的面孔又闪现在了她的眼前，一阵后她复又把儿子寄给她的那两封信缓缓放进坛罐中，用那个已经褪了色的红布包扎住了坛口，把那个陶罐小心翼翼地放进了柜子里去。然后缓缓来到堂屋中央的柱子边上朝着里屋叩了三个头，之后双手合十地祈祷了起来。之后，她来到灶膛前用灰熄灭了正在燃烧着的柴火，吹灭了土炕搁板上点燃的灯盏后迈着蹒跚的脚步走出了堂屋，来到屋外转身关门并闩上了门环，而后径直走到下院中又转身关上了上院和下院之间的那道栅栏门，顺手拿起盘绕着放在矮墙底下的那条黑毛绳缓缓向下院的驴圈中走去。他来到驴圈登上了厩槽上把那条绳子捋成双倍后，用绳子的一头拴在了梁头上，在绳子的另一头上打了个活环后，长久地站立在厩槽边上，眼中如同断线珍珠般地滚淌了很久的泪水后，就把那头打有活环的绳子套进了自己脖颈上说了一声："儿啊，你要好好学习啊！"

从那天起，那个方形的麦子地里少了一张脸，一张苍白色的脸……

"乡亲们，同学们……"拉玛老师继续对着群众说，"如果你们不知道我所讲的这个故事中那个脸色苍白的阿妈是谁的话，我可以告诉你们，她不是别人，她是我那娘查格坚般苦命的阿妈啊！你们不知道我所讲的那个故事里的儿子的话，我可以告诉你们，他不是别人他就是小时候的我……"

他的话还没有完全说完，可他眼中的眼泪已经流了下来。这时候，讲台下面抓着孩子的手马上就要把自己的孩子领回家里去的家长们悄悄放开了自己孩子的手，受到家长们的教唆后想回到家里去的孩子们缓缓远离了家长，那些喜欢勤奋学习的学生们的脸上露出了笑容。这时候，讲台下面长久地响起了雷鸣般的鼓掌声，坐在讲台下面的群众都站立了起来，有的人还抹着眼睛哭泣着……

“这个故事我不是新编造出来的。”他的讲话结束了。

“老师……”那个家长哽咽得没有说出话来。

“老师……我的儿子今年十一岁了，我想把他送到学校里来……”

“老师，我的女儿去年辍学了，明天我……”

“老师……”

“老师……”

家长们把他包围了起来。

“这些事情你们就去问校长吧……”他从口袋里取出一块小手帕揩拭起眼中的泪水来。

“下面由‘噶甲玛’老师讲话……”校长主持着会议，可人们却围着拉玛老师不理睬校长的话，于是校长就又向大家宣布：“现在散会”。

十六

他又来到自己的宿舍，觉得身心疲惫不堪，于是就平展地躺在床上还隐隐约约做起梦来……

啪啪啪……啪啪啪……

一阵敲门声把他从梦里吵醒了。他抬起头向门口看去，才发现他没有关宿舍里的灯，也没盖被子，平展地躺在床上。之前的每个夜晚，很少有睡着觉的时候，可不知怎么了，这几天他一人独处时头一挨到床上或沙发上就立刻进入梦乡中去了。这对他来说是幸福的生活了。如果一个人根本没有瞌睡或者夜夜失眠的话，他就进不了美丽的梦境中，或者他身上缺少做梦的生活内容了。

“啪啪啪……”那个敲门声又响起了。

“啊呀，我怎么了呢？怎么忘记去开门了呢？”他自言自语地走过去给那个敲门的人开门去了。

“你……”

来敲他宿舍门的是措姆。他一见到措姆口中不由得发出了一声“你”后，呆呆地站立在门边上，连给措姆说“请进”的话都忘记了。

“怎么，我不能进你的宿舍吗?”措姆也站在他的门外说。

“不是，不是，快请屋里坐。”他把措姆让进了宿舍。

“你的脸……”措姆往他的脸上看了一眼后说，“你感冒了吗?”

“我从出生到现在还没感冒过。”

“那么，你的脸怎么肿了呢?”措姆惊奇地看着他的脸说。

“哦，我刚才小睡了一会儿。”他指着刚才他枕着叠放在床上的被子睡觉后留在被子上的褶皱说。

“懒猪，天还没黑哪来的那么多的瞌睡啊?”措姆说着话坐到那个旧沙发上去了。

“你喝茶吗?”拉玛老师对曼巴措姆问。

“倒一杯吧。难道你忘了我们藏民有‘吃喝不问人’的古语吗?”曼巴措姆说着话看着拉玛老师笑了一下。

“茶里放糖吗?”

“糖喝多了可对身体不好啊。不要放糖，给我只倒一杯开水就行了。”

“这怎么能行啊?只倒一杯白开水的话，以后你不又说我不热情好客的话吗?”

“你不热情好客的本性我不是早就知道了吗?”

“我承认，那天晚上我喝醉酒了，真的没听到敲门声。”

“别撒谎了。起初你不是还问我是谁了吗?”

“那大概是我说梦话了吧!”

“我怎么知道你说的是真话呢，还是梦话啊?”曼巴措姆伸出双手从拉玛老师的手里接过茶杯说。

措姆以前还是多杰老师的恋人时常常来多杰和拉玛的宿舍里做客，为此拉玛老师和曼巴措姆彼此早就习惯了。当多杰老师调动工作到州上不久他们就分手了。从此措姆把自己关在宿舍里，没有好好出过门，现在她内心的那些阴影好像逐渐消散了，于是她又恢复了之前那个爱说爱笑的秉性来。

“多杰现在在哪里呢？”拉玛老师把这句话说出口后马上又感到后悔了。

“你问我，我问谁去啊？”

“哦，对不起，我不该问这个问题。”

“啊啦，和你开玩笑的，我真的不知道他现在在哪里工作和生活。”

“我收到了他发来的结婚请帖，可由于时间问题我没去参加他的婚礼。”

“我也收到了，可我怎么去参加他的婚礼呢？”

曼巴措姆来他的宿舍好像没有别的事，她喝了一杯茶就准备起身离开了。这些天，曼巴措姆来他宿舍的次数又逐渐多了起来，特别是夜晚——三更半夜敲门来找他，为此，第二天邻居的同事们得知此事后，向他问起此事时，他只是装作什么也不知道般地说：“有这样的事吗？我怎么没听到呢？”

几天后，曼巴措姆也对拉玛老师说：“你真的不热情好客啊！你开一下门我也不会吃了你的。”可拉玛老师也没问曼巴措姆半夜来敲他的门有何事情。

那些年轻的男同事们还向拉玛老师开玩笑地说：“老师，什么时候把嫂子给迎娶过来啊？”

“你还不结婚吗？”某天的傍晚曼巴措姆又来到他的宿舍里干脆向他问道。

“那么你还不结婚吗？”他也反问曼巴措姆说。

“谁要我呢，已经老了……”

“你不要讽刺我了，在我这个老人面前说你老了……”

“哪里的话，男人三十一朵花。”

“三十岁时哪有掉了牙齿的人啊？那么，女子们……”

“俗话说‘女子三十过婚期’了。”

"哎呀，三十岁的女子都过了婚期的话，我还找谁来当我的新娘呢？可十五、二十岁的妙龄姑娘们……"

"俗话说'男子四十不显老'，那么三十岁的男子可以找任何姑娘结婚了？"

"那么，从明天起我就要去找恋人了！"

"恋人在你屋里时你不去珍惜，把她给放走后，又想到外面去寻找恋人，那该有多么……"

"嗯，这句话可以用任何词来做结尾了，愚蠢，失望，悲哀等，好像最后这个词用起来更妥当些了。"拉玛老师说。

"开玩笑的，说这些还有啥用啊，说说你以前喜欢过谁？还有谁是你最难忘的人呢？"曼巴措姆毫不客气地说。

"谁会要我啊？我以前没有喜欢过谁，现在也没有忘不了的人。"

"从学生的时候起……"

"谁也没喜欢过我。"

"那么，你喜欢过……"

"谁也没喜欢过我，喜欢我有什么用呢？"

"那么你现在对任何人没有一丁点儿爱惜或爱慕之心吗？……"

"我好像没有听懂你的意思。"

"提起跟你有关系的女人时，你首先会想到谁呢？"

"哦，那个嘛……"拉玛老师差一点儿说出多杰措姑娘的名字来，可多杰措姑娘对措姆来说是个非常陌生的女子。为此，拉玛老师没有说出多杰措姑娘的名字来，就把话锋一转回答曼巴措姆说，"那是我老家的一位姑娘。"

"老家？"曼巴措姆的脸色稍微变了一下后问。

从曼巴措姆的神色来看她好像明白了一切。过了一会儿，拉玛老师认为他对自己喜欢过的那个人连句玩笑话都不能说，更来不得半点儿背叛的举动。于是，他对着曼巴措姆的面夸赞起"她"来，"她的身上齐备一个淑女的一切条件，她的眼睛会说话。她……她……她还……"

他当着曼巴措姆的面谈了“她”身上的许多优点。

“除此之外，你没有喜欢过任何女子吗？”

“大概一个姑娘喜欢过我，可我不喜欢她啊。我知道那位姑娘当初有凭借自己的能力来帮助我的心愿，而且，我想感谢不尽她，现在说这些为时已晚，旧事不想重提了。”

“那么，我三更半夜来敲你的门就多此一举了。”

“嘭……”

曼巴措姆甩手关上拉玛老师的房门转身走开了。

“啊啧，措姆……”

拉玛老师追出去时，措姆的背影瞬间消失在学校的那扇铁门外了。拉玛老师看着措姆的背影摇了摇头，关上了房门坐在了书桌旁。书架上堆满了旧本子，他任意抽出一个旧本子翻看起来。那是某某年毕业的学生拉贡同学的作业本。拉贡同学毕业已经很多年了，可他依然记得拉贡同学当时坐在教室里最后一排的座位上，他虽然并不聪明伶俐，可学习起来非常的刻苦勤奋，而且还特别喜欢打篮球。这一本是东智同学的作业本，这坏蛋当初可淘气了，他手上有个多余的大拇指，为此大家叫他为“六指东智”，他平常用那根鸡爪般多余的指头来吓唬同学们……

他把那两本作业本复又放到书架上，像往常一样随手拿了一本书扔到了枕头边上。他睡觉前看书纯粹是为了催眠，在平日里看到规定的书页后才会睡得着。那是以前他睡不着觉时到曼巴那里去问诊时，那个曼巴教给他的一门诀窍。可是现在他已经没有了睡不着觉的痛苦了，可躺下后看几页或几行字已经成了他养成的一种习惯。此时，他翻开随手拿来的那本书读了起来。他大概看了不到一页，他的意识便慢慢变得模糊不清了起来，说明他已经到了该睡觉的时候，为此他合上书的扉页放在了枕边，转了个身就睡下了。

嗒嗒嗒……嗒嗒嗒……

突然传来的敲门声，搅散了他的睡意。

“谁啊？”

他说着话起身到门口开门去了。

“给……”曼巴措姆拖着长长的话音说了一声“给”字后，从门缝里递给了拉玛老师一件东西后就转身离开了。于是他才想起自己只穿着一条裤衩，马上关上了房门。

“这是什么呢？”拉玛老师迟疑地打开那个用一块褪了色的黄绸缎包扎的包裹后，啊啧，里面包的都是些藏文的书籍。那些是《文字的应用》《幼苗总义明灯》《幼童易于入门论》《口剑论》《正字声义海洋明镜》《诗镜注释》《兔子本生问答》等书籍。这些书籍当初他在党增大叔家见到过。这些书籍是当年保存在党增大叔家箱子里的那些书呢，还是曼巴措姆从别的地方得到了这些书籍呢？

第二天早晨，拉玛到乡卫生院去找曼巴措姆，乡卫生院格桑院长的脸上露出神秘莫测的微笑对拉玛老师说：“你俩之间究竟发生了什么矛盾啊？曼巴措姆到省医院参加培训去了，培训时间为五个月啊，她为什么要把这么重要的事隐瞒你呢？”

“她是今天早晨走的吗？”拉玛老师立刻向格桑院长问道。

“嗯，是今天早晨上路的。你有什么重要的事的话，她今天晚上要住在县城了，你马上到县上去还会追上她的。”

“不……不……不……”拉玛老师注意到他和她好像正向那一方面发展着，为此他想给格桑院长解释一下，可想了想之后也好像觉得没有必要了，于是他告别了格桑院长，回到学校里来了。

那夜，拉玛老师又打开那个由黄绸缎包裹着的包裹，取出那些书翻看了起来。他看着每一本书的扉页、目录和序言，以及随手翻着书的某些书页，甚至详细辨别了书的封面和背面上的画儿和颜色，最后翻看一本名为《兔子回答传记》时，才发现了书的主人是谁了。那本书的封面的某个角落里写着“党增尼秀”几个字，为此他确定这些书是党增活佛收藏的那些书了。莫非他那时候对这些书垂涎三尺过的事被活佛发觉了吗？关键是谁把这些书交到曼巴措姆的手中的呢？或者党增活佛和曼巴措姆他们早就认识吗？怪不得昨夜曼巴措姆向他问起“提起和你有过关系女子时，在你心中首先想起谁呢？”的话时，他差点儿毫不犹豫地说出“多杰措”来，可他把那句话又咽了回去。如果那时候他说出多杰措姑娘的名字来的话，曼巴措姆她还会生他的气吗？

那年的春节对他来说是过得最幸福的一个春节了。可这事已经过去十个年头了，至今在他的眼前闪现出多杰措往他的炉灶里添加柴火时绯红的面孔，弯着腰站在他面前给他倒茶时露出的白嫩的胸口，他和她面面相觑时从她目光中射出来的火辣辣的目光等神色来。这一切多么像发生在昨天的一件事情啊！可实际上这事已经过去十多年了。他详细算了一下自己的年龄后，突然从内心深处打了一个寒颤，妈呀，自己已经快到四十岁了啊！再过三年自己真的到四十岁了。四十岁是个什么概念啊？是八十岁人生的一半了。俗话说“人老坐灶旁”。这句俗话说的肯定是在他这个岁数上再添加了十岁或二十岁之后的人说的。他到三十岁的时候突然从内心深处打过一个寒颤，那时候他想到再过十年自己已经是三十岁的人了，那时他为此而打过寒颤。莫非自己算错了吗？他又详细算了一遍，错不了，今年自己确实到三十七岁了。对他来说三十七岁是个特殊的年龄，按照九宫八卦中的话来说，十三、二十五和三十七岁等年龄是每个人的本轮年，他的阿爸也是在三十七岁的本轮年上去世的，为此他相信岁煞这个说法。

这些年来，他也说不上自己究竟干了些什么事儿。可是，这些年这地方的学生们一批又一批来到谷芒学校后，又一批又一批地离开了谷芒学校。教室如同旅店一般随时能看到许多新面孔，同时许多老师渐渐调离这个学校后，又有许多新老师来到这个学校里成为他的新同事。常常有一个已经和自己住习惯了的老师离开学校后，他心里觉得好像丢失了什么似的变得空落落起来，这种感觉往往盘踞在他的心中久久不肯离去。那些穿得花里胡哨的青年老师当初来到这个学校时，发誓要把自己的一生奉献给这地方，可过了几年或几个月后他们会把那些誓言抛散到风中去。他还要继续留在这里吗？他的家乡现在建立了学校吗？他在这里究竟等待着谁呢……

十七

“桑杰布。”

“到。”

“谢热布。”

“到。”

“赛毛措。”

“到。”

“……”

今天要上的课是《岩鼠的故事》。

省教科编辑部新编辑的课本中列入了几篇藏族传统文学中节选的文章，为此他非常喜欢给他的学生们上这类藏族传统文学的课。其实课本中只选了《岩鼠的故事》中的几个片段，可他把整个《岩鼠的故事》都写在黑板上让学生们抄写了下来。学生们看着他抄写在黑板上的《岩鼠的故事》开始大声朗读了起来，于是他站在黑板的一角耐心地等待着学生们的朗读声停下来。他每一节课都要用掉五六根粉笔，每次上完一节课等到下课时，他的手、脸和前胸上都落满粉尘，他的整个人都变成白人了。以前格桑曼巴提醒过他，说：“你已经吃多粉尘了，这样下去会伤了你的肺脏的。”可他根本就没有把格桑曼巴的话当回事儿。

上第二节课的时候，拉玛老师觉得自己的胸部突然疼痛了起来，那疼痛如同火焰般渐渐蔓延到他的心头上去了。不久，一阵剧烈的疼痛遍布了他的全身，与此同时，他眼前一黑差一点儿从讲台上摔倒到地上去了。他站在那里缓了一口气后，眼前才逐渐变得清晰起来，于是他慢慢看清了坐在眼前的学生们的脸。

“老师你的脸色怎么变得那么苍白了呢？”一个学生问他道。

“老师你的脸肿了！”又一位同学说。

“嗯……有一个老师也对我说我的脸肿起来了，还问我是不是感冒了呢，其实我从来没有得过感冒。”

“老师，那么你不会得任何病的。”

“谢谢……”

星期六下午，体育老师达洛对拉玛老师说：“明天我们到东格学校去参加篮球比赛了。”拉玛老师提出学校里组建一支篮球队的建议已经过去很多年，这个建议终于在达洛老师的身上得以实现了，为此他的脸上露出了会意的微笑。

“我也是篮球队的队员吗？”

“那还要说吗？老师您打篮球的姿势可太帅了！”

“嗯……打篮球是你们年轻人们的强项，我已经是四十岁的人了啊。”

“您的年龄还不到三十岁吧？”

“您还年轻，是我们学校篮球队里的一员啊。”

他们和东格学校进行篮球比赛后，他们的队伍以六十比四十的成绩打胜了东格学校的篮球队，他们的成绩比东格学校篮球队整整超出了二十分。晚上举行庆祝晚宴时，拉玛老师觉得自己胸口又开始疼痛了起来，他坐在上席上忍了一阵后，觉得那疼痛感犹如火苗似的又慢慢蔓延到他的心头，从而遍布了他的全身……

当拉玛老师朦朦胧胧地从梦魇般的昏迷中醒过来时，发现许多张脸上带着紧张的神色在望着他，起初那些面孔都是模糊不清的，渐渐他们都变得清晰可辨了起来后，他才发现那一张张面孔都是些他再熟悉不过的面孔了。

“醒了，醒了！”其中的一个人说。

“快去叫曼巴来！”又一个人指挥道。

“我怎么了？”一阵后拉玛老师正式开口说话了。

“那天欢庆的宴席上你昏厥过去了。”

“我不是给你说过吗，要打篮球趁年轻，你已经是四十岁的人了……”

“您还不到四十岁……”

“曼巴来了……”

一阵后，曼巴措姆和格桑院长相继走进了病房，拉玛老师知道自己躺在哪里了。

曼巴措姆拿出听诊器贴在他的胸前听了一阵后，又把血压计包扎在他的手腕上量起他的血压来。她看着血压计把她观察到的他的血压的情况说给格桑院长听。

“病人现在需要休息，你们中留下两个人看护病人就可以了，其他的人都可以回去休息了。”听了格桑院长的话，那些熟悉的面孔都慢慢离他而去。

“你还适合打篮球吗？到了四十岁还打篮球，你真的会逞能啊！”曼巴措姆边说边往他的手背上扎了针。

“我还不到四十岁呢，我今年才三十九……”

“嘿……”曼巴措姆忍不住笑了起来。

“需要打几天的针啊？”

“先打七天的针，之后再看情况吧。”

“七天？！”

“呀，怎么了？”

“我明天还有课呢。”

“哼……”

曼巴措姆用大拇指按了按他手背上的棉球后，露出不悦的神色离开了病房。

三天后，拉玛老师的身体变得轻松多了，身上的疼痛感也逐渐消失了。格桑院长对拉玛老师说：“等病好了之后，你去省医院好好做个检查吧。”

“病治好后，还干吗要去医院里做检查呢？”拉玛老师固执地说。

“这只不过缓解了一下病情而已，到省医院去做了检查才会诊断出病根来，为此，你必须到省医院做检查了。”

“好的。”拉玛老师嘴上这样答应着，可心里却不服地对格桑院长说，“我的身上不会有其他病的，到目前为止我连个感冒都没得过。”

“你必须要到省人民医院里好好检查一下病不可了。”曼巴措姆嘱托道。

“……”

曼巴措姆还记恨以前的那件事，所以她对他不说太多的话，于是他想借此机会向曼巴措姆好好解释一下。

“那夜我不该那样说的，可是……”拉玛老师对曼巴措姆说。

“不该怎么说啊？”曼巴措姆好像没有一点儿悔意。

“我明白你的心思，可是……”曼巴措姆正盯着拉玛老师的脸在看，拉玛老师继续说，“我和多杰以前是同一寝室里生活过的同事，以前我们在一个锅里吃过饭，所以我不能做对不起他的事，为此你可不能记恨在心……”

“嘿……嘿……嘿……”曼巴措姆捂着嘴大笑了起来，看那神色，她好像把以前的事都抛在脑后一点儿也不记恨了。

“我说的可是真心话啊，我真的不能做无耻的小人，做出对不起多杰老师的事来。我当着学生们的面对‘无耻’这个词作过详细的解释的。”

曼巴措姆继续大笑着，还把笑声拉得长长的，他一时不知道做什么好了。

几天后，曼巴措姆给他说了一个有关多杰措姑娘的故事。那故事比拉玛老师讲给学生们的任何故事动听多了，他想继续听下去。

“现在她在哪里呢？我要去找她。”等曼巴措姆讲完那个凄楚而又感人的故事后，拉玛老师从病床上坐起身来说。

“请你看一眼日历吧！”曼巴措姆指着病床床头上的日历说。

他转头望去时发现床头的日历上显示着19××年××月××日。离发生那事已经过去整整一年有余了。于是他瘫软着身子又躺到病床上去了。曼巴措姆给他打完针，走出了病房后，拉玛老师又回味起曼巴措姆刚才给他讲的那个故事来……

多杰措上路的时候，叶忠大婶把那个用黄绸缎包裹着书籍的包裹递到了她的手中。当她再次经过大小江群沟之间的山路时，她的眼前仿佛又出现了他和她之前并肩行走过的影子，可是那对影子走过这条山路已经过去十多年了。于是多杰措心里犹豫了一阵后想到：还是先找一下阿姐措姆了解一下他现在的情况之后，再做决定吧。

多杰措来到乡上，来不及去她多年没去过的商店里逛游，就直接去乡卫生院里找阿姐措姆去了。阿姐措姆和多杰措是出生在一个部落里的乡亲，所以她们彼此早就很熟悉了。找到阿姐措姆后，很长一段时间里多杰措没有说出藏在心里的那句话，为此阿姐措姆反复逼问了多杰措很久后，多杰措才缓缓把藏在她内心深处的那个秘密都说给阿姐措姆听了，并提出了希望阿姐措姆帮她把她手中的那用黄绸缎包裹着的书籍交给拉玛老师的要求。

“傻丫头，天没黑之前你把这事说给我不行吗？”阿姐措姆说着埋怨话，就拿着那个包裹出去了。

“阿姐措姆，现在已经很晚了，其实你明天把这些书交给他就可以了，不过……”

“你明天早晨不是早早要到乘密空行洲去的吗？我给你说，我首先去探查一下他认识不认识这些书，假如他认出了这些书来的话再看他提不提及到你，然后再慢慢跟他聊聊有关你的事情……”说完话曼巴措姆提着书朝学校方向走去。

见阿姐措姆走了之后，多杰措开始变得紧张了起来，她的心如同蹦跳着一只羔羊般地急速跳了起来，她侧耳聆听起屋外的脚步声来。她一个人坐在阿姐措姆的宿舍里，聆听着屋外的脚步声，慢慢浮想联翩了起来：突然传来一声开门而又关门的巨响声后，由远而近地传来一阵急匆匆的脚步声，砰的一声打开房门的同时，某人猛然向她扑过来后，一把把她搂进怀里，将她脸贴在他脸上的某个部位后说："你怎么不直接来找我呢？这么多年……"然后，他抓着她的手说，"走，你住在这里干什么啊？"于是就响起把她带出房门的脚步声。就那样幻想着那个虚幻的脚步声，她的心跳又加速了起来……

这时候，屋外真的传来了一阵脚步声。可那个脚步声并不是她心里所盼望的那个人的脚步声，可她急切地等待着那个人给她带来什么激动人心的消息呢？现在那也成了她最后的一线希望了。当她看到措姆手里又提着用黄色绸缎包裹着的书籍进来时，在她的内心中燃烧了十多年的那团火瞬间熄灭了，如同泼了一盆凉水似的顿时变得凉瑟瑟、凄惨惨了。

"起初他问了一声'是谁啊？'，而后房子里就变得鸦雀无声。我敲击他宿舍门的声音过大，好像被邻居的老师们都听到了。现在就这样了，明天早晨我再去他的宿舍把这些书亲自交给他。"曼巴措姆喘着粗气给多杰措说。

"不……"她继续说，"明天早晨我就得早点儿抵达乘密空行洲了。如果他今晚收不到这些书的话，到明天就不着急了，以后我可以在乘密空行洲里等他的消息了。"第二天早晨多杰措就趁早去乘密空行洲了。

那夜曼巴措姆出去给拉玛老师送那些书时，恰巧遇到了那样不凑巧的时机。曼巴措姆说现在多杰措已经更换名字了，她现在已经不叫多杰措而叫叶西堪卓（法名）了。她出家当尼姑已经有一年有余了。叶西堪卓不识字，可她依旧到尼姑庵去出家做尼姑，想必她从内心深处肯定受到了很大的打击，所以她才毅然决然地出家做了尼姑。那时候，他和她的身体保持着一定距离，在一个屋檐下一起生活了几天竟然成了她这一生中的"夫妻"生活了。草原上的男人到了夜晚连狗都挡不住地到自己可意的女人那里寻找人间的温存，为此，多杰措姑娘和拉玛老师行走在大小江群山路的时候起，她以为她自己谁都没有碰过（她是活佛的公主，连狗都阻拦不住的男人们没有接近她的勇气）的洁白如玉的身体就可以清清白白地交给他了。可是，他也像草原上的男子们一样没敢接近她的身体。可他让她感受过一次男人温润的手触摸和心中升起温暖的体温（近距离接触过）的人，所以这十多年间她没有忘记过那种感觉。阿妈叶忠给一个血统高贵的贵族的后裔暗示什么的时候，她心中不由得觉得那男子的手掌没有温润感，甚至觉得他身体里也不会有她一直所渴望的那种体温来。很多个日夜中，阿妈叶忠和她多么渴望能见到拉玛老师再次出现在党增大叔家的帐篷里啊！党增大叔见到她回到家（送拉玛到学校里）的时候起就对这事彻底失望了。

拉玛老师现在才明白了党增大叔当初邀请他到他家过年，以及让多杰措单独把他送到学校里去的真正原因，而且还明白了他和多杰措姑娘骑马行走在大小江群山路中时，他们谈话时暗藏在多杰措姑娘话里话外的所有意义来。

“若果找不到一个回家的伴儿的话……”拉玛老师问多杰措姑娘说。

“找不到一个回家的伴儿的话就不回去了呗。”多杰措说。

拉玛老师从卫生院里出院回到学校之后，接着给学生们讲起了《岩鼠的故事》，拉玛老师给学生们讲灰色的岩鼠和小紫鼠捣乱禅师的故事时不由得激动了起来。不知是他吃多了粉尘呢，还是从娘胎里带出来的遗传病，总之他胸口的那个疼痛病又复发了起来。

“你该到省医院里去检查身体了。”格桑院长对他说。

“我明天还有课啊……”他给格桑院长说。

十八

去省城看病时他已经到四十岁了，那次也是他从大学毕业后第一次去省城西宁。曼巴说："你的病属于职业病。由于你吃多了粉尘，被粉尘破坏了你的肺细胞，这种病在医学上称作粉尘病。"听了曼巴的话，拉玛老师很不服气地对曼巴说："我的身体很健康，在平日里甚至连感冒都很少得的啊。"曼巴听了拉玛老师的话就笑着对他说："你现在根本不能感冒了……"

在医院里住了三个月的院之后，他才出院回到了学校。学校的老师们都或多或少对这种病有所了解。这种病和沙尘也有着直接的关联，因为这地方的牧民们把草原开垦成耕地，严重破坏了草原的生态环境，所以一到秋后就会刮起大荒风来，大荒风从翻犁过的耕地上吹扬起沙尘暴，这时候金银滩草原就会成为沙尘暴风的乐园，久而久之这地方的很多人患上了粉尘病。可曼巴说："他得的是职业病，因为他吃多了粉尘的原因。"

眼前，季节已经推移到了盛夏五月，可与往年不同的是今年在金银滩草原上没有盛开黄灿灿的油菜花。因为，从去年起谷芒草原上实施起了"退耕还草"的政策，政府强力实施退耕还草政策，没让金银滩草原的牧民们耕种油菜。这时候，他从办公桌的抽屉里面翻找出自己以前写的有关保护生态环境的那篇论文看了起来。那是一篇他在十几年前写的论文，可这篇论文的中心内容（论点）到现在才实施了起来。为此，他自认为自己是个有远见的人，所以从他那张清瘦的脸上露出了满足的微笑。虽是如此，因为牧民们开垦这片草原做了几十年的耕地，彻底破坏了草原的土质，如果要恢复草原的土质最起码也要三百年左右的时间不可了。所以现在这一代牧人不会享受到碧绿如茵，繁花似锦的草原美景了，他的心中产生些许的伤感。

现在谷芒学校里也没有了学生不来上学的问题，所以老师们也不用如同妥弥桑布扎[①]到印度国去取经学习文字，千辛万苦到草原牧户家抓逃跑的孩子去上学了。这可能是牧民们思想觉悟有了很大的提高，从而农牧民增强了要送自己的孩子上学的思想观念。可乡政府的干部和学校里的老师们却传言，谷芒学校的校风有了大转变和他在那一次批评会上给大家讲了一次感动人心的故事，给这里的农牧民上了一次生动的人生课有着很大的关系。他到省城去看病后，学校里召开了一次教师会议，会上校长还提出了学校要传承他的那个教学方法的意见建议了呢。

不知是什么原因，身边的同事们对他的态度发生了很大的变化，他们现在突然变得对他非常敬重和客气了起来。这对他来说怎么不是人间的一大幸事呢？为此，从他内心深处升起了一丝暖流来。可是学校内部已经研究决定不让他带班上课了，他的内心就像掉进了地窖一样凄凉和痛苦了起来。学校让他安心养病，不让他带班上课而生出的内心痛苦远比他身上的病痛更深刻、更剧烈了。当他找到校长给校长说了自己的病已经医治好了，可以正常上课的事后，校长却关切地对他说："你是我们学校的大功臣，保护和爱护你是我们的第一大责任，从现在起你不能劳累，你还保养好身体千万不能感冒，以后你更不能跟着青年们一起去打篮球，或做其他的剧烈运动了。"

"那么我的那个《长远教学计划》不是就此终止而不能实现了吗？"他听了校长的回答后，脸色突变，黑着脸对校长说。

"怎么会呢？这是个暂时的决定，等你的身体完全恢复了之后，你不接着上课你还能干什么啊？到时候，你承诺的那个《长远教学计划》一定会实现的。老师，请您不要着急，您现在的工作就是好好休息养病了。"

"……我要休息多久啊？一周呢？一个学期呢？还是一年……"

"那哪有明确的时间啊？您听曼巴的话好好调养身体，等您养好了

---

① 妥弥桑布扎：藏文文字的创始人。

身体您就可以马上去上课了。”校长关切地对他说。

“休息……休息……难道这也是工作吗?”他自言自语道。

“您有什么需要帮忙的，请尽管来找我说，我一定尽我所能给您解决的。”

“我要搬迁住房，你可一定要帮我把这事办妥了。”

“您要搬到哪里去啊?就按目前我们学校的条件来说，您现在住的宿舍可是我们学校里最好的房子啊!”

“我要搬到学校后面的那两间平房里去。”

“拉玛老师，您别开玩笑了，我还以为老师您真有一件需要帮忙的事了呢。”校长笑着对拉玛老师说。

“真的，我说的可是真心话啊。”

“嗯……”校长看了拉玛老师一眼后对拉玛老师问道，“老师难道您还有什么情绪吗?”

“校长，你可千万不能这么想啊。我非常留恋那个地方，你就满足了我的要求吧，你刚刚也不是答应了吗?”拉玛老师的脸上带着纯朴无瑕的神色说。

校长考虑了一阵后对拉玛老师说：“老师，真的对不起，这件事我办不到。您是我们学校的活宝，那房子里已经很久没住过人，不但房屋封闭走廊里的玻璃都坏了，而且一到夏天下雨天还会漏水呢……”

“要你帮帮我的事指的就是此事啊!你帮我找个人把那两间房子修葺一番，安上窗户上缺少或破损了的玻璃，再把那两间房子给好好打扫一下就可以了。”潜藏在他体内的固执又渐渐恢复了，于是校长也拿他没办法了。

过了一周后，校长和同事们都同意了拉玛老师的要求，就按照他的意愿，找人把学校背后那座小山丘下的那两间平房修葺了一番后，就让拉玛老师搬进去住了。

从封闭走廊向外望去，就能看到学校的操场，还能清晰地听到校园里传来上课的铃声，下课的铃声，开饭的铃声，通知学生们睡觉的铃声。还能安心地观看操场里学生们在开展跑、跳、爬等各种体育活动，还能听到学生们打篮球的声音。那些打篮球的同学们一天到晚用篮球拍打地皮的啪啪声从早晨一直响到傍晚。一到傍晚校园里传来开饭的铃声时，那些在操场里玩耍的同学们都如受了惊扰的羊群似的，一溜烟向食堂跑去，学校的操场里顿时就变得安静起来。

曼巴再三嘱托拉玛老师千万不能感冒，为此，他很少走出安装了玻璃封闭的走廊到外面活动了。这次拉玛老师从省医院里出院的时候，还买来了一台收音机，那台收音机就成了他黄昏时候的好伙伴了。收音机里每天播出酒曲、格萨尔王传、相声、新闻、空中云使和天气预报等节目。可他还是很关注天气预报节目，从收音机里播出的天气预报虽然并不符合谷芒草原的实际天气情况。当收音机里播出全省的天气预报时，偶尔也能和谷芒草原的气候相符合，为此他常常听收音机里播放的天气预报节目。天气特别冷的时候他为了防止感冒就待在房子里不敢出门，可遇到晴朗天气的时候他就走出房门，爬上学校背后的那座小山丘观赏起各方美丽的风景来。

平日里他就待在自己的宿舍里继续写他的那个《回忆录》或修改他的那个《长远教学计划》，另外他翻看着以前学生们的作业本默默地回忆着往事的同时，专心听起屋外校园里传出的铃声来。他毫无差错地分辨出一天的时辰来，什么时候传来的铃声是到了晚自习的时间，什么时候是学生们晚自习下课的时间，什么时候是学生们该睡觉或起床的时间，什么时候是学生们上第一节课的时间，他从传来的铃声里知道一天内学校的时程安排。有时候聚起精神来还能知道马上就要响起什么时辰的铃声来。

自从他得了粉尘病后，有乡政府的领导、县教育局的领导们来看望慰问过他。

很好笑的是，那天他的宿舍里聚集了十几个人，他们中的一位居然是他的一名学生。那个学生在他的班里时学习不是太好，可在大学毕业的时候由于学习成绩突出，现在居然成为了某个大学的教授。目前他休假回到家乡，听说自己的老师得病的消息后，就来学校看望拉玛老师。

“老师，您还认识我吗？二十年前我也是这所学校的一名学生啊。”那位大学教授很感激地对拉玛老师说。

“怎么不认识呢？难道二十年前我不是这个学校的老师吗？”拉玛老师说着话又看了那个大学教授一眼后说，“你的变化真大啊，现在我根本无法把现在的你和在这所学校里上学时候的你作比较了。”

“我叫……”

“不用告诉我你的名字，你从事的专业是老师吗？”

“是的，拉玛老师你是怎么知道的？”大学教授惊奇地问。

“那么你看看这个作业本吧。以你的经验来看这样的学生往后能有好前途吗？”拉玛老师从许多破旧的作业本中抽出一个作业本，翻开本子后递给他看。

“嗯……嗯……”大学教授继续说，“老实说，一方面这位学生写的作业字迹潦草，另一方面这位学生的作业中还有许多的错别字，还有这位学生……”

“你错了，错了，我尊敬的教授……”拉玛老师打断了那位大学教授的话说，“继续让你说下去的话……你会……你或许会说他根本就没有前途的。如果你真的说出了这样的话，你不是用理论总结了一个出生在空气稀薄的高原上的聪明可爱的孩子的前途了吗？你真的错了，这样的学生不但是谷芒学校的锦标，也是我们基层老师们的骄傲，更是草原牧民们的希望啊！这位学生他现在已经有了光明灿烂的前途……”

“老师……”他还如同滚滚雷声般地想给拉玛老师说更多的话时，拉玛老师打断了他的话，但他继续说道，“我除了从理论上分析外，并没有给他下结论呢。理论是我们的共同财产，而不是我的私有财产，不管是哪一种理论都会有它的逻辑性。所谓的逻辑学，就是正确认识世间事物的能力。可世间的一切事物都有它的外在的现象和内在的形式，如果只去认识事物的内在形式，不经过事物的外在现象，直接不可能认识内在形式的。为此，外在的现象是反映本质的标记，所以它就叫做表象。那现象有一定的本质和规律，结合表象和规律去判断方式的理论叫做逻辑学，我从理论上分析这个学生的前途的话……”

“理论和实践要结合起来而不可分割的。你有深刻的理论知识，这非常好！可那个理论要和实践紧密结合起来应用才能得出正确的结果的，如果理论不结合实际，那么理论和实践恐怕会彼此分离开来，成为两张皮的……”

“一切理论都是从实践中产生的，首先通过实践积累经验，而后把所有的经验总结起来就成为了理论，为此……”

“实在太好了，你对在我心中占有很高地位的那位学生给予了高度的评价……”

“嗯……老师，在您心目中如此看重那位学生，可您能告诉我这位学生他现在哪里吗？那时候我也是这个学校的学生，可我怎么不认识他呢？您的这位学生现在在哪里高就啊？他从事什么工作呢？他的前途又如何呢？请老师不要隐瞒把他的情况都如实地告诉我吧，我才会知道您的理论和实践有没有紧密结合起来……”

“那确实如此，其实那位同学就是你自己啊，现在你不是知道了现实和实践结合起来的真相了吗？”

听了拉玛老师的话，那位大学教授脸上顿时消失了所有的威严，怔怔地望着拉玛老师的脸。

“如果你不相信的话，请你看一眼写在本子扉页上的名字吧。”

“……”

“老师……”大学教授看了一眼那个本子扉页上自己的名字之后还想开口说些什么，可这时候来看望拉玛老师的人越来越多了起来，他们都是回忆着许多有趣的往事从拉玛老师这里离开的。

“你那时候坐在第二排的座位上。”

“你那时候很不听老师的话，对你说话简直就是在对牛弹琴啊！”

“你那时候很聪明，如果你自己再勤奋一点儿的话，你会比现在更好的。”

“如果我当初不更改你的名字的话，那么现在大家就叫你‘尤特局长’了。”

“你是个聪明的孩子，对学习也很勤奋，可你一共往家里逃跑了八次啊。”

“你是唯一的一个我上课时偷看《勾引青年心思的鱼钩》（拉伊）书的学生，从那时候起你就已经懂得了世间男女之间的那些花花之事了，整天情啊爱啦的，很不本分了。”

“你经常用那根多余的第六指来吓唬女同学们，你可是调皮捣蛋的孩子啊。”

“我讲多杰尤特的故事时，你那时候还羞怯地低下头去了呢。”

“那时候给交空卷子的不是你吗……”

这一切对拉玛老师来说仿佛发生在昨天。他记得以前当阿坚老师快退休的时候给他说过“我觉得昨天参加的会议一样啊！”现在他完全理解当初阿坚老师的心情了，此时此刻，拉玛老师的心情和阿坚老师当初的心情一样了。于是，阿坚老师露出那两颗开了缝隙的门牙和他想喝酒时露出的贪婪神色又闪现在了他的眼前。有时候他专心地写那个《回忆录》时，偶尔会有人来敲打他的窗户，他还以为是晁吾大叔已经做好了肉比面多的晚饭来叫他吃饭了。

现在他坐在用玻璃封闭起来的走廊里往外望去时，操场里看不到旦多、李多、色多、阿多、俄多们的影子了，他们去哪里了呢？还有才果、李果和俄果们也不见了。有时候，他又以为多杰老师快放学回来了，不久措姆就会来敲他们宿舍的门了，多么的伤感啊！星期六的下午传来铃声时，就要召开一周的总结会议了，他竖起耳朵留意扎西顿珠校长要讲些什么话来。可等他的意识变得清晰起来后，他才明白原来站在主席台上讲话的校长已经不是当年的扎西顿珠校长了。那么他现在又在哪里呢？还有杰卓杰老师，洛桑老师，李毛老师，卓玛杰老师，最近怎么不见他们的人影了呢？

他坐在封闭的走廊里突然记起了什么来。“啊啧，当初他到党增大叔家过年前去给老家的华丹大叔寄钱时，不是在寄款单的附件上给华丹大叔留言说“明年我回老家来和你们一起过年”的吗？邻居家的华丹大叔一定在盼望着他回家过年呢，明年一定去老家里过年了。哦，党增大叔现在在干吗呢？哦，措姆说过的话一定是假的，那一定是他做了一次梦。多杰措……不是……叶西堪卓一定不会出家当尼姑的。她那天早晨不是跟着那个老牧人回家去了吗？

这时候，又一个新校长来到他的宿舍对他说：“老师，您有什么要解决的问题，请您告诉我，我一定尽量满足您的需求。”

他才知道这些都是产生的幻觉，而不是真实的生活。

十九

跑马就在阳间跑，
到了阴间没地跑，
没有巴掌大片地，
骑马去到哪里跑？

唱歌就在阳间唱，
到了阴间无唱处，
没有拇指大的人，
哪有唱歌停留时？

拉玛老师迷上了收音机，他觉得收音机里播放的节目越听越有意思了，于是他随身携带着他的那个半导体收音机。可收音机里播放的节目都受到了时间的限制，他要想听的节目只能等到规定的时间段里才能听到，为此没能完全满足他的意愿。等听完了那天播放的“文艺节目”之后，就调低了收音机的音量，但是现在他不会把收音机的开关完全关掉的，因为等一阵还要播放那天的天气预报节目呢，他不想错过收听天气预报的节目。可离播放天气预报节目还有几个小时，所以他只能调低收音机的音量耐心地等待了。

拉玛老师来到这世上也有过骑马的经历。那就是几年前他和党增大叔骑着两匹快马穿过谷芒草原，经过大小江群沟，到党增大叔家过年；等过完年他又和多杰措姑娘骑着那两匹快马从党增大叔家出发，经过大小江群，横渡过谷芒草原，来到谷芒公社的两次骑马经历了。可他在这个世上没有唱过歌曲。刚才收音机里唱的那首歌曲（拉伊）中虽然说阴间里没有巴掌大的土地，完全没有骑马驰骋的场地，为此在阴间就跑不了马；还说阴间没有人也没地方去唱曲儿了，可到目前为止没有人证实过这个事实。在世上离开人世去了阴间的人多得数不胜数，可去世后去了阴间又从阴间回到阳间的人就从来没有过，为此他很难相信在那首歌词里描写阴间环境的景象，阴间到底是不是拉伊的歌曲里所说的那样呢，他也不得而知。说到底这首歌曲中只对阴间做了个推测而已，可在那歌曲中却凝聚着祖先们的思想精华。他一个人坐在封闭式的房间里胡思乱想了一阵后，收音机里就开始播放起了天气预报：“从今天到明天白天，全省范围内天气晴朗……”

这对他来说可是一个特别好的消息啊！往往遇到一个好天气的日子，他就可以走出封闭式的房间到外面去散散步了，还可以登上学校背后的那座小山丘，不但可以环视辽阔的大草原，也可以观看草原的新变化，而且还可以俯瞰山丘下的整个校园，还可以聆听校园里那群可爱的孩子们琅琅的读书声了。等收音机里播放完天气预报节目后，拉玛老师就彻底关掉了收音机，头枕着高高的枕头睡觉了。以前他有时候会出现夜间完全失眠的现象，不知道什么时候起他的瞌睡们得到了自由，当他躺在床上习惯性地拿起书刚看上一两页，或者只读了几行字他就会沉沉入睡，进入了梦乡。可现在他觉得自己连呼吸都变得困难了，为此晚上又开始出现了失眠的症状。现在他的意识也变得不大清楚了，在他的意识中往往出现各种幻觉来。有时候他把现实当成梦境，有时候他又把梦境当成为现实。

“——现在已到该走的时候了。”冥冥之中在他的耳畔突然传来这么一句悲伤的话来，这时候，他突然从迷迷糊糊的睡梦中醒过来。他怎么思谋都觉得自己刚才根本没有睡着觉，可他明明在梦里听到了那么一句不吉利的话，所以他又隐隐约约觉得自己刚才小睡了一觉，还在迷迷瞪瞪中做了个模模糊糊的梦。睡梦是幻觉，为此他根本不去相信那句话，也不相信自己就这样离开人世到阴间去了。他绝对不会相信的。“现在校园里马上就要响起学生们晨起的铃声了。”他思谋着静静地等待着校园里的铃声响起，可等了许久那个美妙动人的铃声也没有响起来。

“今天的值班老师难道睡着了吗？”他那样想着就起身往学校的操场走去。在平日里，这时候学生们都起床跑到操场排队，准备晨练了，可今天操场里连一个学生的影子都看不到了，这究竟是怎么回事呢？于是他站在操场里使劲吹了三下他手中的那枚哨子后，学生们才如同惊扰了魂魄的山羊般地从各自的宿舍里冲出来跑到了操场，来到他的面前排起了长队。

“立正！向右转。”

等学生们都排好了队之后，他就陪全校的学生们一起围转着操场跑了起来。此时此刻，他觉得他自己的身体变得那样的轻盈，轻巧得犹如飞翔的鸟儿一样。无论他怎么奔跑都不觉得累，而且也不喘粗气了。

“你不能受累了，你要注意休息啊！”一阵后他想起曼巴嘱托的话来。“啊啧，一个多么不吉祥的梦啊！一个多么漫长的梦啊……”

他又从睡梦般的幻觉中惊醒了过来。这时候他发现自己真的睡着了，当他从梦里醒来时，发现他连房子里的灯都没关就躺在床上睡着了。此时此刻，他头枕着一个高高的枕头睡在床上，手里还拿着一本书呢。“我一定是又做梦了，我是什么时候睡着的呢？”

“你今年已经是四十岁的人了。”

他无论怎样去细算，都觉得自己还没有到达四十岁。他觉得他昨天刚动笔写起那个《回忆录》的，他的那个《长远教学计划》也是从昨天开始谋划着写起来的。昨天和今天之间他怎么突然就变成四十岁的人了呢？他做了一个多么稀奇古怪的梦啊！你们看看这个梦的欺骗行为吧，它是多么的残酷无情啊！羊群般的一群学生在这个操场里如同惊扰了的山羊群一般惊跑了一阵后，又不知了去向；如同黄羊群一般的一帮老中青少年的老师们犹如惊散的黄羊群一般惊跑了一阵后，跑散到哪了去了呢？总之，梦是从心中产生的一阵一个瞬间的幻觉，哪里有去相信它的依据呢……

“老师，老师……”早晨校长猛力摇着拉玛老师的身体叫喊道。

“啊啧，一个多么欺骗人心的梦啊！”他说道。

“老师，这不是梦，这是现实啊！难道您刚刚做了什么梦吗？那么你就讲给我听听吧？我可会解梦的。”

“梦中说能解梦的事，说的不是这事还有哪事呢？”

“老师，天气预报节目预报到今天天气要转晴了。今天谷芒草原的天空中哪怕鸟头大的云彩也不会出现了。”

“等外面的天气变热了之后，我要到后面的山丘上散心去。”因为他听了昨晚的天气预报节目，所以他就对校长这样说道。

今天的天气果真晴朗了起来，天空中真的没有一片鸟头般大小的云彩。于是拉玛老师独自走出屋外大口呼吸着新鲜的空气。一阵后拉玛老师从学校的操场里起步，徒步在校园内转了一大圈，在校园里那群可爱的学生们见到他后都站在路的两边向他致敬。他给学生们打着简单的手势还了一下礼，或者从他的脸上露出浅浅的微笑看着学生们笑了笑之后，又顺着阴暗的小道向校园外面走去。他围着校园的围墙转了半圈后，就登上了校园背后的那座小山丘。

坐在那座小山丘上俯瞰校园时，整个校园犹如放在手掌上的橄榄子一样不但看得一清二楚，而且他还能看到离学校较远的那些乡政府的马脊梁房屋，更能看到校园外面那片无边无际的草原和耕地。此时此刻，草原上虽然没有原始的绿草地，可是这几年在草原上大力实施了“退耕还草”工程，为此，以前被油菜花占领的草原现在变成了由草植被覆盖着的绿色世界了。为此从那时候起，冬春季节在这片草原上再也见不到铺天盖地的大荒风了，所以，沙尘不会吹进牧民们的呼吸器官里而发生肺癌了。

一阵后，他看到有一个身穿红袈裟的僧人从乡政府向学校这边走了过来。她走到了学校的大门口，在校门口向一些学生打听了一下什么后，就径直攀爬山丘而来。那人缓缓向他走近后，他才慢慢站起身来向她迎了过去。

“哦……是你吗？真的是你吗？……”

首先由他开口说话道。

“如果突然在其他地方碰到你我根本就认不出你来的。”

“我老了吗？”

“你变了。”

“多杰措……喔……不是……叶西堪卓……”

“你怎么知道我的法名的呢？”叶西堪卓惊奇地望着拉玛老师问道。

“曼巴措姆告诉我的……”他不安地说。

“……”

拉玛老师本想跟她打听一下党增大叔的近况来的，可已经过去这么多年了，他现在在不在这个世上还难说呢。为此他首先不知道怎么开口说话好了。他第一次来谷芒草原上的那天，就是在这座山丘上第一次见到党增大叔的。党增大叔是拉玛老师来到草原上所认识的第一个朋友，那事对他来说好像就发生在昨天一样，党增大叔当初在这座山丘上给他说的那些话他还清清楚楚记在心里呢。

叶西堪卓对拉玛老师不谈有关他患肺癌的事。从这事来看她好像已经知道了他此刻的病情，也好像她还不知道有关他患病的任何事，他根本就猜不出她的心思来。他和她自始至终也根本没谈有关他的病情。那天的天气特别的好，所以他还不想急着回到自己的宿舍里去。由于那天的太阳特别的热，暴晒得他那清瘦的脸上还流出了汗水来。他已经记不起自己身体不流汗已经有多少年了，现在他对房子尤其是对自己的宿舍感到特别地厌烦。自从医生说他根本不能感冒以来，他整天待在那间封闭式的房间里，很少有机会呼吸到屋外新鲜空气了。

拉玛老师的背部已经变得汗津津的了。现在他最担心的是有人走过来对他说“老师，您该回宿舍里了，不然您会感冒的！”的话，并厌烦那人强行地把他带到宿舍里去。

“你看完那些书了吗？”一阵后，叶西堪卓对他说。

“还有一本书没有看完，你今天来就是来取这些书的吗？”

“不是，那些书已经都归你所有了。”

“谢……谢谢你！我……大叔……”

“阿爸已经归西了……”

“……”

一阵后，一滴眼泪从他那张清瘦的脸上缓缓地滑落了下来。

“我还是第一次看到你流泪……”

“我那时候第一次来到这片草原，就在这座小山丘上和大叔见面的。那事好像就发生在昨天……”

叶西堪卓给拉玛老师讲了她去乘密空行洲做了尼姑后的生活。现在对叶西堪卓来说最大的困难就是她不识字没文化，给诵读经文带来了很大的困难。叶西堪卓非常羡慕世上所有能识字有文化的人。可是当她谈起当初她去乘密空行洲的事时，她的眼中也流下两行泪水来。那也是他第一次见到她流泪。

她叶西堪卓虽然非常喜欢出家做尼姑并专心修禅参道，可她心中也并不是没有什么遗憾的。如果阿爸第一次把他叫到江群沟的家里来过年的时候，给他说了什么的话……如果她和他住在一间屋子里的时候，把自己内心的真实想法如实地倾诉给他听的话……如果她不是一位活佛的公主的话……如果那时候自己亲自把那些书交到他的手里的话……难道这一切都不是命运故意在捉弄她吗？

“现在一切都迟了！”她回忆着以前的往事说道。

“我知道了，现在一切都迟了……”拉玛老师看了一眼叶西堪卓后说，“按汉医的理论说我这病叫做肺癌，得了这种病之后犹如掉进了妖魔的口中，人的生命就根本不会有逃脱的机会了。现在我最多能活五年了……”

“请你不要说这些不吉利的话了。这世上的人谁最终不掉进那个妖魔的口中去啊？从我们寺院大经堂墙壁上画的那幅轮回壁画上看，从地下的地狱到上界三有世界之顶间的一切生物，最终都会掉进这个水魔的口中去的。可有点儿不同的是你只不过知道了你自己生命的期限，我们还不知道自己生命的期限而已。可是谁都说不出自己什么时候死去呢。你离开（去世）之前说不定已经有人先你而去了呢。这就叫做人生的轮回了……”

“你已经知道了很多佛法的道理了。”

“哪里哪里，这些佛法哲理只是我的喇嘛讲给我们的，我哪有那么渊博的佛法经论啊？”

“我不害怕走（去世），主要是如果死神再给我几年的时间，让我完成了自己还没有完成的事后，他（阎王爷）让我离去我也不会有任何怨言的……”

“世上根本没有办完了的事情，现在你已经办完了所有的事了。”

“不……不……不……我的《长远教学计划》，我的《回忆录》，还有那本没有看完的书，没有给学生们讲完的《岩鼠的故事》……”

“你已经办完了所有的事，办完了世间的一切事……”

“……”

叶西堪卓顺着那座山丘从左到右，按着顺时针转了一大圈之后，再往那座山丘打了个右转弯，就离他而去了。叶西堪卓踏着那条他和党增大叔第一次并肩去乡政府大院的羊肠小道缓缓下山了。这时候，他站起身来目送着叶西堪卓的背影慢慢走远了……

“老师，现在您该回宿舍了，不然会感冒的。”这时候，有人对他说。

二十

那天晚上，拉玛老师又发起了高烧来。现在他枕再高的枕头也觉得呼吸变得非常困难了起来。师生们得知他的病情恶化后，马上叫来曼巴给他挂了吊瓶。他从一种如梦如幻般的梦中醒来时，发现他身边围坐着许多人。那些人中有他同事们的面孔，有他已经毕业了的许多学生的面孔，也有现在正在这所学校里上学的学生的面孔，还有一些学生家长的面孔，而且曼巴措姆也在场，他们的脸上都露着紧张的神色在张望着他。

连续打了几天的吊针后，拉玛老师的身体有所好转了。今天，他又坐在自己的宿舍里，无所事事中从抽屉里翻出了他的那个《长远教学计划》后，拿到安装了玻璃封闭的走廊里翻看了起来。他翻看着自己那个《长远教学计划》时发现，如果要完成《长远教学计划》里规定的计划去实现他们学校教学目的的话，最起码也要用二十年、四十年，或者需要更长的时间。他拿自己现在残存的生命年限和那个《长远教学计划》所列出的教学计划做了个比较后发现它们之间有着很大的年限差距。可是那个《长远教学计划》中所做的某些计划必须要在他的这个年龄段里实现，可遗憾的是他再也无法实现他所规定的那些计划了。他用自己毕生的心血培养一百个人才并不是凭空捏造出来的，而是他来到谷芒草原的第一年，他经过一番考察后，发现根据谷芒草原的实际情况，以这所学校里实有的学生的数量来制定出了这个计划，并做出了他一生中要培养出一百多名学生的承诺。

“人的一生是非常短暂的，人活着可能对别人起不到什么作用，可无论如何也不能祸害别人啊！”这时候拉玛老师又想起了他的阿妈生前常说给他听的那句话来。“人生短暂几十年。”以前他从书本中多次见到过这句话，可他怎么也没有想到他自己的一生竟然是如此的短暂了。他的“娘查格坚”阿妈生前对“米拉日巴”儿子抱有很大的希望，她希望自己的儿子一生中干出一番如同米拉日巴般伟大的业绩来，可没想到他的这一生是如此的短暂，而且他在此生中没有做出什么伟大的事业来，他的一生是如此的平凡。于是，最后他往那个《长远教学计划》中写下了他阿妈生前常说给他听的古训来，“我们既然在这个世上做不到什么伟大的事业，可我们最起码也得做一个能听从父母话的好儿女吧”！写好这句话，他就把他的那个《长远教学计划》缓缓装进了办公桌的抽屉封锁了起来。

这时候，校园里响起了一阵铃声，那群原先还在操场里玩耍的孩子瞬间都离开了操场，校园里顿时变得安静起来，于是他的心中无端袭来了一种空虚感。百无聊赖中他又记起了他的那个《回忆录》来，于是他从一大堆学生作业本中抽出那本他自己写的《回忆录》开始翻看了起来。现在回想起来他也不知道当初他是持着什么目的去写这个《回忆录》的。他的《回忆录》中记录了许多故事，既有他小时候的故事也有他现在生活的点滴记录，可把那些往事和当前的生活贯穿连接的线索就是他自己了，为此这个《回忆录》成为了折射他一生的有力见证。

拉玛老师手里拿着那个《回忆录》往窗外的操场望去。此时此刻，校园的操场空荡荡得看不见一个人影，那状况跟他当初第一天到谷芒学校时的情节一模一样。他第一次来到这所学校后，站在学校的大门口，把自己的行李放在地上仔细端详起学校来，那时候在他的胸膛里跳跃着一颗火热的心，一颗马上登上讲台作为一名伟大的人民教师的炽烈之心。那时候他心里的想法很纯真，他一门心思在想“人民教师是伟大的，也是世上最为光辉灿烂的事业”。现在他从自己写的《回忆录》中寻找自己做了一辈子人民教师的伟大业绩来，可是到头来他从自己记录下来的《回忆录》里没有找到自己做出的一件伟大的功勋，在他的《回忆录》中记录下来的都是些点点滴滴的平凡事。为此，他在他写的那个《回忆录》的最后写道“这里记录的都是些平凡的事”。写好那几个字后，他又把那个《回忆录》放回到原处去了。

那天晚上，校园里响起上晚自习的铃声后，拉玛老师就上床躺下来，顺手拿起那本叶西堪卓以礼物的方式赠送给他的藏族名著《兔子自传问答》看了起来，可他只看了几页后就缓缓进入梦乡。那夜，他没有听到收音机里播放的节目，为此也就不知道第二天的天气情况了。在梦中他去了北方一个非常美丽的地方，那里竟然是他小时候梦寐以求的大草原。那里有绿草、鲜花和牛羊，那片大草原风景如画，美丽动人。他睡梦中没有狂风，没有劈天盖地的沙尘暴，有的只是美丽动人的风景。如果在寒冷的冬季草原上不刮狂风，不扬起铺天盖地的沙尘暴，那么草原上的牧民们就不会患上肺癌等疾病。他回首凝望了一眼如同昨天刚刚来到这里时的学校最后一眼，向远方扬长而去。这难道是像调离开学校的其他老师一样也要离开自己热爱了一生的谷芒学校吗？

今天不论天气好坏，拉玛老师都要到外面逛一逛了，为此谁也没有阻挡住他要出去走走的决心。当上课的铃声再次响起后，他就穿上了那件夹袄向四年级的教室走了过去。当他来到四年级的教室门口，发现学生们正专心致志地聆听老师讲《岩鼠的故事》。讲课的老师正为那只褐色山鼠和灰色小鼠不但偷吃了禅师的供品，而且还不承认的无耻行为做着严厉的谴责时，拉玛老师就走过去站在四年级教室的门口对正在上课的那个老师说：“你们一定把这个课文从头到尾地详细讲给学生们听啊，要不然孩子们心里一直对褐色山鼠和灰色小鼠存有敌对心理，我们对别人即使做不了善事，也不能做出坏事啊！”

从那天晚上起，拉玛老师又发起了高烧，高烧遍布了他的全身使得他的呼吸都变得困难了起来。“现在他感冒了。”曼巴说。此时此刻，他的眼前又出现了好多许久没有见过面的熟人们的面孔。那既不是幻觉也不是梦境。其中有阿坚老师的面孔，扎西顿珠校长，杰卓杰、多杰等老师的面孔，最后出现在他眼前的是他计划要培养一百个学生中的那个第九十九个学生的面孔。他从头到尾看了他们每个人一眼，他们中有老态龙钟的老人，也有风华正茂的青春少年；他们有的发福发胖有的却清瘦干瘪。他们的目光中都透露着各种神色，可那些眼神却又各不相同，有的人眼眸中流露的神色仿佛在说："这么长时间没来看望你一次，多么的可悲啊！"有的人眼眸中流露的神色仿佛在说："你用生命换取了你的事业。"又有的人眼眸中流露的神色仿佛在说："你是个多么懦弱的男人啊，到头来在你的膝下连个为你哭丧的女人和孩子都没有啊！"杰卓杰老师的目光仿佛在说："你和我的道德有天壤之别……"

"老师你的人生多么的伟大啊！"这时候，他培养的那个第九十九个学生开口说道。

"不是，我这一生只培育出了九十九个学生啊！如果再培养出一个学生来的话……"可是，他没有把那句话说出口来。

"不是，平……凡……的……人……生……"他想说出这句话，可他没有把这句话说出口来……

在一个秋风徐徐吹拂的早晨，有一群身穿白大褂的人来到学校，把拉玛老师放到担架上，抬上一辆印有"红十字会"的车，"砰"的一声关上了救护车的后备厢，车子发出"嘟呜嘟呜"的鸣声，驶出了谷芒学校的大门，把那一排并不长的房舍，直立着几个体育设施的操场，还有那两间安装了玻璃封闭走廊的房屋都慢慢弃置身后了。这时候，遍布在校园各个角落里的学生们伫立在原地，目送着他们敬爱的老师渐渐远去……

大伯的帽子

一

现在回想起来，大伯的面容已经在我的记忆里变得模糊不清了，我只依稀记得大伯是个沉默寡欢的人。大伯的脸上难能浮现出一丝笑意来，偶尔他也会有兀自一笑的，那时他的口中不但会发出洪亮的笑声，而且还会毫无遗留地露出他那满口洁白而又整齐的牙齿。

大伯虽然有一副海螺一般洁白的牙齿，但是他平时不爱笑，所以我们很少有机会看到他口中那副漂亮的牙齿来。

每当黄昏时分，大妈把那盏黑油灯点着后置放在炕板上时，大伯就会习惯性地走过来端坐在灶膛边上开始沉思起来。现在当我想起大伯的时候，他的这一形象瞬间就会映入到我眼前来。那时候，大伯总是半低着头，既不看灶膛的上空袅袅升起的那缕青烟，也不仰望屋顶上密布在椽子间的那些厚实而飘浮不定的灰吊，他的目光总是迷惘地盯着灶膛对面那堵光秃秃的墙壁，再呆坐上很久。这时候，油灯的光影透过大伯的面庞落在对面的墙角上去后，墙角上就会映显出大伯那放大变形了的影子来。灯光把大伯的脸晃得更加苍白不说，他的高鼻梁两侧的那双细小的眼睛也显得格外的黯淡无光起来。

此时，大妈走过来趴在灶膛门口，口对准灶膛里使劲往灶膛里正在冒烟的麦草上一吹，火焰便噗的一声熊熊燃烧起来。从而把大伯的脸映得更加通红起来，仿佛被人施了魔法，赐予了他无穷的力量一般，给那双黯淡失色的小眼睛也注入了一层新的活力而发射出异样的光彩来。可是麦草总是经不起烧灼，一瞬间又熄灭殆尽后，大伯脸上的神色重又回复到原来的样子。

我虽然不知道大伯长时间地凝望着对面的墙壁在看什么，可知道他呆呆地凝望着墙壁沉思良久后，就会对我说出“孩子，该休息了！”的话来。

此时，我知道他就要起身到土炕上去睡觉了，于是我走过去立刻抓住他的双手把他从地上拉起来。他起身后先要出一趟堂屋到外面方便一下的。等他方便完复又走进堂屋里之后，就会径直走到炕沿上脱掉脚上的鞋子上炕准备睡觉了。那时，大妈就会拿起一把扫帚和一碗清水走出堂屋，在院子里往那把扫帚（芨芨草扎的扫帚）梢子上洒些清水，提着那把扫帚抖动几下后，就推开那扇活动窗户，从堂屋窗户外面把那把扫帚递给大伯。大伯接过扫帚，就从炕角开始扫起一直扫到炕头，把整个炕面都扫干净后，又把扫帚从窗户里递给站在窗户外面的大妈，再往那条黑毡（山羊毛擀的毡，比较粗糙）上铺盖好被子，就会催促我说：“孩子，快来睡觉吧！”

于是，我也很听话地爬上土炕准备睡觉了。土炕上铺着的那条黑毡真粗糙，如果不穿衬衫赤裸着身体去睡觉的话，被粗糙的黑毡扎得无法入睡。即便是这样大伯也喜欢裸身睡觉。他脱光衣服，赤裸裸地钻进被窝里后，就会看着我说：“唉，你们真没本事啊！”

每当大伯脱掉衣服的瞬间，我总会看到他身上青一块紫一块的伤痕，他身上的有些瘀伤中还渗着斑斑的血迹。睡觉时，他不小心把伤疤碰到黑毡的某个角落，疼痛之余就情不自禁地发出一声“哎哟哟”的呻吟来。那时，我立刻反击他说：“大伯，您可真没本事啊！”此时，他就疼爱地把我搂在怀里贴在他的胸前，抚摸上我好一阵子。

我很好奇大伯身上的那些瘀伤是怎么得来的，于是我就止不住好奇地问起了大伯。起初大伯不回答我的提问，可后来他敌不过我的反复询问，也敌不过我无休止的纠缠，才告诉了我他身上那些瘀伤的来历，他轻描淡写地对我说："大伯是戴了帽子的人，大伯身上的伤痕由此而来。"

的确，大伯有一顶礼帽。那顶礼帽已经很旧了，除了原本的棕色变成了灰色外，礼帽顶上的那圈缎带也快要断落了。每个夜晚，那顶陈旧的礼帽就挂在堂屋中央那个柱子上的一枚铁钉上。当时，不知世事的我没有理解大伯那句话的深刻意义，就撒娇地抚摸着大伯那像酥油包壳般光秃秃的脑袋，顽皮地向大伯开玩笑地说："大伯的头上没有帽子啊！"

此时，大伯不答复我的话，就对我说："该睡觉了，明天大伯还要早早起床呢。"于是，他转过身去就睡了。每当早晨我从睡梦中醒来时，发现大伯已经起身离开了家。这不是偶尔才有的事，自从阿爸把我送到大伯家的那天起，一直是这样的。

白天大伯经常不在家，把我一个人留在他家那副既高又深的庄院里，使得我寂寞难耐极了。每个夜里，我心中暗自做着明天一定要跟着大伯出去的计划。于是，我睁着眼睛不睡觉。可早晨醒来时，大伯还是留下我独自离开了家。

大伯走后，偌大的庄院里就剩下我和大妈两个人。无奈的是，大妈又给那副大门上了一把大锁，并把钥匙别在她随身穿着的那件袍子的袖口里，不开门放我出去。于是，我就不像其他孩子那样出去玩耍了。我心里明白，假如不偷出藏在大妈袖口里的那枚钥匙，就休想走出那座既高又深的庄院。可是，偷到大妈身上的那枚钥匙谈何容易啊！大妈仿佛从我脸上的表情中看出了我内心的寂寞，她往袖口里摸索了一阵后，掏出一块黑糖递给我……

大妈是个胖女人，走起路来一踮一踮的，总觉得她的一条腿有些瘸；她不但爱唠嗑，爱大笑，也很容易哭泣。她说话时总会发出"嘿嘿"的笑声，那时她口中掉了前门牙的黑牙冠和只剩下一枚的前门牙就毫不遗留地露出来。在家里，她常常和大伯谈话时，说着说着眼中就哗哗地流淌出泪水来。这时候，我走到她面前用我的小手揩拭她脸上的泪水时，她又立马止住哭泣，看着我稚嫩的脸“嘿嘿”地笑起来。

我到大伯家不久，在一个夜晚就发生过这样的一件事。

那天，大妈把别在她袖口上的那枚钥匙放在灶台上，蹲在一旁泡猪食。我一见到那枚钥匙，偷取钥匙的邪念就从我幼小的心底油然而生了。因为那枚钥匙对我来说就是获得自由的通道啊！于是我的那双小手就不由自主地伸向了那枚藏着的钥匙。此时，我的手哆嗦得就像风中摇摆的柳枝，心跳也随之加速了起来。这种感觉我之前是从来没有过的，那就是人们所说的惧怕或恐惧心理吧？只有我们犯了某种错误时才会出现的那种心理感受。此时，大妈一心扑在泡猪食的劳作中，连我偷了钥匙跑出了家门都没有觉察到。

二

当我拿着那把钥匙，打开大门逃出大伯家的大院之后，就像飞出了鸟笼的金丝雀一般，顺着绒村那条深邃的巷道跑了过去。

我不熟悉绒村巷子里的路，更不认识绒村里的人，所以，我从一条生疏的巷子里经过时，偶尔碰到的一两个陌生的行人，他们都掉转过头来好奇地多看上我几眼。我穿过反复出现在我眼前的那些树园子、打麦场和深邃的巷道，一路探寻而去。可绒村的树园子和麦场也实在太多了，我穿过了一个大大的树园子，接着就是一个宽宽的打麦场，翻过打麦场的那堵低矮的围墙，又连着一个长长的巷道。不论经过哪条巷道，每一副庄廓的墙面上由东向西都挖了许多像鼓面般的大圆圈，一个个大圆圈里还用白粉写着一个个硕大的大白字。

当初溜出大伯家的大门时，我仿佛是一匹脱了缰的野马，心中充满欢喜地撒欢而去。可穿过了很多树园子、打麦场和深邃的巷道，发现村子里连个人影都见不到时，突如其来的恐惧感就占据了我幼小的心灵。关键是我经过了许多深邃的巷道可在这条条深巷子里找不到大伯不说，连返回我之前视作监狱的大伯家的路都认不得了。

我焦躁不安地走完反复出现在我眼前的那一条条深巷子，当我静下心来时，才感觉到泪水已经打湿了我的脸颊。

“哐当……”

不久，村子里突然传来了一声打开大门的声音，而后从附近的一家庄院里走出来了一位老奶奶。那个老奶奶虽然与我大妈年龄相仿，可她的身体比较瘦弱，面孔还像锅底那样黝黑，看上去没有我大妈那样健壮而慈祥。

“孩子，你为什么在这里哭泣啊？”

不是那位老奶奶的提醒，我真没有感觉到此时自己在哭泣着。我哭着向那位老奶奶大略说了我的情况后，她就拉起我的手对我说：“你非要去找你大伯不可的话，那么我可以带你去找你大伯，可那里的确不是一个小孩子该去的地方啊。”

于是，我就用我的小手抓着那个老奶奶粗糙的手穿过绒村里曲曲折折的巷道走到了一个会场。会场里聚集着很多人。原来绒村的人都跑到这里来聚集了啊！难怪巷子里空荡荡的，连个人影也看不到。可是，就如那位老奶奶所说，会场里的确看不到孩子们的影子，于是我心里不禁产生了一个疑问：“难道这里真不是孩子们该来的地方吗？”

可不管三七二十一，我已经来到了会场。我到这里的主要目的是来找我大伯的，于是我就挣脱开那个老奶奶的手，独自一个人跑进人群中去了。

会场中集聚着很多人，人群里一圈外一圈地围了好几圈。我知道在那样一个庞大的会场里找到大伯很困难，可我还是义无反顾地挤进人群中寻找大伯去了。我拽着每个跟大伯相似的叔叔们长袍的袖子或者衣袂去辨认，他们或者低着头不理我，或者转过头来看我一眼，又把头掉转了过去。当他们转过头来看我时，我认出他们不是我的大伯后，也放开他们的长袖或衣袂，又拽着下一个人的长袖子或者衣袂去继续辨认，下一拨人还是或者低着头不理我，或者转过头来看我一眼又把头掉转过去，可他们都不是我的大伯，到最后，我都害怕去盲目地拽他们的长袖或衣袂了。

会场中人虽然那么的多，可像我大伯的人没有几个。我一路拽那些人的长袖子或衣袂找来，恰似有一种我经过村子时连绵不断出现在我眼前的树园子、打麦场和深巷道的感觉。我反复拽着那些大叔的长袖或衣袂，穿过密密麻麻的人腿，一路不停地找寻了下去。找到大伯是我唯一的目的，于是我继续在人群里挤来挤去，不停地寻找着我的大伯。突然，我在人群中看到一顶被人们踩来踩去的礼帽。啊！这不是挂在大伯家柱子上的那顶帽子吗？此时，帽子被人群踩踏得面目全非了，可我还是一眼就认出了那顶帽子。

大伯常教导我说："不要让别人的手随便去摸你的头，更不要让别人的脚去踩踏你头上的帽子。"可不知为什么，今天有这么多的人在踩踏着大伯的帽子，大伯他怎么就没看到呢？于是，我伸出小手想从不断移动的人群的腿缝里捡起那顶礼帽来。我伸出我的小手在大人们的腿缝里够呀够，我的小手就要够着那顶礼帽了，可人群突然一晃动，某人又一脚把那顶礼帽给踢远了。我又伸出我的小手尝试着够了几次，都未能如愿。突然，人群中又发生了一次大骚动，他们不但把我推倒在了人群中，而且某人还来回踩踏了我好几下。这时，我看到大伯的那顶帽子端端落在了我的面前，我正要去捡拾起那顶礼帽时，人群又骚动了起来，我一着急就纵身扑到那顶帽子上去了。那时，某人又在我身上踩了几脚，同时我也感觉到自己的脸颊又变得湿润了起来。不久，我周边的人群疏散了一点，其中某人还抱起我大声地喊道："喔，大家听着，这里躺着一个孩子，是谁家的孩子啊？"

此刻，我从被人群层层包围着的会场中间看到了大伯。他头上戴着一顶高高的纸帽子站在人群中间。

"大伯……"我扯开嗓门大喊了一声。

不知大伯真的没听到我的喊叫声呢，还是装作没听到？他没有理睬我。当人群中的喧闹声平息时，我又反复喊叫几声大伯，可他就是不看我一眼。

此时此刻，指着大伯的脸，批斗大伯的那个叔叔叫航丹。他是绒村的村干部，我虽然不知道他在绒村担任着什么官职，职位究竟有多高，可人们都称他为航丹组长。

紧接着前来批斗大伯的那个藏族妇女叫“阿斗”（母老虎）。人们称她为“加毛阿斗”（加毛即汉族妇女），是因为绒村的女人中谁都没穿过汉装的时候，她第一个脱掉藏袍穿上了汉服，而且，她比其他女人积极而又凶残，所以，在暗地里人们给她起了这个绰号。

那妇女后面，出来指着大伯的鼻子说着什么话，在凶恶地批斗大伯的人叫多杰。他批斗“阶级敌人”而说出话时嗓音清亮动听，人们就给他起了个多杰蜜蜂的美称。

大伯的罪名是地主成分。因为地主阶级在旧社会里剥削过人民，所以新社会里的人们就反过来报复他们的罪行。多杰蜜蜂用清晰的言辞在批斗着大伯，他的措辞显然感染了那些围观的群众，人们都举着手高喊道：“打倒地主阶级，打倒地主阶级。”

也不知大伯真没听见他们的批斗声呢，还是装着听不见，反正那天大伯一点也不做反抗，一直低着头默默直立着。从大伯的神态来看，他头上的那顶纸帽子像一座大山一样沉重，只压得他抬不起头来。

“大伯……”

我复又大声喊叫了一声时，抱我的那个叔叔看了我一眼后说；“呀，这原来是一个地主家的子弟哟！”于是，他就把我放在了地上，与此同时，大伯的身影又从我的视线中消失了。

三

下午，那个老奶奶又牵着我的手来到村子里，把我带到能见到大伯家的大门的地方就停止不往前走了。她就指着大伯家的大门对我说：

“孩子，那就是你大伯家，你自己进去吧，我就不送你进门了。”那天，如果不是那位老奶奶帮忙，我根本就找不到大伯家。于是，我就离开那位老奶奶径直向大伯家的大门跑去。

“野孩子！”大妈一见到我回来后就责骂着我，她跑过来还往我的头上重重地拍打了几下。我受到委屈就失声地哭了起来，稍后，大妈又从藏袍的袖口里摸出一块黑糖递到我手里，安慰我说：“如果你走丢了我可怎么办呀！以后你可再也不能擅自出门啊！还有这事千万不能让你大伯知道啊！听到了没有？”

傍晚时分，大伯才拖着疲惫的身躯回到家里来了。

当大妈把那盏黑油灯放到炕板上时，大伯依然像往常一样坐在灶膛边上直视着灶膛对面的墙面，若有所思地思谋着什么。等大妈吹着塞进灶膛里的麦草后，火焰就熊熊地燃烧了起来，可在那股熊熊燃烧的火光中，我再也看不到大伯脸上常有的神采。那夜，他没有给我说他常常说的那句“孩子，现在该休息了！”的话，就用挣扎着准备起身去休息的举动来代替了那句话。我看出了他的那个举动后，立刻站起身，跑过去抓住他的手把他从地面上拉了起来。大伯像往常一样，先出去方便了一下，复又进门后径直上了炕。那夜，他连炕都来不及扫，就直接盖上被褥睡了。白天，被大妈扇了一巴掌，那夜我再也没敢做第二天要跟大伯出去的计划，也没敢跟大伯玩耍，就上了土炕，脱掉衣裤钻进被褥里安静地睡了。

熄灭黑油灯很久了，可我怎么也无法入睡。于是，白天所见到的情景又一幕幕地浮现到我的眼前来了。航丹组长那粗犷而洪亮的声音，多杰蜜蜂那清脆而动听的声音，以及加毛阿斗那充满敌意的怒吼声，依旧在我的耳畔回响。

“唉——”

此时，深沉的黑暗中我听到了大伯一声沉重的叹息声。

“怎么了，睡不着吗？”

随后传来大妈的问话声。

“今天我弄丢了我的那顶礼帽。”大伯答非所问地说。

我本想趁机告诉大伯，他的那顶帽子由我收了起来，可又想到白天挨过大妈一巴掌的事，就不敢说话，于是就假装睡着了，不久我就真的进入甜蜜的梦乡中去了。

从第二天起，大伯就病倒了。从此大伯的枕边放起了一个痰缸，大伯每咳嗽一次就往痰缸里吐一口痰水。几天后，阿爸来伺候卧病在床的大伯了。那些天阿爸一直跪在大伯病床前，时而用一条湿毛巾擦擦大伯的脸，时而拿一把小勺子往大伯嘴里灌些清水（这在绒村叫做润口），悉心地伺候着大伯。因为我是第一次见到阿爸如此悉心地照顾大伯的情景，所以天真地认为天底下的所有护理者都这么的悉心了。阿爸和大伯虽然是同父异母的兄弟，可他俩之间由于年龄悬殊过大，不熟悉情况的人都认为他俩是一对父子，无论如何也联想不到他俩是兄弟关系。可是，在这个世上除了他们兄弟俩之外，他俩就没有其他的亲属了，为此阿爸和大伯之间的手足之情有多深厚，也就不言而喻了。

现在回想起来，那时候，阿爸还不到三十岁呢。俗话说，“不能过于信任九个孩子的母亲”。爷爷的前妻跟着姜头人私奔时，大伯刚出生还不到四个月。此时，爷爷才悟出了那句俗语的真谛，就一直没再娶妻子，独自把大伯拉扯到二十岁，才娶了他的第二房妻子。那时，爷爷已经快到五十岁了。可温柔贤惠的奶奶生完父亲后不久也得病去世了，老天又给爷爷增添了一份抚育一个刚出生婴儿的重任。阿爸刚过一岁时，爷爷突然得了一场重病，当夜就离开了人世。稍后，奶奶（大伯之母）向姜头人央求了两次后，姜头人才勉强同意了奶奶的请求。于是，奶奶就把大伯和阿爸接到姜头人的家里去生活了。后来把姜头人带去劳动改造时，大伯不想沾惹太多的麻烦才领着阿爸离开了姜头人家来到绒村生活了起来。大伯没有儿子，阿爸可以代替大伯的儿子的，可在绒村娶一个媳妇开支很大不说，还要准备加隆（安多部分地区妇女的装饰）等嫁妆。那时候，大伯手头拮据，没有给阿爸娶媳妇的能力，就让阿爸去巴村的一户农户家做了上门女婿。在那个“阶级斗争”异常尖锐的年代，多杰蜜蜂去了一趟姜村，得知大伯是姜村头人的养子的消息后，回到村子里就把大伯划进了地主阶级的成分中。大伯头上的“地主帽子”就是为此而扣上去的。

那顶帽子是一顶用纸做的高尖帽，上面显赫地写着“打倒可恶的资产主义和地主阶级！”几个字。扣了这顶帽子的人，在地方就称他为“戴帽子的人”。戴帽的人有各种痛苦，可痛苦之中最苦的是只要戴了那顶帽子，村里的人们不但会疏远他，而且都与他断绝关系，至死不相往来的。大伯病倒后已经在炕上躺了三个多月，至今村子里没有一个人敢登上他家的门来探望他不说，大伯连一片药片都没办法买到了。

那天，大伯和阿爸在谈论着有关阶级帽子的话题。当时我不大懂他俩探讨的话题，可在他俩的话题中突然牵扯进了有关我和帽子之间的话题，于是，我就集中精神听起了他们哥儿俩的谈话。

“你明天就把孩子带回家去吧，很多人还不知道我领养了个孩子的事，由于我的这顶帽子可不能毁掉孩子的一生啊！”

“他们即便知道了也没关系，孩子有什么罪，哥哥您就不要担心这方面的事了。眼下治好你的病才是关键。”阿爸握着大伯的手说。

“不，不……”大伯虽然坚持地说着话，可他已经连说完一句完整的话的力气都没有了。

从大伯伸出干燥的舌头舔着龟裂的嘴唇的神态中可以明显地看出他强烈渴望想得到一片药剂，可阿爸除了往他的嘴里灌进一勺水去润润他的口舌之外，真的想不出别的办法来。大伯艰难地咽下阿爸灌进他嘴里的那口水之后，就缓缓地闭上了眼睛。

于是，阿爸立刻支开我和坐在灶膛前哭泣着的大妈，对着大伯的耳根说起了临终慰安话：

请您去给雍增活佛虔诚地祈祷吧，
他已经赐给你时轮法会的灌顶了。

请您去给切结仁波切虔诚地祈祷吧，

他已经赐予你度亡教诫了。

请您去给三木旦活佛虔诚地祈祷吧……

我不知道屋子里究竟发生了什么事，于是感到惊奇地问大妈时，大妈悄声对我说，阿爸是在给大伯交代临终前的慰安话。当时，我没弄懂慰安话的深刻意义，现在想来，那是一次与死者临终前的最后对话。

傍晚时分，阿爸又把我和大妈叫进了堂屋。我和大妈进了堂屋才发现，大伯没有咽下那口气，依旧半闭着眼睛在土炕上平躺着。

“他仿佛在留恋着什么。”阿爸轻声对大妈说。

大妈沉思了良久后，确实想不出在那个家里大伯究竟有什么可留恋的东西，就摇着头说她猜不出来大伯留恋着什么。

又过了三天。

大伯又睁开了眼睛。于是大妈就抱着大伯的病有所好转的希望，马上揩掉脸上的泪水，露出口中掉了前门牙的黑牙冠和只剩下一枚的前门牙，发出了“嘿嘿”的笑声来。可她见到阿爸依然阴沉着的脸后，马上收敛了笑容，藏掉刚才还露在外面的那枚前门牙，眼中又滚落出两行泪水，顺着她的脸颊缓缓地流淌了下来。

“难道您有什么放不下的事吗？”阿爸夹杂着哭腔提高了嗓门向大伯问道。

大伯没有转动那双失去了神采的眼睛，过了一阵后，大伯他嚅动着结满了瘢疥的嘴唇说了句什么话。我们都知道他有话要说，可是由于体力不支他无法用语言表达了，所以我们就根本不知道他究竟想说什么话。于是，阿爸把嘴唇贴在大伯的耳根“这个吗？”或者“那个吗？”地指着家里的东西问了他很多。过了一阵后，我发现大伯把眼珠子向上翻了一下，我从大伯的举动中立刻想起了被我藏起来他的那顶旧礼帽。

当时，我把那顶旧礼帽藏在了草房里去了，于是我跑出去从草房的草堆里掏出那顶旧礼帽，又一口气跑回堂屋，把那顶旧礼帽向大伯递了过去。

大妈和阿爸见到我的这一异常举动，就不约而同地用惊讶的目光盯着我。于是，大伯的脸上勉强挤出一丝笑容，就又缓缓地闭上了眼睛……

这时，阿爸又把我和大妈支出堂屋后，又对着大伯的耳根做起了临终前的慰安话来。

傍晚时分，阿爸又把我和大妈叫进了堂屋。我和大妈进了堂屋又发现，大伯依然没有闭气半睁着眼睛躺在炕上。

第二天，大伯那双像枯竭了油灯般的眼睛又缓缓睁开了。

“难道您真有什么放不下的东西吗？”阿爸的脸上露出了痛不欲生的神情，带着哭腔又向大伯问道。

此时，大伯又把双眼往上翻了一下，这时阿爸彻底明白了大伯的意思。于是，阿爸就无奈地摇了摇头，流淌着眼泪默默地哭泣了起来。

哦，原来大伯依旧惦记着扣在他头上的那顶阶级帽子啊！

四

现在我基本熟悉了绒村里的每一条巷道。于是我从大伯家跑出来，穿过村庄里那条深深的巷道，而后又经过村口的那棵硕大的八叉树，继续往北行走一阵后就到达了一副副具有绒村特色（庄廓虽然并不是绒村特有，可那时绒村的庄廓比较突出）的墙面上被挖了像鼓面一样圆圈的庄廓，经过那些庄廓后就来到了一副墙面上凿满圆圈，圆圈里写满藏语宣传标语的庄廓，那副庄廓就是多杰蜜蜂的家。

我跑到多杰蜜蜂家的大门口时，已经变得气喘吁吁了。多杰蜜蜂见到我狼狈不堪的样子，恼怒地大骂起我来，可我没有理睬多杰蜜蜂的恼怒，声泪俱下地就把大伯的情况毫无保留地说给他听了。当多杰蜜蜂他听完我带着哭声说出的每一句央求的话后，我的哭求声唤醒了他内心深处的人性或同情心来，于是他也压制住了他内心的怒气，暂且听起我说的央求话来。

“叔叔，我是斗拉大伯家的……”我气喘吁吁地说。

“哦，我早就知道斗拉家还有一个小地主，那个小地主原来就是你啊？”多杰蜜蜂不以为然地说。

“叔叔，我大伯现在病得连话都说不出口了。”我又认真地对多杰蜜蜂说。

“那跟我有什么关系呢？”多杰蜜蜂趾高气扬地说。

“叔叔，我大伯还有个未了的心愿。”我带着恳求的神色说。

“谁给你传授了这些迷信的话啊？小小年纪不学马列主义，净学些封建迷信等没用的东西。”他恼怒地说。

“我大伯已经闭了两次眼，可两次都没有死成最后又睁开了眼。”我流着眼泪说。

“你说的是什么意思呀？他临死了而又断不了气是吗？”多杰蜜蜂惊愕地看着我说。

“叔叔，你要去摘掉扣在我大伯头上的那顶帽子。否则，大伯他……”我流着泪继续央求道。

“啊，你在说什么啊？你，你想成心把我送进监狱里去啊？”他矫揉造作地说。

“叔叔，你现在必须要到我们家一趟！”我依旧哭着央求道。

听了我最后的那句话之后，多杰蜜蜂立刻停止了说话，却眼睁睁地盯着我的脸看，见到我泪流满面的样子后，他呆呆地站立着思谋了好一阵后，才从他的脸上露出了以前从来没有露过的纯真神色，最终他把嘴唇贴近我的耳根小声对我说：“你可千万不能把我去地主家的事说给加毛阿斗和航丹组长听啊！”

我没张嘴，却咬紧牙关发出一声“嗯”字来向他作了保证。

那天，多杰蜜蜂走到大伯的枕边对着大伯说：“从今天起我就从你的头上摘掉了那顶‘牛鬼蛇神’的帽子。你就安心地去吧！”

听到多杰蜜蜂出说的话，大伯的脸上终于露出了一丝笑容，而后就彻底地闭上了双眼……

我至今虽然没给加毛阿斗和航丹组长说过多杰蜜蜂去过大伯家的事。可现在回想起来，多杰蜜蜂当时给大伯说了句谎言，因为，他根本没有摘掉扣在地主头上那顶帽子的权力。

家猫的故事

每当谈起家猫的故事时，我就不由得想起家猫的本性来。家猫是一种性情温和、喜欢干净而又非常可爱的小动物。家猫每次清洗自己的脸庞时，它通常会来到火膛边或土炕上最暖和的地方，把自己的身体平展展地放在地上躺下来，而后伸出那条既薄而又柔软的舌头，先舔一舔自己的前爪，再用唾沫蘸湿了它的前爪洗起自己的脸庞来。它反复舔自己的前爪又反复用舔湿的前爪清洗自己的脸庞，它这样重复许多次同样的动作，直到它自己认定的洗脸次数后，才停止洗脸的动作，将头靠在火膛边或火炕的最暖和的地方，嘴巴伸向前方睡起大觉来。

在民间有关猫的故事很多。传说它和看门狗之间曾经发生过一段很长时间的权利争议，后来经人的调解才有了完美的结局。结果猫得到了可以随心所欲安睡在主人家热炕上的好运，而狗却落下了脖子上套上铁链拴在家门口看守家门的悲惨下场。又在一些传说中说，猫是虎的师傅，虎的所有狩猎技能和十八般跳术本领都是由猫传授给它的呢。

猫虽然有着十分尖锐的爪子，但平日里它把自己的那双尖锐的爪子包裹在毛皮中，深藏起来轻易不让人们看到它的利爪。每当到了紧要关头，猫就会暴露出它那个包裹在皮毛之间的利爪来，同时会龇着口中那两颗尖锐的虎牙，喉咙里还发出“咕咕”的声响，来攻击人或动物。这时，甭说个头跟它差不多的动物了，就是个头比它大几倍的看门狗也奈何不了它的。

猫有它自己的本性。它在捕捉老鼠时，才会显露出它身上老虎般的跳技，露出虎牙般尖锐的犬牙，伸出虎爪般的利爪来。尤其，家猫非常喜欢玩“游戏”。那是它显露自己的跳术、暴露自己口中的锐齿和爪子上利爪的最佳时机。当它捉老鼠时，老鼠一旦有机会从猫的爪子间逃脱的话，那个弱小生灵的脚上就如生了风的翅膀一样不停地逃跑起来。等老鼠跑出一段距离后，猫才会十分敏捷地一跳跃就把那只可怜的小老鼠又摁压到它的爪子下面去，而后又抬起前爪放开老鼠，故意让老鼠逃跑。等老鼠跑出一段距离后，它又敏捷地一跃把那只急逃着的老鼠给捉住，之后高兴地把玩起老鼠来。老鼠跑得越快，猫就会越加兴奋。和老鼠拉的距离越长，它就越能充分地显示出自己跳跃的本领来。最后，当老鼠变得精疲力竭得一动也不动时，它就用右爪抓起老鼠一下将老鼠扔到左边去，而后又跳跃过去用左爪抓起老鼠将它扔到右边去，然后用双爪抓住老鼠把它抛向空中，当它还没有着地之前，猫就用嘴巴接住从空中降落下来的老鼠。猫就这样把老鼠玩弄到心满意足之后，才一改前貌，隐藏掉猫之前的温和秉性，显露出它凶残的面貌，就用又长又尖的牙齿一下把老鼠给咬死了，然后就慢慢地吞食起老鼠的肉来。

猫是食肉动物，又属家养的野兽类。猫由于和人亲密接触的时间久了，和人之间有了许多共同的生活方式而又迥异不同的本性。猫还像人一样会念“六字真言”呢……

我们村里几乎家家户户都养牲畜，即使家境最为贫穷的人家最起码也会养一头犏母牛的。由于猫喜欢喝奶子，因而女主人挤完牛奶后总会留给猫一份奶子。猫口渴时也不会忘记去舔舐主人留给它的那一份牛奶的。我正要讲述的这户人家也和村里其他人家一样，家里也养了一头犏母牛。他家的犏母牛虽然每年都会产一只牛犊，可人们总是看不到他们家母牛后面跟着牛犊在跑。每当他家的母牛快要产犊的时候，这家的女主人就会把犏母牛牵到牛圈边早已挖好的土坑旁，等犏母牛产下牛犊后，女主人就立刻把那头刚刚产下的牛犊推到土坑里面去，并把刚产下的牛犊身上那黏糊糊的羊水抹到自己衣服的下摆、肩膀和袖口上，赶快走到犏母牛的前面，在犏母牛面前趴下来，让犏母牛舔衣服的下摆、肩膀和袖口上之前抹上去的羊水，并且用手抓挠犏母牛的脸部和背部，显出很亲切的样子来。当母牛忍着全身的疼痛站起身来时，女主人不让犏母牛回头看一眼就把它牵到牛圈里去。

刚刚产下的那只牛犊很可爱。它虽然来到这个世上没过太久，还对这个世上的一切感到很陌生，但它似乎能感觉到自己不但有一个母亲，而且觉得母亲那里还有自己可食的牛奶呢。它缓缓睁开那双明亮而又机灵的眼睛，用既薄而又柔软的舌头舔了舔自己光滑的嘴唇周围，支起颤巍巍的四肢准备站起身来了。可是因为它的前肢支撑不住自己的体重而又跪倒到地上去了。从它的这一情形来看，它似乎正表明了它急于见到自己的生身母亲一眼的心理，尤为显露出想即刻尝到一口母亲体内鲜奶的本能来。

世上的母子亲情是不会有任何事物能够代替的。母牛虽然舔着女主人衣服上的刻意抹上去的黏液，而心中却时刻想着自己刚刚产下来还没有谋面的小牛犊。犏母牛由于想念自己还未曾谋面的小牛犊心切，就竖起自己的两只耳朵，对着牛圈发出几声“哞哞”的叫声，它多么希望自己产下的骨肉——小牛犊立刻出现在它眼前啊！

此时此刻，土坑中的小牛犊还没有站起身来。可是它的女主人和她的孩子们却围着土坑在观看着小牛犊。小牛犊也用那双黑亮而机灵的眼睛机警地望着土坑边上的主人和他的孩子们。它似乎感觉到了这些家伙中没有自己的母亲，因而又一次企图依靠自己颤巍巍的四肢站起身来了。这次它站起身来后只是弯了一下前肢而未倒下身去。它这样反复尝试了三次之后，才算是彻底站立了起来。但是正当它准备迈出脚步向前走去时，它刚晃动着四肢向前迈出一小步后，就又四肢支撑不住自己的身体地躺倒在地上了。这一步是小犊牛来到这世上迈出的第一步，也是想跟随自己未曾谋面的母亲走去而努力迈出的第一步。

孩子们望着小牛犊的这一憨态却哈哈地大笑了起来，兴奋地观望着那头努力挣扎着试图站起来的小牛犊。

这时，主人像是突然想起了什么事似的一个扎猛子跳进土坑里，用右膝摁住了小牛犊的肚子，用有力的双手狠狠地捏住了小牛犊光滑的嘴巴。主人虽没有猫的机警、猫的跳术，也没有猫一般的利爪，但孩子们眼睁睁地看到在他的侍弄下那头小牛犊的肚子慢慢鼓了起来，一会儿之后牛犊刚才还一个劲儿地抽搐着的四肢便一动不动地耷拉了下去。从牛犊那双黑亮而机灵的眼睛里缓缓滚落出了几滴清澈明亮的泪珠来……

晚上，在那头犏母牛的面前立着一头用小牛犊的皮子制作出来的（剥了小牛犊的皮，往牛皮里包裹草制作出的标本）假牛犊。犏母牛用它那宽大而粗糙的舌头使劲舔着那头假牛犊，而女主人则蹲坐在母牛的右胯下，两腿间夹着一只挤奶桶挤起牛奶来。从母牛体内挤出来的浓浓的牛奶"唰唰"地落进了挤奶桶里，随后，挤奶桶中还激起一阵细微的白色泡沫来，一股浓郁的奶香顿时在牛圈的四周里弥漫开来。当天色渐渐暗下来时，这户人家的堂屋里点燃的那盏灯的灯光也越加地明亮了起来，再加上火膛中旺盛的火焰照耀得整个屋子都变得如同白昼一般明亮了起来。女主人把那桶新鲜的奶子倒进锅里不久奶子就翻滚了起来，从铁锅里还发出一声"噼噼啪啪"的牛奶翻滚的声响来。于是女主人给自己的亲人们每人盛了一碗奶子后便坐到了火膛的下侧去了。今晚的奶子不同于平常的奶子，那奶子中有一股奇特的清香味儿，因为这是犏母牛刚刚产了牛犊后挤下的第一场奶子。这种奶子也叫母牛的"初乳"。这种牛奶不仅能充饥解渴，而且味道还十分可口香甜。这样的口福人们不是时常能品尝到，她的亲人们每年也只能享受到一次。从而，今晚这户人家的堂屋里充满着欢声笑语，他们一家人的笑声还显得特别的爽朗。

黑暗之中，虽然看不到小牛犊黑亮的眼睛，以及它那柔软的舌头和光滑的嘴唇，但犏母牛用它那粗糙的舌头舔舐着那个假牛犊时发出的“哧哧”声和时而哼出的“哞哞”的叫声却显得非常的响亮。

无法准确说出已经过去了多少年，可那头犏母牛现在老得连牙齿都掉光了。这一年，他家的女主人得了一场重病。为此，这家的主人想请来一位经师，抱着给疾病缠身的女主人念经祈禳，兴许能治好女主人病的希望，想在他们家里做一场法事了。

从他家的家境来说，贫穷得根本就没有邀请经师做法事的条件，但是他的阿爸智华君尼和这位经师之前是狱友，因而经师也不会太讲究排场，不会不来他家念经祈禳的。经师是以“剥削人民群众”或“牛鬼蛇神”的罪名而锒铛入的狱，而他的阿爸智华君尼的罪名则与之不同了。他是在全国人民向社会主义大步前进的道路上，未能肃清资本主义的毒瘤，悄悄做贩卖玉石、珊瑚等财宝的买卖而戴上了“投机倒把”的罪名锒铛入狱的。

他的阿爸智华君尼虽然在国家政策不允许的情况下，不顾个人安危倒买倒卖，但如今除了那时他用三百五十块大洋换来的一串上好的珊瑚项链之外，其余的财宝全部上缴到政府充公了，所以，现在他家在村里属于贫困户了。

那串项链是他的阿爸智华君尼从拉布楞寺买来的。那时从他们家到拉卜楞寺需要走七天的路程。他的阿爸智华君尼怀揣着由他家的那七头犏母牛换得的三百五十块大洋返回家时，突然听到有人从他身后叫住他说道：

“阿若，喂——”

他的阿爸智华君尼转身看去时，才发现站在他身后向他喊叫的那个人原来是一位喇嘛。

“你要不要买珊瑚啊？”

“要啊！正好我的老婆还从来没有过一串上好的项链呢。”

这时候，那位喇嘛从自己的怀里摸出一串珊瑚项链来递给了他的阿爸智华君尼看。珊瑚是一串上好的旧珊瑚。这种珊瑚因颜色红润而被称之为红珊瑚，但也有同等品种的白珊瑚呢。他的阿爸智华君尼看了一眼那串红珊瑚项链后就爱不释手了起来。他熟练地把那四串串在一起的珊瑚项链捏在食指和拇指之间像念经人拨着手中的念珠似的数了一遍后，发现那四串珊瑚项链上正好有七十颗珊瑚珠子。

“你打算要多少银子卖出这串红珊瑚项链呢？”

“这是死者的供物，不能讨价还价的，就给三百五十块大洋吧，你觉得怎么样啊？”

在他肩上扛着的那个褡裢里正好装着三百五十块大洋。这是用他家的那七头犏母牛换来的三百五十块大洋。他怎能拿那七头犏母牛换取一串珊瑚项链呢？但他转念一想往后他自己很难有机会再遇上这样贵重的珊瑚项链了，于是他就又有些不舍了起来。他想跟喇嘛来一番讨价还价，但想起喇嘛刚刚说了这串项链是死者的家属给死者的供物，就又放弃了跟喇嘛讨价还价的念头。他转念又想，背着这一褡裢大洋回家，若是在途中遇上博拉阿确地方的盗贼，那还不是一场空吗？因而他就下定决心用那七头犏母牛换得的三百五十块大洋买下了这串珊瑚项链。他掂量了一下这串项链的重量，比起那些大洋可轻多了，因而他心里暗暗欢喜了起来，但他还是对能不能将把这串项链安全地拿到家里而担心不已了起来。他带着那串珊瑚项链提心吊胆地走了七天七夜之后，终于安全地到达了自己的家中。

现在，这串珊瑚项链成为了他的阿爸智华君尼留给家中唯一值钱的珍宝了。他把这串用红布包裹着的红色珊瑚项链送给了他的妻子。如果说他的妻子根本没有见过这样价格不菲的珊瑚项链那也有些夸张了，但她活这么大绝对没有拥有过这么昂贵的项链首饰，甚至没有过借别人的项链来戴一回的经历。此时此刻，她戴上那条红珊瑚项链，来回转动着身子，爱不释手地轻轻抚摸着那条红色的珊瑚项链，脸上浮现出一层红晕，双眼中闪烁着炯炯有神的目光频频向智华君尼传送起秋波来。

智华君尼老早就盯着自己妻子胸口的那串红色珊瑚项链在发呆。可是在他的思绪中出现的不是妻子那婀娜的身姿，而是一个身穿衣领上镶有豹子皮的光板羊皮袄的青年男子。他骑着一匹骏马飞驰来到寺院门口，立刻从马背上翻身下来，把那匹军骏马拴在寺院门口的拴马桩上，匆匆走进寺院的大门，径直来到僧舍，双膝跪在自家供奉的经师喇嘛面前，双手合十虔诚地给经师喇嘛叩了三个响头之后，从他那个光板羊皮袄的怀里掏出那串自己那个平日里面色苍白、头发蓬乱、身穿破皮袄的妻子所戴过的那串红色珊瑚项链作为供品上敬给了经师，并十分恭敬地对经师喇嘛说："尊贵的经师，您一定要把这串项链交给我那可怜妻子的亡灵啊！"小伙子说这句话时，语气中不带丝毫的虚伪和造作，也找不到丝毫的吝啬感来……

他的妻子看到智华君尼如痴如呆的神情后，仔细检查了一下自己的身上一番，在自己的身上没有发现什么不得体的地方。可见她的丈夫智华君尼依旧看着自己在发呆，于是她走过去抓住丈夫的肩膀使劲摇晃了一下，这时候智华君尼才打了个寒颤，如梦初醒般地从沉思中苏醒了过来。

这时候，他才想起了死者的供物来。于是，他掐着手指盘算了起来，算来算去，最终他发现他以每颗珊瑚五块大洋的价格收回了这串红色的珊瑚项链。从而他的心头涌上了一股从未有过的吝啬和懊悔感来。于是他马上跑到经师那儿卜起了卦来。经师先把念珠拿到头顶上做了一下顶礼，而后往念珠上吹了一口仙气，再用双手捻推着念珠上的每一颗珠子，往念珠上仔细看了一眼之后，就把头低勾了下去……

没过多久，便发生了浩浩荡荡的"文化大革命"。他的阿爸智华君尼和经师同时被红卫兵批判和审问了起来。臂膀上戴着红袖章的那个小伙子对着他的阿爸智华君尼说："你这个反革命分子，你搞投机倒把到底干了多少欺骗人民的勾当啊？老实交代！什么？不说？好，那就别怪我们这些革命者没有人情味了啊！"

红卫兵们虽然没有猫一般的跳术，也没有像猫那样锐利的爪子，但他们首先用一条很长的黑绳子把他的阿爸智华君尼的双手反捆起来盘问。红卫兵们见他不老实交代问题后，就把那条绳子的一头穿进梁上把他像只蜘蛛似的吊在屋檐上一些红卫兵气急败坏地将两袋沉重的沙袋绑在他的两条垂着的大腿的关节上使劲摇晃了起来，有些人还用拳头毒打起他来，有些人还看着他前仰后翻地在哈哈大笑着，其余的人则站在一旁兴奋地观望着。从此，他的阿爸智华君尼再也没有返回到家里来。

今天是邀请经师到家里来做法事的日子。这家的主人思谋了几天几夜，也没有想出该拿什么招待经师。为此，他早早起床后，来到拴绑那头犏母牛的地方。这时候，犏母牛躺在地上哕哕哕地反刍着。他们家的男主人站在那头犏母牛跟前良久，用手首先挠了挠那头犏母牛的额头，而后抚摸了一阵那头犏母牛的背部，才慢慢解开了拴绑那头犏母牛的鼻绳，把它牵到院子的中央去了。主人把那头犏母牛牵到院子中央后，把那条早就准备好的长绳子盘成两条，绳子的两头挽了两个环扣儿，套进了那头犏母牛的两条前腿上，又往那头犏母牛的后腿上向左缠绕了一圈后，他突然像变了一个人似的，猫一般敏捷地跳到那头犏母牛的右侧拽着绳子猛烈一拉扯，这头比他大几倍的犏母牛就轰然倒在了地上。与此同时，他把犏母牛的前后腿紧紧地捆绑了起来。等捆绑好那头犏母牛后，他拿来一条既细而结实的绳子缠绕在那头犏母牛的嘴巴上，紧紧绑住了那头犏母牛呼着热气的嘴巴，将绳子的另一头拴在牛的前腿上，他自己抓住绑在那头犏母牛嘴巴上的另一头绳子使劲拉扯了起来。那头犏母牛顿时停住了呼气，不久腹部就慢慢鼓了起来，这时候它在一个劲儿地垂死挣扎着。犏母牛越使劲地挣扎，那条缠在它嘴巴上的细绳就勒得越紧了。随着缠在嘴巴上的绳子越勒越紧，不久那头犏母牛的呼吸也就完全停止了下来。此时，那头犏母牛似乎把最后的一线希望放在了主人的身上，它还在幻想着自己用一生的乳汁喂养过的主人、女主人和他们的孩子们能够放它一马。但孩子们一点儿也不怜悯它，还使劲压住它鼓起来的腹部哈哈地大笑着，主人远远地拉着那条缠在它嘴巴上的那条既细又结实的绳子，此时，它看不到和它相处了一生的女主人的影子，犏母牛绝望地从眼睛里滚出了一滴泪珠后，就变得神志不清了起来。

主人虽然没有猫那样敏捷的姿势、猫那样快速的跳术、猫那样锐利的前爪，可他有划开那头犏母牛胸腔的办法。他用一把锋利的刀子在牛的胸口划开一个自己拳头大小的口子后，把自己的手塞进牛的胸腔里，然后又从牛的胸腔里抽出了血淋淋的手臂。他似乎有着比猫的爪子更加锋利、更加深藏不露的爪子。

快到中午的时候，主人也将一切收拾妥当了。火膛里跳跃着闪烁不定的火焰，从锅台上的铁锅里不断飘出诱人的肉香来。院中撑开的那张牛皮上堆满着许多像蛇一样盘在一起的血肠和肉肠等用那头犏母牛的肠子做的灌肠，犏母牛的头和四肢蹄子随地扔放着。

经师到了，虽然说经师和他的阿爸智华君尼是同龄人，可乍一看上去经师显得没有那么苍老，从他的外貌看来却和智华君尼的儿子是同龄般的感觉。经师的容颜和双手上的皮肤细嫩，肉色红润，皓齿满口，潇洒英俊，使人羡慕。他赶紧将经师迎到热炕上坐好后，马上点燃了柏枝，用柏枝的香烟在屋前屋后都熏了一遍，屋里顿时散发出一种肉的醇香味和柏枝香烟的清香味混合在一起的奇特的香味来。

肉煮熟了，血肠和肉肠也煮熟了。经师的前面摆放着盛满肉、血肠和肉肠的盘子，刚刚从锅里捞出来的肉还散发着阵阵的热气。主人将那把锋利的刀子双手递给了经师后，经师非常谦逊地接过那把刀子割下一块不肥不瘦的肉放进嘴里，然后示意大家吃肉了。

看到经师示意大家吃肉的动作后，主人、女主人和他们的孩子们就开始吃起肉来。半生不熟的血肠把他们的嘴巴都染成了血红色，而极富营养的肉肠使他们的脸变得容光焕发了起来。由于经师的到来，屋子里一下子显得寂静了起来。他家的女主人煮了两三锅肉而蒸发出来的热气蒸腾得他们一家人都变得大汗淋漓了。

外面在不停地刮着寒风，暮色正渐渐吞噬着周围的一切。今晚平日里拴那头犏母牛的地方变得空荡荡的，显得格外的寂静。那是因为犏母牛已永远地离开了那地方，而那头假牛犊又不能发出“哞哞”的叫声来。

经师已经念了七天的经。这七天里经师确实吃了不少的苦头。经师念经时吐字清晰、声音洪亮，因而现在他的嗓子都变得有点儿沙哑了。这些天经师反复地念诵了《白盖母禳解经》《长寿经》《金刚经》，女主人也能起身走路了。但这些未能使她完全康复起来，因而经师又替她占卜算了一卦。他把那串念珠捏在既柔软又湿润的指尖旋转了几圈后，把念珠分成几段，将一小段一小段地捻送的念珠上的珠子仔细看了看。而后，又把念珠举到额头上贴了之后，又把念珠分成几段，一小段一小段地捻送着念珠的珠子仔细瞧了瞧。而后，经师喇嘛又默诵着本尊密咒，仔细看了看念珠之后，使劲摇了摇头。

“经师，卦象如何啊？”

“经师，难道占卜到的卦象不吉利吗？”

主人和女主人一个接一个地盘问经师道。经师突然惊奇地问：“实在难以相信啊，那串珊瑚项链在你家有多少年了？”

老父智华君尼是一九六八年入狱的，因而主人在心里暗暗算了算之后，发现他的阿爸智华君尼入狱至今大概已过去了三十年。于是他就给经师喇嘛说：“大概有三十多年了吧。”

“噢，这就对了，这就对了，那串珊瑚项链已经附魔了，如果不及时地将把那串项链从你家里转移出去的话，你家很有可能会降落更大的灾祸的。”

“啊？！”

对于这次占卜的结果，女主人感到惊愕不已，男主人也十分吃惊了起来，于是夫妇俩面面相觑地相互凝望了好一阵后，他俩都失望地摇着脑袋叹息了起来。这时候，主人为前年没有以五万元的价格把那串红色的珊瑚项链卖给那个康巴来的商人而感到懊悔不已了起来。

现在，经师该回寺院里去了。主人把那张里面包着肉、血肠、肉肠的牛皮，用绳子紧紧地捆绑住后背在了背上。

女主人把那串自己只戴过一回的珊瑚项链上敬给经师。

经师也伸出那双既细嫩而又湿润的手接过了那串珊瑚项链……

岔路口

那里没有甘甜溪水流淌的那悦耳动听的潺潺声，也没有一倾千里的碧绿草滩和盛开美丽鲜花散发出馨香的乐园；那里没有迎接未来新生活的希望，也没有挣脱陈旧思想枷锁的勇气。在那里剩下的只有既偏僻又寂静的山沟和失去了生命力的荒芜的冰草。那里是一条崎岖不平的岔路口。

卓玛背上背着一个婴儿迎着他走了过来。可意想不到的是央措居然也成为了卓玛的行伴，她们两个人同时出现在他的面前，使得他为难极了。他究竟首先去问候她们两个人中的谁为好呢？但是他没来得及向她们问候，她们就开口跟他说话了。他们那次的突然晤面是一件尴尬得使他不愿意提起的事情，那对他来说怎么不是一件夹杂着酸甜苦辣，五味杂陈般纷乱情感的事情呢？他见到背在卓玛背上的那个婴儿后，心里就突然变得不安了起来。可卓玛脸上却不露出丝毫惊讶的神情，而坦然站立在了他面前。

“你的丈夫呢？”他管不住自己的口地询问道。

“我现在没有丈夫了，为了这个孩子我们离婚了。”

“孩子？”

“嗯，为了争夺孩子……”

“你……”他不知道该说什么好了，为此他立刻闭口不说话了。

“你还记得那次你给我唱法王仓央嘉措道歌的事吗？”卓玛脸上毫无表情地问他道。

“……”他没有回答她。

总之，他记不大清楚自从那次他给她唱过法王仓央嘉措的道歌后，到现在已经过去多少年了。他只是依稀记得那是一个深秋的夜晚，是一个有秋风的寂静夜晚，是一个准备开启新生活的夜晚。那两张迎着凉爽的秋风而来的是他和卓玛的面孔。

“你觉得世上最美妙动听的声音是什么呢？”卓玛问他道。

“是表达自己内心情感的道歌啊。”

“道歌？”

“是啊！法王仓央嘉措的道歌，就算世上最为美妙动听的情歌了。”

“那么你会唱法王仓央嘉措的道歌吗？”

“会唱一点儿，不过我没有唱出那个美妙道歌的一副好嗓音啊。”

“没关系的，希望你给我唱一首。”

于是，他清了清嗓子，给自己会读的那首法王仓央嘉措的道歌稍微做了一下修饰后，唱道：

在那东山顶上，
升起洁白的月亮，
年轻姑娘的面容，
出现在我的眼前。

祈祷父母的面孔，
不浮现在我心头，
不祈美人的脸庞，
清晰浮现在心头。

洁白如意雄鸡，
不要提前打鸣，
我和恋人之间，

很多心事没说。

“我最害怕的事就是雄鸡提前打鸣。”卓玛那时对我开玩笑地说。

“我渴望月亮马上升起来。”

“哈哈哈……”

一阵阵爽朗的笑声惊扰了宁静的夜晚。

央措之前就已经看出了他脸上流露出来的那副不安的神色。当他发现央措目不转睛地盯着他望过来的眼神之后，他浑身都变得不自在了起来，甚至找不到他自己的立场了。

“你……”

央措准备对他说些什么，可最终她还是没有勇气把那句想说的心里话给说出口来。此时此刻，他的心中出现了许多的疑问。央措那圆润的脸庞，白里透红的姿色，她那温柔善良的秉性，还有她写给他的那些凝聚了她全部情感的却好像沉入大海般没有得到回复的信件。

可是，他还是鼓足勇气问央措说：

“你什么时候从城市回到村里来的呢？”

“昨天。”

“你在城市里生活得还幸福吧？”

“嗯，不过太寂寞了。”

“寂寞？”

他没有听懂央措说出的那句话的意思，为此不得不暂且把她说的话放到一边去了。这时候，眼角噙满着泪水的她，从口袋里掏出一封信递给了他。

卓玛的眼中也噙满着泪水，还有两滴眼泪顺着她的脸颊滑落下来，悠然滴落到地面上去了。

“是我妨碍了你，如果我早知道这件事的话……”卓玛哽咽着嗓门说。

“不，是我害苦了你。”

“你不能这样说。我会捍卫你的名声的。但是，现在这里很安静，也见不到一个人的影子，就在这偏僻的地方你能给我的孩子取个名字吗？”

“你还没给孩子取名字吗？是个男孩呢？还是一个女孩啊？”

“你还不知道啊？她是个女孩。”

“万德卓玛，你觉得给她取这个名字怎么样啊？”

“拉索（好吧），关却谦（佛宝明鉴）！”

他本想亲一下背在卓玛背上的那可爱女婴粉嫩的脸蛋的，可他没有勇气去那样做。

卓玛背着孩子头也不回地离开了那个岔路口。央措的眼中也露出了绝望的神情离开了那个岔路口。

这时候，他马上展开信纸读了起来，可是，他看完了那封信之后，被那封信给镇住了。

“……你的那一封封饱蘸着深情的信已经摄取了我的魂魄。可是，我不给你回信是因为我不想做一个破坏别人纯洁感情的魔鬼。听说你和卓玛之间那座感情的桥梁已经断裂了，而且，我还听说破坏你们之间那段纯洁无瑕感情的恶人还是我呢。为此，我为什么要成为既没捕到兔子却失去了戒律（鸡飞蛋打之意）的罪人呢？这封信使得铁钩钩住你的心灵后，你觉得我们往后的生活会是怎样呢？心头的甘露噢！”

他一个人呆呆地伫立在岔路口，凝望着渐行渐远的央措和卓玛的背影，她们顺着各自的路走去，渐渐离他越来越远了……

“哎呀，捻送念珠的事都给忘记了。”

“唵嘛呢叭咪吽！”

他读了一遍六字真言后，才发觉自己已经是一名出家修行的僧人了。

故乡的小路上

长着稀疏冰草的小路上，除了他和她的脚步声，就听不到任何声音了。

“你要回家吗？”他疾步上前追赶上她之后，耐不住路途中的寂寞地问她。

“嗯，你去哪里了呢？”

“我去地里劳动了。”

之后，又是一片沉默，有一段时间里他们谁都没有说话，又一阵长久的沉寂。

“你现在在什么单位工作呢？”这也是耐不住路途中的寂寞了吗……她也说不好。

“我现在在州印刷厂里工作。”

一阵后，她抬起低垂着的头，脸上露出了些许的微笑看着他，而后脸色又阴沉了下去，不久后复又露出了满脸的笑容。看她那变化多端的神情，她好像在回忆着什么往事。

“把我的手镯还给我！无缘无故拿走别人的手镯像什么话啊？”她对他说。

“我没拿你的手镯……”

“那么谁拿走了我的手镯呢？”

“我的感情……”

“啊啦若哇……”

这时候，从远处传来了一阵某人唱拉伊的优美动听的歌声。

我在群马当中，
爱上你的走姿，
旋抛结实马绊；
如是骏马有心，
不要丢掉马绊。
……

听那个正在唱拉伊的人的声音好像是阿姐切忠唱拉伊。她的对象是一名正在某大学上学的在读大学生，据我听说他俩已经分手，分手时他给她送了一枚黄铜做的戒指做了纪念礼物。

那是一个东方升起一轮明月，大地上缓缓吹动凉风的夜晚。当空中的那轮皓月时而羞怯地躲藏进云彩后面，时而又落落大方地从云层中探出那轮洁白俊脸来，清爽的月光融融地洒落在大地万物的夜晚。

他用那双温润潮湿的手抓住了她的手，把头伸到了她面前，他那湿润的嘴唇离她的脸越来越近了。

“我和你无论如何也不会有结果的，你们家的大人不会和杀人仇家攀做亲戚的。”

“不要乱嚼舌头了。”他的脸色突然变得严肃了起来，对着她继续说，“难道就没有改变这个局面的办法吗？”

她哽咽着声腔，不由自主地把头枕到他的胸口上去了，而且双眼中滚落下来的泪水打湿了他胸前的衣服。

“你知道那个‘故事’吗？”

他胸腔里的心跳变得快速了起来，心跳声也随之加大了起来。他的这一态度好像说明向他提出问题是她的错误了。

“我怎么会不知道那个故事呢？但是，现在我不想说了。总之你的祖父牺牲得很光荣，谈起来牺牲得很有价值。可谁能可怜我祖父的牺牲呢？如果，你的祖父没有去当土匪的话，我亲爱的祖父怎么会白白丢掉性命呢？”

这时候，她的脸上落下了几滴雨滴般的液体。当她抬起枕在他胸口的头向他望去时，才发现他眼中的泪珠正伴随着明亮的月光亮闪闪地顺着他的脸颊流淌着。

女人眼中的泪水可用一件小事收买。可他眼中唰唰流淌着的泪水又是价值几何呢？他眼中流淌下来的泪水会和别人眼中的泪水相同吗……

她自己询问自己道。

如果说他的祖父那无价的生命是由她祖父给夺取了的话，那么她祖父的性命又由谁给夺走了呢？他又怎么变成土匪的呢？

总之，两位前辈都是在同一个地方牺牲的，可牺牲的意义截然不同，而且还有如此大的悬殊。他祖父牺牲后得到了广大群众的爱戴，大家还带着无限悲伤的情怀哀悼了他。可她的祖父去世后，她祖父的尸体还得到了广大群众深恶痛绝的批判呢。

假如解放军早就结果了她的那位土匪祖父的性命的话，他的祖父那高贵的灵魂也就融入到土地中安息了吧？他和她之间的那份纯真感情的种子……要是一段感情的种子要有眼泪浸泡而发芽的话，那么究竟需要多少滴泪水呢？他那些珍贵的泪水能使他们之间的爱情的种子会发芽结果吗？

无论他怎样去思索，可是除了得到无穷尽的疑问外，根本没有得到一个解决问题的合理办法来。

他从口袋里拿出一块小手帕揩拭起泪水来。

“那手镯十年后再还给你，行吗？”那时候，她没有找到回答他那句话的答案。

之后，他们家就搬迁到城市里去生活了。为此，至今她再也没有见过他的面。他还珍藏着她的那枚手镯吗？

空行秘籍

一

杂隆村坐落在杂贡麻沟口，村貌犹如是一面圆形的大锣鼓。傍晚时分，太阳的余晖慢慢变弱后，天地就渐渐地暗淡了下来，最终夜幕笼罩了整个村庄。这时候，杂隆村每家每户屋顶的烟囱里都会袅袅升起一股青悠悠的炊烟来，从这一情形就能猜出杂隆村每家每户的女主人都开始做起了晚饭。

阿妈拉吉家虽然居住在杂隆村那面大锣鼓的正中央，可平日里她们家除了她和她的女儿外，就没有其他的家庭成员，为此，她们的家里显得格外的冷清。阿妈拉吉往灶膛里拢了一灶膛牛粪火后，又走过去坐在灶膛边上，像之前一样摇转起了玛尼轮。她边默诵着六字真言边摇转着那轮玛尼轮，往事一幕幕地闯入了她的心头。

“尿床胎……饿死鬼……看我不打死你……”

“啊，你这个没有良知的恶魔，你把我的女儿给打死了。啊，恶魔，你……你……”

她使出浑身的力气去抢夺他手中的马鞭，他一把把她推倒在地上，还用马鞭狠狠地抽打着她，口中像念经文一样责骂起她来。

“寡妇，魔女，自从娶了你之后……”

她的双眼中浸满着泪水凝望着女儿才吉那楚楚可爱的脸庞。那时候，才吉才是个十岁的孩子，她头上的头发黝黑秀长，脸庞白嫩粉红，犹如雄鹰展翅般浓密的眉毛底下，转动着一双清澈明亮的眼眸。她眼睁睁地看着女儿，觉得女儿变得越加的可爱了起来，可是现在在她那张白嫩粉红的脸颊上留下了一道深深的伤痕，为此，她眼中的泪水流得更加欢实了起来。但是，才吉的脸上流出疑惑的神情，眼中充满神秘莫测的目光在凝望着她。

从此……

“才……吉……”

在深沉的暮色中她在村道里疯跑着急切地寻找起女儿来，可她找遍了整个村子也没有找到女儿。黄河的水从悬崖上湍急而下，她伫立在黄河边上，凝望着湍流而下的黄河水，那剪影仿佛是一幅挥笔摹写的水墨画……

“……恶魔……你现在就把我的女儿还给我……你……我们离婚！”

……

“不合的婚姻离了的好，不治的病人死了的好。”

他的愤怒好像还没有熄灭。

之后，她离开了他。她背着小女儿拉吉沿着通往谢格桑钦禅洞的山路急匆匆地向前走去。在这条山路上来往的信民们都是多杰仓（金刚持）喇嘛的忠实信众，只要顺着这条羊肠小道走去就能到达禅洞的洞口。桑钦禅洞虽然是个山洞，可那里有一座自然形成的空行母雕像，因此，在这地方的俗民大众无意识中就把他视为了一个空行世界。禅洞里修了一张四四方方的土炕，多杰仓喇嘛就趺跏坐在那张土炕上。

她微闭着双眼，双手合十紧贴在胸前虔诚地给多杰仓喇嘛叩了九个响头，之后向多杰仓喇嘛上供了亡人的遗物和心爱物的同时，痛苦地流着眼泪把自己的心愿都如实地上报给了多杰仓喇嘛……

多杰仓喇嘛得知了她所上报的夙愿后，微闭着双眼，手掌合十紧贴在心口诵读起《普贤心愿》经文来：

“时有十方刹微尘……”

他那悦耳动听的诵经声的旋律穿过禅洞飘升到天空时，从东方的天空中突然升起了一朵白云慢慢密布了整个天空。从那情形来看，让人不由得联想到亡者的灵魂已经升上了极乐世界的感觉。对她来说，女儿比自己提前离开人世的悲哀是一件使得她无法忍受的事，可见了多杰仓喇嘛所做的密乘施法起到的作用后，她的心中不由得暗想道：女儿虽然是个亡灵，但她毕竟是个有福气的人啊！

之后，她们母女就按照多杰仓喇嘛的指引踏上了通往杂隆村的小路。

去杂隆村的路途虽然遥远，可她的心中反复出现多杰仓喇嘛给她所赐的预言，为此，她的心中充满了信心和信仰，那股力量在她的心中不断地涌动着，那感觉越来越强烈了起来。

“喔，多可怜的人啊！可是你要明白，‘生有迟早，死无前后’，这是轮回的本性。为此，你就再也不要痛苦了。比起生活在现在的那个村庄，还不如到杂隆村生活去谋生的好，你们母女就听我的话，到那里去生活吧，那里能解决你们母女温饱的。”

……

“阿妈，您听说了最近有一个空行母要来我们村里的事情吗？”

拉吉的问话声把她的阿妈从深沉的回忆中拉了回来。

“嗯，我已经听说了。”

拉吉又往灶膛里添加了些牛粪，并用一根芨芨草棍引了火点燃了灯盏，接着对她阿妈说道：“您知道那个空行母是哪里的人吗？”

“听说，她是一个卫藏的修行母，人们说她还精通空行秘籍呢。”

“空行秘籍？”

“嗯，只要精通了空行秘籍，那个至尊空行母她就会精通过去、现在和未来三时的预言，她就会通过文字把暗语解释出来，你不觉得这事很惊奇吗？”

“……”

“我们能见到她吗？”

“甭多问了，做你的晚饭去！”

二

拉丹大叔家的大门口，挤满了杂隆村的男女老少。全村的村民们为了早点儿觐见到那位空行母，就早早地来到拉丹大叔家的大门口，他们都争前恐后地想马上觐见到那位空行母。

“不要再挤了，大家听着，今天真的不逢时，遇合的星辰不吉利，直到晚上的十二点以后才……嗯……那么大家……”

拉丹大叔脑门上的头发都脱落了，现在他的那个脱了顶的光头，犹如一个包酥油的肚皮一般在阳光下闪闪地发着光芒，再加上他从昨天起就做了那个空行母的布施主而过多忙碌，为此，此时此刻在他的脑门上积聚着许多亮晶晶的汗珠子，他不由自主地用手后背去揩拭着头上的汗珠对大家说。这时候，杂隆村的信民们犹如往喜鹊窝里丢进了一块石头一样变得纷纷扰扰了起来。

“星辰会合？这不是老天在阻碍我们的好事吗？”老汉们说。

“只要有那个命路一定会有的。走……”几个汉子说。

“如果能见到那位空行母一面该有多好啊！愿神三宝保佑啊！”几个信民说。

“那么，听说她是个五通（五种神通：神境通、天眼通、天耳通、宿命通和他心通）皆知的空行母呢？”那个老奶奶问。

“听说她精通空行秘籍的啊？”一个老头问。

“怎么不是呢？听说空行秘籍还有通此疏彼的呢！就如一月之时慢慢熬出去的，而不能一时就如同往桶里加水一样突然就能到达那样……”

那位小伙子本想做详细的解释的。

“拉萨的修行母。”

“不是，她的家乡好像是在康区。”

“她是一位理塘的修行母，如果她不是理塘的修行母，我敢跟大家打赌……”

“你说的那个理塘的空行母是贡日修行母。”

“不，贡日仓现在……”

“我们家的尼僧说，她亲自觐见过她呢，谁也……”

村民们极力地争论着，可最终谁也没得出胜负来，逐渐他们不得不一个个地回到自个的家里去了。

三

傍晚，太阳的余晖隐没到杂贡麻大山后面，一道黑暗的阴影笼罩了村庄后，杂隆村的男女老少们又集聚在了拉丹大叔家的大门口，纷纷扰扰地拥挤着急切地等待马上要觐见到那个空行母一面。

“请大家排好队，慢慢来，大家都会觐见到空行母的，大家不要挤了!”

拉丹大叔在现场口干舌燥地做着指挥，可群众却不听他的话，依然拥挤着急切地想早点儿觐见到空行母。

空行母就坐在拉丹大叔家的那间小木屋里。她的头发乌黑发亮，如不是特意梳成了两股大辫子，她头上的头发恐怕就铺满她的整个背部了，她身上穿着一件印有圆形大花的黄色绸缎袍子，端坐在那张四方的餐桌前。桌面上除了摆放着一个本子和一支笔之外，就没有其他物件了。小木屋里弥漫着焚烧了柏树枝熏香和点燃了藏香的浓浓混合香味。香客们匍匐在地上用额头碰着地面给空行母敬献了叩头礼后，之前就在心里准备好的那些上奏的话开始匆匆地向空行母诉说了起来。

“……我梦到了一条九足蛇。”

“我自己常年病魔缠身不说，昨天我家那匹犹如野马般剽悍的骏马也遭到了雷劈……”

“鬼附到我家儿媳妇的身上去了。”

……

空行母听了他们每一个人的叙说后，双手合十把手掌紧贴在胸口，抬头仰望了一阵朗朗晴空之后，才低下头来缓缓在纸上写了几个小黑字交给了大家，却始终没有开口说一句话。

“……我家坐落在了龙族的宫殿上了。”

……

“家神不合？”

“建错了尼僧的坟墓。”

那个修行母赐给大家的空行秘籍中所暗示的事，有的曾经确实在他们身上亲身经历过，有的完全与多杰仓喇嘛的预言相吻合。于是，集聚在那里的村民们对空行母的信奉感越来越强烈了起来。

阿妈拉吉觐见到那个明显实现空行秘籍的空行母本人后，眼中流淌着信奉的泪水，双手合十，身体匍匐在地上给那个空行母叩了九个响头后，双膝跪在地上，双手紧贴在胸口，低着头开始诉说起自己的痛苦来。

阿妈拉吉向空行母诉说着自己的苦楚，声音变得越来越大了起来，同时，泪水差点儿堵住了她哽咽着的声腔。空行母倾听着阿妈拉吉的哭诉声，她的心脏跳动的频率越来越快了，甚至觉得自己的呼吸都变得困难了起来。

“……我真是个苦命的老太婆啊！第一个丈夫跳河自杀了，又和后面的丈夫离了婚，女儿也跳河自杀了。像我这样苦命的……空行母您就可怜可怜我吧！我的女儿她……她一定升到了西方极乐世界……那天天空中升起了一朵白云，她一定随着那朵白云升到极乐世界去了。多杰仓喇嘛是怎样施法的……空行母你一定会明鉴……”

阿妈拉吉一时惊奇不已了起来，她口中不知道说着什么，就向空行母扑了过去。

“不……不……一定是我认错人了，多杰仓喇嘛他不会错的，你……”

四

杂隆村坐落在杂贡麻沟口，村貌犹如是一面圆形的大锣鼓。清晨的霞光普照在杂贡麻的山岭上慢慢升高的时候，笼罩在杂贡麻村上空的阴影消失得无影无踪了。这时候，杂隆村每家每户的烟囱里升起了缕缕青悠悠的炊烟，从那情形可以看出杂贡麻村每家每户的家庭主妇开始做起早饭来了。

当朝阳照射在阿妈拉吉家的窗户上时，杂隆村的村民们又变得如同喜鹊窝里掉进了石头一样纷扰喧嚣了起来。

“那女魔的目的不纯洁。”老汉们说。

“哦呀，怎么会有空行秘籍……”那个凡事要做进一步解释的青年男子说。

“那个魔女，一定会落到十八层地狱去的。”那些信民们说。

“……怎么和多杰仓喇嘛的预言完全相吻合了呢?”那个少年疑惑地问。

“那个假尼僧好像在贪婪施舍品。”众人齐声说。

“不要告到法院里去，可怜见儿的……”众人又异口同声地说。

这时候，阿妈拉吉家那个原本冷清的家中开始叙述起一个新的故事来。

“如不是这道疮疤，我就认不出你来了。”阿妈说。

“那夜你住在哪里了?”阿妈问。

“阿姐，那个尼僧的坟墓真的建错了吗?”拉吉又问道。

“如果家神不合……”

“空行母能调和吗?”

“空行秘籍。”

“啊，这一切……拉丹大叔……”

达珍姑娘

这个影剧院里能容纳一千多名观众，五颜六色的彩灯绚丽地照耀着影剧院内，使得整个影剧院变得辉煌灿烂，光彩夺目了起来。

观众们正睁大着双眼在凝望着舞台。舞台上那个厚重的帷幕缓缓开启后，一个身穿印有大花图案、颜色鲜艳华丽藏服的女演员飘然来到了舞台中央。这时候，坐在舞台底下的观众们热烈地鼓起了掌来，顿时，哗啦啦的鼓掌声响彻了整个剧场。她缓缓来到舞台中央，面朝着广大观众弯腰低头地鞠了一躬后，就向台下的广大观众介绍了一下自己，而后还给大家报了一下自己就要演出的节目。“我叫达珍，首先大家请听歌曲《我的命和慈祥阿妈的心》。”等她介绍完自己后，舞台上强烈绚烂的灯光就突然减弱了下来，还由低到高缓缓传来了一曲音乐的优美旋律来，于是剧场里又传来了观众们哗啦啦的热烈的鼓掌声。

坐在剧院第一排一号座位上的那个男青年是一名记者，此时他正目瞪口呆地倾听着达珍姑娘演唱的歌曲。看啊，她是个多么美丽的姑娘啊！身材那样的苗条柔软，胸部微微隆起，腰肢妙曼婀娜，随着那美妙音乐的旋律，她在舞台上来回踱着碎步，宛如仙鹤展翅缓缓飞舞一般美丽动人。

新闻记者坐在台下眼睛一眨不眨地盯着舞台上的达珍姑娘。他看着看着觉得舞台上的达珍姑娘美如天仙，他长这么大好像还从来没有见过如此美丽的姑娘；达珍姑娘的歌喉美妙如天籁，他好像有生以来还从来没有听到过如此甜美的歌声。就在这短短的瞬间他不但为她的各方面都考虑了一遍，而且还想好了如何跟达珍姑娘见面并一定要认识到她的办法，为此，他的脸上此刻正露出胜利的喜悦神情。

是啊，那怎么不是呢？他可以利用职务之便上台采访一下她的话，他不就认识她了吗？之后就可以了解她有没有丈夫或恋人之类的事了。如果她是个没有丈夫的单身女子的话，那简直就是如我意愿了，到时候我该多么的幸福啊！如果她是个离了婚的女子呢？不会的，绝对不会的。总之，能娶到她这样美丽的女子做自己的妻子的话。哦哦，问题是这个歌舞团的演员们明天就要离开了，无论如何……

他这样思谋着，目不转睛地观赏着达珍姑娘婀娜多姿的身影，欣赏着达珍姑娘妙曼甜美的歌声，此刻他高兴得连嘴都合不拢了。

达珍姑娘正在台上演唱的《我的命和慈祥阿妈的心》的歌曲得到了台下观众的喜爱。

我命慈祥阿妈心，
睁眼盼望阿妈时，
放牧练习歌喉时，
慈母为何虐待我。
……
我命慈祥阿妈心，
慈母撵我出门时，
当我居无定所时，
养父为何更慈祥？

音乐美妙的旋律逐渐减弱了下来，在舞台底下观看节目的观众们都站立了起来，从观众们不断地鼓掌喝彩的情形，就能看出这场文艺晚会就要结束了。

这时候，那个新闻记者立马登上舞台拦住了达珍姑娘的去路。他憋着气，微颤着声带，不知所措地首先向达珍姑娘介绍了一下自己。

"嗯，你好，我是《民族报》的新闻记者，我的名字叫牛赞（奋笔的译音）。"

新闻记者曾经利用这个笔名发表过许多作品。他给达珍姑娘也用笔名来介绍自己是想暗示自己是个有名的作家，让达珍姑娘知道自己的荣誉和名气。可是，达珍姑娘听了他的名字后一点儿也不感到惊奇，只是淡淡地向他点了点头。

"嗯，我想利用这个机会采访一下你，可以吗？"

听了新闻记者的话，达珍姑娘也欣然接受了他的意见，于是就表示同意地向他点了点头。

"达珍拉，你的……"

"歌唱家达珍拉，你的……"

"达珍拉同志，你的……"

新闻记者滔滔不绝地采访着达珍姑娘，达珍姑娘也耐心地回答着记者的每一个提问。台下的观众们还没有离开剧场，他们一边听着新闻记者和达珍姑娘的采访问答，一边含着还想看节目的渴望的目光凝视着舞台。这时候，舞台上的灯光渐渐黯淡了下去，舞台上的那个厚重的帷幕也缓缓合上了，为此，达珍姑娘和新闻记者的身影也隐没在了舞台那厚重的帷幕后面去了。从而，观众们脸上露出失望的神情都纷纷走出了剧院的大门。

达珍姑娘和新闻记者牛赞一直一问一答着，不知过了多久，总之剧场里只剩下了新闻记者和达珍姑娘两个人了，为此，偌大的礼堂显得格外的安静下来。他们两个人的采访仍然进行着，他俩的说话声还在寂静的礼堂里回荡着。达珍姑娘畅谈着自己的人生经历，心情突然低落了下来，脸上也露出了懊丧的神色，再难见到之前她脸上的喜悦神情。

新闻记者牛赞内心情感的波澜也随着达珍姑娘的说话声不断地上下浮动着。有时候他脸上热辣辣地变得通红起来，有时候他不禁可怜起她当时的处境而脸色阴沉了下来，有时候听着她曲折的人生经历他的内心中还升起压制不住的愤怒和仇恨感来。总之，这次采访达珍姑娘给他留下了深刻的印象，她仿佛还暗示了他，以后有机会我们还继续探讨。

那夜，新闻记者根本无法入睡了。他躺在床上辗转反侧着，又把达珍姑娘说过的那些话从头到尾地在心中过了一遍后，发现天已经到黎明时分了。一夜的时间是多么的短暂啊！这时候，他尽量静下心来使劲让自己安静入睡，但他依旧没有睡着觉。

哎呀，歌舞团不是今天早晨就要上路了吗？

他立马从床上翻起身来，边向前行走边穿着衣服，边系着纽扣，还用手背揩拭了一下自己眼角上的眼屎，就急急忙忙向汽车运输站跑去。

当他到达汽车运输站的时候，班车已经离开车站半个多小时了。此时，汽车站内空无一人，偌大的车站里空荡荡的显得异常的冷清。汽车站周边的树木在微风的吹拂下不断地摇曳着枝干，仿佛在责备他的姗姗来迟。

很遗憾他没有送行到达珍姑娘，为此，他带着极其失落的心情回到了家里。单身汉的宿舍里弥漫着一股酒气，他厌恶这样的生活环境，可他也别无选择，就把自己的身体重重地躺倒在床上去了。一躺到床上，昨晚和达珍姑娘谈话的情景又漫上了他的心头，他又津津有味地回忆起昨晚跟达珍姑娘聊过的那些话来。

“不错，我也像世上所有的女子一样是在慈祥阿妈的呵护下茁壮成长起来的，可是有些母亲拥有了母亲的名义却不履行自己的义务，不善待和呵护自己的儿女，为此，我可以向你坦白我和我阿妈之间的不愉快的经历。”达珍姑娘继续说。

“我不知道自己小时候在阿妈怀抱里的时候是什么情况，直到五六岁时才朦朦胧胧地知道些了我阿妈的行为。

“还记得，在一个像平常一样的早晨，我阿妈把我带到了一个有很多村里的孩子们玩耍的地方之后，她就丢下我离开了。我在那里玩了一天，直到夜黑，村里的孩子们都回家了，可我依旧不见我的阿妈来接我回家，于是我就一个人寻找着原路走回家里去了。回到家门口时，我不由得高兴了起来，因为，那天夜里我家的大门没有上锁。我知道阿妈已经回家了，所以我也就不用像以往一样黑暗中坐在我家的门槛上，一方面等不到阿妈回家而饱受着痛苦的煎熬，另一方面又要受魔鬼趁黑夜来把我吃掉的恐惧感的折磨了。所以，我怎么会不高兴呢？可是，当我走进家里之后，才发现那夜家里的气氛跟往常完全不一样，阿妈虽然很早就回到家里来了，可阿妈还往家里带来了一个叔叔。我进堂屋的时候，发现那个叔叔正坐在我家的灶台前抽着烟。阿妈的脸已经被泪水打湿了，她一见到我就放声痛哭了起来。我见阿妈痛哭着也不知就里地走过去把自己的小脸蛋贴在阿妈的脸上放声大哭了起来。这时候，那个叔叔给阿妈说了几句使我听不懂的暗话后，起身准备离开。阿妈见那叔叔要离开，立刻止住了哭泣，一把揩掉她脸上的泪水后，突然从她的眼中射出一道神秘的寒光来。

“不知道我们要去哪里，阿妈和那个叔叔只是带着我在黑夜里行走着。我跟在他们后面走啊走啊，不知道走了多长的路程。我们一起走了很久后才到达了一个除了满天的星星之外，见不到任何东西的深沟。那深沟里到处丛生着黑刺，半山腰里还时不时地传来猫头鹰瘆人的鸣叫声，我害怕得心脏都快要从我的胸腔里跳出来了。阿妈和那个叔叔到了那里就停住了脚步不走了，他们彼此悄声说了几句话后，就要按原来定好的计划行事了。那夜阿妈和那个叔叔带着我去那条深沟，是我有生以来阿妈第一次带我出远门。从家里出来时我向阿妈发过誓一定要听她的话，所以此时我才答应阿妈留在那里等待阿妈和叔叔去捕狼回来。

“那夜，是一个伸手不见五指的夜晚。十月凛冽的寒风从西北方向吹来，不断侵袭着我柔弱的身体，冷得实在让人无法忍受。不久之后，阿妈和那个叔叔的背影从我的眼前消失了，渐渐地连他们的脚步声都听不到了。我除了透过黑夜寻找他们的背影之外，根本没有其他的办法可使。

“我不知道他们离开我过了多久，反正始终不见他们回来，于是我只能抬头仰望满空的星星来驱散内心的恐惧了。夜空中，灿烂的群星璀璨地闪烁着。满天的星空中，有的星星明亮可爱，有些星星模糊不清，还有些星星仿佛是一家亲密温馨的亲人们围坐在一起般地集聚着，还有些星星点点零散着。虽然夜空中布满着璀璨闪亮的星星，可它们中没有一颗星星能照亮大地的黑暗。不久，夜空的群星突然变得黯淡了下来。这时候，东方的夜空中亮起了一道强烈的光芒，我才知道夜空中就要升起月亮来了。我还觉得月宫中的那只兔子还不停地抖动着耳朵呢。我凝望着空中的月亮想起了阿妈曾经讲过的那个《兔子的故事》来。

我回味着童话故事，耐心地等待着阿妈和那个叔叔快点儿回来接我。他们离开前，阿妈还对我说捕狼很容易的，等她和那个叔叔去去就回来，让我在那里安心地等待他们回来。可是，那夜阿妈跟着那个叔叔离开后就再也没回到那个地方来找我。到了半夜时分，十月凛冽的寒风变得越加的寒冷刺骨了起来，穿在我身上的那点儿单薄的衣服根本不能抵御如同猛虎般寒风的威烈，于是我渐渐进入昏迷之中了。后来我根本不知道发生了什么事，当我醒来后才发现我躺在一个陌生人家的土炕上了。

“哦，是啊，那个叔叔后来就成为了我的继父。我长到八九岁的时候，阿妈和继父就使派我出去放牧了。对一个八九岁的孩子来说，整天去一个没有伙伴玩而又寂静的山沟里去放牧，那日子有多么的难熬啊！可对我来说那根本就算不了什么，我一个人唱些歌曲自我寻找些乐趣，一天的日子就不知不觉度过去了。

“那天傍晚，我又像平常那样把羊群赶回了家时，阿妈格外热情地把我叫进屋里去了。以前，很少有阿妈见到我后不谩骂我的日子，她脸上露出笑容迎接我的日子在我当初的生活中屈指可数，基本上没有过这种日子。可那天阿妈她一反常态地迎接了我。当我把羊群赶进羊圈时，阿妈就带着满脸的笑容从帐篷里走出来，笑吟吟地把我叫进了帐篷。走进帐篷里，她不但给我拌了一团油滋滋的糌粑，还给我倒了一碗早就滚好的浓稠奶茶放到我面前，劝我趁热喝了那碗奶茶，吃了那团糌粑，而且阿妈的脸上露着从来没有过的微笑，说了许多从来没有对我说过的好话，我的心中顿时泛起了激动的波澜，那股猛烈的波澜在我内心起伏不定地激荡了起来。

“今天阿妈怎么突然变得这么慈祥了呢？都是同样的人，难道她平日里责骂我过多而现在突然良心发现了吗？无论如何世上哪有比母亲更慈祥的人啊！那时，我心里产生过许多疑虑，可是最终还是觉得阿妈才是世上最亲我的人了。

“这时候，阿妈就走出了帐篷。可我们家的那条小狗在我面前跑来跑去，用舌头舔着自己的嘴唇，左右围着我转想抢走我手里的那团糌粑。就在这个紧要关头，我家的帐篷外面传来了某人的叫喊声，我家的那条小狗听到陌生人喊叫声后就立刻从帐篷里狂吠着冲了出去。我也把那团糌粑放在地上立刻走出帐篷看那个陌生人去了。走出了帐篷时，我发现我家的那条小狗正围着那个客人在狂吠着。那人不是别人，是经常和我一起上山放牧的时候鼓励我唱歌儿的那个大叔叔，于是，我跑过去支开了我家的小狗。那叔叔是来我家寻找他们家的那几只走丢了的绵羊，顺便还提醒我不能忘记我们之前就约定好的事。我和他之间的约定很简单，就是第二天我们一起把羊群赶到上端的草场去放牧的事。他在我们家的羊群里没有找到他家那几只走丢的绵羊后，就匆匆离开了我家的牧场。等他走远后，我也走进帐篷里去了。哎呀，那条小狗把我的那团糌粑吃光光了。啊，我是个多么没有口福的人啊！

“我不知道是什么原因，我家的那条小狗吃了那团糌粑后，就莫名其妙地死掉了。我自然就成为了毒死那条小狗的怀疑对象。原来阿妈是想毒死我吗？还是小狗得了什么疾病死去的呢？总之，我没敢去考虑那么多。

“从那夜起，我就彻底离开了那个家。那夜，我坐在山崖下的小山洞里，用两只小手捂着自己的小脸蛋开始深思了起来。我如果返回家去的话，阿妈就会真的剜掉我的双眼吗？还是她刚才是在吓唬我呢？她好赖都是生我养我的亲阿妈啊！她不会那样狠心地真的剜掉我的双眼的吧。再说，那条小狗的死其实跟她有很大的关系的，其实她也没有剜我眼睛的道理。我胡思乱想着隐藏在山洞里彻夜没敢回到家里去，那夜就住在了那个小山洞里。

“我一觉睡到天大亮，于是我用手背揩拭掉眼角的眼屎，匆匆向上端草场跑去。来到上端的草场，我坐在我和那个大叔常坐的那个土堡上，凝望着那个大叔的家。他家的牧场里一片寂静，看不到他的影子，于是我就坐在山丘上耐心地等待起他来。他怎么还不来呢？天空晴朗无云，金色的太阳从东边的山顶上冉冉升起，灿烂的阳光顿时普照在了广袤的大地上，周边的环境就如放在手掌里的橄榄一样变得清晰可辨了起来。上下端草场虽然如此的宽阔平坦，可此时连一只绵羊的影子都看不到，草场显得如此的寂静无声。

“过了很久后，才在上下草场之间的阴坡上缓缓走来了一群绵羊，披着毡衣跟在羊群后面平日里鼓励我唱歌的那个大叔缓缓向我走来。等他把羊群赶到草场，让羊群散布在草场里啃食起牧草之后，他就径直向我坐着的那个土堡走来。

“哦，是啊，这个牧羊人大叔的名字叫洛桑达杰。他曾经在塔乾达杰（大乘昌隆）寺院里当过和尚，‘文化大革命’期间还俗来到了玛多（黄河岸边），娶了一个妻子过上了俗人的生活。可是，他们老夫妇一生没有生过儿女，为此他现在已经头发斑白的人了，还不得不亲自上山放牧。

“我把昨晚发生在我身上的事都一五一十地说给洛桑达杰大叔听了。洛桑达杰大叔听了我说的话后，他的脸色陡变了起来，平日里他那张笑吟吟的脸也阴沉了下去，并且在他那宽阔的额头上凝结着疙瘩，两眼通红，一言不发地沉思了起来，连他的大拇指和食指之间捻送着的念珠也停止住捻动了。

“在平日里，他一见到我就笑呵呵地鼓励我唱歌，可那天他不但不鼓促我唱歌，甚至连一句话都不跟我说，只是如同咀嚼着大豆般地咯噔咯噔地咀嚼着自己的牙齿，不知道他心里在思谋着什么。过了良久后，他突然想起了什么似的马上从他的背包里拿出肉和馍馍让我吃了。那顿饭是我来到世上后吃过的最为香甜的一顿饭，我永远也无法忘记他赐给我的那顿午饭。自从来到人世我好像从来没有吃到过那么香的肉和那么有味道的馍馍。现在细想起来，那时我的肚子可能是太饥饿了的原因吧。

“这时候，洛桑达杰大叔的脸上露着悲喜交加的神情对我说出的一句话让我惊呆了。

“啊，他是在给我开玩笑的吗？可我认识他这么久了，他可从来没有给我开过这样的玩笑啊！可是……这是……他不会拿我开玩笑的。做他的女儿……

“自从做了他的养女之后，我的身心都得到了一次大解放。我们一家三口人的任务分工非常的明确，阿爸（洛桑达杰）是我们家的放牧员，阿妈（洛桑达杰的妻子）在家里做家务活的同时，担当着我和阿爸的炊事员。我的主要任务就是整天待在家里刻苦练习唱歌了。

“阿爸虽然不会唱一首民歌，可他会唱很多的道歌。于是，他就利用早晚的时间给我教唱起了道歌来。白天我偶尔跟他去山上放牧的时候，他让我把那些道歌的歌词套用了道歌的旋律背诵了起来，久而久之我就学会了很多的道歌。在我十岁左右时，我已经能唱一百多首道歌了。

“之后，阿爸就带着我到地区歌舞团考试去了。那个歌舞团领导是个脸色洁白红润，身材肥胖魁梧的中年男子。他把我从头到尾顺看了一眼，又从脚到头倒看了我一眼后，说：‘哦，好，好，好，身材直，长得也蛮标致，肤色虽然黧黑了些，可我们主要看她的歌喉。’于是，我就给他们唱了那首我从小就开始唱，现在已经唱得滚瓜烂熟了的民歌。

“去歌舞团的考试题目很简单，考试卷就是那个领导简单的几句问话，面试也是我从小唱熟了的那首《上山去》的民歌。

“牛赞先生，我小时候的人生经历就这么曲折离奇，可现在回想起来那只不过是个短暂的噩梦而已。哦，是啊！人们说世上最感恩的是母爱了。可对我来说，虽然不得不承认我阿妈她十月怀胎一朝分娩，屎一把尿一把拉扯我长大，我也不会忘记她用甘甜的乳汁哺育我的恩情。可往事历历在目让我无法忘怀的是：那天早晨阿妈领我去村里孩子们玩耍的地方扔掉不管和有时候一个人站在黑暗的夜里盼望着阿妈的到来，以及阿妈带我去捕狼的事，还有每天傍晚我赶着羊群回到家里时她用恶毒的语言谩骂我的神情，除此之外根本就记不起阿妈更多的恩情来。或许，这些是我思想不纯的原因吧。

“那自然是，这只是我亲生阿妈的行为，并不代表世上所有慈祥的阿妈。我想世上的别人的阿妈绝对不会是我阿妈这样歹毒的人。

“如不是这样的话，我的阿爸和阿妈（洛桑达杰和他的妻子）他们可……哦，我不想提起他们了。可是，他们没来得及喝我孝敬他们的一杯热茶就和我永别了。那对我来说真是我人生中的一大损失啊！我每一次上台演出，或每一次获奖的时候，没有一次不想起他俩的恩德而泪流满面。可是现在为时已晚了。

“哦，是啊，我不知道生我的阿爸是谁，阿妈现在的丈夫就是我的继父。你也不是不知道他就是陪伴我阿妈带我去捕狼时的那个叔叔吧？听说，后来他们的家搬到噶丹镇上去居住生活了。我说出他们的名字后，你或许还认识他们呢。我的阿妈的名字叫做吉－姆－措。他们夫妇后来还生了个儿子，那男孩的年龄大概和你一般大，他的名字叫杨本。但是，我不认识他，他也大概不知道在这个世上还有个我这样的姐姐的吧。

“哦哦，时间已经不早了，以后如有机会我可以还继续给你叙述我的故事，再见……”

新闻记者从头到尾回忆了一遍达珍姑娘所说的每一句话后，心间的疑问就变得越来越凝重了起来。

“她是……我……吉－姆－措，我的阿妈；杨－本，不是我吗？”

新闻记者说着模棱两可的话，在宿舍里来回踱起步来……

雪山脚下的故事

深冬腊月的寒风犹如无情的强盗从玛卿雪山巅上猛烈地冲下来，扫荡得雪峰脚下枯黄的牧草也顺着风力使劲地摇晃起头颅来了，被吹断了根系的牧草由寒风卷裹着在空中漫天飞扬着。

挟裹着雪末的寒风使劲吹打着荔香卓玛的脸庞，她用那双粗糙的手掌蒙着脸，连头也不磕了，只是用膝盖跪在被褥里伸直上身直挺挺地伫立了很久。峰顶和阴山中缓缓升起了一股铁青色的暮霭，慢慢往四周弥漫开去。随着夕阳的西沉，高山遮挡住了夕阳的光芒，遮盖过来的阴影笼罩了雪山脚下的沟壑、草原和溪水，凝重的黑暗不久后就伴随着蒙蒙暮霭渐渐笼罩住了整个天地，玛卿雪山脚下的世界顿时被黑暗给吞没了，之后，偌大的草原顿时变成了一片漆黑的世界。

荔香卓玛依旧直挺挺地伸直上身跪坐在自己的被褥里，双手合十紧贴在自己的胸口，却睁大双眼凝望着玛卿雪峰的峰顶，大声诵读着陀罗尼咒来。夜色黑暗凝重，玛卿雪山的主峰虽然离她很遥远，她却能看清珠峰闪闪地发着耀眼的光芒。这时候，寒气越加的凝重了起来，她站起身来双手合十，贴放在自己的胸口，面对着雪山叩了三个等身长头后，就站起身来缓缓走过去钻进了那个只容纳一个人的土窑中。

仅仅从那个窑洞就能看出她这几年不知承受了多少命运的惨痛折磨，可无论如何都能看出她对那个窑洞有着多么深厚的感情来。土窑的角落里安置了一口灶台，灶口和洞门之间有一条只能容纳一个人侧身走过的通道。窑洞门口垂挂着的一块破皮袄充当着门帘。随着风力那个破皮袄门帘发出啪啪啪的响声来，灶膛里的火焰也随着风力飘摇不定起来，忽而轰隆隆地着起火来，忽而又被风吹灭了灶膛里的火焰，一股滚滚的浓烟从灶膛里冒了出来，聚满那口低矮的窑洞。她坐在灶膛边上用手捂着脸庞，用眼紧紧地盯着灶膛里忽明忽暗的烟火，沉思着往事愣了很久后，突然记起了什么似的猛然站起身来，走过去从身边的袋子里取出了一块干馍馍，把那块干馍馍掰成碎片后放进碗里，而后又从沸腾翻滚着的锅里舀了一勺白开水盛进了碗里，就从地上捡拾起了一根芨芨草棍子，戳着泡在碗里的干馍馍大口大口地吃了起来。她实在饿极了。她吃完了那一大碗开水泡馍馍后，又把手伸进身边的袋子里取出了几块干馍馍，把它们掰碎后放进了碗里。“明天他们两个人一定会来到这里的。”她边自言自语地说着话，边又从锅里舀了一勺翻滚着的开水倒进碗里去了。

昨夜的寒风把天空中灰蒙蒙的尘土都赶跑到另外的一个世界的角落里去了，为此，今天的天空中不见一点儿云彩，天空显得格外的晴朗明净。

荔香卓玛坐在那个黑黝黝窑洞前的山丘上凝望着远方。玛域草原辽阔无边，清秀美丽，四周被巍峨的雪山包围着，而玛卿雪山最是巍峨壮丽。玛卿雪山的峰顶上常年覆盖着厚厚的积雪，传说玛卿雪山就是多麦众土地神的大王，雪山底下还有三百六十名玛氏部族和一千五百多仆从。传得更加邪乎的是高大巍峨的雪峰顶上还有玛卿雪山的看门狗——刚桑嘎毛（雪山狮子）呢。人们还传说如果业相纯洁的生灵去转雪山，还能找到积聚在石头上的雪山狮子乳汁来。如果能喝到雪山狮子甘甜的乳汁的话，它会解毒去孽，彻底消除麻风病和毒痈，以及牛舔疮等疾病。就是这个美丽动人而又诱人的信仰使荔香卓玛怀揣着满心的希望来到了玛卿雪山脚下。

她依旧凝望着远方。他们父子怎么还不到来呢？玛域草原虽然如此辽阔无边，可在偌大的草原上不但见不到牛羊的影子，甚至连个鸟儿的鸣叫声都听不到，只有辽阔的玛域草原宁静、寂静和安详地延伸到遥远的地平线去。

很久后，在遥远的地平线上，突然出现了两个长短不一、高低错落的黑点儿来。荔香卓玛一见到那两个黑影子就马上站立了起来。她凝望了很久后，那两个黑点儿才慢慢变成了两个人影，他们是她等待了很久的她那个心爱的儿子和曾经恩爱有加的丈夫。荔香卓玛离开荔香村到现在，不知道与自己宝贝儿子和恩爱的丈夫已经分别多久了。现在她多么希望马上见到儿子一面，并亲吻一下自己的儿子啊！这个希望凝聚在她的身心中整整折磨了她六天六夜。

他们之间只有一绳之长的距离了。可他们父子来到那座山丘的垭豁处停下了脚步不向前走来，她的丈夫把背在他背上的包袱卸下来放在了地上，带着满脸的怨气凝望着她。儿子身上盘绕地穿着一件皮袄，破损了裤腿的裤子短了一大截儿，那条裤子已经连儿子的脚踝骨都裹不住了，儿子那双生了一层垢痂的脚踝骨裸露在裤子外面，那一层垢痂可以代替他腿上的裤子了。她看到儿子穷酸而又脏兮兮的模样，双眼中不禁流淌出两行眼泪来，那两行眼泪顺着她的脸颊滑下来悠悠然滚落到地上去了。滴落在她脚尖上的那两颗泪滴中幽幽产生了一段往事。

荔香村的村民们有常常去美丽的鲁湖祭龙香的习俗。荔香村到美丽的鲁措湖之间有一条弯弯曲曲的形似弯弓的山路，每到村民们去祭龙香的日子里，村里的男子们带头走在前面，妇女们跟在男子们后面排着长队去美丽的鲁措湖，那条山路更像一把弯弓了。

荔香村的村民们来到鲁措湖边，往那块黑色的龙石上点起柴火煨过龙香桑后，把自己之前就准备好的施龙朵玛等祭祀品投抛进美丽的鲁措湖中，面朝那棵自然生长的龙树叩过三个响头，等举行完所有的祭湖活动之后，又排着长长的队伍顺着那条像弯弓一样曲曲折折的羊肠小道接连不断地回到荔香村中。

那条弯弯曲曲的羊肠小道宛如一张弯弓，曲曲折折地在荔香村的前面蜿蜒而去，一直到山脚下与公路会合起来。荔香卓玛再熟悉不过那条羊肠小道了。看啊，正从荔香村每家每户的烟囱里冒出来的那一缕缕青悠悠的炊烟都是这条弯弓般蜿蜒曲折的羊肠小道赐予她们村民们的厚恩。因为荔香村的妇女们每天都是通过这条蜿蜒曲折的羊肠小道到达赤红的坚穆山上背来柴火烧柴做饭吃的。如果没有这条蜿蜒曲折的羊肠小道，荔香村每家每户的烟囱里就冒不出那燃烧柴火而冒出的一缕缕青烟来。如不是这条蜿蜒曲折的羊肠小道，荔香村也不会坐落在这个犹如阎罗关口般的峡谷中。在这条弯弯曲曲的羊肠小道的右侧安稳地生长着那棵自然生长的大龙树。大龙树虽然高大粗壮，枝叶繁茂，可经受了多年的干旱缺水，树干上布满着皱皱巴巴的皱褶，大多树枝干枯而脱落下来横放在羊肠小道中。

某天，荔香卓玛捡拾了些从那棵大龙树上脱落下来的干树枝整齐地捆好后，背着它回到荔香村落里。荔香村每家每户的烟囱里依旧冒着浓密的炊烟，青悠悠的炊烟袅袅飘飞渗入到从东方升起来的乌云中。不久乌黑的云彩渐渐变成了青灰色，间断闪烁出一道道毒蛇般的闪电，不仅笼罩了大地，而且贯耳霹雳响彻了云霄，震荡得大地都摇晃了起来。不久天空中就下起了瓢泼大雨来，荔香村顿时变成了海市蜃楼，整个村庄仿佛成了漂在水面上的落叶。

那一道道火蛇般的闪电一道接一道地闪烁着，随着哗哗的闪电轰隆隆的雷声滚滚而来，把荔香村笼罩在闪电和雷声中了。

暴雨依然倾倒着，大地蒙上了一层灰蒙蒙的雾霭，荔香村变得模糊不清，更看不清每家每户的烟囱里升起的那一缕缕浓烟。这时候，在离那棵自然生长的龙树顶不远的天空中闪烁出了一道毒蛇形状的闪电，同时，一声震天动地的炸雷响彻了荔香村的上空。炸雷声过去不久，荔香村的上空弥漫起了一股烧焦味。原来，那棵自然生长的龙树在那声炸雷中被雷电给劈碎了。

自从龙树被雷劈了之后，荔香村里传出了许多谣言。正当那些谣言在村子里肆无忌惮地传播的时候，荔香卓玛被龙病（麻风病）缠身了。从而荔香村的村民们就把那场灾难都怪罪到荔香卓玛头上去了。

村民们口中的谣言就连佛祖都难封。

“是触怒了龙王啊！”荔香村的村长说。

“怎么不是呢？看看那雷声，那闪电，我出生以来还……”村长的妻子支持村长地说。

“一定是龙病（麻风病）缠身了，你认为……”仁吉大妈的口如同不断揉搓的麝香皮袋般地煽动着对坐在她身边的咒师。

“可不是吗？即使是干枯了的龙树枝上也附着龙气呢，把那些干树枝拿来用作柴火燃烧，不会得龙病（麻风病）才怪呢。”老咒师有根有据地说。

荔香卓玛的病情加重了之后，老咒师就对她的去留做了一个详细的计划，村民们也做好了准备。那个老咒师计划和村民们的准备在荔香村中正式启动了之后，荔香卓玛就不得不忍痛割爱丢下了心头肉般的宝贝儿子、恩爱有加的丈夫和温馨舒适的家庭踏上流浪的路途了。

那天清晨，天空虽然特别晴朗，可是荔香村的玛尼康（村庙）里突然响起了喧天的锣鼓声，锣鼓声犹如滚滚而来的霹雷声一样在村子里震天动地震响了起来。听到喧天的锣鼓声后，村里的男女老少都如云彩一般聚集在玛尼康的门口。不久那个锣鼓喧天的声音慢慢向荔香卓玛家的方向移动了过来，为此她的心头也产生了一阵剧烈的疼痛。最终，她狠下心来丢下了自己的孩子，背起昨天夜里就准备好的包裹走出了家门。

总的来说荔香村的村民们都是看重因果报应的，个个都是慈善悲悯的人。可是那天从他们对待荔香卓玛的行为来看，他们仿佛是一群恶煞。那天他们如同魔鬼附身了一般，犹如下雨般地向荔香卓玛的身上抛射起了石头、棍棒和土块。如同炸雷般传来的人们的吆喝声和锣鼓的齐鸣声中，荔香卓玛犹如风中飘飞的木棉一样不由自主地被村民们追赶到荔香河的彼岸去了。荔香卓玛站在荔香河彼岸，回头凝望了一眼荔香村。清晨的荔香村被一层蒙蒙的雾霭给笼罩着，村民们还在她的身后投抛着禳解灾难的朵玛、石头和棍棒，喧天的锣鼓声依旧从荔香河对面犹如炸雷般地震响着。这时候，从荔香村的村中心传来了一阵孩子的哭喊声。那孩子的哭喊声彻底搅乱了荔香卓玛的心田。荔香卓玛的心思最终被那孩子的哭喊声给占据了之后，那些鼓声、吆喝声和锣声都被那孩子的哭喊声给掩盖了下去。荔香卓村的天地间回荡着一个回声……

"阿妈——"

一个孩子长长的喊叫声把她从遥远的回忆拽了回来。

他们之间只有一绳长的距离。他没让儿子接近她，他们就这样拉开着一定的距离对立地站了一阵后，他就又拉着儿子的手转身离去了。她一直盯着儿子的脚踝骨，心里好像针扎一般疼痛难忍了起来。他们父子俩渐渐走远了，走到了玛域草原的地平线上之后，他们父子的身影变得越来越小了起来，最后变成了两个长短不一的黑点儿，消失在了天地之间。

她依旧凝望着遥远的地平线。草原依旧辽远空旷，寂静无声，甚至连一阵鸟鸣声都听不到。

过了一阵后，她才从地上慢慢站起身来，面朝着巍峨的玛卿雪山，微闭着双眼默默祈祷了一阵，双手合十从额头、口喉、胸口上各点了一下，犹如倾倒了的一棵大树一般，匍匐在地上长长地叩了九个等身长头后，顺着环转玛卿雪山的山路去寻找雪山狮子的乳汁去了。

转山环路时而平坦宽阔，平展展地向草原深处延伸而去，时而曲曲折折地在高山峭壁和深涧夹层中盘绕而上，有时候还要蹚过寒冷得让人的骨髓生疼的冰川河水。尤其，从山顶和垭豁口中吹来的夹着雪末的凛冽寒风，吹打在人脸上仿佛把人的脸皮都吹刮得揭露下来。

她顺着草原上那条宽阔平坦的山路向前走去。也不知道行走了多少路程，总之她的鞋底彻底磨损坏了，于是她不得不光着脚丫子行走了。前面的路途再遥远也熄灭不了她前行的决心。她走完了那段草原上的漫漫长路后，终于到达了陡峭的岩壁脚下。那座陡峭的岩壁阴面由于长久没有照射过太阳，厚厚的积雪凝结成冰山，在刺骨的寒风中闪烁着寒光。寒风中夹杂着鹅毛大雪，在漫天遍野里肆无忌惮地飞舞着。荔香卓玛双手合十，把手掌紧贴在胸口，站立在陡峭的岩壁脚下，默默诵读了一阵陀罗尼咒语虔诚地祈祷了一阵后，就开始攀爬起狭隘陡峭的岩壁来。

她攀登了有两条长绳高度的岩壁后，发现山路变得越来越狭窄了起来，最终变成了只有一个人侧身才能通过的山路。万丈的陡崖下面是湍急的激流波涛汹涌地澎湃着。她用双手靠着两面的峭壁在缓缓地前行着，不远处还隐隐约约传来一阵湍急的水流声。掺杂着雪末的凛冽寒风突然从四面疾速吹来，吹拂在她的身上，她那头如同破毡般黏结在一起的头发随着寒风前后左右飘飞了起来。

她顶着狂风继续向前走了一阵后，觉得刚才的那个隐隐约约能听到的流水声变得越加的清晰了起来。她再向前走了一阵后，最终那条河横亘在了荔香卓玛的面前，阻挡住了荔香卓玛的去路。河水在她面前转了一个大弯儿，流淌进右边的山峰峡谷中去了。荔香卓玛站在河边思谋了片刻后，就毫无犹豫地挽起了皮袄的下摆，赤脚钻进了十月寒冷刺骨的冰凉的水中蹚起了河水来。当荔香卓玛赤脚刚钻进冰冷的河水时，觉得河水冰冷刺骨，可过了一阵后她的腿脚被麻木得没有了一点儿知觉，也不觉得河水有那么的寒冷刺骨了。她蹚过河水来到河对岸，把自己的身体斜靠在峭壁上休息了片刻后，又顺着傍岩险路向前走去。她的脚面上开满着一道道裂口，鲜血顺着那一道道张开大口的裂口中淋漓地流淌了出来，于是，她每迈一步石面上就印下一个个朱红的脚印来。一阵阵掺杂着雪末的寒风依旧猛烈地迎面吹来，她冻得瑟瑟发抖着。不久之后，石壁狭道隘口逐渐变得开阔了起来，使得她的眼界也随着逐渐变大的关口变得宽阔了起来，同时她彻底到达了峡口的底部。

看啊，前面那座巍峨的雪峰不就是玛卿雪山吗？全多麦（安多藏区）地方神的国王——玛卿雪山宫殿或许就坐落在这座被冰雪覆盖着的雪峰当中吧？还有那一千五百多名玛域的仆从和三百六十位玛氏部族或许就遍布在这座雪峰的周围。可此时此刻在她的眼前除了一片寂静的冰雪世界之外，什么也没有看到。尤其是看守玛卿雪山的看门狗——雪山狮子——它究竟在哪里呢？她只从雪山狮子的字面意义上分析的话，觉得雪上狮子一定是皮毛呈白色，头颅和身体相当庞大，项颈上长着浓密的绿鬃毛，它大吼一声就连玛卿雪山都摇摇欲坠起来的一头凶猛的动物。可是，目前呈现在她眼前的只是个寂静的冰雪世界，雾霭沉沉的玛卿雪山如同一座白色的羊脂玉山，晶莹剔透地矗立在她面前。

哎呀，就算自己有能够亲眼见到雪山狮子的福分，可谁知道它赐不赐给我它那洁白甘甜的乳汁呢？另外，当真的见到雪山狮子后，自己或许瞬间就会成为它的口粮了。哎呀呀，真是魔鬼附了心啊！

她的心中产生了一阵失落感，同时也产生了一阵恐惧感。她突然感觉到自己现在除了死亡就没有任何的希望了。于是她又经过峡口，蹚过冰冷的河水，滑下傍岩险路，经过茫茫草原，顺着原路返回了。

她又像之前一样孤零零、黑黝黝地端坐在山丘上，凝望着遥远的地平线。他们怎么还不来呢？玛域草原辽远空旷，寂静无声，遥远的天地重合的地平线上依旧不见任何影子。目前她最大的心愿就是再能见到儿子一面了。

虽然无法估量荔香卓玛究竟在山丘上端坐了多久。总之，雪峰顶上那股一阵猛似一阵地吹来的掺杂着雪霰的凛冽的寒风，变成了传播四面八方馥郁香气的使者。随着寒风的吹拂给草尖上结着圆环的枯黄牧草带来了新生，那些干枯的牧草随着风力的摇摆渐渐变成了绿色的波浪。断离草根而飞走了枯草的地方又钻出了嫩绿的草芽，不久牧草如同绿色的衣服覆盖了整个辽阔的玛域草原。云层中传来阵阵刺耳的滚雷后，玛域草原的绿草变得更加的茂盛了起来。不久，又有三秋的寒霜随着微风缓缓舔舐过茂密的绿衣后，绿色的牧草又开始衰败了起来，而后飘起三冬的鹅毛大雪，玛域草原又变成了一个冰雪的世界。

掺杂着雪霰的寒风又狂吹了起来。这时候，那个土窑对面的山丘上就多了一具尸骨。尸骨的右腿压着左腿，手骨如同瑜伽的姿势相互交叉着，还有胸骨和肋骨都没有散架，完好无损地伫立在土窑对面的山丘上。从那架齐全的尸骨来分析，那应该就是荔香卓玛的尸骨了。还有那个干枯了皮肉的颅骨上的双眼依旧朝着玛域草原遥远的地平线在凝望着，大概她依旧在遥望着他们（丈夫和儿子）两个人的影子呢。

遥远的地平线上，终于出现了两个长短不一，高低错落的黑点儿。过来很久后，那两个黑点儿才渐渐变成了两个人影，最终来到了那个土窑附近的山丘上。

他们父子离那具尸骨有一绳长的距离站住后，如同是两个没有灵魂的稻草人，失魂落魄地凝望着前面的那具尸骨。一阵后她丈夫肩上的包裹的背带断开了，包裹掉落在地面上去了。这时候，突然吹来了一阵掺杂着雪霰的寒风，啪啪啪地吹响了垂挂在土窑门口的破皮袄，孩子腿上那条破旧不堪的裤子也随着寒风的吹拂传来了啪啪啪的响声。

“阿妈……”

玛卿雪山的山腰上传来了一阵孩子凄厉哭喊的回声。这时候，从那具尸骨的每一处缝隙里升起了一阵细微的风声，仿佛是在应答着那个孩子的哭喊声般地布满了整个玛域草原的四周。

他没让儿子接近她的尸骨。他们父子与那具尸骨拉开距离站了一阵后，他就又拉着儿子的手转身离去了。儿子的脚踝骨都裸露在裤腿的外面。他们父子渐渐走远了，走到了玛域草原的地平线上，他们父子的身影变得越来越小了起来，最后变成了两个长短不一的黑点，消失在天地之间了。

玛域草原依旧辽远空旷，寂静无声，甚至连一点儿鸟鸣声都听不到。

雪山脚下的那具尸骨的右腿压着左腿，手骨如同瑜伽的姿势相互交叉着，还有胸骨和肋骨都没有散架，完好无损地伫立在土窑对面的山丘上。从那架齐全的尸骨来看，那应该是荔香卓玛的尸骨了。还有那个干枯了皮肉的颅骨上的双眼依旧朝着玛域草原遥远的地平线凝望着。

这就是发生在雪山脚下的一个真实的故事。

次成嘉措

才让南杰、洁智南杰、次成嘉措、拉让巴格西……哦，一个人有这么多不同的称呼，其实这些都是同一个人的名字啊。这些称呼如同录音机一样如实收录了格西次成嘉措上半生曲折的人生道路；又犹如一面取色的镜子，明亮、清晰、赤裸裸地记载着次成嘉措悲喜交加的人生传记。

唉，那些名字的后面究竟隐藏着多少既想哭又想笑，既沮丧又恶心，既平静又安心，既高兴又愉悦的秘密标记呢?

随着日夜年月和春夏秋冬不停轮回更替的轨迹，打开上弦和盈亏岁月智慧使者经过的大门，去仔细寻找蛛丝马迹的话，一定会寻找到在人生漫漫长路上艰苦行驶而留下的结了老茧的足迹来的。

是啊，犹如鸡蛋中的蛋黄，胸腔中的红心，眼睛中的黑眸一般被父母百般呵护的那个宠儿就是才让南杰了。才让南杰的父母不但是一对虔诚信奉三宝，极为遵守因果报应的诚实而又执着的普通夫妇，而且还是个开口就谈因果报应，闭眼想着因果报应的两位虔诚的佛教徒。为此，从才让南杰小时候起，他的父母就在他肥沃的心田中施了因果报应的肥粪，撒了因果报应的种子，耕了因果报应的耘，犁了因果报应的铧，浇了因果报应的水，生出了因果报应的绿苗。

“因果报应啊，哦，因果报应就是孩子听从父母的话，不妄言，不偷盗，不恶意伤人，不和别人家的孩子打架斗殴，那就是所谓的因果报应了。”

才让南杰向他的阿爸询问起因果报应的含义时，他的阿爸用这样一句通俗易懂的话给他做了所谓的因果报应含义的解释。

从此，才让南杰就听从他父母的话，不和别的孩子打架斗殴，尽量遵守起他的阿爸阿妈给他所解释的因果报应来。某天，他问他的阿爸道："我做到了遵守你所说的因果报应的意义，现在你应该改换一下我的名字了，我希望你把我的名字改称为洁智南杰了吧？"

阿爸在聪明伶俐而又可爱令人心疼的能说会道的孩子的脸上深情地亲吻了一口后，笑盈盈地点头同意把他的名字改换成洁智南杰了。

"那么，阿爸和阿妈你们的名字也该更改一下了。这样吧，我们把阿爸的名字改作结智杰，阿妈你的名字就改叫结智吉了。你们说好不好啊？"

一个十岁的孩子居然有这样敏捷的类推思维能力，为此，他的阿爸阿妈都不由自主地高兴地大笑了起来，他们的眼角都含着激动的泪水，把他们内心的幸福流露在外地说："好啊，好啊，就按你的意思称呼我们吧！"从此，他的阿爸就开玩笑地叫他的阿妈为结智吉，他的阿妈将他的阿爸开玩笑地称作结智杰了。这是一家多么幸福而又虔诚地遵从因果报应的人家啊！

某年秋天，洁智南杰和一群伙伴结伴到附近的那座长满牧草、柳树和高山柳的山丘上去玩耍的时候，他们上树掏了几个鸟窝，把鸟窝里的七八个鸟蛋带回家里去了。当洁智南杰的阿妈一见到他们手里拿着的那些鸟蛋后，顿时脸色大变严厉斥责起洁智南杰他们来："看看你们干的好事吧，没有怜悯心的野孩子们唉，你们没事干干吗要去掏鸟窝啊？还不赶快把你们手中的鸟蛋放回鸟窝里去！"

听到洁智南杰阿妈的斥责声后，其他的孩子们都不知所措地拿着自己手里的鸟蛋跑回各自的家中去了。洁智南杰见阿妈生气了之后，他心里产生了莫大的内疚感，马上带着那几个鸟蛋飞跑到那座山丘上，把他手里的那几个鸟蛋重又放进鸟巢里之后才忐忑不安地回到家里。等洁智南杰回到家里后，他阿妈对他说："可怜啊！你们掏了鸟窝取走了鸟蛋，当鸟妈妈回到鸟巢里不见了自己的鸟蛋后该有多么的痛苦啊。以后你们可千万不能做这种罪恶深重的恶事啊！”

听了阿妈的话后，洁智南杰心中暗忖道：这次我肯定做了一件违背了因果报应的事了，于是心里变得更加的不安了起来。晌午时分，洁智南杰心中难过得连中午饭都来不及吃就从自家的粮仓里抓了一把青稞爬上山丘，把那把青稞抛撒在了鸟窝的周边，以这个善事来弥补他内心的罪责。啊，这是一个多么善良正直而又纯洁可爱的孩子啊！可是，洁智南杰的心中生出了因果报应的幼苗，正要绽放怜悯慈悲的花朵时，在他身上发生了一件违背因果报应的事情，只因为这场无情的霜寒，不但摧毁了绽放在洁智南杰心底的那朵因果报应的花朵，而且也把那个虔诚遵守因果报应的果业破坏得支离破碎了。

“因果啊？我财大势大，我就是世上的因果报应，如不是这样，我怎么能违背得了因果报应呢？嘿嘿，已经没有谈论因果报应的时间了，过来，快到我的身边来。”

那天，洁智南杰到鸟窝周边撒了那把青稞后，躲藏在离鸟窝不远的地方耐心地等待鸟妈妈飞到自己的鸟巢中来。他躲在草丛里等啊等啊，一直到下午才等到鸟妈妈飞回到它自己的鸟巢中来，还发现鸟妈妈吃了他撒在鸟窝周边的那些青稞后，洁智南杰才兴高采烈地跳着蹦着回到家里去了。可他刚到他家的大门口就听到屋里有个陌生人在说话，当洁智南杰蹑手蹑脚地走到房门口，把脸贴在门板上透过门缝往屋里看去时才看清了那人的模样。

“啊，他不是兔唇头领吗？”

兔唇头领是这方圆十几个部落的头领。他身材高大魁梧，肤色黝黑，上唇和下唇之间有一道很大的豁口，为此人们给他起谣名叫做兔唇头领。兔唇头领是个比火炙热，比水汹涌，比尾巴纤细，比花椒麻辣，比豆子僵硬，比面粉细腻的犹如《朗萨文邦传记》中的扎钦土官一般狡猾而又心狠手辣的人物。为此，洁智南杰一听到他的名字就感到不寒而栗了起来。

“求求你了头领，请您不要这样，您就饶了我这个苦命的女子吧！我给您磕头了。您不去享受村外的那些如花似玉的姑娘，可不能和我这个生了孩子的阿妈做这样的事啊！我的好头领啊，求求您就饶了我吧。”

“嘿嘿，你用不着磕头，你虽然是个生了孩子的阿妈，难道你不知道你是群星中的月亮，花丛中的莲花吗？我头领说出的话就是命令，快，快解开腰带！啊！你不解腰带是吗？那么，除了这样我也没有别的办法了。”

兔唇头领说着话扑过去强行地把洁智南杰的阿妈摁倒在地上了，就在这个瞬间，洁智南杰心中着急地暗想道：“我不能这样眼睁睁地看着阿妈受到别人侮辱啊！”于是他立刻爬上屋顶，从屋顶上捡了一块锤头大的石头对准兔唇头领抛掷了过去，那块石头犹如一支镇压因果报应的箭镞一般，不偏不倚端端投射在了兔唇头领的太阳穴上。兔唇头领惨叫了一声后，瞬间就倒在地上去了。

“哎呀，不好了，不好了，这下我闯下大祸了，现在我该怎么办呢？怎么办呢？”此时此刻，洁智南杰的情绪变得如同降临的寒霜，心跳加剧如同滚落的滚石，肺脏抖动如同羔羊蹦跳，肝脏上火如同霹雳滚动，他一时着急得不知怎么办好了。

阿妈也对这突如其来的灾祸感到惊愕不已了起来，于是她不知所措地呆坐在地上愣着神。此时此刻，她的脸色苍白得比那肺脏，或灰炬还苍白不堪。一阵后，她见到兔唇头领的耳朵根里流淌下来的鲜血打湿了地上的一片干土后，她马上站起身来，从自己的腰带上撕扯下一片布头，匆匆忙忙地包扎起兔唇头领头上的那道伤口来。

现在除了逃跑到遥远的地方去躲藏起来之外，洁智南杰确实没有别的办法可使了。可他又逃到哪里去呢？洁智南杰在惊惶万状中思谋着。哦，对了，阿克次成不是在夏智寺院里吗？对啊，我这就去夏智寺院里找他去，去夏智寺院里可以和阿克次成商量一下对策。可是，他从小到大一直生活在这个小山村里，从来没有出过远门，也不知道夏智寺究竟在哪里。总之，多虑的人从来就办不成事情的，所以，就是丢了身家性命我也要去找到阿克次成不可了。

之后，洁智南杰连盘缠都来不及带就匆匆忙忙踏上了潜逃的旅程。他首先来到村庄边的那座小山上躲藏了一阵，然后才下了小山顺着沟底匆忙走过去，而后他穿过茂密的森林来到了沟底，直到黄昏时分才走出了那条山沟。当他来到沟口后，突然发现那条山沟的左侧半坡中有个用石头垒起的小石屋，如果不是那股袅袅升起的炊烟，人们怎么也注意不到那里还会有居住的人家。总之，时间已经到了黄昏时分，洁智南杰也已经变得精疲力尽，饥肠辘辘得走不动路了，为此他走上前去向那人家借宿。他的运气真不错，走到那户牧民家时，恰好碰上了那家人正在吃晚餐，他也毫不客气地在那户牧人家里狼吞虎咽地吃了两碗热面条，才觉得浑身有了点儿力气。原来这是一家从事小本生意的家庭，家中除了他们老两口就没有别的人。他们夫妇对洁智南杰非常的热情，吃过晚饭后，他们坐下来休息的时候，那对夫妇就关切地向洁智南杰询问了你从哪里来又想到哪里去等许多问题。洁智南杰虽然不想说谎，可如果说出了实话他的处境就很危险，为此他不得不第一次向别人撒谎了。

“我的家在赛堂，家里只有一个老阿妈，阿爸几年前就去西藏做生意至今没有回到家里来，也没打听到他生死的消息，现如今阿妈也卧病在床了，为此，我要到夏智寺叫我的阿克去。”

他们老两口听了洁智南杰所说的话后，不由得对洁智南杰产生了怜悯心，同情地对洁智南杰说：“哦，哦，哦，多可怜的孩子啊！”于是他们老两口怜悯和同情地好好招待了他。幸好，第二天就遇上了两个去夏智寺朝拜的信徒，于是他们老两口给了洁智南杰一些干粮，还反复给那两个人说情，把他托付给那两个去寺院朝拜的人。之后，洁智南杰就离开了那户牧人家，跟着那两个去夏智寺朝拜的香客顺利抵达了夏智寺。

洁智南杰跟随着那两个朝圣者，跋山涉水地徒步行走了三天之后，就顺利抵达了夏智寺院，还得到那两个朝圣者的帮助，他终于找到了阿克次成。来到阿克次成的僧宅里他就把家里所发生的事一五一 十地详细叙述给阿克次成听了之后，阿克次成痛苦了好一阵后，才长吁短叹地叹息着对洁智南杰说："世间轮回没有丝毫的意义啊！"阿克次成惊愕不已地摇着头说："现在没有别的办法了，我的好侄儿啊，你从小时就是聪明伶俐的孩子，现在你不幸遇到了这样的灭顶之灾，我想从明天起你就剃度出家虔诚修行佛法吧，人活在世上根本就没有意义的，我觉得修行佛法还有点儿意义。"

就这样，洁智南杰听了阿克次成的话剃度出家做了和尚，阿克次成还给他起法名为次成嘉措。从此他跟随着阿克次成废寝忘食，奋发图强，认真学习了几年的拼读读写之后，某天阿克次成又对他说："侄儿啊，现在在这个世上你已经没有了所牵挂的人了，你的阿妈已经身亡了，你阿爸为你阿妈复仇而打死了那个兔唇头领后，潜逃出去云游四海了，为此，你就静下心来专心修行佛法，努力为自己寻找出一条生计来吧。"

原来，洁智南杰潜逃出来的那天夜里，兔唇头领从昏厥中苏醒过来后用刀子戳死了他的阿妈。这时候，他的阿爸恰巧从外面回到家里来，发现自己的爱妻被兔唇头领给谋害了之后，生气之余就拿起斧头在兔唇头领的头颅上狠狠敲击几下而活活杀死了兔唇头领，为妻报了私仇，埋葬了洁智南杰阿妈的尸体之后他就潜逃出去，云游四海去了。

自从听到那个不吉利的消息之后，次成嘉措就日不思食夜不成寐地沉入到无限的痛苦中去了。难怪啊！对一个十来岁还未成年的孩子来说遇到这种灾难会是一种多大的打击啊！他这个年龄的孩子谁不思念自己的阿爸阿妈呢？在人世间很有可能存在因果报应，可所谓的因果报应没有降临到洁智南杰的头上来，他的阿爸阿妈更没有体会到因果报应的真正意义。这时候，次成嘉措的耳畔又传来了那个兔唇头领当初说给他阿妈听的那句话来："报应啊？我财大势大，我就是世上所谓的因果报应啊！除了我还有谁敢违背因果报应啊？"

次成嘉措回忆着那天在他家里所发生的事时，他为惩罚兔唇头领而用石头把兔唇头领打倒在地的画面又浮现在他眼前来了，于是他心中暗想道那就是所谓的因果报应了。这时候，阿克次成又来安慰次成嘉措道：“因果报应一定会有的，不但有而且还显现在你眼前了。你的父母双亲这一生遭这么大的劫难，是他俩前世造孽带来的因果。善有善报，恶有恶报。比如说‘种青稞长不出麦苗，种豆长不出芥子’。那么，我们可一定要相信因果报应，还要虔诚去信仰三宝啊！这世上的一切都是虚空的，唯独佛法还有一定的意义，为此，你可一定要刻苦修行啊！”

在阿克次成的教导下，次成嘉措心中快要熄灭了的因果报应的火苗复又燃烧了起来。为了超度他阿爸阿妈那沉重的罪过，也为了给他自己积攒福泽，次成嘉措一心做积福的善事而扬弃了作恶的心理。为此，他夜以继日，废寝忘食，不断刻苦钻研闻思释疑等各种经论来，几年后，次成嘉措最终成为了无与伦比的勤勉精进和智慧辩才高手，他的名声如雷贯耳般地传遍了夏智大寺内外。

这时候，次成嘉措又想念起自己的阿爸和阿妈来。他那身材窈窕容貌娇美的阿妈的面容犹如他一心祈祷的喇嘛的颜容一样，一刻也没有从他的视线中离开过；他把他那为人正直善良勇敢的阿爸曾经嘱托过他的那些有关因果报应的话句铭记在心，成为有如他在一日三餐前所默诵的妙音经文，时时刻刻都在他的耳畔回响着。亲爱的阿妈啊，因为您前世所做的罪孽成为了您今生的因果报应，所以这一生您的美貌成为了您今生的罪责，您的生命就丧尽在兔唇头领复仇的毒剑之下了。为了洗清您前生的罪责，我每天白天在做发愿回向，夜夜在为您祈祷。想必您现在已经成为了佛陀身边的色究竟天或妙喜世界，正在虔心聆听着佛法的妙音吧？假如您能看到您的儿子也成为了一名虔诚的佛教徒进入了圣洁的佛门一心做着善事后，就一定为您儿子的行为而感到骄傲和自豪了吧。尊敬的阿爸啊，您现在在哪里呢？每当我回想起您的音容笑貌和您给我所传授的因果报应意义的佳话时，我的心中不由自主地升起悲喜交加的情感来。您为了给阿妈报仇而杀死了兔唇头领后，虽然潜逃在外过着浪迹天涯的生活，可您今生作出了深重的罪孽，最终您到了阴间您也一定不会幸福的，为此，为了清除您今生做出的罪行我无休止地默诵着《三聚经》，我时时刻刻为您的过错而虔诚地做着忏悔，修补着您来生的道路。阿爸呀阿爸，您现在潜逃在外暂时能保住您的生命，可某天当死神降临到您身边的时候，您还会有可逃跑的路和能钻进去藏身的洞吗？

次成嘉措回忆着那些发生在他身上的不幸往事，眼中不断地流淌出同情的眼泪来，滂沱的泪水打湿了他身上的袈裟。

“你怎么了啊？好端端的为什么又流起眼泪来了呢？”阿克次成见到次成嘉措伤心流泪着，就关切地问次成嘉措道。

“哦，没什么，我又想念起我那苦命的阿爸和阿妈来了……”

“侄儿啊，你现在没有考虑那些事的时间了，这个纷争的世界末日，到处发生着战争和冲突，听说在汉地由于两个党派不合而净做些杀生的事呢，你马上到西藏深造佛法去吧，你在路上所需的盘缠我都已经给你准备好了，事不宜迟，你明天就动身吧。”

第二天早晨，太阳的光芒照耀在对面山尖上的时候，次成嘉措就跟着一帮商人踏上了西去西藏的路途。他们积年累月，积月累日，日夜兼程地行走了很久后，才顺利抵达了拉萨。而后，他居住在祥瑞的哲蚌寺里刻苦学习佛经，不知不觉间就过了五年的时间。

一九四九年的秋天，次成嘉措收到了一封阿克次成从安多地区寄来的信件。信中阿克次成写到了有关家乡解放了的事情，还谈到了共产党实施的宗教政策和民族政策措施如何优惠等的事宜，最后还极其认真地写道，次成嘉措收拾东西马上回到家乡有何好处的重要事项。自从阿妈被杀阿爸潜逃出去后，阿克次成就成为了他次成嘉措世上最亲的亲人了，次成嘉措不听阿克次成的话还去听谁的话呢？可是，次成嘉措明年就要到考取拉让巴格西学位的时候了，为此他做出了发誓要考取拉让巴格西学位的决定。为此，他就把有关这方面的事写信告诉给了阿克次成，还向阿克保证等他取得拉让巴格西学位之后，即刻回到家乡。

一九五〇年暖春二月，就是次成嘉措到了三十周岁那年的春天，次成嘉措肩负着兴盛佛陀佛法的责任，携带着拉让巴格西的名誉，凝聚着思念家乡和阿克的强烈情感，离开了西藏的拉萨市出发向安多藏区进军了。一路上他向不计其数的信民做了佛法盛宴，最终在那年盛夏六月十五那天顺利抵达了夏智大寺庙。

次成嘉措看到党的民族平等政策和信教自由政策之后，不由自主地爱戴起了中国共产党和伟大的领袖毛主席来。他认为共产党是镇压作福作威的地主阶级，如同慈母一般扶持贫穷弱小者，是个严格遵守因果报应的好党派。为此，他眼中含着激动的泪水，浑身散发着兴奋喜悦地写出了那首《纯洁云律赞词》的长诗。在那首长诗中，次成嘉措用华丽的措辞高度赞扬了毛主席和他领导下的共产党，他把毛泽东主席比作了文殊菩萨的化身，还说共产党就是因果报应的替身的话语。他创作的诗歌不但通俗易懂，而且还朗朗上口，为此，广大僧众和人民群众都如同默诵经文一般诵读着他的那首诗词。

他来到安多不久，广大劳动人民的初级中学就光荣地在夏智部落中诞生了。夏智人民政府还邀请次成嘉措做了这所学校的老师，不但给他赐予了爱国知识分子的荣誉，而且把他评选成了政协委员，还给予了中学副校长的职务。从此，次成嘉措放弃了出家去寺院做僧侣，义无反顾地还俗加入了革命的事业，勇敢地担当起了培育革命后代的重任。

在他心里认为，共产党和极乐世界只是说法不同，所执行的善业没有一点儿差别。他一方面信奉着藏传佛教，另一方面还信仰起马克思主义来。

为此，他还写了一封加入中国共产党员志愿书。在志愿书中他写道："为了让贫穷弱小者们从压迫和剥削的枷锁中解放出来，引导众生脱离苦海，我志愿加入中国共产党。"猛然看到这个志愿书觉得有些滑稽可笑，可它不是一般的志愿书，那是一个宗教人士发自内心深处的真挚情感。虽然他的这一愿望到目前还没有实现，可是他对中国共产党的信仰从来就没有动摇过。他心里认为，为人民和民族服务的事业是众善事中最为高级的善事了。抛弃名利地位和权势坚定信念教育和培养后代，不但是党赋予我的义务，而且还是大众的希望，我怎么能辜负人民群众和党的希望呢？

可是，前进的道路是多么的曲折和艰难啊！在前进的道路上我们每迈出一步有意义的步伐，犹如在大海中航行的船只，忽而风平浪静，忽而遇到汹涌的波涛，甚至危及自己的性命。

一九五七年，次成嘉措收到了一封来自哲蚌寺一位堪布的信。那位堪布在信中提到：最近，这里（西藏）的许多达官贵人不喜欢共产党和解放军，他们对政策有了很大的意见，还用他们的实际行动做出了反抗共产党的行为。你们安多藏区那边的社会风气怎么样啊？请写信详细告诉我有关安多藏区社会稳定方面的情况吧。为此，次成嘉措很是不解卫藏藏区达官贵人们对共产党政策的错误看法，于是他就写了这样一封信回复了那位堪布道：

拥有十力遍知宝，各色身躯无边际；无始劫来集福德，端坐宝殿之堪布；所寄青莲之信件，微露白齿所言语；犹如六足蜜蜂声，耳边敲响意更暖；虔恭释迦主义法，有一僧侣合十掌；绽开味觉舌之叶，赤心向您表此信；五髻文殊之化身，美名四扬毛泽东；恰似梵天下人间，利乐众生人人赞；遵循因果之规律，梵天美妙荡悠悠；共产和平妙音声，唤醒弱者心头苦；信教自由之雷声，长鸣雪域空旷中；邪见烦恼无知者；因果霹雷一声毁，裹缠众生剥削绊；破解人民解放军，四方完胜稳如山；欲作对者自毁之，五种烦恼沾自性；左派之人胡乱语，藏汉友情乳水中；滴血破坏实可怜，狐豺之类互残害；深思萨班之格言，犹如兽中之王者；傲立贪财贵族首，吾也心甘破僧戒；利乐共产之事业，甘当学生在奋斗；向来不迷取与舍，双规成行从不倦；仅为佛法众生利，始终保持圣者行。

——于吉祥日月寄出

这是一封多么忠诚干净的信件啊！

可是，后来就因为这封信而牵连到了次成嘉措，为此给次成嘉措追加了制造内乱的罪魁祸首的罪名将他逮捕关进了监狱，还给他判了十七年的刑呢。就在这个时候，次成嘉措也在祷祝着共产党。他平常一闲下来就默诵起一句祷祝共产党的经文：皈依三宝永无欺，遵循因果共产党，浊世持修如我皆，永藏心间莫弃之。

每当他感到痛苦或遇到什么不顺心的事的时候，他就不由自主地想念起自己已经去世了的阿妈和流浪在外不知死活的阿爸来。虽然他依旧想念着自己的双亲，可内心的痛苦已经淡了许多，已经没有了如初那样沉重的悲哀和痛苦了。次成嘉措在不停息地为自己的阿爸和阿妈的生死痛苦和担忧着，可有谁在为他的生机担忧和痛苦着呢？阿克也从监狱里走向了极乐世界，现在在这个世界上他没有任何一个亲人了，他彻彻底底成为孤家寡人了。俗话说“单人单马，一人吃饱全家不饿，遇上土匪肆意逃跑”。除了他世上还有谁人像他这样孤独无助呢？这时候，他不由自主地想起了一个人来。这个人是谁呢？她是一个女子，可在她的身上他找不到一点儿女人的味道，偶尔从她的眼神、声音和脸上的神情中他才能看出些女人的特性来，乍一眼看去她俨然就是一个假小子。那女人比次成嘉措小几岁，以前她是一位出家的尼僧。她在二十岁那年还俗过起了俗人的生活，也就从那时候起，她仰慕次成嘉措的才学义无反顾地做起了次成嘉措的虔诚施主。每当她给次成嘉措送来肉、油和奶等三荤食物的时候，总没话找话地找机会跟次成嘉措说上几句话，她还把含情脉脉的目光不由自主地向次成嘉措投抛过来。特别是自从次成嘉措还俗做起了人民教师之后，她就向次成嘉措的家里走动越加地勤快起来，她犹如一只携带蜂蜜的蜜蜂一样，围着次成嘉措的身边飞翔，并用尽了各种办法向次成嘉措暗示她内心深处对他的爱慕之情。次成嘉措内心的海洋中也曾激起过感情的波澜，可如今他已经是一只落入网里的鸟儿，禁圈进监狱里的犯人了，从而再次回过头来回味那些旧情往事已经毫无意义了。可是，他的意识之河流永不停止地向她流淌而去，他的灵魂之蜜蜂煽动着思念的翅膀也不由自主地向她飞去。

“……假如某天这世上的人都出家做了僧尼的话，有谁来务农呢？又有谁来放牧呢？没有施主的顶敬僧伽应供处很难得到幸福的。比这些更为严重的是，由谁来繁衍族系呢？没有了繁衍族系者的话，佛陀和菩提大菩提们的灵魂向哪里去投胎呢？活佛的灵魂又往哪里去转世呢？如果灭绝了族系的话也就没有了讲道佛法的对象了，也没有了盛行佛法的处所，这些事实多么的可怕啊！阿兹，以前我怎么没有考虑过这些事呢……”

次成嘉措思考这些事情心中变得矛盾重重了起来，内心的情感也发生了极大的波动。

不久，次成嘉措突然从监狱里释放了出来。难道这么快就过去十七年了吗？他静下心来掐指细算了一下后，才发现他入狱才过了三年的时间。那么，政府怎么又这么快就把他从监狱里释放出来了呢？唉，这一切究竟是怎么回事儿啊？当初不知就里地把他关进了监狱，今天又莫名其妙地把他从监狱里释放了出来，他根本无法解开这个谜团。这或许就是三宝的威力和因果报应的果报吧。总之，自己被从监狱里释放了出来，这怎么说也是一件令人高兴的事呢。可是，现在我又去哪里呢？阿妈已经去世多年了，阿爸不知在哪里流浪着，阿克也已经去了极乐世界，在这世上我哪里还有可回的家呢？

这时候，次成嘉措又想起了她来。“对，我就去找她吧。夏智是养育我成长的地方，我应该还是去那里生活为好。”

就这样，次成嘉措又踏上了通往夏智的道路。

《次成嘉措》这则故事我是从别人的口中听来的，我本人并不认识次成嘉措，更不知道他的装束打扮，他的脸型和神情，而且也不知道他出狱去了夏智后的生活有了什么变化。我只是靠着虚构和胆识把自己道听途说来的消息写成了这样一篇小说，从而不但冒犯了广大的读者，而且还给自身引来了灾祸，得到了人们的许多谗言或恶言恶语。如果我当初就能想到这一层意思不去写这篇小说的话该有多好啊？真是后悔啊，当初与其写这样一个毫无把握的小说，还不如就不该去管这个闲事的好呢。如果当初就不去管这个闲事的话，现在我就不会有这种羞耻感，完全可以双手捂着耳朵，不问身边闲事也不是不可以的。可是……可是……唉！上山容易下山难啊！现在已经到这地步了，我还在乎那些闲言闲语有什么用呢？管他三七二十一，我不得不戴着面具跳这出大戏了。世上也不是没有骑着毛驴上卫藏的人，没有狗猫也会啃净骨头的，没有雄鸡的地方人们还不是照常靠毛驴的叫声估摸夜间时辰吗？换句话来说，如果没有柱子没法上梁，没有针线怎么去缝纫衣服呢？真实自慰自来乐嘻嘻，自骗自来了忽悠悠啊！说句老实话，我根本就写不下去《次成嘉措》这篇小说的结局了。

“嗒嗒嗒，嗒……”突然我的房门被某人给敲响了。

“谁啊，请进来吧！”

我极不情愿地说着话，转身向宿舍的门口望了过去，却不见有人进来。是他没有听到我说话呢，还是他根本就不愿意进我的门啊？

“请进！”

我又提高嗓音说了一声，可还是没有一点儿动静。讨厌啊！又有人来故意骚扰我了。那么这个故意来骚扰我的人又是谁呢？我们的生活中往往就有这么一群人，他们自己既不认真学习又不好好劳动或工作，稍有一点儿闲暇的工夫就来敲响东家的门偷看西家的窗户，整天无所事事地做一些滑稽可笑的事情来打发着日子，虚度着年华。他们整天嫌弃这个人的鼻子，笑话那个人的嘴巴，尽说些闲言碎语惹人生气，从不做对自己有作用或有意义的事，尽说些损人利己的话来妨碍和破坏别人的前途。

奇怪的是我的生活中也有这么一些朋友，他们好像今天又骚扰我来了。可是，今晚他们与往日有些不同啊！在往日里他们想来骚扰我的时候就会直接破门而入闯进我的房间里来，从来不会敲门提醒我的。可今天确实太阳从西边出来了，他们一改往日的恶习反而变得文明了起来。今晚我只听到他们敲门的声音却不见有人进门来。这时候，那个敲门的声音又响了起来，如果又是他们前来骚扰我的话，我今天非要好好地辱骂他们一顿不可了，我带着满心的愤怒去给他们开门了。哎呀，门外却站着一个陌生人。

这个人是谁呢？我不认识他啊。可是从他的脸型中可以看出他是个安多的藏族汉子，从他的着装打扮中就能判断出他还是个有学识有文化的人。我仔细地端详着他，发现他也在目不转睛地注视着我。架在他那高鼻梁上的那副黑边眼镜下面的那双由于戴久了眼镜而深陷下去的眼睛正滴溜溜地转动着，那副黑边眼镜上面的那双浓密的眉毛竖立着，他宽敞的额头两边留着三四寸长的月牙形发型，他肥宽的左耳朵下面还有一块豌豆大的黑痣，黑痣上长着一簇长长的胡须。

“你找谁呢？”

“找你啊。”架在他高鼻梁上的那副黑边眼镜下面的那双由于戴久了眼镜而深陷下去的眼睛里露出了浅浅的微笑，他径直走进了我的宿舍里来了。他稍微有点儿驼背，可是，如果不详细去看的话人们根本觉察不到他身上的这点儿缺陷，还以为他是个身材端直如箭的人呢。

“啊——收藏的书多呗？”他环视了一圈我的宿舍后说道。这大概是他看到了我宿舍里狼藉不堪的布局而感到失望了吧。没错，我是个邋遢的人，不喜欢刻意去整理书籍和打扫房间，为此，我的书柜里、桌子上、床上和地上到处都扔满各种各样的书籍，宿舍里凌乱得甚至连个落脚的地方都没有，他这话不是讽刺我还是什么呢？

“嗯，书不但多，而且都是些贵重的书籍啊！可是，啊，哈哈哈……”

在我们的生活中，就有这么一些爱倚老卖老，或者有几分姿色的男人和女人，又或者能说会道和较为聪明伶俐的人，总之那些比别人稍微有些天赋和优势的人就把它们当作骄傲和炫耀的资本，不但随意贬低、讽刺和嘲笑别人，还不知道天高地厚地拿出那些蹩脚的道理来教育一番人。我每每看到这样的人就不由得对他们产生恶心和反感来，这次听到这个陌生人掺杂着讽刺意味的笑声后，我的心里又不由自主地产生出这样的厌恶感来。为此，我怎么能给我房里的这个不速之客好脸色看呢?

这时候，他已经坐在了我房间里仅有的那把凳子上，用双手往上推了推他鼻梁上的那副黑边眼镜之后说道："哎呀呀，今天外面的天气可太炎热了，小伙子，你能不能给我倒杯水喝啊?"

他的那句话顿时把我给震慑住了，我的脸也突然变得火烧火燎了起来。说真的我自己也太没有礼貌了，客人来了自己连一杯水都不肯倒给他，还用反抗的目光敌视他，这无论如何也不合乎我们黑头藏民的情理。于是我匆匆忙忙走过去打开茶叶盒子想给他倒一杯茶喝。可我打开茶叶盒子后发现茶叶盒子里面连一根茶叶也没有了，这时候我真的羞愧难当了起来。为此，我只好倒了一杯白开水递给他说："对不起，家里没有茶叶了，你先喝一杯白开水，我这就出去买包茶回来。"他看着我笑了笑之后说："你不用去了，不用去了，难道你没听说过喝白开水才是英雄好汉的话吗?"

我也不得不按照他的话去做了，说句老实话我的钱包昨天起就已经变得空空如也了。开水很烫，于是他就吹着那杯滚烫的热开水迫不及待喝了起来。看来他真的口渴极了，我看着他喝完了一杯开水，又给他续添了一杯。

"我的到来好像影响到你的工作吧? 无事不登三宝殿，我也不是来你这里闲逛的，其实你我早就该彼此认识一下了，可是你我相距甚远至今没有见过面。这次我是为参加一个会议而来北京的，今晚又要乘坐晚上八点二十分的火车回家去。这是今晚我要乘坐的那趟列车的火车票。”

他大概是个领导干部吧？管他呢。你不就是在高高在上的宫殿里开会吗？为此，你今晚走也好，明年回去也罢，这事跟我有什么关系呢？现在你的渴也解了你也该回去了吧？请你赶快从我这里离开吧！我急切地盼望着他离去。

“你的那篇作品我读了几遍，文章写得还不错。嗯——你好像还不熟悉次成嘉措吧？是的，你肯定不会认识他的。”

“人皆禁不住赞美。”这句话说的一点儿也没错啊！他刚刚赞扬了我一番，使得我心花怒放了起来。于是，我突然觉得那人变得既可爱又志同道合了起来。这人说他来我这里不是没有目的，他还读过我的作品，并知道我和次成嘉措不认识的事。这个人多么的神奇啊！他很有可能是次成嘉措的一位朋友，最起码是一个了解次成嘉措的人呢。我多么的幸福啊！终于遇到了一个知道次成嘉措底细的人了，为此，我就根本不用为写不出那篇小说的结局而担心了。也不用我一个人独坐在房里，如点草一般抽着烟冥思苦想闭门造车地去写那篇小说了，更不用把冰当酪酵，把酸奶和骨髓当作酥油去拌糌粑吃了，而且不用粗线纳鞋垫、粗绳捆毡衣了，这时候我怎么能不感到高兴和幸福呢？

“大叔，您认识次成嘉措吗？”我压制不住内心的激动问那人道。

他听到我的问话后，把那个快举到嘴边的杯子复又放到在桌子上，用手往上抬了抬架在他鼻梁上的那副黑边眼镜的同时，用脸上露出的淡淡的微笑表示他认识次成嘉措。这时候，我不由自主地从心里敬重起这个人来了。不但我对他说话的语气中带上了敬意词，而且觉得他耳边的那颗黑痣和长在黑痣上的那一簇长毛也变得好看了起来。

“太好了！现在这事就好办了。大叔，老实说，我写完这篇小说后，还高兴了一阵子呢。可发表到杂志社后就着实感到后悔了起来，原因我不说你也知道的。唉，《次成嘉措》这篇小说可把我给害惨了。您看看，写了这么多的书稿可总是感到不满意。”我把自己写了又改改了又写的《次成嘉措》的书稿都拿给他看了。

他脸上带着微笑，把我写的那一沓沓厚厚的文稿一页一页地翻看了一阵后，对我说："依我看，你是在自讨苦吃呢。"

原来如此，他来找我是为了这事啊！他的那几句话不但彻底否定了我辛辛苦苦地写了很久的作品，而且把它看的一文不值了。特别是他贬低了一个在我心中有很高地位的藏族知识分子，为此他惹怒了我，我心中的怒火又中烧了起来，从而我极为看不惯这个人来，他那双长在狼脸上的鼠眼中满含的丑陋无比的目光在不停地转动着；他那双驴耳朵底下的那块黑痣也像一只蠕动的蜘蛛一般变得可恶极了。

"请你不要说这种粗话啊！或许我写的这篇小说并不是太好。可是，你不准用你那张臭嘴里说出的肮脏话来贬低次成嘉措大叔啊！次成嘉措大叔极其忠诚党和人民群众，他还是个虔诚地遵循因果报应的佛教徒，而且是个舍己为公而又品格高尚的人。虽然我并不知道他的情况，可我知道他拥有一颗水晶般透明的心，有着不变金刚般的个性，洁白的哈达一般的秉性和如同宽阔海洋一般的知识。为此，他可不是个简单的人。用文学作品的方式写出他高尚的品格，去塑造一位藏族的知识分子的形象是我的职责，我愿意用文学作品提醒或指引我们的后代，让他们了解一个藏族的知识分子所走过的曲折的人生道路，以及那个伟人留在这条道路上的悲喜交加的生命足迹。我并没有做错什么啊？"

不知是我的这句话说到他的心窝里去了呢，还是他发觉自己说错了话？反正这时候坐在我房间里的那个不速之客的脸色突然陡变了起来，眼角中满含着泪花，他的喘气声也变得急促了起来。随着他那一阵阵急促的喘气声，他耳边的那颗大黑痣也好像变得又大又黑了起来。为此，我心里暗忖道：我现在不但堵住了这个爱说大话的客人的嘴，并用如哗哗流水，暴雨倾盆，轰隆雷声，闪电一般的口气说出了既有顺序又有哲理的话。我感到了无限的骄傲。

"是啊，你一点儿也没错，如果你想写的他的话你就继续写去吧，不过我可以告诉你，你写的那个次成嘉措就是我。我就是你这篇小说里的主人公——次成嘉措。”

“啊！”

喂，敬爱的读者们，现在你们都会相信吗？站在我眼前的这个不速之客说他就是次成嘉措本人。如果大家也站在我的角度去考虑一下的话，你们也一定会像我一样显然既惊奇又感动。此时此刻，我真的为自己之前做过的那些恶劣的行为而感到了莫大的愧疚。现在已经到了晌午一点钟了，他要乘坐今天晚上八点二十分的火车回家乡去，为此，时间多么的珍贵啊！幸好我和他还可以聊五六个小时的话。以下发生的故事都是由次成嘉措大叔讲述给我听的，我一五一十地记录了他的原话，连一个字都没有增减过，为此，你们可以放心地阅读了。

一

次成嘉措大叔说……

有关我小时候的事情，父母亲的不幸经历，我去拉萨修行和锒铛入狱等事情已经在你写的小说里说得很清楚，我不想在这里重复了。可是，说句老实话，我并不是你所写进小说里的那样一个完美的人。的确，我小时候起就开始信奉因果报应了。并且把自己所干的事和行为都力所能及地按照遵循因果报应果业去做，可后来发生的一件意想不到的事……哈哈哈，俗话说‘金无足金人无完人’，我并不是有意去隐瞒自己身上的那些过错的，连我们的一些大喇嘛和达官贵人们都有要去向别人隐瞒或自我感到羞耻的行为的话，像我这样的平凡人就难免会有做错事的时候了，这样的事我不用说大家也都会理解的。哦，是的，你在小说里写到了有关我的阿妈去世的经历，我阿爸潜逃在外不知去向和阿克也去蹲牢已经死在监狱中的往事了，而且，你说我出狱后没有可回的家和可钻的洞了。其实这句话你写错了。在夏智村落里我不但有许多亲如兄弟的好朋友，而且还有很多我亲手培养出来的学生呢。尤其是……嗯……在你的笔下提到过的那个已经还了俗的尼姑或女施主，你还记得吧？她的名字叫拉毛卓玛，你可能担心会影响到我的名誉而故意没有去写那些秘密的吧，我读你的小说能感觉到你甚至不敢去提她了。你在小说中只用了“她”这个象征女性的代词来轻微点了一下她是个女性，连她的名字都没有提及。只要是个人谁没有点秘密呢？只不过有些人会隐瞒自己的秘密，有些人不会隐瞒自己的秘密而已。你再如何去隐瞒你的秘密，人们照样知道你所隐藏的那些秘密，不但知道了你的秘密，而且还在背地里把你的秘密传得沸沸扬扬的时候，你还把它当作一个神秘的事而保密着，只不过大家当着你的面没有揭穿你的那些秘密罢了。俗话说，“国王无法遮盖有过者，上师无法超度罪孽者”。这句俗话说的也不是没有道理。世上没有不透风的墙，纸是根本包不住火的。为此，我叙述我自己的经历时我也不对你藏着掖着了，希望你去写我的故事的时候也没必要去特意隐瞒什么。可是，你也可以有所取舍地去写我的故事啊，你觉得在我的人生经历中有必要写的东西就写出来，觉得没必要写的事就可以舍弃不写了，那完全是写作者你的自由。呀，那么，现在我就把我的那些秘密毫无保留地告诉你听了。

那是我小时候的事了。那时候，我阿克虽然有很多的施主，可给我留下深刻印象的施主就只有拉毛卓玛一个人了。她非常信奉并尊敬我阿克！她是个只要在她手里有一簇茶叶或一把糌粑也会给我和阿克留下一点儿的好施者。你说她比我小十岁，这事你说错了。你说的那个人是另外一个女子，有关她的事我以后可以慢慢告诉你。因为她以前做过尼姑，所以，那时候她头上留了头发但长得并不长，可她头上的头发黝黑明亮，发丝也既黑又粗，还散发着一股青春的活力。有一天，我到夏智曲河边背水去了（那时候，我虽然已经出家做了和尚，可打水做饭是我的主要任务）。巧合的是，那天拉毛卓玛也背着水桶到夏智曲河边来背水。平日里或许她也是个爱说爱笑的女子，可那时候她身上依然遗留着出家人的痕迹，所以她从来不在比丘僧们的面前露出一点儿笑容来，坚决不让比丘僧们看到她身上的妩媚神情。可是，我跟其他的比丘僧们不一样，我有看到她笑容的特殊权利，所以我不但见到过她脸上的笑容，而且还在她的脸上看到过别的比丘僧无法看到的媚态。那时候，我是个遵守比丘戒律的和尚，心中虽然没有产生出困惑感来，可斩断欲望之根并不是一件容易的事啊！所以，每当看到拉毛卓玛脸上妩媚的笑容和她那婀娜多姿而又修长窈窕的身材时，我的心中对她不由得生出爱慕之情来。如果我不守僧伽戒律或不用怕阿克的话，我虽然不能迎娶她做我陪伴一生的妻子，也能让她成为我一夜欢悦的伴侣的。

“你也来背水了吗？”在平时，当我们两个人相遇后除了“你好”或“我好”这么简短的问候语之外，就再也没有什么可说的话了。她那天破例向我问这句话的时候，我也只用“是的”来回答她。除此之外，还有什么别的办法呢？此时此刻，在我的心中产生了各种幻想，内心的情感犹如大海中的波涛一般汹涌澎湃了起来。戒律啊戒律，你不但是约束幸福生活的枷锁，而且还是囚禁青春欲望的监狱啊。我当初为什么把这样的一个紧箍咒套在自己的头上，不顾死活地钻进这个监狱里去了呢？本师啊，佛陀！您一生演说了那么多纯洁无瑕的佳句警语，可没有一句警语比“戒律都是痛苦的根源”这句话更精辟的阐述了。我自从步了您的后尘后，犹如保护自己的性命和眼珠一样守护着佛教的每一条约法，可是现在见到她脸上灿烂的笑容和她那窈窕的身姿后，我才懂得了自己当初的誓约也是痛苦的根源的道理，也知道自己的行为彻底违背了您的禅语。可是您一边让我们宣誓接受了佛法戒律，另一边为什么又说戒律是一切痛苦的根源这样违背了禅尊的话呢？我刚刚开始学习起您创造的中观之道来，学习波罗蜜多还没有抵达彼岸，我怎么能理解您深奥的佛法理论呢？她那皎洁美丽的容貌，她那婀娜多姿的身材，她那圆润饱满的面容，她那黝黑纯情的眼眸，她那满含微笑的唇齿……哎呀，那样一个美丽动人的女子，悄无声息地从我内心的门缝中钻进我炽热的心田中来了。

后来，我和拉毛卓玛也在不同的场合中相遇了几次，可每一次见到她时，我发现她眼中的目光一次比一次变得不正常了起来，我的心中的脉搏也跳动得一次比一次更加的激烈起来。她身上的那股神秘的力量和吸引力是从哪里来的呢？假如，那时候我用戒律的铁索捆绑住我体内的那头疯狂的大象的话，我现在的生活也绝对不会沦落到这个地步。

“大叔在家吗？”

某天早晨，我正在僧宅里练习诵读的时候，拉毛卓玛来到了我和阿克的僧舍。那天阿克做堪布去给几个刚出家的小僧授比丘戒律去了，为此僧舍里只留下我一个人在练习诵读。这时候，拉毛卓玛的手里提着一个包裹走进我们的僧舍对我说：“哦，家里只有你一个人啊，这里面是一点儿酥油，你和大叔……”

“不，你时常把自己舍不得吃的好东西都拿来给了我们，我们不要酥油，你拿回去自己吃吧。”

拉毛卓玛给我使了一个奇怪的眼神，向我露出了一副奇特的神情，那神态犹如一个娇生惯养的女子在给自己的父母撒娇一般。她是个多么善良的姑娘啊！她胸前的那双微微隆起的双乳随着她体内的喘息声时而隆起时而下伏地在我的眼前跳跃着，那双起伏不定的乳房下面珍藏着一颗比牛奶更甘醇比蜂蜜更香甜的春心，这除了我还会有谁体会得到呢？此时此刻，我的心猛烈地跳动着，肝在胸腔里翻腾着，肺脏在胸膛里翻江倒海着，使得我整个人都变得情不自禁了起来。顿时，阿克和戒律从我的心田消失得无影无踪了……

哎呀，那块包裹酥油的布块掉在地上了，我的手掌中握着一个既粗糙又柔软，既冰凉又温润的纤纤素手，这是谁的玉手呢？拉毛卓玛低着头伫立在我面前，她左右两边的脸颊变成了绯红的彩霞。哎哟，我这双罪恶的咸手不是正在触摸着一个吉利的肢体吗？就在这个关键的时刻，我的心里又突然想起了因果报应来，同时阿克那张严肃而又威严的颜容和寺院里的清规戒律也在我的心田里旋转了起来。

后来，或在路边，或在寺院里，或在人群聚集的地方我和拉毛卓玛相遇过几次，可我心中藏着如此大的愧疚感，为此我再也没敢跟她开口说过话。没过多久，我就去了远在天边的拉萨。当我从拉萨回来的时候，家乡已经解放了。在我的家乡到处呈现出一派欣欣向荣的新景象，新天地。此次，我也还俗做起了人民教师。那时候，我已经有了拉让巴的学位，心中也有了几部经卷知识。可是，做人民教师哪有那么容易啊？那时候我们的学校里只有七名教师和五十多名学生，大多数教师不但没有一点儿教学经验，而且我们给学生教学的教材都是我们自己编的。七个教师中只有两个汉族教师，一个是我们的校长，另外一个是我们的数学老师陈老师。李校长和陈老师不大懂藏语，夏桑、丹坚、旺丹和我们四个人又不大懂汉语。只有土旦精通藏汉双语，为此他成为了我们日常生活中的藏汉双语翻译员。李校长是个极为能干的人。这时候我虽然也担任着一个副校长职务，可在工作上我帮不上李校长一点儿忙。我的主要职责是给四个班级编辑藏语文教材，还要去上两个班级的语文课。那时候的工作虽然很繁忙，可我觉得心里从来没有比那时候更畅快过，我的那封可笑的入党申请书还是在李校长的鼓励下才写的呢。在那时候我也没有忘记过自己慈祥的阿妈，也没有忘记过心中日夜思念的“她”。那时候，我已经是一个三十多岁的壮汉了，再也不用去害怕阿克，整天去过提心吊胆的生活了，也不用遵守寺院里的清规戒律，怎么会不去想念她呢？为此，在晨曦灿烂的朝阳下，我独自来到夏智河边，在前来夏智河边背水的姑娘们当中寻找过她的剪影；在黄昏夕阳的余晖中，我来到夏智市场里，在如潮般涌动的人群中我寻觅过她美丽的容颜。可是她上天了呢，还是入地了啊？从此，我再也没找到她的影子。如果她变成了鸟禽飞上了天空的话也会有个落脚的山崖，如果她变成地鼠钻到地下去了的话也会有个可钻入的洞穴，可我怎么就找不到她的踪迹了呢？可那是藏在我心底下的一个秘密，我既不敢向阿克询问有关拉毛卓玛的下落，也不好向别人打听有关她的消息。那时候我心里的苦闷除了自己还会有谁知晓呢？

“你以为我不知道你心中的秘密吗？我劝你再不要自寻烦恼自找痛苦了！与其这样沉湎下去还不如去想别的办法的好。”阿克的这句话说得多么的狠毒啊！他彻底抹杀掉了我内心些许的希望，我和她在一起生活的希望就变得如同兔子头顶的犄角，乌龟身上的毛发，中性女子生出的孩子一样渺茫了。哎哟，明知道无常的世界是无常的还在苦苦寻觅恒常的意识，那是多么的愚昧无知啊！“拉毛卓玛啊，我除了祝福你及你的家人幸福平安之外，还有什么别的办法可使呢？三宝啊，请您用慧眼去关照她一生幸福平安吧！”

不久，我就从阿克的口中得知了许多有关她的事。在三年前她就和李秀结婚了，第二年她还给李秀生了一个可爱的儿子。李秀虽然不是个坏男子，可他不但不会养家，而且在他心里根本就没有养家的意识，去年在外面遇到了一个能说会道的巧舌女子后，他们夫妻之间的矛盾日渐飙升了起来，再加上她的婆婆又是个刁钻刻薄的悍妇，她时常挑刺寻找儿媳妇的不是，用毒辣的手段在不停地折磨着拉毛卓玛，为此，拉毛卓玛每天早晚都要遭受到她婆婆的辱骂，为此，她的日子过得很苦。我听说了有关她的这些消息后，心中非常同情起她的遭遇来，也非常痛恨起她的那个无能的丈夫和刁钻恶毒的婆婆来。每当想起拉毛卓玛时，她的容颜还清晰地浮现在我的眼前，我的耳边就会盘旋起她那温婉甜润的说话声来。可是，拉毛卓玛现在已经是为人妻为人母了，我想这些事除了自我烦恼自我折磨之外还有什么作用呢？还不如专心干自己的工作，把自己的全部心思都花在党的民族教育事业上，努力培养出一批对自己民族有用的栋梁之才的好呢。

某天，我又一次见到拉毛卓玛了，我这一生再也忘不了那一天。她身上穿着一件打满补丁的山羊皮白板袍子，她以前的那个婀娜多姿的身材已经变成了一棵歪扭的树木了；她那清纯的眼神和灿烂的笑容也从她的脸上消失了，从她那张布满愁容的脸上就能看出她内心的忧伤和痛苦来。难道是她没有见到我吗？抑或是她根本没有心思再去看我呢？此时此刻我无法去判断这些繁琐的事了。我可以说停留在我心中的“她”和我现在看到的她判若两人，在她身上看不到一点儿当年的痕迹，只有她说话的声音还能证明她就是拉毛卓玛。把过去的一切往事都装进木箱里安上遗忘之锁后封锁起来也好啊。她以前是我心中的一块彩绸，可现在那块彩绸上的图案都已经褪色了。败了毛梢的狐狸皮和褪了斑纹的豹皮还有什么价值可谈呢？为此，我强行地把她从我的心房里推搡了出去。

我们的日常工作虽然很辛苦，可我们付出的劳动终于得到了丰硕的成果。那些聪慧勤奋的学子日夜茁壮成长了起来，为了维护自己的尊严他们正在争先恐后地比赛着学习，从而，他们的成绩不断得到了提升，我们做老师的怎么不替他们高兴呢？尤为高兴的是省教育厅还表扬了我们学校教学水平，把我们的学校评选为全省教育战线的优秀单位。那年省上召开了省第二届政治协商会议，我被选为政协委员去参加了全省政协会议。在会议上我看到了之前从来没有看到过的热点问题，听到了从来没有听说过的新鲜话题，从而，既拓宽了我的视野又开阔了我的胸怀。会议极大地提高了我努力干工作的信心和干劲，而且还大大提高了我的思想境界。为此，我暗自发誓要把自己一生的精力都发挥在党的民族教育事业发展上去。从而，我就没有去考虑别的问题，也没有时间去思考别的事情了。

这时候，发生了一件意想不到而又很搞笑的事情。

喂，年轻人，能不能再给我倒杯开水喝……

二

我专心致志地倾听着次成嘉措大叔的诉说，连给他续添开水的事也给忘记了。他所倾诉的故事多么的美妙动听啊！在他的生活中有过痛苦的溪流，也有过幸福的海洋。当他谈起有关拉毛卓玛的事情时，话里话外都充满着无限的痛苦；当他谈论起有关他的工作时，他的脸上洋溢着快乐的微笑。我真的不想打断他的话题，于是马上起身去给他倒了一杯开水后，又过去坐在次成嘉措大叔的对面，听他讲述他的曲折而又充满坎坷的人生经历了。

次成嘉措大叔继续说道：

那时候，我不但要给初级中学的学生们上语法和修辞课，而且还要处理许多校务上的公务，为此我就再也没有太多的时间和精力去考虑有关拉毛卓玛的事了，说句老实话，也没有去考虑那方面事的闲工夫。再说她也已经是个孩子的阿妈、别人的妻子和家庭的主妇了，我还去替她担忧也只不过是自寻没趣，得不到一丁点儿好处的。所以，我把自己的所有心思都放在了党的民族教育事业发展上去了。可是，就在这时候，发生了一件意想不到的事情。

那年秋天的某个早晨，我又如同平常一样去了夏智河边。自从我从拉萨回来后来到夏智地区的那天起，无论春夏秋冬，还是刮风下雨我都从来没有间断过去夏智河边背书晨读的习惯。我每天早晨来到夏智曲河边，为了不被记忆的盗贼偷窃我以前背过的那些重点经文，就刻苦学习了起来。我一方面巩固和诵读以前背过的那些经文，另一方面还努力学习和背诵那些新兴政策理论和科学知识。那天早晨，当我完成了晨读的任务回到家里时，突然发现我的窗户上放着一瓶牛奶，我当初还以为是我的某个左右邻舍家的人放在我窗户上的牛奶，就没有去理会它，吃了点儿早饭就去上班了，可到中午我下班回来的时候，发现那瓶牛奶依然放在我的窗户上连动都没有动过。于是我还到左邻右舍家去打听过，可是没有前来认领那瓶牛奶的主人。

第二天，我的窗户上又多了一瓶牛奶，第三天又多了一瓶牛奶。就这样连续了几天后，我窗户上的牛奶瓶子的数量不断增多了起来。于是我就纳闷了起来。奇怪啊，送这些牛奶的人究竟是谁呢？他连个招呼都不给我打，为什么就在我的窗户上摆放了这么多牛奶瓶子呢？这种现象已经不是一天两天才有的事了，连续几天出现一瓶不知来历的牛奶后，我的心里就觉得不安了起来。平日里洛桑是个爱开玩笑会捉弄人的人，也有可能是他用这样的方式来跟我开玩笑呢；或许是某个好心的学生为了报答我的恩情才偷偷给我送的牛奶也说不准。再说，一瓶牛奶的价格也不算太昂贵，如果是洛桑跟我开玩笑而送的牛奶的话，那这瓶牛奶就理所当然地成为我的口福了。如果是某个学生送来牛奶的话，那么我给他付钱就行了。我这样思谋着就把那瓶牛奶熬成了奶茶，还特意邀请洛桑来宿舍陪伴我喝起了奶茶来。可是在我俩喝奶茶的过程中他只说一些我们彼此之间已经习惯了的玩笑话，根本没有显露出什么异样的神情来，为此，我打算第二天就要去揭开那个不解之谜的谜底了。

第二天，哦，我这辈子也忘不了那一天。那是一九五八年九月十五日的清晨。那天早晨我早早起床后，来到我宿舍对面的那棵白杨树下面隐藏了起来。此时，洁白的圆月成了帮助隐藏我的朋友了，它早早就收敛了自身的光芒隐没到西山后面睡觉去了。湛蓝的天空中，流星和恒星们露出灿烂的笑脸眨巴着明亮的眼睛在嘲笑着我的愚蠢行为。校园四周都被沉沉的黑暗给笼罩着，夏智昌隆洲的寺顶犹如一个巨人黑黝黝地矗立在夜空中，大地上的万物还在安静地沉睡着，四周没有丝毫的响动。一阵凛冽的寒风吹到我的脸上彻底催散了我慵懒的睡意。白杨树上的树叶基本已经脱落殆尽了，赤条条的枝条在寒风中瑟瑟地在左右摇晃着，偶尔还有几片残留在树枝上的黄叶划出一条弧线从树枝上悠然飘落下来。我的心跳伴随着手腕上手表哒哒旋转的时针声，在我的胸膛里变成一阵随声附和的旋律急促地跳动了起来，那一阵阵优美动听的旋律在我耳畔响动着、徘徊着。时间一分一秒地流逝过去了，寒风也逐渐变得更加的凛冽了，我的脸颊被寒风吹拂冻得隐隐生疼了起来，鼻尖也变成了冰凉的石头。不久，天空的繁星渐渐散去了，矗立在我身边的杨树们被寒风袭虐得也开始发出了牢骚和埋怨声，从周边的小山村里还传来了零零星星的鸡鸣夹杂着狗吠的晨鸣声。这时候，我突然觉得内急，于是我去了一趟厕所，匆匆忙忙方便了一下后，又急忙跑出厕所来到那棵杨树底下耐心地等待起来。

天完全大亮了，让我惊奇不已的是我宿舍的窗户上又放了一瓶牛奶。啊吱吱，我白白顶着凛冽的寒风守望了两三个小时，最终还是没有起到一点儿作用。那个施了魔法般的人又在我的窗户上放了一瓶牛奶，这个人究竟是谁呢？我今天早晨起床出门时，还打着手电筒特意往我的窗户上看了一眼，那时候窗户上绝对没有牛奶瓶子的啊！可是，我那天专门利用两三个小时守望在外面等待那个神秘人物的出现，可就在我的眼皮底下我的窗户上又多了一个牛奶瓶子，这不是施了魔法还是什么呢？我真的感到惊奇不已了。

我把这事说给办公室里的其他老师们听了之后，他们也感到非常的惊奇。只有我的同事洛桑显得很淡定，他还挖苦我们说道："那有什么可惊奇的啊，你们以为那是神仙恩赐给他的圣物吗？俗话说'活了一百岁还没有活明白'。这句话就是说给你们这样的人听的啊！这事弄得连我们的大格西都糊涂了不是？好吧，明天早晨我就亲自去把这个谜底揭露给你们看，你们行不行啊？那么谁敢跟我打赌呢？"从而，旺丹和洛桑用两瓶酒做了赌注拍手为这事而打了赌。就在我们为那瓶牛奶的事儿议论纷纷的时候，李校长不知不觉地闯进了我们的办公室，还狠狠地批评了我一顿。也不知道发生了什么情况，最近几天里，李校长一直对我持有某种意见，明显透露出对我的不信任感，当我在半路上遇到他时，他不但使出对我爱理不理的态度，而且学校里不论召开大小会议都不通知我去参加了，更惊奇的是我在他的帮助下写给党组织的那份入党申请书他也退还给了我。我虽然预感到那是个不吉利的预兆，可是我怎么知道李校长他为什么突然用这样的方式对待起我来了呢？大概我是个信仰佛教的宗教人士，所以他才不信任我的吧。在我的身上可能不具备加入中国共党员的条件，所以他才把我的那份入党申请书退还给我的吧。为此，我默默从内心里下定决心要去改变我的世界观了。

第二天早晨，我和洛桑又隐蔽在那棵杨树底下，耐心地守望着那个陌生人来，也在急切地等待揭开那个秘密的时刻立马到来。“格西啦，”这时候洛桑压低着声音说，“您知道昨天您为什么没有揭开那个秘密吗？不知道啊？这个问题很简单，如果您不就在那个节骨眼上去上厕所的话，您早就揭开这个谜底了。唉，格西仓，听说卫藏出事了，这消息是真的吗？”

“我怎么不知道这些事情啊？洛桑，不要胡乱传播这样的谣言了。”

“造谣啊，这哪里是在造谣啊？昨天我去市场里转悠的时候，听到有好多人在谈论着这方面的消息呢。回到家里之后我还特意去问过我们家的女婿才确定这事是正确无误的了。智江喇嘛仁布切也去县上开会还没有返回到家里来，有人传言说他被囚禁到监狱里去了。喂，格西仓，您看给您送牛奶的那个仙女她来了。”

“洛桑家的女婿是县委副书记，他说的事情可能是真的了。”我正这样想那个问题的时候，洛桑突然对我说了这样一句话，我向洛桑指的方向望去时，果然发现了那个人。那人是一个穿着打了罩面皮袄的妇女，她背上背着一个水桶径直向我的宿舍走来。她来到我的宿舍门口，首先往四周里观察了一眼发现周围不见人影后，立刻从她的怀里掏出了一个牛奶瓶，蹑手蹑脚地走到我的窗户边上，小心翼翼地把手中那瓶牛奶放到我宿舍的窗户上之后，就逃也似的匆匆向学校的大门口走了过去。洛桑准备跑过去想阻拦住她时，我硬是拉住了洛桑没让他走过去。原因我不说你也是知道的。我凝望着那个再熟悉不过的背影和不知看过多少次的步态呆立了很久，一直到她的背影完全消失在学校的大门口之后，我才收回了眼神。

“她是谁啊？”洛桑脸上带着怀疑的神情问我道。

我没有回答他就径直走到窗户前，把那瓶牛奶拿进了宿舍，马上生起了炉火把那瓶牛奶熬成了奶茶，没过多久那壶奶茶就熬好了。其间，洛桑向我提问了许多问题，可我没有回答他一句话。为此，他才怀疑我的人格地对我说：“呀，原来是这样啊！哈哈哈，你不说我还是知道的，原来格西仓也……”

我虽然堵住了洛桑的嘴没让他说话，可你一定会猜出那里面的含义了。

那天，我又和李校长见了一次面。可他没有开口和我说话，只是从他的眼睛中露出了一道奇怪的眼神，向我点头示意的同时脸上还流露出一阵假笑来。就在那夜我去了一趟阿克的僧舍。因为，阿克之前派一位小和尚给我捎来了话，说晚上让我无论如何也要到他的僧舍里去一趟。为此，我没法违抗不去阿克的僧舍里了。

阿克的僧舍没有任何的变化。可是，当我打开阿克僧舍的房门时，一眼见到阿克的僧舍里坐着一位少女。当那个少女看到我进了阿克僧舍之后立刻站起了身来，她的脸颊上还带着一丝绯红羞赧在地上低头站立着。那个少女的名字叫做岗格措。她才是你笔下提到过的那个比我小十岁的女子。她长得虽然并不标致，可她那双楚楚动人的目光里流露着一道机灵的目光。从她说话的声音和身体的姿态中能看出她是个心府很深而又狡猾奸诈的女子。阿克给我寻找的“媳妇”原来就是这样的一个姑娘啊！我不愿意娶这样的一个女子来做我的妻子。为此，我和阿克就又为这事而发生了口角，那个争论一直到阿克被逮捕圈进了监狱也没有得到平息。不久他们给我也扣戴了一顶拨乱分子的帽子而抓进监狱里去了，还不由分说地给我判了十七年的刑。哦，呀，年轻人，我喝多了你给我倒的开水，现在我要到厕所里去方便一下了，你们的卫生间在哪里呢？

喂，亲爱的读者们，次成嘉措大叔要出去方便一下了，我把这个故事写到这里后，也不得不休息片刻了。等他到厕所里解完手复又回到宿舍里之后，我再接着去写这篇小说，欢迎大家继续聆听这篇小说的结局。

（说明：这篇小说没有写完，原作者就不幸逝世了。为此，大家就没有了聆听这篇美妙动听小说的机会了。以下的故事是由才加先生根据端智嘉先生未写完的《次成嘉措》这篇小说而续写的小说，与端智嘉先生的《次成嘉措》为题的小说一脉相承，风格相宜，语言相近，风趣相同。为此，译者为了体现小说的完整性，一并翻译了两位作者的小说。）

三

次成嘉措阿克又回来了。看看吧，他身上的魅力是多么的难以描述啊！他的身材虽然并不魁梧，可他那肥胖的身材上充满着吸引人的魅力，他那宽阔的肩膀和滚圆的胳膊，给人一种前所未有的健康和强壮有力而又充满活力的感觉来。还有，从他的背后看上去觉得他的身体微微前倾着的驼背，从他的正面看上去又觉得他的身体有些后仰着，确实很难描述他的体形来。可是，哦，时间如此的珍贵，我不想打断他的叙述了。

次成嘉措继续说道：

呀，年轻人，刚才我们聊到哪里了呢？哦，是啊是啊，由于阿克给我找了那么一个“媳妇”，为此我和阿克之间产生了纷争，从此我减少了去阿克僧宅的机率。一来我不喜欢岗格措男人婆的性格，二来拉毛卓玛那含情脉脉的眼神依旧驻守在我的心房里无法挥去。除了阿克那里实在有重要的事情非去不可之外，我尽量避免到阿克的僧舍里去了。为此，在平日里我见到阿克的机会就越来越少了，甚至连阿克的生活起居和身体安康等事情也是通过别人了解到的。我依然力所能及地去帮助阿克解决他生活中的困难，可为了尽量避免我们叔侄之间的矛盾激化下去，我不得不这样做了。直到阿克被逮捕送进了监狱之后，这一切都成为了我懊悔的根源。唉，现在说起这些事来都是伤痛啊！不如说说我那时候的工作吧。

哦，就像我刚才已经说过的那样，就在那时候，李校长不但对我有了某种意见，而且陈老师和土旦老师对我的态度也发生了很大的变化，他们对我比之前至少冷淡了一倍。为了知晓他们为什么这样对我的原因，我又熬了一壶奶茶，特意把我的好朋友洛桑邀请到我的宿舍里来。等我和洛桑围坐在那张矮桌前喝奶茶的时候，我很委婉地向他询问起了其中的情况。可是，他偶尔摇摇头，时而在脸上露出苍白的神色跟我谈话或安慰起我来。

“如果我没有猜测错的话，这一切不吉祥的事都好像来自你的那份入党申请书。”

“我也觉得是这样。唉，现在不要去考虑那些事了。自己不做亏心事，不怕夜半鬼敲门。因果的秤砣永远是公平公正的。格西仓，不是说‘世间针尖轮回中，永远不会有幸福’的……”

洛桑的这些教导多么的正确啊！我自己的心中却是没有做过什么亏心事，就算上天派来一百个阎王爷也奈何不了我什么的。有理走遍天下，无理寸步难行。我有什么可害怕的呢。可是，唉……因果的秤杆永远是公平公正的吗？

“呀，现在我们不去谈论这些话题也行。可是，哦，洛桑，听说卫藏出事了，这事是真的吗？”

“……”

如果不是我心里有了不纯洁的看法的话，我觉得洛桑也变了。有关卫藏出事的事当初是他告诉我的，可今天他除了左右摇晃头之外，他那张哭笑不得的脸上显露着不知晓，没听说过的神情，根本就不提及有关这方面的一句话来。

如果是我的思想不纯真的话请大家谅解。如果是他在怀疑我的人格的话，那么之前他给予我的那些友情也是虚情假意的了。可我没做过什么违背良心的事，我心中能有什么可愧疚的呢？无论如何，在夏智市场中人们如同火上浇油般热火朝天地谈论着有关卫藏出事的事情。再说洛桑家的女婿也是个县委副书记，他还能不知道这么敏感的事情吗？根本不可能的。我心中的疑问犹如大海中起伏不定的波澜一般汹涌澎湃了起来，我想尽量去平息我内心那股起伏不定的情绪，可这事已经完全由不得我了。但是这一切都只不过是没有根据的无稽之谈，自己的心中生出的感觉而已。再做更多的思考也只不过是自我烦恼，自寻麻烦之外没有任何意义的。还不如……啊，世间针尖轮回中，虽无幸福也解忧。真是的，你虽然已经成为了射进崖里的箭，嫁给了别人的人，可你一天到晚都稳居在我心房里，成了我心房里的不速之客，世上有谁还比得过你在我心里所占据的位置呢？

那天，我又像平时一样早早起了床之后，徒步去夏智河边晨读去了。夏智河是一条经过夏智昌盛洲的北面哗哗流淌而去的河流。河水在激荡的澎湃的浪花中不但回荡着次成嘉措作为一名出家僧人的博爱的旋律，而且还激荡着一对痴情男女心心相印的纯洁爱情的美妙情韵。

过去的十多年是一段多么可笑而又可悲可叹的时间啊！唉，僧侣和戒律，因果报应和内心情感，那双羞赧娇嗔的目光和神情，还有你好我好的简短问候……阿吱，那些纷纷扰扰的往事怎么跟寂静无声的今天相比呢？我的内心里充满着各种幻想。做完晨读后我径直回到学校里去了。

哎呀，年轻人，如果你也像我一样突然遇到这样的一件事情时，毫无疑问也会像我一样惊奇不已起来的，那是肯定的。顿时我的脑子里又变得一片空白，甚至找不到自己的主见了。因为在学校门口我又遇到她了，所以，首先我主动向她打招呼呢，还是悄无声息地等待着她先开口说话呢？

我也不知道我们这样面面相对地究竟站立了多久，总之，等我把自己的思绪集中起来时，我们两个人都如同钉在地上的木桩一样一动不动地站立在原地，那神情仿佛在等待着对方先开口说话来打破这个僵局。可是，此时此刻说什么事才适合目前这个场合或者问什么话才能适合她的心意呢？说句实在话，对待一件突然发生的事哪有工夫去考虑那么多啊？看上去，她也完全像我一样处在措手不及、不知所措中了。

“你变了。”我俩异口同声地说。

“我老了。”又是异口同声地说道。

哈哈，这样的问题除了两个心有灵犀的人能提出来之外，随便的两个陌生人能同时提出这么相同的问题来吗？说实话，我俩的心虽然长在各自的胸膛里，肝肠也长在各自的身上，可是我俩就是同时说出了如此意义完全相同的话来。

等我俩的双重笑声平息下来之后，我才从头到脚地看了她一眼。她的身上虽然没有穿着那件打了罩面的山羊皮皮袄，脸上却毫无疑问地带着悲喜交加的神情。可是，现在她的身上已经看不到年轻时候的窈窕修长、婀娜多姿的身段来，以及再也看不到她那双炯炯有神的目光和白里透红的容颜了。此时此刻，呈现在我眼前的是一个身材肥胖臃肿，双眼黯淡失神，脸上刻满岁月痕迹的妇女。我怎么在这样一个妇女的身上找到深居在我心房里的那个常客——拉毛卓玛的影子来呢？

可是，随着她的喘气声，在她的胸前起伏不定的双乳下，依旧伴随着往事跳动着一颗如同没有发酵的鲜奶，没有失醇的蜂蜜般鲜活的心脏，它完全能证明她就是那个我日思夜想的拉毛卓玛。不恒常的世界啊！你一方面像个解忧轮回痛苦的怙主，另一方面你犹如是个施加痛苦的阎罗，我怎能时时刻刻把我的一颗红心毫无保留地交给你呢？

那天早晨，我知道了发生在她身上的所有的事情。现在重翻那张已经封锁在历史箱子里的纸张呢，还是依旧惨痛地把它封锁在历史的箱子里啊？我的心完全掉进犹豫的迷惘中去了。

那是我去了拉萨之后的事。一朵没有被寒霜摧毁的莲花，爱恋上了一只飞向神都拉萨的黄蜂，那份情感是多么的难以表白啊！看啊，在每一片叶子、每一片花瓣中绽放的那个纯真无瑕的爱情花蕊，把自己的馨香寄托给了习习的微风，吹向远在天边的神都拉萨，再从西方吹来的每阵阵微风经过每一处角落后，倾心聆听着那只蜜蜂微妙的振翅声，她多么希望得到自己心爱的那只黄蜂的回言啊！晨曦太阳的每一道光芒里，持着一颗虔诚的心在不停地寻觅那只蜜蜂渺小的身影，可是，在习习的微风中她依然没有听到那只蜜蜂美妙动听的翅声，在清晨灿烂的晨曦中她没有看到那只蜜蜂矫健的身影。唉，岁月的痕迹一层又一层地叠加在了那朵鲜花上，可那只飘飞不定的蜜蜂又在哪里飞舞呢？现实生活是多么的残酷啊！强硬地把那朵野花摘来插在了家里的花瓶中，那只凶残的蜜蜂的毒刺又是多么的粗鲁啊……

“李校长来了。”

我完全沉浸在有关拉毛卓玛那篇《花儿的故事》中，一动不动地站立在那里的时候，拉毛卓玛突然对我说道。当我向她指的方向望过去时，发现李校长真的缓缓向我们走来。唉，现在该如何是好呢？想逃却又没有去处，想藏也没有藏身的地方。却是在我不安的心里又添加了几份羞耻感了啊！

“李校长，您早啊……”

这些天，李校长的脸色犹如夏天阴暗不定的天空一样，他的脸上整天布满着阴霾，也不再用他已经说习惯了的似是而非的藏语跟我开玩笑了，甚至我和他不管在什么地方相遇的时候，他也给我露出一种捉摸不透的神秘神情，有的时候连理都不理我，装作没看见我似的尽量躲避起我来。

“哼，你不是比我更早吗？”

他说出的那句话着实把我给镇住了，使得我一时不知道对他说什么好了。从而，我的心里产生出了许多的疑问，那些疑问随着我心动的跳动传遍了我的全身。

哎呀呀，我用鲜奶般温婉的话语去敬重他，他却用那么一句恶毒的话打击我，一时让我纳闷得不知该如何是好了。他为什么用黑刺般恶毒的话语来刺痛我那颗鲜活的心灵呢？我可是个步了释迦牟尼佛后尘的佛家子弟啊！难道我的世界观出现了问题吗？或者，我和拉毛卓玛之间的……唉，林木哪有不带刺，世间哪有完美人啊。知晓自心的是佛陀，知道自错的是智者。所以，我怎么能解开这些疑团呢？可是，如果他是用这种方式批评我的过错的话，我可以从今天起按照他的吩咐去改正就行了。可是……哎呀呀，他那个拖得长长的鼻音里究竟暗藏着什么秘密呢？这时候，我的心犹如春季的太阳、夏季的天空一般三晴三阴，变化无常，起伏不定了起来。我一路上带着沉重的心事来到了宿舍。哎呀，我的窗户上又放着一瓶鲜牛奶……

上课的铃声响起后，我就来到了办公室里坐在自己的办公桌前继续编撰起那个我还没有编撰完的修辞学的教材来。可是在早晨发生的那些事宛如是条长长的鱼钩，不由自主地把我的注意力勾向那些不愉快的事上去了：见到拉毛卓玛时的神情，被残酷的事实压抑出来的痛苦，她那双显露着不安神情的目光，李校长从鼻孔里发出的拖着长长鼻音的哼声，它们完全吹散了我那座注意力的沙丘。我一直沉浸在那个无休止的痛苦氛围中，一个上午不知道自己究竟干了些什么事，于是又带着沮丧的情绪昏昏沉沉地回到宿舍里去了。

我的宿舍里来了一个陌生的客人。那位陌生的客人是谁呢？哦，如果不去详细辨析那人的眼神、声音和她的脸形的话，根本不会辨别出她是个女子来的。她见到我进来就马上从凳子上站起了身。她那张狡诈多变的脸上自然流露出一个男人的神色，从她那双不断左右转动的眼眸中流露出来许多男人们脸上才有的神秘莫测的神色来。原来她是被阿克派来的。她对我说："阿克次成说'你今晚一定要来一趟我的僧舍，我有一件特别重要的事情要和你商量'。别忘了去他那里啊，他会等你的。我走了……"

她离开后，我本想出去吃点什么东西的，可每每想起李校长从鼻子里发出的那声拖着长长的鼻音的哼声后，我就根本没有了食欲。再加上我的心中不断出现拉毛卓玛脸上那副悲伤的神情，觉得自己犹如吃了一顿荤餐一般，没有吃饭的胃口。还吃什么饭啊！就熬那瓶牛奶权当作晚饭算了。"阿克要跟我商量什么事呢？"我心里暗自思谋道。哦，不用多想了，他肯定又要跟我商量我和岗格措的婚事。我坚决不会答应的，就算这辈子我与影子做伴……阿克，阿克，你虽然养育我成长，你是我的大恩人，你是……哎呀呀，她身上没有一点儿女人的韵味，我不喜欢她那男人婆般的性格，不喜欢她狡猾多端的模样。还有岗格措是黑苯教的后裔，阿克好像还不知道这事吧。僧苯合一的事除了现证诸法神之外，我这个凡人怎么能做得到呢？可是，“……无论如何要……有事要跟你商量。”

晚上，我自然去了阿克的僧舍。当我到他的僧舍里的时候，发现阿克的僧舍里发生了很大的变化，阿克书柜里的那些长方形经书在卧室里到处摆放着，那个克维斯毯子也打了圈立在墙角里，连屋里的所有家饰都收拾了起来，乍一眼看去就能看出他就要出远门了。再说他的屋里看不到岗格措的影子，阿克的脸上也没有了之前的怒色，但又布满着凝重的哀伤。

我这辈子也不会忘记那天晚上的。那是那年藏历十月初一的晚上。那夜阿克的僧舍里点着一盏绿油油的灯盏，灯盏的灯光黯淡地照耀着阿克的僧舍，那粒豆大的灯光随着从窗户或门缝里吹进来的寒风不断地颤抖着，我和阿克的影子在抖动不已的灯光下或明或暗地飘摇着。

“你听说了吗？难道你还没有没听说啊！前几天大家传说的那个有关卫藏出事了的事是真的。不久在安多藏区也要出事的，该到想办法的时候了。我坚决要离开这里了，最好要去印度，如果到不了印度，也要看能不能把自己的一丈之躯安放到莲花圣地去了。依我看，嗯……最好我们叔侄两人一起逃跑为妙。你让我把话说完，对于这事我可不是随口说说的，你见过这个吗？所谓的《莲花圣地指南》指的就是这本书。看看吧！‘雪域吐蕃西南汉藏界，有身生物到此无贫贱，欲到之地只要踏七步，就算死后来世生此地。’怎么样啊？‘弥漫六种良药之馥香，每月齐全二十五谷种……昼夜都有虹与光普照……众生死亡随着彩虹光，幻术般的生在铜色山。’神三宝啊！预言怎么会有错误的呢？”

原来，阿克捎话说“有件事要和我商量”指的是这样的一件事啊，说出的那句“无论如何”这么严厉的措辞也不超过此事了。

在没有解放前我已经去过拉萨，还在拉萨居住过很多年，为此我非常熟悉拉萨那边的事。所谓的莲花圣地指的就是白域莲花圣地啊，它坐落在拉萨市中心大昭寺的正东面，那里山势险峻，沟壑纵横，地势非常险恶。里面坐落着各门宗教的大小寺庙和居住着不少的僧侣。可是按当地民众的说法是，以前居住在这里的都是些野蛮的人，他们身穿兽皮，佩带长刀，带领着猛犬和猴子，到前后藏四翼杂耍的同时，经常干些抢掠施暴的行为，后来成为了噶丹颇章的属下之后，这些人才变得安分守己了起来。总之，现在那里的人们肯定变得温顺文明，小心谨慎了。按照《莲花圣地指南》中所说，只要心中向往着圣地，向圣地方向迈出七步就会达到究竟的佛果，这事我确实不知道。另外，这地方的确生长竹黄、红花和藏蔻等香气馥郁的名贵药材，还会生长小麦、青稞、豌豆、干白菜和芥子等五谷，是个生长五谷的富饶宝地，可他们对这地方宣传得也太过于言过其实了。那地方绝对不会每月都能收获二十五种谷粒的啊！隐藏的莲花圣地也是像其他地方一样日头从东方升起到西方落下的普通之地，绝对不会是传单里写的那样日日夜夜都有彩虹普照着。为此，这些传言一定是某个别有用心的人不懂装懂，胡言乱语，谈神论鬼，搅扰佛意，诋毁佛教教义而制造出来的谣言。哎呀呀，这个假预言也扰乱了大叔的立场。共产党是因果和报应的化身，伟大领袖毛主席是文殊菩萨的转世。为此，自己不去毁坏佛法宗教和自己的福利安乐，共产党绝对不会毁坏佛法宗义的，毛泽东是不会破坏民众的福利安乐的。的确，阿克的心思被动摇了。

“阿克……”

“你不想去就可以留下来。”大叔打断了我的话后说道：“次洛（次成嘉措的昵称），你就那么相信共产党吗？我舍不得丢下你一个人离去啊。次洛，你的阿妈……哦，我在这个世上没有比她更亲的亲人了，我舍不得就这样留下你啊！我有罪，我撒过谎，你不要用这样的目光来看我了，我会感到内疚和伤心的。我心里藏着个秘密，可是不知道现在能不能说给你听，可是现在不把这个秘密说给你听的话，恐怕以后就没有机会了，就这样继续隐藏在我的心里的话……唉，如果早点儿把这个秘密说给你听的话……一来那时候你年龄尚小，而且刚刚剃度做了和尚，当初就把那事的真相告诉你的话，恐怕会影响到你修行佛法的前途。可是，就算是天大的秘密等时机成熟时还是把秘密告破的好，这样继续隐瞒下去最后就会成为祸根的，为此，我今天就把那个秘密告诉你听了吧。你不要紧张，不要担心，不要害怕，也不要流泪哭泣了。哎呀，你的脸色怎么就又变了呢？世界本来就是个充满秘密的团丸，为此谁都预料不到自己明天会遇到什么意想不到的事情来啊。这就是世间轮回的真相啊！哦，那时候……”这时候，阿克开始给我讲起那个秘密来了。

啊，这个世界上究竟集聚多少秘密和侥幸的谜团啊！

呀，小伙子，依你看那秘密会是什么呢？哦，是啊，你在小说里写到，那个兔唇头领用刀子捅死了我的阿妈的事，事情可不是那样的。其中还有个秘密，那秘密你是绝对不会知道的。这不怪你，阿克没给我讲述这件事之前，我也不知道这个秘密的。现在你知道这个秘密了吗？

次成嘉措大叔像流水，像下雨，像打雷一般地把那件事有始有终、原原本本地告诉我听的时候，他给我提出了这样一个问题。说句实话，这个世界确实是个藏满秘密和侥幸的谜团，可这和他的经历有什么关系呢？人的一生中有不少要说要留或掖藏的事情啊。为此，我描述他上辈子的经历好比是黑夜里射箭一般瞎琢磨出来的，我怎么能知晓他的这一切秘密呢？我这样的人怎么去回答他那个既充满经教与道理，又具有深刻哲理的问题呢？亲爱的读者们，你们当中有没有能解开这个谜底的人啊？如果有人能解开这个谜底的话，希望立刻告诉我一声为盼！

四

我不知道怎么回答次成嘉措大叔提问的那句话的时候，他眼镜镜片底下的双眼露出一副奇怪的眼神在看着我。他的眼神中也布满着神秘的色彩，我以为他又向我提出什么难以回答的问题来呢。为此，心里不由得紧张了起来。“啊哈哈，年轻人，你不用怕。可是……是啊，如果，我隐瞒了的那些事你写进你的《次成嘉措》那篇小说里的话……哦，是啊，如果你能把《才让南杰》那一章节修改好的话，广大的读者们还会原谅你的。”

我点头示意同意了他的建议，并且在我的脸上露出对他表示敬意的微笑，专心致志地聆听着他的故事。

次成嘉措大叔又开始讲述道。

那事是阿克次成说给我听的。夜晚，我诵读完了每天要读的所有经文准备去睡觉的时候，突然从外面传来了一阵敲门声，我不知所措地悄声静坐了一阵后，又听到有人敲打起我的门了。于是，我才起身走过去打开了房门。

哎呀呀，我一打开门见到站在门外面的那个人之后，差一点儿把我吓得昏厥了过去。总之，一时间我如同没有魂魄的树桩一般站在门口呆立了起来，那人惊吓得我身上的汗毛都倒立了起来，而且心跳也加速了，口干舌燥，浑身抖索得连手里的念珠什么时候掉到地上去了都没有察觉到。

妈呀，那是个有身有影的人呢？或者……哎呀，这故事我真的讲不出口了。那人……那人是个女子。因为，她还是个十个月前就已经离开了人世的女子。她是个活死人。在这个世上有死去的人，可绝对不会有死而复生的人，可那夜我实实在在看到了一个死而复生了的人，而且她身后还跟着一个男人，怀里还抱着一个刚出生不到一个月的婴儿。可我总觉得那男人是个非常面熟的人。

原来，他们两个人是一对夫妻，他们夫妇身上还有这样一个既离奇而又极其神秘的故事。

那事没有发生之前，他们夫妇可是一对特别信仰因果报应而又纯洁善良的人。只因为他们夫妇非常信奉因果报应，所以因果报应也给他们夫妇送来了一个非常可爱的儿子。可是，某天，她的丈夫出门去了别的地方之后，一个不遵守因果报应的头领喝酒喝得酩酊大醉，酒气熏天地来到了她家。

“因果报应啊？我财大势大，我就是所谓的因果报应了。除了我世上哪里还有另外的因果报应呢？嘿嘿，还哪里有谈论因果报应的工夫啊，快过来，到我身边来吧。”

当那个不信仰因果报应的头领侮辱那个信奉因果报应的女人的时候，被那个信仰因果报应的孩子给看见了这一幕之后，那孩子心中怒火顿时中烧了起来。

“嘿嘿，你不用给我磕头了，你虽然是个生了孩子的阿妈，你还不知道你是个群星中的月亮，百花中的莲花般的大美人吗？我头领一言九鼎，我的话就是命令，快，快解开你身上的腰带！啊，你不解腰带是吗？呀，那么我除了这样就没有别的办法了。”

这时候，那个信仰因果报应的孩子把因果报应的秤杆抛到了自己的脑后，从地上捡起了一块锤头大的石头对准兔唇头领抛掷了过去，那块石头犹如一支镇压因果报应的箭镞一般，不偏不倚端端正正投射在了兔唇头领的太阳穴上。于是，兔唇头领惨叫了一声后，瞬间就倒在地上了。

哎呀，现在大事不好了，那个信仰因果报应的孩子瞬间变成了一个杀人的凶手。哎呀呀……从此，那个信奉因果报应的孩子就偷偷地躲到一个寺院里去了。

那夜，当兔唇头领从昏厥中苏醒过来时，发现那个信奉因果报应的女子从自己的腰带上撕下了一条布，正包扎他的伤口。可是那个不遵守因果报应的兔唇头领把那个信奉因果报应的女人侮辱了一番后，从腰间抽出了一把小刀往那个信奉因果报应女人的身上狠狠地捅了一刀，把那个信奉因果报应的女子活活给捅死了。就在那个节骨眼上那个信奉因果报应女人的丈夫从外面回到家里来了。当他看到自己的女人被那人侮辱了，而且还用刀捅死了之后，就怒火中烧地拿起一把放在他家房屋里地上的那把斧头冲过去狠狠地在兔唇头领的头上敲击了几下，于是那个信奉因果报应的男子就亲手把那个不信奉因果报应的兔唇头领送上西天去了。

等他为自己的妻子报了仇，正准备去给自己的妻子办理后事的时候，幸好发现自己的妻子并没有完全断气，她的心脏还微微跳动。虽然听不到她吸气的声音，可他观察了一下后发现他妻子的腹腔和喉部的脉搏还在轻微地跳动，于是他断定他的妻子还活着，觉得还有能救活妻子性命的希望，从而他用腰带紧紧地包扎好妻子的伤口后，就把妻子背在背上，匆匆翻越了那座心尖般陡峭的山峰，匆匆忙忙冲向远方那座肺脏般的山峰里寻找大夫去了。当他气喘吁吁地爬上那座山顶上稍加休息了一阵后，又急匆匆冲下那道阎罗锅底般的沟底，蹚过那条阎罗河水般的河流，横穿过那片阎罗圆镜般的茫茫大草原，经过那座水晶般晶莹剔透的雪山，穿出了那顶如同敖包般布满丛林的山峰后，才到达了他的拜把子兄弟——曼巴大叔家了。

曼巴大叔家一共有三口人，当曼巴大叔见到自己的结拜兄弟的妻子身上的刀伤后，马上打开药箱取出上好的药物细心周到地治疗起她来。曼巴大叔的妻子立刻起身，过去捅了灶膛里的死灰，往灶膛里拢起了柴火后，立马熬起了奶茶。他们家那个刚满二十岁的儿子马上到自己家的羊圈里，从羊群里抓了一只肥羯羊，正霍霍磨着刀子准备为他家最要好的客人宰羊。一时间，他们家的所有人都变得手忙脚乱了起来，他们一直忙碌到后半夜，她才脱离了生命危险，他们都才稍微放心了下来。这时候，奶茶已经熬好了，肉也煮熟了，于是他们都坐下来边喝着茶吃着肉，谈论起了发生那件不吉祥事情的始末来。曼巴大叔家的亲人边听着他的叙述，他们脸上的神情变得丰富了起来，他们的脸上都布满着恐惧感，口中不停地发出啊嚯嚯，啊呀呀，啊咔咔等惊叹声来。就这样，他们夫妇在曼巴大叔家潜藏了十几个月。于是，她的身体逐渐恢复了。他们在曼巴大叔家里过了三个月生活了，不知不觉又过了五个月，九个月的时间就一闪而过了。哦，想不到期间她还生出了一个女孩来。

按理说，生男育女是世上最幸福的时刻了，可是，此时此刻他们夫妇看着那个刚出生的孩子非但高兴不起来，那孩子反而成了他们心头的痛、肩上的包袱了。从那女婴的脸形上根本找不到自己丈夫的一点儿影子，可是她的确是从那个女子的身上掉下来的一块肉，谁不去承认这个事实呢？此时此刻，你让这个苦命的女子该怎么办呢？他是杀人的凶手，她是从鬼门关逃生的死活人，杀人天理不容，人死而复活就是魔鬼了。还有，那个不信奉因果报应的坏头领的亲人们如果得知了他们现在还潜藏在曼巴大叔家的消息之后，一定会闻讯赶到这里来，会活活拔掉他俩的心不说，一定还会踏平曼巴大叔的这个家不可。哎呀，在这样危险的环境里怎么抚养这个无辜而又罪孽重重的孩子呢？为此，如果把这婴儿送给阿克次成又会怎么样呢？

他们夫妇作了认真的商榷之后，才下定决心前来敲响了我的房门的。次成嘉措啊，你真的不用怀疑了。那事是你来到夏智寺十个月之后才发生的事情。是啊，那天晚上他们来敲我僧舍房门的时候你早就进入梦乡，你还打着轻微的呼噜，招惹得他们夫妇看着你大哭了一场呢。看着你那张让父母疼爱的脸，他们眼里的泪水流得更加的欢实了起来。那时候，对我们来说是生死离别之后又重逢相见的时刻，于是我们止不住内心的激动和悲痛就相拥着痛哭了很久。之后，我们就在我的僧舍里坐下来，又担心恐怕透露出去消息，所以连灯也没敢点就黑灯瞎火地聊了一宿的心里话，直到天快亮的时候，他们把那个刚出满月的女婴留给了我才匆匆离开了我的僧舍。是啊，这就是人们所说的轮回的痛苦了。等他们离去后，我没有让别人知道这事，就偷偷地把那个女婴送给了一个非常信奉我的施主。施主突然得到一个姑娘后，高兴得不得了，还说那个女儿是神仙或神度母赐给他们夫妇的孩子，高兴之余就给那个女婴起了拉毛卓玛这个吉祥的名字。次成嘉措啊，凡事之前不去好好斟酌，羞辱和后悔的事就在后面咄咄逼来的。做事可一定要小心谨慎啊……

年轻人，如果你的人生道路也像我的人生道路一样曲折离奇，坎坷不平，充满奥秘和机缘巧合而又错综复杂的话，你会在失败面前低下头来呢，还是更加勇敢地去与不公的命运做激烈的斗争啊？此时此刻，我除了羞怯、惊讶和失望之外，真的不知道去怎么办为好了。为此，可以断定我不是个好男儿，我认为自己不是个能延续教和财两者的穷汉或不能扶亲灭敌的一个不俗不僧的人罢了。我不但自己看不起自己，而且还恶心起自己来。可是，仔细地想一想，也觉得这事怪不得我呢。阿克叙述的那个杀手却成为了我的阿爸杰智杰和我的从坟地里爬起来的阿妈杰智吉了。不遵守因果报应的人应该是那个兔唇头领，那个遵守因果报应的可爱的孩子指的就是我自己，那个女婴的父亲就是臭名昭著的兔唇头领，那个从纯洁无瑕的杰智吉的肚子里生出来的当初刚满月送给阿克的女婴就是现在的拉毛卓玛。

那些过去的往事犹如是玷污岁月这张白纸的墨水。那个秘密也的确是个需要谨慎保密的故事，为此，我把这二十多年的秘密装进自己内心的小箱里，还用层层岁月的铁锁把它死死地封锁了起来，所以这个秘密才一直遗留到现在了。可是，我现在才知道阿克为什么不让我与拉毛卓玛结婚，一定为我另外找一个媳妇的良苦用心，也知道了我们叔侄之间发生矛盾时阿克说出的每一句话的含义，所以，我内心怎么会不感到懊悔呢？

“也许我说的这些话也有不对的地方，你现在说我固执也行，强加于人也罢，可你无论如何也不能迎娶拉毛卓玛为妻，无论如何都……”

阿克没有说出我不能娶拉毛卓玛做妻子的其他理由，可他说出的带有固执和强势意味的每一句话，犹如是一支支锐利的箭镞直射到我内心的靶子上去了。

向阿克询问主意，向婶子讨要食物。这句俗话说的就是我这样没父没母的孤儿，绝对不是针对那些父母双全而享受幸福生活的孩子们的。真应了“幸福靠人拖拖拉拉，靠驴驮垛磨磨蹭蹭”这句古话了。如果我也是个父母双全的孩子的话，就把自己的内心的疑问直接去问自己的阿爸了，等得到结果直接去告诉自己的阿妈就可以了。真是雪上加霜啊，我恰恰就是一个没有父母双亲的孤儿，遇到难题向由叔代父的叔叔询问内心的疑虑时，他却说出来这样一句既固执而又强势的话来狠狠地伤透了我那颗纯洁无瑕的心，这是一句多么难以忍耐的话啊，尤其他说出的那句“绝对……绝对不能……”的话语时发出的那个语气和腔调不但非常的强硬，而且谁也不知道那句不堪入耳的话语里究竟深藏着什么秘密。这时候，啊，我的阿克他也……真是的。

现在后悔为时已晚了，我也不是不愿意去报答阿克的养育之恩，也不是忘记了自己曾经受过那些苦难的日子。阿克逃跑出去的第二天早晨，我没有心思像平常一样到夏智曲河边去晨读了，也没有心思去看那些背水姑娘们的倩影了。一整天无论是站着还是坐着满眼里都是我那个亲爱的阿克，那个我没来得及报恩的阿克的影子。是啊，曾经恩赐予我食物的父母，教我读书识字的恩师，指引我踏上皈依之路的喇嘛。每当我想起你那温和的举止，你那不变的信仰，你那勤奋刻苦等优秀的品格的时候，我眼前不由自主地闪现出你疼爱我而露出的那一张张慈祥的颜容来，还有你那娓娓动听的说话声，诵读经文时严肃认真的表情等活灵活现地闪现到我的眼前来。我无论如何也无法忘记我十岁那年剃度当了和尚时的情节，阿克给我穿上了崭新的僧袍和僧衣，领着我去聚会大殿向我介绍佛像时的情节。“这怎么会是无量光佛呢？也不是弥勒佛，不是手里持有莲花吗？哦，你认出他来了啊！对，他就是大慈大悲的观世音菩萨啊。你真是个聪明的孩子啊！”他就这样用夸赞我的方式来打开了我的智力。傍晚我和阿克来到僧舍，他烹饪出可口美味的饭菜，我们师徒围着矮桌一起吃过晚饭后，他就让我把粉简（信札和习字板的一种小薄木板）抱在怀里，开始孜孜不倦地教导我写字：“你不能这样旋转笔头，要这样旋转来写字，哦，对了，你看你写的字有多好看啊！哦，厉害，你真厉害啊！”我时常想起和阿克在一起生活的那些往事。让人更加无法忘怀的是，每年他为我那去世的阿妈举行超度法事时，禁不住内心的痛苦而哭泣得红肿着一双眼睛，双手合十紧紧地贴在胸前跪在佛像前虔诚地诵读祈祷经时的神情。从他为了把我阿妈的灵魂引向西方极乐世界时的举动中，能看出他对我阿妈的姐弟深情，除了我这个没有亲人的孤儿之外，那些有父有母整天泡在蜜罐中长大的孩子们的心里怎么能体会到这一层人间温情来啊！

可是，雏鸟也有羽毛丰满的时候，婴儿也有胳膊上长出力气的时候。等我长大了之后，也有过不听阿克的话，惹阿克生气的地方。特别是他给我找了岗格措那么一个不男不女的"媳妇"后，我们师徒之间意见不合出现过那么多的纷争。我真后悔啊，我们师徒之间的矛盾还没来得及平息，阿克就永远地离开了我。人们常说后悔都来不及了，这话指的不是这样的事还有哪样的事情呢？提前想到是智者，事后懊悔是愚蠢。做个事前想到的智者很困难，可做个事后懊悔的愚蠢谁不会啊？可是，如果阿克早些年就把我和拉毛卓玛之间的身世，以及我父母的故事一五一十、毫不隐瞒地说给我听了的话，我绝对不会做出这样贻笑大方的蠢事来，也没有必要在阿克的心中留下那么多痛苦的包袱了。为此，这个故事一定会变得像牛奶一样纯洁无瑕的了。

那时候，接二连三地发生了那么多哭笑不得的往事，我现在想说给你听也不知道从哪里说起或在哪里结尾为好了。哦，是是是，就从这里谈起也不是不可以的。

某天傍晚，学校召开了一次全体教师大会，我们七个老师之外，还有几个上级部门的领导也来我们学校参加了那次的会议。总之，这个会议是由李校长主持召开的一次会议。可是，这次会议彻底把我推进了失望的谷底，还让我的情绪低落得自己不相信起自己或恶心起自己来了。如不是这样，我们的生活中怎么会有处处去忍让别人的时候，在人群中我没有发表"这事做得不对，这事要这样做"等大话来的勇气，我这个一生只考虑因果报应和为别人着想的忠诚老实人身上也招惹来不知从哪里飞来的横祸。另外，那些听鼓声起舞的狡猾的人们为了自己的脸面和利益，整天用些"你如何好，你如何美，没有人比得上你的学识，你是世上最富有的人”等花言巧语来获取别人的欢喜，根本就不努力去关心众生苦乐和因果报应，还有大家不去深刻理解他的用意，助长实现他们的意愿，于是他们的愿望还是犹如鱼得水、马跑平川一般顺利地实现了。就像我和我这样的人怎么去理解这个肮脏世事呢？

是啊，那天那个会议是专门针对我召开的一次会议。在会议上他们不但宣布我从此停止编辑四个班级教材的任务，还通知我以前已经编辑出来的教材没有一点儿意义，就如一泡狗屎一般扔进垃圾堆里去了，所以我怎么不痛苦到极点了呢？在会上李校长说过的那些话至今还清晰地记在我的心里。“次成嘉措，他早些年之前就和哲蚌寺的堪布们有着亲密的联系，他还是当初在拉萨的时候就跟拉萨的贵族、活佛和格西们合伙制造拨乱的一名头目。从这事来看，次成嘉措他根本就不具备做人民教师的条件，为此，从今天起他不但被从我们学校里开除了，而且他之前编辑的课本也停止使用，还从今天起停止发放他的工资报酬。把次成嘉措这样的人聘请到我们学校来做人民教师是我工作上的一大失误，我借用今天的这个会议向大家做深刻的检讨。”

真是的，把我聘请成为新时代的人民教师的是李校长，今天开除我公职的人也是他李校长。按理说，人的命运是靠自己修习的善业和资粮中得出的果业，可此时此刻我的命运却好像落在了李校长的手里。哎呀，我那时多么想跟那些才思敏捷、聪明可爱的学生们说上几句心里话啊！可此时此刻那个机会对我来说已经成为了兔子头上的犄角，乌龟身上的绿毛，中性女子生下的孩子一样渺茫了。我已经编写了一半还正在继续编写的那个修辞学教材的愿望也如同空中盛开的花朵，冬天传来的杜鹃的鸣叫声，夏天六月天降落的雪花一样不可能实现了，为此，我变得满腹伤痛，满心肠都聚满了悔恨的血脓。现在我即使留在学校里也成为百人当中的麻风男，百鸟当中的乌鸦了。为了平息自己绝望的心情，我又漫无目的地到夏智曲河边、夏智市场和夏智昌盛寺院等地逛游去了。这时候的夏智地域的景色好像跟往常全然不同了，夏智曲河边没有那个前来背水的女子，只有夏智曲河孤独地吟唱着一首哀歌匆匆向北方激流而去；夏智市场和夏智昌盛寺院中俗僧群众夹杂在一起纷纷攘攘地行走着，在一个众人集聚的大街的拐弯处我又遇到了她。你知道那人是谁吗？我居然又遇到了拉毛卓玛。

三宝明鉴啊！拉毛卓玛她确实是我的妹妹啊，只要你去仔细观察她的脸形就能看出我俩长相上的许多相似处，这些相貌上的特征能够证明我俩就是同母异父生出来的同胞兄妹了。她脸上那高凸的颧骨，浓密的眉毛，还有耳边的那颗黑痣等……

“你不要这样看我，我觉得怪不好意思呢。”

如不是她那声既低微又温柔的说话声，我怎么知道她正睁眼看着我呢？老天爷啊，我以前怎么没有从她的脸形上看出她是我的妹妹的迹象来呢？世间啊！生活，你不但是个充满秘密的谜团，还是个充满罪恶的海洋啊！像我这样的人去跟你对抗，那简直就是拿着鸡蛋往石头上去碰啊！是啊，不管是拿着鸡蛋去碰石头，还是拿着石头去碰鸡蛋，最终受到伤害的依然是那个白净的鸡蛋啊！

“我已经离婚了，你要是想办什么事的话就已经该到办理的时候了。”

“啊？”她的脸上含着羞涩的神色说出来的话，着实让我呆住了。

在我们的现实生活中，有许多不认识自己父亲的孩子，也有许多不认得自己儿女的父亲。为此，这个罪恶只能怪罪到世间轮回的头上去而绝对不会降落到我次成嘉措一个人的头上来的。可是这想法是我在蹲监狱的时候才得到的一个重大的结论。老实说，那天我究竟向她问了什么事，或者说了什么话，我现在一概不记得了。从此，我们俩再也没见过一次面，不是逃避彼此，大概是我俩都忙得没有见面的机会了吧。

我现在已经在自己的人生中留下了污点，再去想那些不愉快的事还有什么意义呢？该发生的事已经发生了，再为那些事伤心痛苦还有什么好处呢？那么，把以前发生的自身上的教训作为自鉴以后再也不走歪路和错路，走上一条正确的人生道路是我今生的热切希望啊！与其铭记着那些不幸的往事痛苦地活着，还不如强行去把那些装在自己内心的龌龊往事清扫干净，坦然面对现实，自己把精力投放到学习文化知识上，去刻苦学好那五部经书为好。为此，我首先从因明学开始学起，渐渐开始刻苦学起了俱舍论、根本论、中观论和波罗蜜多等五部经论来。以前在拉萨的时候我就已经学过以这五部经书为主的声学、修辞学、医药学和算术学等经论。我此时此刻才体会到了藏族文化学识的精深博大来，为此，我白天勤学因明和中观，晚上苦练起俱舍和根本论来。我把这些学科学到一知半解的时候，哎呀呀，真是毛骨悚然啊！

"格西拉。"

某天晚上，我从俱舍论的经书里看那篇《世界形成论》章节的时候，洛桑走进了我的僧宅。

"不好了，不好了，阿克次成被警察抓进监狱里去了。人们传说他逃往莲花圣地的举动跟你有关系，这事是真的吗？格西啊，智者犯错一丈，愚者犯错一尺。如果大家的传言是正确的话那么你肯定不会有安宁的日子了。老实告诉我，阿克（叔父）的逃跑究竟跟你有没有直接的关系啊？"

我不想跟洛桑说任何的话，也不想给他做任何的解释，我不想理睬他就继续去看我的书了。可是，我听了洛桑说阿克被抓的事后，从我的内心深处产生出一阵剧烈的疼痛感来，那时候，我虽然用眼睛看着摊放在眼前的那本书，可在我的脑海里浮现的全都是阿克的影子。其实，这个不吉利的噩耗我昨天就已经听说了，可今天乍一听到洛桑的话，我的心依然拧疼了起来。我和阿克离别的第二天，阿克背上背着包袱，手里拿着拐杖踏上了那条坚穆麦梅土匪山路的时候，不知是从哪里闯出来的几个壮汉突然堵住了阿克的去路，就强行地把阿克拉到县城里去了。"听说，现在阿克跟智江活佛等人一起关押在县城的监狱里了。"洛桑复又向我问了许多有关阿克的事，可我依然没有对他做任何的回答。最后他恨铁不成钢地对我说："你这个人啊！问你话你不回答。呀，你也不要再多想了，如果上面来人向你问话的时候，我希望你最好实话老实交代的为好。"洛桑生气地看着我继续说："哦，你千万不要给别人说我来过你这里的事啊。"

从此以后，哦，我也不知道究竟是怎么回事，我集中心思仔细想了一下之后，才发现我也被莫名其妙地抓进监狱里来了，并且还给我判了十七年的重刑。啊，痛苦虽然是众生都要去品尝的苦果，可我这个受过居士戒的和尚要去受监狱里的酷刑实在有些困难啊！那时候，我已经三十八岁了，正是人生中精力最为旺盛、体壮力大的顶峰时期，可政府已经给我判了十七年的重刑，我怎么会不感到痛苦和懊悔呢？十七年对一个人来说可不是个短暂的时间啊！其实人生是无常的，自己有没有从牢狱里释放出来的时日也很难说。就算有一天我被从监狱里释放出来，那时候我的人生已经到风烛残年，日落黄昏的年龄了。进监狱的时候我是个体强力壮的青年，当我服刑期满走出监狱的大门时已经是个年迈孱弱的干瘪老头了，这真让人失望和落寞啊！

就在我的人生陷入最低谷的时候，我也从来没有改变过因果报应的观点。不但铭记着自己已经去世了的阿妈和居无定所到处流浪的阿爸不说，还时时刻刻惦记着对自己有养育之恩的阿克的恩情。在平日里一旦稍微有点闲暇工夫的时候，我就不由得从心底里回忆起自己曾经走过的那些坎坷多舛，哭笑不得的漫漫曲折的人生道路来。杰智杰、杰智吉、兔唇头领、阿克、拉毛卓玛、岗格措、李校长和洛桑，特别无法忘记我曾写过的那个既滑稽又好笑的入党申请书。"为了让贫穷弱小者们从压迫和剥削的枷锁中解放出来，引导众生脱离苦海，我志愿加入中国共产党。"

是啊，那个入党申请书虽然是那样的滑稽可笑，可那是从我的骨头缝里流淌出来的骨髓，从我的内心深处自然流露出来的一片真情啊！为此，我自始至终从心底里没有改变过对共产党的一颗拳拳红心。而且我还把自己之前写过的那首《纯洁云律赞词》的长诗中的几句诗词当作口头随时诵读的经文在平日里诵读着。

“皈依三宝永无欺，遵循因果共产党，浊世持修如我皆，永藏心间莫弃之。”

“喂，你在念什么呢？”一个藏族狱友听到了我诵读的这句“经文”后，感到很好奇地问我道。

“哦，我吗？没有什么啊，我在诵读一段祈祷经呢。”

“嘿嘿嘿，多么美妙的一段祈祷经啊！嘿嘿嘿……”

“你笑什么啊？共产主义和极乐世界只是说法上不同，它们的本质是一致的，共产党不但是一把劈开压迫蛮横强迫统治的斧头，而且是扶持弱小者的父母，给众生创造幸福的怙主呢。还有伟大领袖毛泽东是文殊菩萨的化身，党的政策是遵守因果报应的替身。这样的党和极乐世界没有什么区别啊。”

“嘿嘿，嘿嘿嘿……”那个狱友听了我的解释后不回答我的话，只是一味地在傻笑个不停，一时间我的心里也觉得不安了起来。为此，之后我也不得不渐渐放弃诵读那句自己编写的“祈祷经”文了。

呀，年轻人，下面我就说说我在监狱里的生活吧。我曾经蹲过的那个监狱里一共有三千多名犯人，其中大多数犯人是内地的汉族，除此之外还有少量的回族、蒙古族、藏族和土族等少数民族犯人。我们每天的劳动就是要到一个煤矿里去挖煤和运煤等重体力劳动。那时候不像现在的社会，非常缺少交通工具，一切劳动都要靠人的体力劳动来完成。监狱里的劳动可不是一般的体力劳动啊！可累死累活劳动每顿只能吃一碗清淡的清汤面片，没有其他可吃的食物，可每人每天要从煤窑里往外背出五十多背篼煤炭。公家把犯人看管得可严了，犯人们去劳动的场所里每十米之处就有一个哨兵手里握着一支枪在看守着我们，犯人们甭说要休息了，连个彼此说话的自由都没有。唉，人世间的监狱活脱脱就是阴间的地狱啊！那时候我心里又不由自主地想起了因果报应来。种麦得麦，种豆得豆，种青稞得青稞，种白菜绝对不会长出带壳的谷物来的。为此，谁能诬赖得了因果报应呢？虽然如此，可我心中所想出的因果报应是这样的：从事一件善事一定会得到善果，干出一件恶业就一定会得到报应的。所谓的“业”是个多么隐秘而又深奥的哲理啊！掏鸟窝，用石头投掷兔唇头领……哦，那些事或如同那些事一样的恶业都和我有很大的关系，因此，难道老天惩罚我的恶业才把我关进监狱的吗？或者，在某个前世中，我谋害了自己的生身父母，杀死了某个罗汉，拆毁了某座佛塔，抢掠了寺院里的僧财吗？总之，我怎么也想不起在这一生中做过杀、盗、淫等身者三；妄言、离间、恶语和绮语等口者四；贪欲、嗔和邪见意者三等十不善的事情来。可是，世上所有的痛苦都毫不吝啬地降临到我的头上来了。在这世上对我最有恩情的阿妈被人给杀害了，阿爸到目前还不知道究竟流浪到哪里去了，可怜的阿克也死在监狱里了，我也在监狱里亲自忍受着炼狱般的痛苦，为此，“因果报应”的含义是多么的难以理解啊！因此，在我内心肥沃的田地上生长的因果报应的禾苗和盛开的慈悲心怀的花朵被与因果报应相悖的冰雹和寒霜给摧残了。遵守因果报应的父母和慈悲为怀的阿克给我的心田里施加了因果报应的肥料，浇灌了因果报应的泉水，耕耘了因果报应的铧犁，播撒了因果报应的种子，被与因果报应相悖的冰雹和寒霜等果业中出现的灾害彻底给摧毁了。

啊年轻人，我这样说话你一定以为我会改变了自己的人生观吧。我的人生观是绝对不会改变的。我也不知道究竟过了多少个日日夜夜，总之，三冬的积雪被三春的暖风给消融，三夏的绿草和鲜花又被三秋的寒霜给摧残，季节就这样周而复始地轮回了很久后，在一个春暖花开的季节里我复又听到了布谷鸟的妙音。就在那年那个山花烂漫的季节里我被突然从监狱里给释放了出来。

就像我刚才给你说的那样，你在你的那篇小说里写到我从监狱里出来后就没处可去了。这事你可写错了啊。原因我不说你也会知道的。夏智是养育我成长的故乡，在那里不但有我培养出来的许多学生，而且我还有几个特别要好的朋友，尤其是……唉……是啊，她比我小十岁。可是，我和阿克之间的矛盾就是因她而起的，我和拉毛卓玛之间那段孽爱也是由她来决断的。阿克虽然已经去了极乐世界，可是为了实现他的夙愿，也为了让他在天之灵得到息怒或平息我们之间之前的那些不愉快的矛盾纠纷，更为了让拉毛卓玛彻底死心，让她从心里放弃我和她之间产生的那段孽爱。虽然我没有把我的那颗红心交给过她，可她在我们的生活中犹如是一把打开矛盾纠纷铁锁的钥匙，在我们纷繁复杂的生活中起到了至关重要而又不可或缺的作用。

那天，从监狱里释放出来后，我就彻底解放了，瞬间像飞出了鸟笼的鸟、逃出了套索的野兽一般迫不及待地踏上了通往夏智的旅途。

我归心似箭地踏上了回归夏智的路途，可一想到那三个茫茫无际大沙滩，我的心中又不由自主地担忧了起来。

横跨在我前面的那三个大沙滩如同苍茫的天穹降落到了大地一般，广袤无垠，天地相连地横亘在前方，无数道沙石涌起的皱褶如凝固的浪涛，金灿灿地从我们眼前一直延伸到遥远的地平线。这片茫茫的荒漠中干旱得连一滴水都找不到，旧社会有这样一句俗语来形容走进沙漠后的情景，"父亲不和儿子分享食物，儿子不敬让父亲水喝"。要去夏智必须要经过这三个茫茫的大荒漠，为此我那犹如冲出了鸟笼的鸟儿，逃脱了枷锁的野兽般蠢蠢欲动、激动不已的心情又掉进了犹豫的大网中去了。

"去不去夏智呢？踏上了通往夏智的路途，如果走不出那三个茫茫的大荒漠，那么我就必死无疑了。可是不到夏智去，我又去哪里生活呢？如果继续留在这里生活也是一条布满荆棘的生活道路，因为这地方自己既没有志同道合的朋友，又没有自己培养出来的学生，我甚至到哪里寻找一个虔诚的施主去呢？不，我和阿克……我和拉毛卓玛……我和她……"

想到通往夏智的艰难路途后，我的心又动摇了，留在这里也不会饿死自己的。可是为了解开之前的那些秘密和矛盾，我又想义无反顾地回到夏智去。最后，我下定决心踏上了去往夏智的路途。

不知自己行走了多少个时辰，也不知道自己走了多远的沙路，经过了许多巍峨的高山，耸立的峭壁，浓密的森林和弯曲的河流等世上最为险要的关隘之后，我就来到了那个茫茫无际的沙海边上了。

在这片茫茫无际辨不清东南西北的广袤荒原上，除了生长着一些稀稀疏疏的冰草之外，一眼望去，到处都是单调的茫茫黄色，连一棵树木都见不到。整个荒漠雄浑，静穆，呆板得听不到一声鸟虫的鸣叫声，这是一片多么寂静辽远的荒原啊！我曾经走过遥遥无边的天路拉萨，可从来没有到过这种鬼门关，也没有受过这么大的辛劳和困苦。可是为了到达幸福的彼岸，我还是硬着头皮踏进了那片人间地狱般的茫茫荒原。走进那片茫茫荒原我才发现那困难比我想象中大一百倍，行走在那个茫茫的沙漠中举步难行，我的脚底下仿佛洒满了豆子一般，每向前迈出一步必定又向后退却半步而去，我迈着灌了铅一般沉重的脚步走了很久后，汗流浃背的整个人就开始虚脱了起来，额头上流出的串串汗水糊住了我的眼帘，使得我睁不开眼睛看不清前方的道路了。

那时候，太阳放射出耀眼的光芒像一团火一般地悬挂在半空中。滚滚热浪晒烤得我大汗淋漓，热气绕身，既饥饿又口渴得实在走不动路了。为此我躺倒在一个小小的沙丘后面稍微休息了一阵，我啃食了身上带的两个干馒头中的一个，一口喝下了走之前带在身上的那瓶水中的半瓶水之后，我身上的劳累也减少了许多，而后我又踏上了茫茫无期的征程。就在这时，我突然发现前面离我很远的地方，在灿灿的阳光下面有一条溪流闪烁着粼粼波光在流淌着。

哎呀，我是个不但命好而且还很有福气的人啊！那些愚蠢的古人们怎么就没发现这条溪流呢？总之，世界是由业果形成的，前辈的智者们不也是留下了“心善路也宽”的格言警句吗？水啊水，你是个多么珍贵无价的宝物啊！看这情形我可以毫不犹豫地走出横亘在我眼前的三片大荒原了。

那时候，我的身上的力量，内心的激情又互相激战了起来。兴奋和激动给我的身心带来了无限的力量，于是我弓着背低着头匆匆向前走去。是啊，人说“徒步走在沙漠里人辛苦”，这句话说得一点儿也没错啊！行走在沙漠里每向前迈出一步又向后退却半步是再平常不过了，不久汗水又从我的肉体和骨缝里汩汩地冒了出来，我又变得汗流浃背了，额头上的串串汗水又糊住了我的眼帘使得我睁不开眼睛看不清道路。可是我身上的力气依旧没有减弱，内心的激情也丝毫没有减退，为此我继续向前走去。走啊，走啊，我以为自己确实行走了很长的一段路，于是我的心中升起了胜利的喜悦抬头向那条青幽幽的溪流望去，可是那条溪流依然在离我很遥远的地方潺潺地流淌着，看上去我和那条溪流之间的距离依旧那么遥远，没有缩短半步。

我的心中又因干渴而变得火烧火燎了起来，内心的热量变成颗颗汗珠透过我的每一个毛孔流淌出来，已打湿了我身上的衣服，我的喉咙里不断传来咻咻的喘气声，于是我又把那半瓶水给一饮而尽了，而后又弓着背低着头迈着沉重的脚步艰难地向前走去。

当漫长的春日缓缓从天边降落下去之后，之前那条潺潺流淌的溪水也变得无影无踪了。这时候，我才彻底醒悟了过来，那是太阳的光照射在沙尘上反射出来的热量形成了溪流般的幻影。生活在沙漠中不计其数的动物为了追赶那条海市蜃楼般的溪流而累死在穿行沙漠的路途中，成为被沙漠吞噬的干骨。于是我的心中不由得感慨起来：“我多么的愚蠢啊！居然把烈日反射出来的热浪当作了溪流，从这举动来看在我身上实在不具备会说话明事理的人的条件了。哎呀呀，接下来我可怎么办呢？水已经喝完了，食物也只剩了半个馒头，横亘在我前面的三大荒原我不知道走没走完其中的一大片，现在我甚至分不清东南西北了。我现在究竟向哪个方向走呢？不久，夜幕笼罩了茫茫的荒原，吞噬了我虚弱的身体。我该怎么度过今晚呢？我的内心的情绪像大海里翻腾的浪涛一样难以平复了。

古人说出的话句句都是真理啊！他们把自己用血汗得出的生活中的切身经验用简短的一句话或一段清晰的文字记录下来，遗留给了我们后辈，非常感谢我们的老祖宗，他们为了我们后辈流出过多少血汗啊！我心里想出这些事之后，不由得对他们从内心深处升起了无限的敬佩感来。从而，为我之前说出的那句“愚蠢的古人”的话而羞怯得无地自容了，自己的脸瞬间变得火烧火燎了起来。

幸好，天空晴朗得见不到一片云彩，不计其数的行星和恒星在广袤无垠的天空中闪烁着，尤其是那颗启明星犹如是一个指南针，在北方的苍穹中灿灿地闪烁着。是啊，夏智就居住在西北方向，为此我今晚要头朝西北方向而睡了。

第二天黎明破晓时分，我就朝着自己昨晚头朝而睡的方向前进了。可是，我面前的无数道沙石涌起的皱褶如凝固的浪涛，黄灿灿地一直延伸到远方的地平线。沙漠里如不是长有稀疏的白刺和冰草，就看不出三春季节的景象来，也觉得藏文中把春天修饰成花开时分的辞藻是错误的了。假如这地方不是由沙漠占据的话，三春季节的景色绝对是由画家用画笔描绘不出、诗人抒发不出饱蘸感情的诗句来的美丽风景了。可是，这片无边无际的沙漠里甭说要见到个人影了，甚至连一声动物的鸣叫声都听不到。只有绵延的荒漠覆盖着天地，黄灿灿、静悄悄地绵延到遥远的天边而去。啊吱吱，次成嘉措啊，你能到达夏智吗？你一个人独自流浪在这荒无人烟的荒原中，你前生积攒了什么报应啊？难道这就是前世的积因得来的果报吗？我这样思谋着反抗了一下所谓的因果报应，可还是向往着古人的口传，把自己内心的一切愿望都寄托给他们了。

哎呀，很遥远的地方蠕动着一个黑黝黝的影子，那究竟是个什么呢？我擦亮了眼睛去观看它也没看清楚它究竟是个何物来。可是，从那个黑影子忽而清晰忽而隐没的走势来看，可以断定那是个人或动物，如果那是一个人该多好啊！我也有了一个同行的伙伴，那么我该有多么的幸福啊！如果不是一个人，是个动物的话也该多好啊，说明附近必定有一户人家或一个羊圈，最起码肯定会有一个放牧的牧人的吧。

现在时间也快到晌午了，我也变得饥肠辘辘，体弱力乏得走不动路了，还不如坐下来休息休息，等等后面紧跟我而来的那个人或动物再说吧。于是，我就坐在地上边等待边从怀里取出那块干馒头啃食了起来。

“徒步行走荒原难，骑手行走也困难……父食不给子吃，子水不给父喝……没有火枪不当土匪，没有干粮不走荒原……经过荒原的匪徒们，有谁没喝过自己体内的黄尿；经过荒原的朝圣者，不做恶业不由己。荒原……荒凉地……”愿神三宝明鉴，你看看，古人借用荒原编造了多少句俗语来啊！

这时候，我之前看到的那个黑影子又突然不见了踪影，我擦亮双眼在四周里努力寻找它的影子也见不到它的踪影了，呈现在我眼前的依然是那一片黄灿灿，寂静无边的茫茫荒漠，在那片荒无人烟的沙漠中只留着我的一行歪歪扭扭的脚印。啊吱吱，那到底是什么呢？难道我的眼睛中出现了幻影吗？或者，某个人在故意捉弄我吗？不会的，这个荒原上连个动物的鸣叫声都听不到，绝对不会有人无聊地来这种荒无人烟的茫茫沙漠里来捉弄我的。总之，在这种无边的荒原中出现幻觉好像是常有的事吧。我不能断定自己现在是否快要走出这片荒原了，俗话说，徒步行走荒原者难，这句古话说得一点儿也没错啊！走出沙漠行走在土路上简直像骑在马背上驰骋平川一般轻松自如了。可是，哦，是呀，水？“经过荒原的匪徒们，有谁没喝过自己体内的黄尿人……”我自己虽然不是个徒步行走荒原的匪徒，可此时此刻我也真的口渴难耐着，我的嗓子眼上快要冒起火来了。难道真的非喝自己的黄尿不可了吗？愿神三宝明鉴吧！这时候，我真的体弱力乏得支撑不起自己的身体了。我的脸庞如同流淌汗水的源泉一般，汗水顺着脸颊滚滚地流淌了下来，整张脸从而变得湿漉漉、汗涔涔、油浸浸的了，口中咻咻地喘着粗气，喉咙干燥得快要冒起了火来。水，当人们不缺水的时候不会感觉到它的珍贵，当人们极度缺水的时候，才知道它有多么的弥足珍贵。生活中短缺了水，人们口渴时一刻也无法忍受啊！宝贵的水啊！世上的金银财宝是有估量的价值的，可有谁能估量出你的价值来呢？没有你的地方风景再怎么美丽，人们依然把它称作荒漠地段。在那里不但听不到洁白羊群的咩叫声，听不到肥壮牦牛的吽叫声，也听不到驰骋骏马的嘶鸣声，而且看不到灿灿绽放的野花、绿油油的牧草和青幽幽的麦苗，为此，你就是世界上万物的唯一命脉。我心中对水的渴望变得越加的强烈了起来。

这时候，我又看到了之前的那个黑影子，它又出现在茫茫的沙海中了。可是，我的心里马上想起了小时候老人们常说的那个单腿鬼的故事。所谓的单腿鬼就是专门迷惑单独行走的人或体弱多病的人的鬼蜮之类的异物，它在单独行走的人或体弱多病的人眼前变幻各种幻术，使得单独行走的人或体弱多病的人晕头转向而迷失了心志。老人们说假如单腿鬼一直紧跟你不放的时候，你可以在地上捡拾一把白石头，对准每一颗白石头默念上三遍某个密咒后，抛洒到自己的身后去，独腿鬼就再也不敢跟随你而来了。古人遗留下来的古训不断地鼓促着我，于是我也从地上捡拾起了一些白石头，对准每一颗白石默诵了三遍密咒后向自己的身后抛掷了过去。难道是密咒的威力真的起到了作用吗？还是那个黑影根本就不是单腿鬼呢？反正，此时此刻我又看不到它的影子了。

这时候，我的眼前突然出现了一座大山。啊，现在我不是彻底走出了这片茫茫的大荒原了吗？那座山虽然离我很遥远，可我的心里依然产生了莫大的欢喜。远远望去那座云雾缭绕的大山黑黝黝地矗立在远处，从山体上的黛青色来看，山顶上大概有茂密的森林。既然有森林那么那座山上一定就会有泉水的，那么我就有救了，这样一来我就不用喝自己体内的黄尿了，为此我怎么能不感到高兴呢？

直到太阳快要落山的时候，我才走到了那座大山脚下。那座大山高耸入云，像一把宝剑一般直插高空。大山的周边长满着苍松、柏树、小蘖和沙棘等树木。树顶上传来杜鹃、画眉、山雀和喜鹊等鸟雀悦耳的欢叫声，还有很多我叫不上名来的鸟雀美妙的歌喉从森林里传来；

丛林中麇鹿、黄羊、岩羊和麝香等野生动物在一群一群地奔跑着。山洼和沟壑里传来了淙淙流淌着的山泉声。于是，我马上跑过去趴在一眼清澈的泉水边上美美地喝了一顿清冽甘甜的泉水。啊，多舒畅啊！冰凉甘甜的泉水驱赶走了我身上的燥热，我浑身上下立刻产生了巨大的力量。我喝足了甘冽的泉水，躺在泉水边上休息了片刻后才缓缓地走到山丘上放心大胆地躺下来，眺望起远方来。

东边那片广袤无垠的沙漠黄灿灿地一直延伸到这座大山脚下，山上枝盛叶茂的树木给那片黄灿灿的广袤沙海增添了几分亮丽的色彩；这座大山的南侧有一条陡峭的山路，一直曲曲折折地延伸到黄灿灿的沙头，那条山路上有个窄小的隘口，隘口处拉有白羊毛编织成的登天绳。啊吱吱，那片沙漠的西北方向又出现了刚才的那个黑黝黝的影子，并且它越来越接近了我。乍一看去它像个人影，忽而又觉得它像某种动物。最后，它走近了我之后，妈呀，那动物着实把我吓出了一身的冷汗来，原来它既不是人也不是单腿鬼，其实它是一头杀气腾腾的棕熊。

我怎么还有闲心来观看它啊！于是我急忙从地上站起身来，跑过去捡拾起了一块母绵羊肺脏大的石头向那头棕熊抛掷了过去。那块石头犹如被战神撑腰一般不偏不倚地飞过去端端正正投射到了那头棕熊的额头上后，那头棕熊立刻栽了个跟头就从那座心尖般的山头上如同滚石似的滚落了下去。虽然如此，可我的心犹如爆炸的胡麻乱跳个不停，肺脏如同羔羊在鸣叫般地乱跳乱响个不止，肝脏好像坍塌的山脉般胡乱抖动个不停，我一时不知所措地呆立着。

过了一阵后，那头棕熊咻咻地喘了一阵粗气后，发出一声雷鸣般的吼叫声，同时翻起身来向我的身上跳跃了过来。我又捡拾起一块锤头大的石头虔诚地从心底里祈祷着神三宝向那头棕熊抛掷了过去，可那头棕熊犹如一个善战而又敏捷的战士一般向左躲闪了一下，那块石头就从它的右侧擦肩而过飞射到它的身后去了。这时候，我心里一紧张，人就变得恐慌不安了起来，于是就顺着那条陡峭的山路逃跑了下去。当我飞跑到那个拉有白羊毛登天绳狭窄的隘口时，发现那头棕熊犹如一支直射过来的箭镞一般紧随我的身后直追而来，于是我又捡拾起一块锤头大的石头向它抛掷了过去，那块石头不知射中了它身上的哪个部位，总之打伤了它的某个大脉管或大动脉，我眼睁睁看着它奔跑的速度越来越慢下来了，最后轰然倒在了地上不停地抽搐了起来。此时此刻，我心里暗想道："这个凶猛的动物恐怕还要一会儿才喘过气来的吧，如果它再翻身腾跃起来的话我可就倒霉了。"我又从地上捡拾起一块羊肚子大的石头，高高举过头顶狠狠地向它的身上砸了一下，它就彻底不动弹了。

"啊吱，慈悲心怀啊！因果报应啊！它虽然是个凶猛的动物，可世间的众生一律都是平等的，如果说轮回是无边和灵魂是无边的话，说不一定这个凶猛的动物或许会在某世成为自己的父母或儿女的。啊呵呵，真是作孽啊！'经过荒原朝圣者，不干恶业不由己'。这句俗话所说的大概就是这样的事吧？"

这时候，我的心里不但想起了慈悲心怀和因果报应来，而且还想起了佛陀《舍身喂虎》等几部本生传说来。

现在自己已经造成了恶业，也积攒下了果报，那头棕熊确实没给我从事善业的机会，此时棕熊已经死去，我的肚子却饥饿得火烧火燎的了，为此，就算是棕熊的肉我也不得不吞下肚子里去充饥了。

我马上走到附近的森林里捡来了许多干柴燃起了篝火，把棕熊的肉烤熟后，大口大口地咀嚼。我用那头棕熊的肉填饱了自己饥肠辘辘的空腹，又带了一些自己能背得动的棕熊肉，顺着那条陡峭的山路向前走去。没过多久我就爬上了那座山顶。那座大山背后是一片茫茫的大草原，我还发现离那座大山不远处的一个山洼里升起了一股青幽幽的炊烟，我终于见到一户人家了，于是我就像见到了自己的亲人一般急匆匆向那户人家走了过去。原来，那是一家牧户。那顶帐篷边上卧着一条牧狗，此时此刻正在啃食一根干骨头，当他见到我之后就“汪汪汪”地狂吠着向我冲了过来。这时候，一个老阿妈从帐篷里跑出来阻拦住了她家的那条牧狗。

那家牧户里只居住着一对老夫妇，是个非常贫穷的牧户。他家的所有家饰是这样的：灶台下面卷放着一条羊皮毡，上面叠放着一个打满补丁的羊皮袄；灶膛里的铜壶里正在翻滚着不知是奶茶还是开水，不停地传来开水翻滚的声音；铜壶旁边东倒西歪地放着几个豁口破底的瓷碗；灶台的上侧铺着一条比较新的白羊毛毡，白羊毛毡上铺着一条褪了色的可维斯毯子。另外，帐篷的下端放着一副马鞍，马鞍旁边放着一条由山羊毛编制的花毛绳。他家帐篷的边缘破损得如同锯齿一般，在微风的吹拂下缓缓飘动着。虽然如此，可是能看得出他们夫妇是一对非常热情好客又善良可爱的老人。老夫人马上往灶膛里添加了牛粪烧起茶来，老头儿陪同我坐在灶台的上端，关切地问我从哪里来到哪里去等问题。我也没有隐瞒自己的身份如实地告诉了他说，我是一名刚刚从监狱里释放出来的犯人，现在要到夏智去。

茶熬好了。老妇人立马给我倒了一碗清茶，在清茶上放了一把炒面，可我实在喝不下去那碗茶了。因为那年是一九六一年的春天，在全国发生的饥馑之灾还没有结束，人民群众都过着饥饿的生活。

“客人大叔，呀，喝茶，喝茶，喝了那碗茶解解饥渴吧。你也知道现如今的生活情况的，喝呀，啊吱吱，你干吗要流淌起眼泪来了啊……”

是啊，善良正直的雪域藏民族的这个传统习俗多么的至高无上啊！

那老汉的名字叫做李秀，那老妇人的名字叫做拉毛措。第二天，李秀大叔给我借了一匹马，为此我平安地到达了久违了的夏智村落。

年轻人，现在几点了？

五

我专心致志地倾听着次成嘉措大叔的叙述，完全沉浸在他那个既精彩而又动听的曲折人生故事中，完全忘记了周边的一切。哎呀，今晚八点二十分钟时，次成嘉措大叔不是就要乘坐火车回老家去了吗？现在已经到下午的六点五十分钟了，离我和他分别只有一个多小时的时辰了，为此，我还能听完他那充满喜怒哀乐的曲折人生故事吗？总之，时间是多么的珍贵啊！于是，我的心中不由得着急了起来，我立刻向他回答了他向我提问的问题，又等待着他继续叙述下去他的悲欢离合的曲折人生故事。

次成嘉措大叔没有耽搁时间，他立刻继续向我叙述道。

呀呀，如果你真的那么喜欢听我老头胡说八道的话，这样的废话你就算让我给你说上三天三夜也是说不完的啊。可是，由于时间的关系我恐怕不能把我经历过的所有故事都讲给你听了，那么，你最想听有关我的哪方面的故事呢？你要听我阿爸潜逃在外的故事呢，拉毛卓玛那个美丽的爱情故事呢，还是想听那个大大咧咧、不拘小节的男人娑岗格措的故事呢？还有，我的秘密，我的感情，我内心中的每一句呐喊。以及我的曲折人生和因果报应之间的激烈矛盾，曾献给过我身语意的朋友和朋友的友情……啊吱，你究竟想听哪方面的故事呢？你快说啊——

呀，你不说话的话我也没有办法了，那么我还是随口说说我能记起的往事吧，你听完我的这些废话之后自己慢慢取舍去吧。

那时已经到藏历四月份了，夏智地区的大地上已经逐渐盛开了各种鲜花，长满了如茵的绿草，漫山遍野犹如铺上了五色彩缎一般变得绚烂多彩了起来。那座直插云霄的大山高高地耸立在夏智昌盛寺的背面，一层淡淡的云雾笼罩着坐落在那座大山脚下的夏智村落，四周刚刚钻出土的嫩绿的牧草和崭新绽开绿叶的树木给整个夏智村落增添了几分亮丽的色彩。在夏天的暖阳下，有几个背水姑娘背着背水桶来到缓缓流淌的夏智河边背水。这时候，吹来了一阵暖风，飞扬起了围系在夏智寺神殿和金殿等廊檐下的檐幡，传来了檐幡飞扬的啪啦啪啦的声来，随着飘扬的檐幡还传来了一阵阵清脆的铜铃声，那阵丁零当啷的铜铃声催醒了我的意识，好像在呐喊我即刻回到夏智寺中去呢。

我伫立在通往夏智村落的那条羊肠小道的十字路口，心中充满了激烈的冲突。

哦，我要去夏智村落呢，还是要去夏智昌盛寺里啊？去夏智昌盛寺，我一定会在聚会大殿里分享到能见众生命运的佛法份子，可我觉得我的命运中注定该去享用的份子好像又在夏智村落当中，因为她们两个人在夏智村落里生活。我踌躇不已地跟内心的矛盾做了很久的激烈斗争后，还是欣然选择了要去夏智村落里生活。于是我就顺着夏智河畔向夏智村落走去。

我在夏智村落里生活的那些年，得到了洛桑等朋友的资助，因此，我的生活就有了很大的好转。当初，洛桑在夏智村落里给我修建了一间小屋，于是我彻底从他的家里搬出来过起了单身汉的生活。洛桑的爱人也是个心地善良而又知书达理的大好人，她也像洛桑一样对我的生活给予了很大的照顾。虽是如此，可是那时候是一九六一年的春天，全国还没有结束饥荒年代，人民群众依旧过着饥馑困苦的日子。

真的，太让人失望了。抹擦不掉额头的皱纹，避免不了前世的果业。我承认这句俗话说得很对。可是这些心地善良而又虔诚地相信因果报应的众生中，难道没有一个在前世修下正业的人吗？可是，与之相反，我觉得心地越是善良的人得到的恶业越多，你越是相信因果报应，因果报应越是让你感到莫大的失望。这究竟是为了什么呢？这些既怀慈悲之心而又满怀悲悯心的人们为众生默诵过多少六字真言啊，这可是无法计数的啊，可我就是想不通他们的果业为什么就得不到任何的改善呢？啊，慈悲为怀的观世音菩萨啊！都说您的咒语——六字真言——是灭除三界六道众生痛苦的克星，可为什么就灭除不了黑头藏民所受的饥渴痛苦呢？

啊吱，这时候我心中又想起那两个人来，我相信广大读者都已经非常熟悉她们两个人是谁了。哦，所以我没必要给大家再次去一一介绍她们两个人了吧。也不知道究竟发生了什么情况，现在她们两个人都不在夏智村落里生活，彻底从夏智村落里消失了，那么她们究竟又去了哪里呢？

我向我的好友洛桑问起原因的时候，他只是脸上露出神秘的笑容摇着头对我说；“人老心不老。说的就是你这样的人啊！不如你明天跟我去夏智寺，去看一看阿克曾经的僧宅吧。”

第二天，就如洛桑所言，我和洛桑到夏智寺看阿克曾经住过的那座僧宅去了。可在夏智寺群落密布的僧寨里已经看不到阿克曾经住过的那座僧宅了，不过从夏智寺僧寨的地形和断垣残壁来判断的话，还能判断出阿克曾经居住过的那个僧宅的蛛丝马迹来。阿克曾经居住过的那个僧宅四面的墙壁都倒塌了，院子里还稀疏地生长着一些冰草。最里面的那堵断墙可能就是当初阿克设置佛堂的墙壁了，还有两堵断墙没有倒塌依旧彼此对峙地矗立着。两堵墙的岔口处结了一张很大的蜘蛛网，蜘蛛网的正中间趴着一只大拇指大小的蜘蛛。这时候，突然飞来了一只小虫不小心碰触到那张蜘蛛网上去了，小虫被粘在那张蜘蛛网上之后，为了逃命就拼命地挣扎了起来。小虫的激烈挣扎晃动起了那张偌大的蜘蛛网，于是，那只蜘蛛通过摇晃的蜘蛛网的振波得知了小虫子落网后就立刻向那只小虫扑了过去。它手舞足蹈地来到粘在蜘蛛网上的那只小虫子身边，立刻吐出蜘蛛丝牢牢地捆住了那只小虫的所有肢体，又手舞足蹈地爬到自己的卧床上休息去了，它安稳地趴在那张天罗地网的中央，眨巴着眼睛观望着四周的动静。

“格西仓，你看啊，这只无辜小虫的小生命就这样轻而易举地落到这只蜘蛛的手里去了。多可怜啊！”洛桑怜悯那只小虫子地说。

“唉，以前阿克供奉三宝的地方，现在居然成了这些小虫子积累罪孽的场所了。世间无常难道指的不就是这样的事情吗？”

我心中顿时产生出了莫大悲伤感来，两颗热泪止不住地从我的脸颊上滑落下来缓缓滴落到地面上去了。啊吱，此时此刻，我觉得突然从这堵断墙处传来了一声皈依无欺三宝的诵经声来。这不是阿克的诵经声吗？没来得及报答恩情的阿克啊！不孝的侄儿我虽然没有报答你这生的养育之恩，可是想必您已经在极乐世界中获得了纯洁的神身吧。啊，极乐世界中的神童啊！此时此刻我除了虔诚地为您祈祷之外还有什么办法可使呢？敬请观世音菩萨关照我等众生的果业吧！

晴朗的天空中，观看世间无常规律的那轮红彤彤的夕阳也缓缓地降落到西山后面去了。夏智寺僧寨中的那个快要坍塌的断壁残垣此刻静默地矗立在僧寨中，显得如此的寂静，如此的孤独。我带着满怀的凄凉又慢慢向夏智村落走去……

发生在全国的饥荒岁月结束后，人民群众的生活也一天比一天好了起来，信教群众的思想也发生了巨大的改变。信仰佛法的虔诚心和自我发展的勤奋心互相比赛一般在百姓们的心中高涨起来，为此，芸芸众生怎么能不感到高兴呢？

这时候，我心里又想起了她们两个人来。到目前为止跟她们离别快有四年的时间了。这期间她们两个人在哪里又过着怎样的生活呢？这对我来说可是一件非常隐秘的事了啊。她俩究竟去哪里了呢？为了揭晓这个秘密的谜底，某天我就用洛桑的妻子送给我的那块肉熬成了肉汤，特意邀请洛桑来我的小屋里喝肉汤了。我盛了一碗滚烫的肉汤放在了洛桑的面前后，他用嘴噗噗噗地吹着那碗滚烫的肉汤吸溜吸溜地大口喝了起来。眼看着他喝完了一碗香喷喷的肉汤，于是我又给他盛了一碗肉汤放到他面前去了。这时候，洛桑开玩笑地对我说："呀，今天格西仓的态度真不错啊，莫非您有什么事想求我不成？"

"啊哈哈，没有别的事，只是想知道她们两个人的情况而已。"

洛桑大笑着对我说："一来你邀请了我，二来我也主动到你这里来了，你以为我是来向你叙述她俩的事情来的吗？"

原来，他不是由我邀请而来的，听他的话就算我不去邀请他，他也一定会来我这里来找我的。其实他不只是照顾我生活的朋友，他还为恢复我工作的事做了大量的工作呢。

洛桑他继续说：“哦，你虽然说对了一半，可是凡事都有个先来后到的紧急缓慢，首先要恢复你的工职，然后再谈她们俩的事情，你看好不好啊？”

究竟是不是这样，我也不得而知，除此之外在我的心里也想不出个更好的办法来，尤其是今晚我能说出违背他心意的话来吗？于是我和洛桑转变了一下话题沉迷到谈论其他的事中去了。我和洛桑欢畅地谈论着，一直到半夜他才从我的寝室里离去。临走时，他对我说道：“不久会有一个工作组来调查你的，到时候你可要会说政策啊。”

真的，没过多久就有一个工作组到我家里调查我来了。这个工作组虽然只由五个人组成，但他们看上去个个都是有文化而说话也很有水平的人。其中那个年龄较大的姓赵的同志是他们的组长，还有姓刘、朱、董和王的同志，其中那个姓王的姑娘担任着秘书的职务，其他的三人担任着谈话的任务。以前在监狱里的时候我学了一点儿汉话，为此不但能听懂他们说话的意思，而且还用几句简单的汉语跟他们交流了。

“我们今天是听从政府的命令专门来调查你的。”这时候，那个年龄大一点的姓赵的同志开口说道。

“据我们了解，你在监狱里囚禁了三年，那是因为你和哲蚌寺的堪布在私底下互相通了几封信，为此政府误解你而把你囚禁在监狱里了。那事着实冤枉你了。可是，共产党的独特性就是他有勇气承认自己的错误，对不起，冤枉你了，你受苦了。”赵组长复又说道。

等赵组长说完话后，那个姓刘的年轻人接着说：“虽然是这样，我们还是要调查清楚你的历史背景。作为一名革命者首先你自己的历史背景要干净。为此，你们还是一起分析一下你当初入狱的真正原因吧。你看怎么样啊？”

“啊哈哈，我至今真的不知道自己当初怎么入狱的。我还常常以为那是自己积累的因果报应带来的果业呢。有时候我的心中也产生过许多幻想，这辈子人头上不该来的罪恶都降落到我的头上了。我那慈祥的阿妈被别人捅死了，阿爸流浪在外至今不知到他的死活，阿克也从监狱里去极乐世界了。哎哟——如果那些事说是因果报应中产生的果业的话也是我前世因果报应里生出来的果业了。如不是这样的话，我真的想不到我这辈子干了什么大恶啊。”

我的那些话大概没有说到点子上去，工作领导小组的成员们面面相觑地互相看了一眼后，每个人的脸上露出了或嘲笑或惊讶的表情来。

“把你抓进监狱不会是因果报应中得出的果业，共产党不承认因果报应的。呀，今天我们就谈到这里吧。哦，党和政府永远对你充满着信心。”最后，王秘书对我说了这样一句话，他们都过来一一跟我握了一下手之后，就离开我的小屋而去了。

之后，那个工作小组又来过我家几次，他们说恢复我的工作是党和人民群众的殷切希望，于是就从很多方面跟我谈了许多有关我工作方面的事。那时候，他们不是特意来调查我情况的，而是来开导我并征求我同意接受恢复工作的意见来的。

可是我没有满足他们的意愿，原因我不说你们也会知道的，我还要去寻找她们两个人啊。某天，天上下着霏霏细雨，此时温暖的三春季节已经过去而又开始了炎热的三夏季节了。那场霏霏细雨催醒了我的意识。在以前，一到夏天我有个到夏智曲河边看背水姑娘们倩影的习惯，可现在哪里有那种福气啊。平常坐在那个结满污垢的小屋里，自我懒散地在日夜的念珠上反复捻送着自己这颗单身汉的珠子，岁月的痕迹已经渐渐爬满了我的额头，哪里还有比这更烦恼的事啊？哦，现在没有去思考这些烦恼的时间了，我难道不是要去寻找她们两个人的吗？

啊吱，工作领导小组又来了，他们的衣服都被雨水给淋湿了，他们的裤腿上结满了泥巴。赵组长的手里拿着几张棋图般的表格，还拿出了一个关于恢复我工作的文件递给我看了。

“不，我要的不是工作。”我严肃认真地对他们说。

真的，他们太能说会道了，把一个人赞扬成神仙，或把一个人贬低成恶魔，都拿捏在他们的手里了。他们勉励我说了一大堆要去参加革命工作有什么好处的好话，说得使我感动不已了。

“啊哈哈，既然你们说到这个份了我还有什么话可说呢？”

“从以前的文件上看到把你从工作岗位上开除掉了，而且你还受冤枉坐了三年的牢狱，吃尽了苦头。现在我们经过一番调查，那纯粹是犯了诬陷的错误，从此往后再也不会发生这样的错误的。”赵组长斩钉截铁地对我说道。

“是的，以后再也不会发生冤枉人的错误的。”他们都异口同声地说道。

没过多久我的工作彻底得到了恢复。可是，我要从事的工作不是以前的教师岗位上的工作，他们选举我担任了夏智县人民政府的领导。当领导虽然工作很艰难，但我把因果报应的信念肩负在自己的双肩上，要干一件有利于群众的事实，一方面给党做出了贡献，另一方面还顺便做到了佛法中所说的善事，这难道不是一件一举两得的好事吗？我时常在心里这样勉励着自己。我们的工作虽然不重，可也琐事缠身，常常要召开会议，学习文件，还要深入到群众中调研等，都是要由我们当领导的去完成的。那时候，我写了一篇几万个字的调研报告。调研报告的内容概括起来是这样的：伟大的共产党的政策降临到夏智地区之后，夏智村落广大人民群众的生活发生了翻天覆地的变化，可是还有些地方的群众没有解决温饱问题，党和人民政府要特别关注这些地方群众的疾苦等。可后来，这份调研报告又给我惹来了祸端，我除非有先知的幻术，不然我怎么知道由此而惹祸上身呢？为了工作我又不得不推迟了我要去寻找她俩的誓言，不知不觉中四五年的时间又瞬间流逝了。

灰暗的雾霭时常笼罩着夏智地区，从偶尔飘飞的鹅毛大雪中才能得知眼下已经进入了严寒的三冬季节。

这些日子里，灰暗的雾霭反复遮蔽着夏智村落的天空，从夏智村落的上端时常传来猫头鹰凄凉的鸣叫声。夜晚，不知是从哪里传来的狼嚎声和狐狸的悲鸣声，搅扰得人无法入睡，一股不祥的预感填充着我的内心深处，使得整个人变得不安了起来。

不久，我们的工作方向彻底发生了改变，召开会议的次数越来越多了，会议中如同翻卷的乌云和翻滚的雷声一般响起了“革命”的口号来。夏智地区学校学生们的臂膀上套着红色的袖章，手里还拿着三角红旗接二连三地排着整齐的队伍到夏智寺院、夏智村落和夏智县城中游行。“阶级斗争”的口号如同滚滚雷声响彻了夏智的上空。

从此，我又卷进了“文化大革命”的风波中……

年轻人，我该动身了。

假如你想继续听我之后的其他故事的话，那么以后你来找我吧，我接着再给你讲述我没有讲完的故事吧。

亲爱的读者们，次成嘉措大叔已经到启程的时候了，为此我把他送到了火车站。他上了火车之后，火车发出了一阵尖锐的鸣叫声从北京向多迈（安多地区）出发了。一扇扇火车的窗户犹如一个大力士发射出去的箭镞一般激烈地向前冲去，一股浓烈的黑烟笼罩了我的全身，为此我怎么能看到次成嘉措大叔在哪扇窗户里向我招手告别呢？

他还没有说完的故事——老阿爸在外流浪的事，拉毛卓玛错误的感情，岗格措的恶毒行为。还有他的秘密，他的感情，发自他内心中的每一声呐喊，他的人生和因果报应之间的矛盾，他曾奉献过身、语、意的知心朋友和朋友之间的纯洁的友谊……啊吱，次成嘉措的生活不就是全体藏民族同胞的生活吗？这时候，我突然想起了一件使我终生懊悔不已的事来，原来短见愚蠢的我连问次成嘉措大叔居住地址的事都给忘记了，我以后怎么去寻找他呢？这事彻底催醒了我的意识，于是我发出浑身的力气追赶着那列火车奔跑而去。可是，我怎么能追赶得上疾驰而去的火车呢？火车离我越来越远，越来越远，最终消失在天地连接处了。

此时此刻，我已经没有办法寻找到次成嘉措大叔了。为此，各位见多识广的读者朋友们当中，如果有谁见到过次成嘉措大叔的话，请你听一段他没有给我讲完的故事，这是我今生最大的希望了……

（端智嘉　著　才加　续著　赵有年　译）

爷爷·黑帐篷

一件无形的沉重物重重地压在了爷爷的胸口，他动弹不得了。这种梦魇现象以前也在爷爷的身上也发生过。

每每发生这种现象的时候，爷爷就会诵读起“谷如斯达或达日（度母心咒）”心咒来驱散那个无形物，这样一来匍匐在他身上的那个无形物就会离开他的身体。当那个无形物离开爷爷的身体后，爷爷也就会觉得他的身体上的沉重感慢慢地减轻。为此，今晚又出现了那个梦魇现象后，爷爷又像之前一样诵读了心咒，可是，这次与以往不同，爷爷即使如何使劲地诵读那两句咒语，他身上的那股重力不但不见减轻的迹象反而变得越加沉重了起来，最后，那股重力的所有重点都集聚在了爷爷的心头，使得爷爷喘不上气来。

这时候，爷爷的心中升起了一阵巨大的恐惧感。如果人喘不上气来不就要死去了吗？的确，爷爷现在只能面对死亡这一条路了。

这种现象每次持续的时间虽然极为短暂，可对亲身感受过这种疾病折磨的爷爷来说，那段时间就过得实在太漫长，太漫长了。目前爷爷最需要一个能搬掉他胸口那块礌石般沉重物体的助手，于是他想使出浑身的力气发出一声喊叫声来，想叫醒沉睡在他身边的我，可是那个无形的沉重物重重地死死地压住了他身上的所有肢体和心窝，甚至连他的心思和魂魄都被那个无形的沉重物重重地死死地压住了，使得他使出浑身解数也没有发出一声喊叫声来……

一

小时候，我常常跟着爷爷到山上去放牧，而且还跟着爷爷去掏过狼窝呢。爷爷可是个很称职的牧羊人啊！他一眼就能从羊群后面认出哪只羔羊是由哪只母羊生的，或能从羊群中认出每一只生了羯羊的母羊来；或者他一眼就能识别出行走在他眼前的羊群中有多少只四口牙的羯羊，或者能猜出他的羊群中死了几只对口牙的羯羊；或者哪只羔羊的阿妈什么时候被狼给吃掉了等等事，还给他羊群里的所有的羊起了花脸、花斑、四角等名字呢。

等绵羊们在草原上四散开来悠闲地啃吃起牧草时，爷爷就会登上一座能看得见羊群的山冈坐下来，俯瞰起悠闲吃草的羊群。这时候爷爷就会对我说：一个牧羊人的主要职责就是让自己的羊群吃上肥美的牧草，还不让羊群走丢，而且要阻止野狼袭击羊群等事务。那时候，我听过许多有关狼的故事，可是我还从来没有亲眼见到过一匹狼呢。为此，我心中多么渴望自己马上能亲眼见到一匹狼啊！但我又非常害怕见到狼。因为在我还很小的时候由于遇到什么委屈的事而放声大哭时，阿妈就会用那句“狼来了”的话来吓唬我。当初我一听到阿妈用“狼来了”的话来吓唬我的时候，我也害怕得马上止声不哭了。

我害怕狼是由此而来的。爷爷向我叙述的狼又是这样的：狼耸立着双耳，斜立着双眼，尾巴紧贴在双腿间，唇吻尖利，獠牙锐利，嗅觉灵敏，它会边跑边龇牙咧嘴来威胁人和动物，爷爷说狼的这种行为叫做恶狼奔驰状。

“跟狗有区别吗？”

“跟狗有区别的啊。首先它们的毛色就跟狗不一样啊，耳朵也不相同的，狼的个头比狗高很多。”爷爷对我说。

“羊群散布草原。”这个俗语中叙述的景色爷爷天天在亲历着。当爷爷见到羊群散布在草原上尽情地啃食起肥美的牧草和鲜美的野花时，他的脸上就会露出欣慰的笑容来。那是因为爷爷对羊群有着深厚的感情而从他的内心深处自然流露出来的喜悦。花脸还是个羔羊的时候，它就是我最要好的玩伴。每当我按照爷爷的吩咐四肢着地地趴在地上时，那只花脸羊羔就从羊群里走出来，急忙向我奔跑过来。

我和花脸常常在那个野花烂漫的山丘上玩耍顶头的游戏。当初我一头就能顶翻花脸羊羔的，后来花脸羊羔慢慢长大变高后，我就顶不过它了。那时候，我再去和花脸羊羔玩顶头游戏时，它就占上风，会一头把我给顶翻过去的。我和花脸的顶头游戏直到我完全顶不过它时才停止了下来。花脸其实是个没有阿妈的孤羔。我还清晰地记得那天我和爷爷到山上放牧时所发生的事。那天，羊群依旧散布在开满野花的草丛中悠闲地啃食肥美的牧草，我和爷爷也放松了警惕，席地坐在山冈上休息着。不知过了多久，我们的羊群突然骚动了起来，它们鸣叫着四处惊散开来，没过多久我们的羊群就从中间分成了两群，向两边惊散而逃了。对一个有经验的老牧羊人来说，怎么会不知道羊群惊散是发生了什么不祥的事呢？当我提高警惕向爷爷望去时，爷爷早就像一支射出弦的箭一样撒腿向羊群跑了过去。爷爷冲跑的速度极快，快得目不暇接，当他跑过草地很久后，草地上的花儿们还在摇曳着头颅。当他跑到羊群中去时，绵羊们都警觉地高抬起头颅，竖直着双耳，正朝着那个使它们感觉到有危险的方向在一个劲儿地打着响鼻。一阵后，羊群中传来了一只羔羊的鸣叫声，那就是苦命的花脸了……

就这样，花脸羔羊瞬间就失去了阿妈的呵护，彻底变成了一只无依无靠的孤羔。当爷爷疾步跑到花脸羊羔阿妈的身边时，狼已经逃之夭夭了，只见那只母绵羊的胃部留着两道牙齿咬过的痕迹，那两个被野狼的獠牙咬穿的小洞里正往外冒着血泡，母羊的胸部还被咬开了一个小洞，小洞里还残存着些许的肝花儿油。

那天夜里，爷爷的胸口又被无形的重物给重重地压住了，这时候爷爷从心里诵读了一下心咒后就从梦魇里惊醒了过来。

爷爷首先对那只被狼咬死的母羊产生出了怜悯心，而后可怜起那只孤羔来，最后痛恨起那匹咬死他羊群里那只绵羊的饿狼来，于是他咬牙切齿地独自发毒誓说：“我非要杀死那匹饿狼不可了。”

爷爷说话算数，他马上就开始了捕狼的行动。

第二天我和爷爷一起到那些饿狼经常经过的路口处投放暗器去了。一路上我听到爷爷痛恨入骨地斥责那匹饿狼说：“如果捉到那匹恶狼我非要活剥了它的皮不可。”爷爷曾经对我说过他年轻的时候，捉到过一匹恶狼还活剥了那匹狼的皮子呢。因为那匹狼一夜间咬死了他家羊圈里的五十只绵羊。因为狼它们自己有句古话说，杀一只绵羊不如杀百只绵羊的过瘾呢。仅仅从那句古话足够说明狼心的贪婪和狠毒。

“狼也会说俗语吗？”我问爷爷说。

“会！”爷爷毫不犹豫地对我说。

狼是牧人们唯一的公敌。为此，牧人们都非常痛恨野狼，当年牧人们捉住恶狼活剥皮的现象时有发生。在牧区里当牧羊人们投放了暗器捉住恶狼活剥了皮子后，就把它赤条条地放归到山上去，那虽然是牧人们用来报复恶狼的一种狠毒的手段，可那里面也暗藏着危险。那匹被牧人们活剥了皮子的恶狼放归到山上去之后，如果它不即刻死去的话，它赤身裸体地逃到野外去，由于疼痛难忍它们就在砂石里来回打滚儿，从而身上沾满砂石，沾在它身上的砂石饱受寒风的侵蚀，就会变成狼身上的一副坚硬的外壳，久而久之狼身上的砂石变成一副无器可摧的坚硬铠甲，从而那副“铠甲”就会变得刀枪不入起来。由于这匹狼当初在牧人们活剥狼皮时经受到惊吓和疼痛而心态变得发狂起来，从此，它就会不怕任何人了，爷爷把那种恶狼叫做“疯狂野狼”。

那天我和爷爷来到夏宗山上，爷爷顺着每条山沟里的羊肠小道寻找起狼的足迹来。他对留在地上的每一个狼脚印的大小和新旧，以及狼脚印的去向及周围山势作了一番详细的分析后，就决定把背在他肩上的那副铁夹暗器投放在那条砂石混合的砂路上去了。

爷爷说：“麝香有自己常要走的路径。我们只要顺着它们行走过的路径找寻下去，就一定会找到麝香摩擦身体的香樟木，于是我们只要把铁夹暗器投放在香樟木旁边，就一定能捉到麝香的。可这些狡猾的恶狼连条专走的道路都没有，人们要捉到它关键还要去找到它的狼窝为好呢。”

这时候，我就一言不发地默默观看起爷爷投放暗器的动作。

爷爷从背上的背包里拿出一把小铁锹，开始在地面上挖起了小坑。他用铁锹一下一下地砍挖砂石混合的地皮时，铁锹撞击到砂石后就会发出哗啦、哗啦的敲击声。那砍挖砂石的敲击声传到半山腰上后，从半山腰里传来阵阵的回声。这时候，我不由得感到害怕起来，在心中暗想道：如果那匹恶狼就躲藏在上面高耸着的山丘背后的话，它一定会发现被我们跟踪，为此它肯定不会走这条羊肠小道的了。

强烈的阳光照耀在爷爷的脸上，没过多久爷爷的两鬓上流出了一股汗水来，可是，从爷爷的身上看不到一丝疲劳感。他边挖地坑边继续对我说：“狼的嗅觉非常的灵敏，如果不把地坑挖深一些的话，它就会嗅出铁锈味来的。”他一边痛恨地说着要如何活剥恶狼皮子的狠话，另一边又怜悯起那只被饿狼咬死的母羊，还同情起花脸羔羊来。他说：“从此，花脸羔羊就没有了阿妈。它多么的可怜啊！”那个哗啦、哗啦地挖掘沙坑的声音约莫响了喝一顿茶工夫后，爷爷就挖好了一个既长又宽的地坑。他用衣袖揩拭了一把额头上油津津的汗迹，对我说：“孙子，你去给我捡拾些马粪来！”

然后，爷爷用脚踩踏住铁夹暗器两边的铁把，用两只手抓住铁夹暗器的中端使劲向上一拉，又使劲把那个弹性极强的钢铁齿闭合了起来，同时，他马上掰开铁夹暗器的牙床，用右脚的脚尖踏住铁夹的上床，立刻镶上了箭仓。那不但是个出力气的活儿，而且是个技术活儿，还是个极其危险的活儿呢。如果投放铁夹暗器的程序中投错了某个步骤的话，箭仓脱落下来就如夹住狼的腿脚一般瞬间夹住人的手脚的某个部位，瞬间致人为残疾。

当我捡拾来一兜襟马粪时，爷爷已经打开了铁夹暗器投放进暗坑里去了。我看了一眼深坑中摆放好的铁夹暗器后，不由得从心里暗想道：“哪个倒霉的家伙如果踩上那个舌头般伸出的圆垫子的话，那么铁夹暗器就非要夹住它的腿脚不可了。”爷爷把那一粒粒的马粪放在手心里揉碎后小心翼翼地撒放到铁夹暗器中央的圆垫子上去了，爷爷把马粪末往地坑里投放到与地面平齐的程度时，再往马粪末上撒上了一层薄薄的砂石土，还用树枝扫干净了我们踩踏暗坑周围留下来的脚印。等投放好铁夹暗器后，爷爷才深深地舒了一口长气。从他那神情中看出，他终于放心了下来。

第二天，我和爷爷去看铁夹暗器的时候，我的心里莫名升起了一阵恐惧感。那时候，天还没有大亮，出门时爷爷随手拿上了那根早就准备好的桦树木桩，背起那条早就准备好的绳子后，还对我说：“快走吧！去晚了被铁夹捕到的恶狼就会咬断自己的腿脚而逃跑掉的。”为此，我就小心翼翼地跟在爷爷的后面，顺着那条砂石混合的山路匆匆向前走去。灿烂的星光下，随着我们爷孙俩踩踏砂石而发出了沙沙沙的脚步声来。“当我撕抓住狼的耳朵把狼头摁下去的时候，你立刻把这根桦木桩子塞进狼的嘴里去啊！”

……

我被爷爷的那句话给惊吓得头发都竖立了起来，于是我保持沉默，没有开口给爷爷说话。

“不然狼就会咬到我的手的。听到了吗？”

……

我还是像之前一样没有出声说话，我可能不是故意不给爷爷说话的，而此时此刻由于我过度害怕而心跳加速后，心跳声充斥了我的耳朵，耳朵里发出的嗡嗡声淹没了周边其他的声音。随着接近那个投放了铁夹暗器的地方，我的心跳也随之变得更加地加速了起来，那匹灰色的野狼究竟是什么模样呢……

当我们到达投放了铁夹暗器的地方时，我着实为刚才害怕得说不出话的行为而懊悔不已了起来，因为我刚才没有勇气去答应爷爷所说的话。唉，太丢颜面了。

爷爷说道："这匹该死的狼比鬼还狡猾呢。平日里狼们只吃它自己猎杀到的牲畜的肉，所以昨夜它们根本就没来过这地方呢。"

事实上，那个投放的铁夹暗器甭说捉住一匹恶狼了，甚至连只豁嘴兔子都没有捉到呢。

爷爷利用了一个月的时间挪着地方多次投放了铁夹暗器，结果都一样，到头来，他还是连一只豁嘴兔子都没有捉到。现在想起来他夸夸其谈地对我说他年轻时活捉了恶狼而活剥了狼皮的事有多么的可疑啊！可能他向我说了大话撒了谎呢。最后那天他重复着"这恶狼比鬼还狡猾"的话，就背着铁夹暗器回到家里去了。

二

时间流逝得可真快啊，几年的时间瞬间逝去了。爷爷那个活捉恶狼的狠心也逐渐平淡了下来。那时候，当初的花脸羔羊也变成了一只大羯羊，它也早就淡忘了自己那苦命的阿妈。在开满鲜花的草原上，那些花脸、花斑、四角等羔羊变成了羯羊后，又一批后生的花脸、花斑、四角来代替了之前的花脸、花斑、四角羔羊们。那势头就如草原上幼儿时的多杰和扎西们长大后，又一批后生的多杰和扎西代替了前一批多杰和扎西一样，不停地新陈代谢和生老病死在世间轮回着。可是，某天我从羊群中突然见不到那只花脸羯羊的身影了。于是我跑去找到爷爷问起它的下落，爷爷才对我说，他把那只花脸羯羊上贡给了夸央喇嘛，做了觐见夸央喇嘛的见面礼。

我之前见过一次夸央喇嘛的尊荣。当我小时候还没见到夸央喇嘛之前，爷爷就给我讲过有关夸央喇嘛的传记，为此，我非常渴望有一次与夸央喇嘛晤面的机缘。爷爷说："在'文化大革命'期间，红卫兵把夸央喇嘛判定为牛鬼蛇神，把他抓来批斗的时候，他的灵魂脱离身躯飞到天堂里去了。那天天空中还下了很久的霏霏细雨。那年我是牵夸央喇嘛坐骑的马童。夸央喇嘛骑着的那匹马是一匹烈马，在平日里除了自己的主人外，根本不让任何人接近它的。可那天不知是怎么的，它突然对我变得非常的乖巧了起来。夸央仓喇嘛一生坐禅腿脚变成了白螺（脚底生茧而走不了路），从而连上厕所都变得困难了，为此，他们才用马把他驮到批斗场去接受红卫兵们的批斗。一路上夸央仓喇嘛内心不安地对我们说：‘辛苦你们了啊，为了我给你们大家添加了不少的麻烦啊！’来到巴曲河桥头时他对我们说他内急要下马方便一下。等他下马方便完了之后，又要骑马爬上对面那个陡峭的山坡的时候，他口中不停地诵读起‘白云向右飘，黑云向左飘……’的咒语来。我至今还忘不了他说出那句话后所出现的结果。这时候，天空中的白云和黑云突然翻滚着向两边飘去了，夸央喇嘛也从马背上飘升了起来，他越升越高，越升越高，最后他的身影隐没到云层中消失了。那大概就是人们常说的‘不留躯体升天’的禅道吧。”是爷爷亲口这样说给我听的，我怎么不相信爷爷说的话呢？那天我去觐见夸央仓喇嘛的时候心中突然产生了个疑问“夸央他不是早就升上天了吗？他又是什么时候从天上回到人间来的呢？”

那天我家的黑帐篷上面驻扎了一顶大聚帐。大聚帐里铺着卡维斯地毯，卡维斯地毯上摆放着一张刻有双龙戏珠的宝座，夸央仓喇嘛就趺跏坐在宝座上。此时的夸央仓喇嘛发福发胖了，脸色红润光滑，使得人们一见到他就对他肃然起敬。

此时此刻，爷爷如同树木倒地一般匍匐在地上向夸央仓喇嘛叩拜个不停，一阵后阿爸走上前去扶着爷爷，爷爷才蹒跚地走到夸央仓喇嘛身边膜拜去了。

那天来叩拜夸央喇嘛的人特别多。除了我们村所有的信民之外，还有黄河对岸的信民们都慕名赶来叩拜夸央仓喇嘛来了。他们向夸央仓喇嘛贡献马、牛、羊、钱、肉、酥油和哈达等贡品，可夸央仓喇嘛对那些贡品（听了上报的贡品的数字之外，没有实见贡品）不屑一顾，连正眼都不看一眼那些贡品，那是因为他是这地方唯一一位不在乎信民贡物的喇嘛吧。

等办完觐见信民的仪式后，施主们就开始准备给夸央仓喇嘛上贡午餐了。会帐里铺着克维斯地毯，地毯上摆放着许多上了黄色油漆的餐桌（一两张餐桌并在一起），从会帐的缝隙中投射下来的一道阳光照射在上了黄色油漆的餐桌上时，桌面上放射出一缕黄灿灿的光芒来。不久厨师们用一个个大木盘端来了食物，把所有荤素搭配好的食物都摆放在餐桌上之后，餐桌原本的色泽就被盘碟给遮盖住了。因为，餐桌上羊的尾椎肉和冰糖垒成了一座座小山丘。

这时，我的眼球被摆放在夸央仓喇嘛面前的一盘尾椎肉给吸引住了。那盘尾椎肉正冒着腾腾的热气，随着那股升腾的热气传来了一阵煮熟羊肉的醇香味，为此，我的心中不由得生起了一阵恶心感来。

因为，那盘尾椎肉是我一个伙伴的尾椎肉，一只三年前母亲被狼吃了的羔羊的尾椎肉，在那个开满鲜花的山坡上跟我一起玩碰头游戏的花脸绵羊的尾椎肉，一只在我的羊群中突然看不到影子的绵羊的尾椎肉啊！为此，我再次去看夸央仓喇嘛那红润细嫩的脸庞时，觉得夸央仓喇嘛的容颜变得不太慈善了起来。

这时候，爷爷正伸出双手向夸央仓喇嘛敬献食物，那手势暗示夸央仓喇嘛慢慢享用花脸绵羊那肥美的尾椎肉的意义。真奇怪，当初花脸羔羊的阿妈被狼咬死后，爷爷如此地痛恨过那匹恶狼，可今天他们不但宰杀了花脸绵羊，而且还把它的肉煮熟后端到餐桌上去了。可是在爷爷的脸上怎么不见丝毫的恨意呢？从而，我从他们的这一行为中悟出了一个道理：其实人和羊的关系并不像父与子那样血肉相连，亲密无间，也不像人和狼那样格格不入。而是，人辛苦放牧的最终目的是为了吃羊的肉，而充满矛盾的是那些无辜的绵羊们却把人当作了自己的主人。难怪，世人把羊称作为“傻绵羊”呢。

那天下午，夸央仓喇嘛给信民们做起讲经说法的仪式。夸央仓喇嘛说：“从今往后你们就戒掉杀生吧，请记住我们不是狼，而是人，承诺要戒掉杀生的人们举一下手！”顿时，夏仲十八部落的信民们都纷纷举起了手来，那些高举的牧人们的手犹如帐篷外面搭帐篷的椽木一样高高耸立着。

夸央仓喇嘛离开后，夏仲所有部落的信民们真的都戒掉了杀生。为此，我为花脸绵羊的命运而悲叹道：“花脸啊花脸，你的出身怎么就那么的生不逢时呢？你要么早生几年，或者再晚生几年的话该有多好啊！”可在那个开满鲜花的山坡上，又有许多花脸、花斑、四角们在彼此玩耍着撞击犄角的游戏，又有许多花脸、花斑、四角等羔羊变成了羯羊。这时候，我又崇拜起了夸央仓喇嘛，喜欢起他那张红润而又富态的尊容来，同时，为以前自己厌恶过夸央仓喇嘛那张红润光泽的脸而忏悔不已了起来。可世上的事情真的难以预料啊？那年有一辆辆卡车开到草原，把每家每户羊圈里的花脸绵羊们拉出了遥远的山谷，爷爷（这时候爷爷已经不去放牧赋闲在家了）坐在帐篷后面的那座小山丘上目送着花脸绵羊们被一辆辆卡车给拉走了。那一辆辆拖运花脸等绵羊的卡车驶上山梁的垭豁，往右一拐就不见了花脸绵羊们的踪影了。第二天，又有几辆卡车把草原上的花斑脸和四角绵羊们拉出了茫茫的大草原，从山冈上的垭豁里消失得无影无踪了。当阿爸送那些一车又一车的花脸或花斑脸绵羊们出去后，当牧人们再回到家里来的时候，会在他们的摩托车的后座上捎带一只羊的酮体，那是因为牧民们信奉佛教而戒掉了杀生，不动手宰杀牛羊得来的结果。

那天夜里，阿妈煮了阿爸用摩托车捎来的某只花脸绵羊的肉招待了来我家做客的客人。他们是来宣传新政策的国家干部，于是爷爷又如伺候夸央仓喇嘛那样伸出双手恭恭敬敬地招待了他们。他们吃饱了肉之后，当着夏仲十八部落群众的面宣读了使我很难听懂的文件。听了文件精神后，其中的一位干部用一句话总结，夏仲部落的所有群众都得出售了牲畜搬迁到集镇上去生活了。

那是国家为了保护草原生态环境，让牧民禁牧还草搬迁到城镇中生活的政策。那夜，爷爷根本就不相信国家会出那么个政策。觉得或者那个干部传达错了文件精神，或者自己耳背听错了那个文件的精神。

卡车运载着许多花脸、花斑的绵羊消失到那个山垭豁背面后，羊群中又成长出了一批花脸、花斑、四角，为此爷爷没有感到太大的痛苦。可是爷爷又有了一件痛恨不已的事情，那就是野狼又咬死了一只花脸绵羊。这一次当爷爷又咬牙切齿地发毒誓说着这次他再不把那匹野狼捉到活剥了狼皮他誓不为人子的话，准备铁夹暗器的时候，那个工作人员就对他说：爷爷，狼现在可是国家二级保护的野生动物了，如果你打死了狼的话就会承担相应的法律责任的。

直到这时候我才明白了一切。原来人和羊其实不是好伙伴，说到底人和狼才是不离不弃的伙伴了。当羊群见到狼后把耳朵提到前面惊跑跟人手里拿着抛儿追赶羊群时，把羊群往哪个方向追赶它们就往哪个方向跑去的情况来看，羊群真的够愚昧的了，最终还会把自己的血肉献给人或狼享用。

爷爷听到法律这两个词之后就再也不说什么话了。因为年轻时爷爷曾犯法蹲过监狱，所以他一听到法律这个词后，胸腔中的心跳就变得加速了起来。可是他对狼的记恨一点儿没有减退，如果政府把狼用法律保护起来的话，它们的胆子就会变得更加的大起来，会咬破更多绵羊的喉咙的。于是爷爷坐在帐篷后面的那座山丘上，用耳朵听着狼的嚎叫声，用眼凝望着把花脸绵羊们运出山去的那一辆辆的卡车。嘉达牧狗狂吠着追赶那一辆辆车，可那一辆辆载运着花脸绵羊们的卡车迅速消失在那座大山背面，牧羊狗嘉达只好无奈地把臀蹲在地上，伸出长长的舌头一下一下舔舐着自己的脸，也没有其他的办法可使了。

三

那夜，爷爷又梦魇了，那个重物又死死地压住了爷爷的胸口。

爷爷很久没有喘过气来，他使劲动了一下身体后，就突然从那个梦魇中惊醒了过来。于是他从被窝里坐立起来，喘着粗气在被褥里坐了很久，可帐篷里凝重的黑暗逼得爷爷喘不过气来，所以他披着袍子走出了帐篷到外面透气去了。

帐篷外面也被凝重笼罩着。北极星在苍茫的天空中灿灿地闪耀着光芒。现在帐篷外面的羊圈里空空如也，见不到一只绵羊，为此显得格外的冷清了。爷爷迈着沉重的脚步向羊圈里走去，他一路踩踏着羊圈里积满着的羊粪走来，他的脚底下发出细微的沙沙声。他在黑暗中估摸着来到以前那只花脸绵羊平常喜欢卧睡的地方停下了脚步，于是夜空中飘飞的那阵沙沙的脚步声戛然而止后，夜空顿时显得更加凝重起来。这时候，爷爷才把所有的气都憋在胸腔里，而后舒了一口长长的气。牧羊狗嘉达好像明白了老主人此时的心思似的向他跑过来摇着尾巴磨蹭起爷爷的身体，爷爷也蹲下身子去抚摸起牧羊狗嘉达的头。

自从羊圈里没有了绵羊之后，爷爷就怎么也开心不起来了。每天太阳一升起来，他就坐在帐篷后面的山丘上痴痴地凝望着对面那座山脉的垭豁口、羊圈和黑帐篷，这可能是为了实施草原生态环境保护而出售掉了羊圈里的绵羊没有了羊群之后，爷爷最向往的生活方式吧。牧人们聚集在帐篷前，爷爷则整天坐在帐篷后面的那座山丘上呆呆地凝望着空荡荡的羊圈幻想起之前的花脸绵羊们来。有许许多多的花脸、花斑、四角等羔羊变成了羯羊后，又有许许多多的花脸、花斑、四角们在彼此玩耍着撞击犄角的游戏，就在他家帐篷前的羊圈里欢腾着，羊圈里充满着浓浓的生活气息。爷爷每每幻想到这些时，他的脸上就会浮现出些许的微笑，可是当他的思绪又回到空荡荡的羊圈里之后，他的心情又顿时变得沉重起来。

不久，阿爸骑着摩托车从对面那座山脉的垭豁口里疾驶而来。摩托车发出刺耳的声响一路驶来，阿爸骑着摩托车到达了黑帐篷门口，可他后面悠然飘飞着摩托车排出的青烟。

夏仲部落的牧民们迁移到镇上的游牧民定居点之后，爷爷对我说："他们想把我变成孤立无援的人呢，可我还有我的孙子做伴儿呢，不是吗？"

我向爷爷点了点头。

那天，阿爸和爷爷争吵了许久。他们的争吵虽然没有牧人们争抢草原而发生你死我活的斗争般的激烈，可爷爷一直敌对着阿爸，阿爸最终无可奈何地摇着头对爷爷说：你真是个顽固不化的老头啊！

爷爷和阿爸的争论一直到半夜时分还没得出结果来。那时候，我实在困极了，所以就躺在爷爷的怀里睡着了。我咳嗽了一下后爷爷马上用自己皮袄的衣襟盖在了我的身上，也有可能看着熟睡着的我的脸说："你也一定要跟着他们走吗？"可我怎么知道那夜是我睡在曾经给过我无限温暖的黑帐篷里的最后一夜呢。

第二天，我骑在阿爸的摩托车的后捎上，一路听着摩托车刺耳的尖叫声，翻过对面那座山脉的垭豁口而去了。牧羊狗嘉达没有跟随我和阿爸的后面追赶而来，而是站在我家的羊圈里，眼里聚满着无限的留恋高抬着头在凝望着我们。那时候，我觉得我的身后流动着一股暖流，同时我感觉到了爷爷坐在黑帐篷背后的山丘上也满含着满眼的留恋默默地注视着我们的背影。当我们骑着的摩托车翻过了对面山垭豁口往右一拐后，我身背后的那股暖流也顿时消失得无影无踪了。这时候，我的背影也可能从爷爷的目光中消失了吧。我跟着阿爸走了之后，我家的圈窝子里只剩下了爷爷、牧羊狗嘉达和那顶黑帐篷了。于是爷爷把牧羊狗嘉达唤到他身边，对着嘉达就如同跟人聊天般地说道："你曾经是我们家牧场里夜晚的打更者，我是我家牧场里白天的放哨者，可是现在羊圈里连一只绵羊都没有了，今后你和我还为谁服务呢？"

牧羊狗嘉达仿佛听懂了爷爷给它说的话似的耷拉着嘴唇，伸出长长的舌头不断地喘着长气。爷爷常常说，狗是牧人家庭里的一位成员，狗也把自己当作了家庭的成员，无论你有多贫穷，我们要好好善待家里的狗呢。

牧羊狗嘉达也好像真的知道了这一问题。当我们搬迁到游牧民定居点，我去巴曲镇学校上了小学之后，牧羊狗嘉达它寸步不离地陪伴着爷爷。每天太阳升出山尖后，爷爷总坐在黑帐篷背后的那座山丘上目不转睛地凝望着对面山脉的垭豁口，牧羊狗嘉达也会来到爷爷的身边趴在地上耷拉着嘴唇，伸出长长的舌头，凝望起对面山脉的垭豁口来。爷爷和牧羊狗嘉达整天坐在黑帐篷背后的山丘上，不知在等待着什么，可爷爷和牧羊狗嘉达却纹丝不动地做着相同的事，或许那也是因为他们坐在牧场里无事可干吧。

自从爷爷和牧羊狗嘉达无事可干了之后，阿爸的内心就变得特别矛盾了起来。起初阿爸领取草原生态环境保护款时，高兴地认为从此就再也不用去放牧过辛苦的日子，手头上还有了这么多的钱，为此觉得就要在窗明几净的房子里享受生活了。可后来的实际生活中阿爸才明白，他手中的那些钱不但不像那些花脸绵羊们一样繁衍生息，而且家里往后的吃喝拉撒都要从他手中的这些钱里开支了。为此，阿爸脑海中钱的地位就逐渐高升了起来，不是吗？在这纷扰喧嚣的社会中处处需要钱来支撑生活啊。

之后，阿爸和一个汉族老板合伙经营起了一家“牧家乐”。那“牧家乐”虽然是个牧户的家，可它的性质确实是在做生意。来牧家乐当服务员的是早就花光了他们手中“草原生态环境保护”款的青年牧人和牧女们，其中还有很多人是阿爸的亲戚呢。阿爸在短期内跟着企业老板，从那些企业老板手中学到了许多管理企业的知识，为此阿爸招聘那些亲戚朋友们进“牧家乐”的时候，就给他们每人发了一张合同书。合同书里的每一个条款都写得很清楚，如果某个员工故意不上一天的班就要扣除三天的工资；不与顾客打招呼，或者服务员跟顾客发生口角要扣除十五天的工资；如果在顾客面前做出用指头抠鼻子等不文明、没礼貌的行为就要扣除一天的工资；如果按时发不了员工的工资超过一天就要给服务人员增加百分之十的工资；按照收入提高服务员的每月报酬；每人每月的基本工资是一千五百元等。

当初签合同的时候，亲戚们还提出过“我们谁不相信谁呢？还需要签什么合同啊？”可后来为了公平起见，大家往合同上签了自己的名字。

阿爸的“牧家乐”在巴曲镇非常有名气。顾客们可以在“牧家乐”中喝茶、赌博、唱歌、吃饭、娱乐等，为此“牧家乐”成为了还没有花完“草原生态环境保护”项目款的年轻人们的娱乐天堂，再加上年轻牧人们出手非常大方，那个汉族老板和阿爸的生意顿时火了起来，所以连我们家亲戚们都称呼我阿爸为“多杰老板”了。那时候，阿爸整天梳着背头，戴着墨镜，张狂得连我们家的亲戚们都认不出他来了。

那天，爷爷问牧羊狗嘉达说：“你敌得过野狼吗？”嘉达听了爷爷的话后，只是耷拉着嘴唇，伸长舌头喘着粗气却不说话。爷爷失望地摇了摇头后又问牧羊狗嘉达说：“你能敌得过野狼吗？”这时候，牧羊狗嘉达站起身来抖动了一下身子后，用耷拉着的耳朵下面的三角眼凝望起山洼里的狼窝来。所以，爷爷的脸上露出了欣慰的笑容。

谁能相信爷爷是个这么聪明伶俐的老头呢？这个好办法是他昨晚突然想出来的。现在爷爷把自己内心深处的所有仇恨都归集到狼的身上去了，强加在那些暗藏着的野狼的身上去了。在他心里暗忖道：说起法律来我的内心里确实有些害怕，可聪明的人们一定会有对付野狼的办法的。爷爷幻想起怎样反抗一下那天宣讲法律法规的那个干部的对策来。

“我对狼没有动过一根指头，狼身上的伤口都是被牧羊狗嘉达咬伤的。”

“那么，嘉达是谁家的牧羊狗啊？”

“当然是我们家的牧羊狗。”

“是谁家的牧羊狗就由谁家的主人来承担法律责任了。谁叫你管不好自己的牧狗呢？”

“哪有这种道理啊？狗听不懂人话怎么会知道国家的法律法规呢？”

“废话少说！牧羊狗咬死野狼的法律责任一定要由那条牧羊狗的主

人来承担了。”

“那么，狼曾经咬死了我们家的三只花脸绵羊，这责任又由谁来承担呢？”

“由保护狼的人们来承担了……哦，不是啊……”

哈哈哈哈……

一阵发自内心的笑声把爷爷从幻想中催醒了。

第二天，爷爷牵着牧羊狗嘉达到山上捕狼去了。他把一条哗哗作响的铁链子系在牧羊狗嘉达的脖子上，牵着牧羊狗嘉达上山了，为此，牧羊狗嘉达一个劲儿地围转着爷爷的身体在行走着。这时候爷爷心里暗想道，当年夸央仓喇嘛所说的那个猎人金刚救主，可能就是我这样的人了吧？那天，爷爷和牧羊狗嘉达来到那些崎岖不平的山丘上，暗藏起来等待着野狼的出现。爷爷按压着牧羊狗嘉达的头颅，在那些崎岖不平的山丘后面耐心地等待了一天，可他们连个恶狼的影子都没有见到。自从夏仲部落中消灭了羊群后，狼群也随之消失殆尽了。没有了羊群，夏仲部落也不复存在了……爷爷解掉了牧羊狗嘉达头上的铁链，把那条铁链夹在自己的腋下，迈着沉重的脚步回家了。

四

牧人们手中的“草原生态环境保护”项目款逐渐花光了之后，阿爸“牧家乐”的收入也随之跌落了。那个汉族老板戴着眼镜敲击了一上午的算盘后，才发现了他们的生意下滑的真正原因。

于是，那个汉族老板摇了摇头后暗想道：事实上这里的人不是因为富裕而为之，而是他们一直在吃着自己的老本。当初这地方的牧民们有绵羊等牲畜时，草原上的牧民们都有经济来源，现在他们不但没有了绵羊等牲畜，而且肉价又涨高了，所以才导致他们的生意跌落了。

没有给员工们发工资已经超过五天了。为此，服务员们就去找那个汉族老板和阿爸去了。在阿爸和那个汉族老板面前首先开口说话的人是阿爸的一位亲戚。

阿爸的那个亲戚说："我仔细想了好多遍，可我怎么也想不起自己故意不上班超过半天的日期。"

又一位亲戚说："我整天面带微笑，用柔声细语地对待每一位前来消费的顾客，可最近不见一个顾客前来光顾我们的'牧家乐'了。"

"两位老板你们自己看看吧，我整天在修剪我的指甲，现在我的指甲缝里连一点儿垢痂都没有，手上的指甲都用指甲刀打过了。"这时候，一位女服务员对阿爸和老板说。

"我从来没有在顾客面前露出过用手指抠鼻子或掏耳朵的不良行为，如果有的话我发誓吃了自己父母的肉！"又一个女服务员发着毒誓对阿爸和老板说。

最后，他们提出按照合同内容补发工资的要求。

某人说："起码也要发给每人的一千五百元的基本工资。"

又有人说："你们还记得合同中规定的条款吧，不按时下发员工的工资的话，给每人补偿总工资百分之十的利润的条款吧……"

这时候，阿爸紧张了起来。他那头平日里如被牛舔舐过般光滑顺溜的头发，此刻都散乱成牦牛尾巴了不说，上面还沾着厚厚的一层尘土。可那个汉族老板却落落大方地站起身来，拍了拍阿爸的肩膀。那是那个汉族老板在暗示阿爸说，"你不要着急，做生意就这样，会想出个解决问题的办法来的。"与此同时，那个汉族老板清了清嗓子给服务员们说："大家请到各自的岗位上去工作去吧，明天就按照合同上的条款给大家发放工资了。"

那些老实善良的服务员们离去后，阿爸用白衬衫的衣袖揩拭了一下他额头上渗出的汗水，对着那个汉族老板说："我们藏族很看重廉耻感的，他们把廉耻看得比钱还重要。"

于是，那个汉族老板如梦初醒般地踱着步子在屋子里来回走了一阵后说："的确如此，你说的一点儿也没错，我们对藏族同胞不能做出半点儿不知廉耻的事情来，如果做出有辱廉耻的事情，以后我们在这里就做不成生意了。"

那夜，两个老板就思谋起筹钱的事来。他俩挖苦心思，想得头脑都疼了，可谁都没想出一个拿出钱的好办法来。

"现在你们家连一只绵羊都没有吗？"那个汉族老板最后对阿爸说。

"没有。"阿爸很干脆地回答老板说。

"那么，你家的圈窝子里还有什么值钱的东西呢？"老板又问阿爸说。

"除了我的阿爸和一条老狗之外，连一泡屎都没有啊！"阿爸回答那个汉族老板道。

啪啪……

那个汉族老板听了阿爸的话后，高兴地拍了一下手，那拍手掌的声音着实把阿爸吓了一大跳……

起初阿爸以为出售看家狗是一件最为耻辱的事来，可出卖那二十多个服务员比出售他们家的那条看家狗更耻辱。与其出卖那二十多个服务员还不如去出售自家的看家狗好呢！

于是，阿爸又骑着摩托车，发出刺耳的声音向我家的圈窝子疾驶而去了。阿爸骑着的那辆摩托车疾驰了很久，那股由摩托车排出的青烟犹如飘起的一条青蓝色的哈达一般依然在那条沙路上飘飞着。阿爸骑着摩托车出现在对面山脉的垭豁口时，坐在黑帐篷背后的那座山丘上的爷爷和牧羊狗嘉达发现后，牧羊狗嘉达认出了自己的主人，就如鸟一样飞奔过去迎接阿爸去了。当阿爸刹住了摩托车的刹车，把脚踩踏在草皮上时，牧羊狗嘉达用自己正在流淌着口水的嘴唇舔了舔阿爸的大腿，用头磨蹭起阿爸的大腿来。阿爸下了摩托车用他那宽厚的手掌摩挲了一下牧羊狗嘉达的头后，就又踩了一下摩托车的油门，骑着摩托车缓缓向阿爸身边驶去。

那天，阿爸借用那个汉族老板教给他的商业头脑，和爷爷商量时提出了把牧羊狗嘉达带到“牧家乐”把守几天大门的要求，最终爷爷也同意了阿爸的要求。

于是，阿爸就把那条哗哗作响的铁链子系在了牧羊狗嘉达的脖子上，把铁链子的一端拴在摩托车的后捎盘上，稍微加大了摩托车的油门，带领着牧羊狗嘉达向对面山脉的垭豁口驶去了。牧羊狗嘉达轻微跳跃着跟在阿爸的摩托车后面向前跑去的时候，它还边跑边留恋地转过头来最后凝望了爷爷一眼。而后，他们走到对面山脉的垭豁口往右一拐，他们的身影就从爷爷的眼光中消失了。

等阿爸和牧羊狗嘉达离去后，我家的圈窝子就彻底变成名副其实的旷野了。“假如我都不在了，那么这里就彻底变成了荒芜的大山沟……”我家的圈窝子此刻就变得如我以前听过的一首歌里的歌词描述的那样空旷而荒凉了。

黄昏时分，如果没有爷爷的话，这地方真的成为了寂静的旷野了。傍晚，爷爷一个人独自坐在黑帐篷背后的山丘上，好像成为了守护这片寂静旷野的幽灵。他坐在黑帐篷背后的山丘上凝望着以前圈有花脸绵羊们的羊圈，他觉得在那里有许多花脸绵羊们正在玩耍着碰犄角搏斗的游戏。等那些花脸绵羊变成羯羊后，又生出一批花脸绵羊羔子来。同时，他又仿佛看到了羊圈边上的牧羊狗嘉达，它正伸出既长又柔软的长舌头趴在地上咻咻地喘着粗气。这时候，从帐篷的屋顶上悠悠飘起了青烟，那青烟袅袅地飘到了黑帐篷背后的山丘上，爷爷仿佛还嗅到了那青烟里弥漫着一股淡淡的牛粪的清香，而且仿佛还飘荡着醇醇的肉香味儿呢。此时，爷爷仿佛感觉到已经到了吃晚饭的时候了。

可这一切只不过是爷爷的幻觉而已。现在这个圈窝子里只有爷爷一个人了。于是他凝望着眼前的黑帐篷想起了一个有关黑帐篷的说词来：

……

一千代的老帐篷，

千头野牛的胸毛，
百头牦牛的肩毛，
百头牡牦的腋毛，
百只绵羊毛来编。
……
帐顶男度十八丈，
是喇嘛经院辩论场，
帐下女度十八丈，
是女眷招待贵客地，
帐中子度十八丈，
是青年歌唱悦乐地。
……
百名妇女纺的线，
百名美女织的布，
百名媳妇缝的帐，
百名儿子扎的篷。
……

爷爷心中暗想道，祖先们当初是模仿着金乌龟的外形制造了那一顶顶的黑帐篷，因为佛法中说乌龟能镇守土地；祖先们又模仿着大鹏制造了黑帐篷，因为佛法中说大鹏鸟能消除龙族的疾病……

爷爷凝望着空荡荡的黑帐篷，心中油然升起了各种想法来。

“牧家乐”餐饮城的生意又兴隆了。与此同时，阿爸头上的头发又如同被牦牛舔舐过一样变得光滑顺溜了起来。

这时候，那个汉族老板又想出了一个做生意的新法子来。于是他又给我阿爸出主意说：“我们这个‘牧家乐’餐饮城只针对藏族群众是不行的，那样一来我们的收入过于微薄，出路也太狭窄，就打不开我们生意的渠道。现在来藏区旅游的内地汉人逐渐多了起来，如果我们把做生意的目光投向那些来藏区旅游的内地汉人们身上的话，就能打开我们生意的渠道。那么，我们的‘牧家乐’要有具有藏族的特色的设施了。”阿爸非常赞同那个汉族老板向他提出的建议。于是两个老板商量着如果在他们的“牧家乐”餐饮城的院子里驻扎一顶具有藏族特色的黑帐篷，给前来用餐的内地汉人们介绍改革开放前的牧区生活方式的话，前来用餐的内地汉人们不但品尝到了具有藏族特色的美餐，而且还领略到了藏族特有的民俗民风，那岂不是“一箭双雕”之举吗？两个老板商量着这一举两得的举措，还发出了一阵阵欢笑声来。那夜，那个汉族老板还给阿爸好好上了一堂生意课，阿爸一个劲儿地点头哈腰地净说些“这是”“这样好”的话之外，没有其他的话可说了。从这情况来看，那个汉族老板能彻底看出阿爸是个孝顺父母亲的大孝子，就对阿爸说：“你们藏民族可是个具有尊老爱幼的优良传统的民族啊！可你总有一天会非要把你的阿爸当作野狼口中的美餐不可了。”

阿爸最后一次来接爷爷时，爷爷态度坚决地对阿爸说：“从今往后你再说一句让我去汉房里生活的话，我就当着你的面死给你看。你如果还是我的儿子的话，就让我在这顶黑帐篷里安静地离开人世吧！”于是，阿爸就无话可说了。

可那个汉族老板却说：“那很简单，你把你们家的那顶黑帐篷搬过来驻扎在‘牧家乐’餐饮城的大院里，让你的阿爸也居住在黑帐篷里不就结了吗？”

阿爸心中暗想道：“人说内地汉人的头脑很灵活，这样看来人们说的一点儿也没错啊！”

第二天，阿爸就开着一辆手扶拖拉机，还带着五个“牧家乐”里的服务员，不顾爷爷的感受，狠心地拔掉了那顶落满了尘埃的黑帐篷四角的木桩子，那顶黑帐篷犹如断了翅膀的大鹏一样，轰然倒了下来……

五

黑帐篷倾倒的第二天爷爷也去世了。

其实每次镇压爷爷胸口的沉重东西并不是他所做的噩梦，而是爷爷急火攻心所致的。那夜阿爸和那个汉族老板等人把爷爷送到医院实施了急救，但无济于事，他们没有把爷爷抢救过来。

可是，那时候爷爷的心里非常清楚，他还以为他在做一场噩梦，于是他不但使劲尝试着能不能念出一句“古如斯达或达日”的经文，而且还想喊叫出声来试图叫醒睡在他身边的我。

爷爷停尸的夜晚，阿爸邀请来了夸央仓喇嘛诵读了祈祷经。停尸夜结束后，“牧家乐”餐饮城的院落里就搭建起了一顶古人们模仿金乌龟制作的黑帐篷。

可是，那顶黑帐篷没有起到驻扎在我家草场上圈窝子里时那样的作用。驻扎在“牧家乐”餐饮城院落里的那顶黑帐篷内修建了一台不能生火的假塔夸（灶膛），黑帐篷内部围在黑帐篷四周的垛子都是石灰基石上刻出来的绘画。黑帐篷里由于长时间不生火都飘荡出一股霉味来，黑帐篷驻扎在草原上的圈窝子里时，平日里由爷爷坐着的上席上漏雨过多，变成了一片湿地……

等爷爷的孝期满后，我和阿爸去了一趟草原看了以前我家草场上的圈窝子。那时，我家的圈窝子被翻犁后种植了牧草。牧草正茂盛地生长着，已有能没过我头顶的牧草，为此，我在我家以前的圈窝子里没有辨认出曾经我和花脸绵羊们角斗玩耍的地方。阿爸还带我去了那座山花烂漫的山坡，那地方也长满了燕麦草，却看不到一朵美丽的山花。阿爸还指着对面的山坡对我说：“那地方是当年你和爷爷去投放暗器捉狼的地方。”我仔细辨认了那地面良久，可连个狼的脚印都没找到。

我小学快要毕业的时候，老师带领我们到一个养狗场体验生活去了。在那家养狗场里的一个用钢铁围圈的很高的围栏内圈养着许多貌似我家嘉达般的牧羊狗，它们身体着地，下颌枕在前爪上熟睡着。

我就在那些牧羊狗中寻找我们家牧羊狗嘉达的身影，可是在它们身上我根本就没有找到我家牧羊狗嘉达的锐气、精神，而且它们整天躺在炎炎的烈日下，偶尔睁一下眼睛后，复又萎靡不振地闭眼睡去了。

那时候，我想起了我家的牧羊狗嘉达，想起了圈窝子里的黑帐篷，想起了我的爷爷……

夜晚日记

闪　电

2005 年 7 月 23 日　夜晚

天边闪射出一道道火红的闪电。那一道道火蛇在卡力岗村和遥远的天边不停地闪射着火光，可自始至终听不到炸响的雷声。随着那一道道闪电发出的忽暗忽明的火舌，还能看清楚他和她的脸型或洁白的牙齿。她的脸色显得并不苍老但也已经不年轻了。他和她都坚信今晚的闪电不会阻碍他俩的相聚。因为这些日子或这个月以来，在卡力岗这片土地上没有降落过一滴雨水，大地干旱得就要着起火来。卡力岗村的村民们一直饱受着旱灾，此时此刻，他们都迫切地盼望下一场透雨。目前没有一件事比得上他们求雨的迫切愿望了，那愿望如同一对四十多岁的中年男女热切渴望重新得到二十多岁时的那份纯真的情感一般急切而又炽烈。他们都断定，天边那一道道火蛇般的闪电再如何闪射，但一定不会下雨的。

“……那故事仿佛发生在昨天一样。”

“我也有这种感觉。”

“在故乡的小路上我支开你，不是我俩之间的唯一阻力，你我之间的真正阻力是我们各自不同的命运啊！”

“可我并不这么认为。如果那夜在故乡的小路上你不恶语伤人，不说出那种粗俗的语言来辱骂我的话，你现在就和我一起在城市里生活了。”

“后来，我俩不是又在故乡的小路上遇见过一次吗？那事你还记得吗？”

“怎么会忘记呢？那是我去城市里生活了十年后的事了。直到那时候我才把那个手镯还给了你。”

“我通过别人的口得知，你还写过一篇《在故乡的小路上》为题的小说。虽然我不大看得懂你写的是什么内容，但也能猜想到你一定是在写你和我之间的故事了呢。”

“写那篇小说的主要目的是，那年放假我回过一次故乡。那次，我从我哥哥的口中听到了有关你的情况，所以才有了写那篇小说的动力。”

“……”

“甭哭了，现在已经过去这么多年了，你难道还忘不了他吗？”

“怎么会忘记呢？觉得那件事仿佛是昨天刚发生一样啊！”

“我那次回家时正好发生了那件事。我还从我哥哥口中听说那次上级政府拨给的救济款中村长本打算分给你一份救济款的，为此我就不由自主地想写一篇小说来表达我内心的郁闷了。那时候，叁丹大概就有个一岁左右吧，为此我在小说里也是按这个年龄去描述他的。”

“哪有那么大啊，那时，他只是个九个月的婴儿。叁丹在我肚子里的时候我就知道他身上有病的，可后来病情慢慢地加重了。当我带他去医院里检查时，大夫告诉我说他的病耽搁太久，过了最佳的治疗期，已经没办法治疗了。”

“如果早点儿去治疗的话，现在你就不用靠救济款维持生活了。你当初没有按时去给他看病治疗，为此，你现在感到后悔吗？”

“……”

“现在流泪已经无意义了。”

“……”

“那么，我明明知道今晚的夜色这么暗，也明明知道你的丈夫又那么的凶，可我还是不顾一切地提出了无论如何也要和你见上一面的要求，你知道这又是为了什么吗？”

“不知道。”

“那么我就对你直说了吧，你得去医院看病了，而且必须……”

“什么，我要去医院看病？”

“挑明了说吧，我不想让你去一个人人都见不到你面的地方。”

“呵呵，哪有那么严重啊？我现在正在吃药呢。”

“药……药……”

“我的病比以前好多了。”

“这种病会有什么后果我很清楚，后天你必须跟我去城市的大医院检查治疗。城市里有很多好医院的。”

“现在又快到收割庄稼的时候了。”

“如果你现在不到医院去看病，那么你割得了今年的庄稼，就割不了明年的庄稼。听我的话，后天就跟我上路！我今生就求你这么一次了。”

“呵呵，哪有那么严重啊？”

“我不想这样眼睁睁地看着你，把你送到一个我看不到你的地方去。”

“那么，喇嘛他怎么说的呢？”

“说实话。”

“我说不出口。”

“那么，我……”

“根本不是……”

“总之，你非要到医院里去检查治疗不可了。你记住我的这个电话号码，我的电话号码是137……”

天边火蛇般的红色闪电闪射了一顿茶的工夫后，连一滴雨也没有滴落下来就隐隐退却，夜空又逐渐变得晴朗了起来。现在夜空中已经繁星灿烂，之前那一道道火蛇般的闪电已经消失得无影无踪了。

沙沙声

1988年7月30日　夜晚

那间堂屋既陈旧又宽敞，一到晚上还从屋顶的椽木间传来沙沙声，偶尔脸上还掉落下屋顶上垂吊的尘灰来。这屋子虽然是她自己的家，但是她也觉得睡在这间屋子里总有些不安全啊！她就出生在这间堂屋里，可是她在很小的时候，她的父母就把她过继给了邻居的老爷爷，做了邻居老爷爷的干女儿。那时候，她虽然只有三岁，可她对这个家还是模模糊糊有一点儿印象的。这些年，每一个夜晚对她来说都是非常难熬的夜晚。尤其是天空中雷声大作，闪射出一道道火舌般闪电的夜晚，屋顶的椽木间就不停地传来沙沙声，屋顶上垂吊的尘灰也不停地掉落到人脸上时，她就害怕得根本无法入睡。每每遇上这样的夜晚，她就觉得那个夜晚变得格外的漫长。为此，每到傍晚时分，白天绽放在她脸上的灿烂微笑就会逐渐消失，犹如夜幕缓缓笼罩了大地一样，她的脸上也会布满悲伤和恐惧。黄昏时分，她又坐在自家的门槛上，凝望起门口的那棵大杨树来。长在大门口的那棵大杨树被风吹得猛烈地摇曳起来，落在那棵大杨树上的麻雀们也发出嘈杂的鸣叫声东飞飞西飞飞忙碌个不停。渐渐树上的麻雀也变得越来越少了，最终杨树上的麻雀全都飞走后周围就变得悄无声息了，于是那间堂屋就显得格外的冷清了。这时候，她才发现夜幕完全笼罩了大地，夜深沉得已经伸手不见五指了。平日里，她会长时间坐在自家的门槛上，紧盯着杨树凝望那些落在杨树上不停跳跃的麻雀，直到夜黑得看不见事物时才收敛起目光。这时候，睡在土炕上的孩子就会哭喊起来，于是她跑进堂屋里去，抱起睡在土炕上的孩子边给孩子喂奶，边又唱起那首催眠曲来哄孩子睡觉了。

夜晚，对她来说显得格外的漫长。特别是屋顶的椽木中间传来沙沙声，脸上偶尔落下尘灰的时候，她的心中就突然生出莫名的恐惧感，同时她的睡意也就消失得无影无踪了。随着她内心恐惧感的加深，她多么渴望有一个陪她睡觉的伴侣啊！这是她每个无法入睡的夜晚的最大渴望。可周而复始，送走了一个又一个漫长的白天，迎来了一个又一个漆黑的夜晚，她不知自己这样忍受着寂寞和恐惧度过了多少个昼夜，可这个堂屋里终究没迎来一个陪她睡觉的人。她也不是不认识自己村子里那些雄鹰般矫健的青年男子，也不是不认识邻村中猛虎一般勇猛的青年男子，也不是她没有在那些青年们面前露出笑脸的姿色。她自己完全知道自己的条件，因为她渴望陪伴她睡觉的人不是某个异性的青年男子，而是她渴望由自己的姥姥或阿妈陪伴她入睡，她才会找到那个久违了的安全感，会睡个踏实安稳的觉。可是，她的姥姥和阿妈都老早地离开了人世，现在她的这个愿望根本无法实现了。

那夜，天边又传来隆隆的滚雷声，屋外还闪射起火蛇般的闪电来。没过多久，天空中就下起了瓢泼大雨。倾斜而下的雨水拍打着她家的屋顶，她家屋顶的椽木间又传来了那个沙沙声，堂屋里又不断落起了尘灰，而且屋顶上还渗漏起了雨水。雷声越来越沉，雨下得越来越大，窗户外面哗哗地闪射着火舌般红灿灿的闪电，偶尔被闪电照射得连屋里的家饰都能看得清清楚楚了。一道闪电过后必定传来一声炸雷声。突然，她家的屋顶上传来了很大的沙沙声，那沙沙声跟往常的声音不同，那沙沙声沉重得她家的屋顶上好像在行走着一头公牛。那个沉重的沙沙声从她家的土炕顶上响起一直移动到了屋子的中间。随着那一阵阵沉重的沙沙声，垂吊在她家屋顶上的灰尘都纷纷飘落了下来。

那个沙沙声从屋顶上消失了之后，一道闪电白灿灿地照射在她家的窗户上了。她用手掌捂住了耳朵掩盖着紧跟着那道闪电而来的雷声。那道闪电依旧照射在她家的窗户上，可后面的滚雷却再也没有响起。照射在窗户上的闪电变得越来越清晰起来后，她才知道那不是天空中闪射的闪电，而是某人用手电筒在照射着她家的窗户。

啊吱，这不是拉玛舅舅吗？看样子他喝醉酒了。他砰的一声推开了她家的房门的同时，一股刺鼻的酒味向她家的堂屋里冲了进来。他好像是家里的掌柜的到外面去喝醉了酒后回到了家里一般，大模大样，轻松自如地走进了她家的堂屋，根本没有一点儿小伙子们偷偷钻进女子的闺房里偷情的味道。他手中的那把手电筒非常的明亮，他用手电的光柱长久地照射在她的脸上，她久久地注视着明亮的手电光柱连眼皮都不敢眨一下。拉玛的口中散发出一股恶臭的口气，从他那急促的呼吸声中可以感觉到，一股难耐的激情在不断地促使他。他爬到她家的土炕上抱着她，用他满脸坚硬的胡子来回蹭着她的左右脸颊，而后用他那两只干柴般有力的双手使劲摁住了她柔软的双手，为此她没有挣脱开他那野牦牛般沉重的身体，最后，他从容地把她重重地压倒在了他的身体底下了。

从此，她家屋顶的椽木上传来的沙沙声消失了，房屋椽木间的烟尘也停止了掉落。从此，每个夜晚拉玛舅舅就鼾声如雷地睡在了她右侧，夜夜为她做起了伴儿，可拉玛比她大整整十八岁，为此，她就有了一个比她大十八岁的丈夫。

脚 步 声

1981 年 8 月 17 日　夜晚

这是一个夏天的夜晚，天空晴朗无云，不打雷，更不会下雨了。

那个深沉的暗夜，那条砂石路上传来了两个人一前一后行走的脚步声。一阵后，后面行走的那个人的脚步肯定是追上了前面行走的那个人的脚步。突然，那两个人的脚步声都戛然而止了。

“你是狗吗？怎么老跟着我不放呢？”

深沉的黑暗中他虽然看不清她脸上的表情，可从她说话的语气中他可以断定她的脸上肯定布满着恼怒的神情。

那句话使得他宛如稻草人一般呆立了起来。一阵后他记起了他来这里找她的目的，于是就把手伸进他的衣服口袋里摸了摸那枚手镯，可并没有把那枚手镯从他的衣服口袋里掏出来。那枚手镯是他的朋友达瓦在一个有月亮的夜晚，从她手里抢来后送给他的。她虽然多次给达瓦捎信要求他把她的那枚手镯还给她，可他一直没有把她的那枚手镯还给她。就因为那枚手镯，他和她之间的联络才多了起来，而且在那个长满牧草的树林里他俩还互相倾诉过有关自己的故事呢。她流淌着眼泪给他讲述了她的爷爷到居布林场做了抢匪的故事。

他用一块小手帕揩拭掉了她脸上的泪水，边给她诉说了他爷爷去世时留下的遗言。他们两个人的爷爷都是牺牲在居布林场的，可牺牲的性质截然不同。在一个黄昏时分，她的爷爷用一颗子弹把他的爷爷送上了西天。他的爷爷牺牲后得到了解放军的追悼。第二天当她的爷爷被解放军击毙后，尸体还受到了本地群众的严厉批斗。从而他的爷爷得到了革命英雄的封号，她的爷爷却落下了地方土匪的骂名。他和她虽然在同一个村子里生活，可他们两个家族因为他们的爷爷制造出的事端反目成仇，发誓两个家族之间永不通婚。当初他给他阿爸提起有关她的事时，他的阿爸猛烈地摇着手打断了他的话，于是他也没有办法了。后来他知道实际情况，就给他的阿爸讲了三天三夜的道理后，他的阿爸才点头答应她做他的未婚妻了。为此，他立刻把她的那枚手镯揣进口袋里兴高采烈地出门找她去了。他本来想去找她告诉她这个好消息的。可他万万没想到就在那个深沉的夜晚，在那条砂路上向他说出了那句粗暴的狠话来。

“……为什么跟着我不放……”

一阵后他的耳畔又传来了她的那句粗暴无礼的话。他起初以为自己听错了，于是就抬起头透过沉沉的黑暗凝望起她来。可由于夜幕太凝重，他看不到她脸上的表情。假如那夜天边闪射出雷电来的话，他一定会看到显露在她脸上的那副既厌恶又恼怒的神情的。

一阵后，她顺着那条砂石路头也不回地走远了。他凝望着她的背影在呆立着，可除了她黑乎乎的背影之外他什么也看不到。他起初像个稻草人一般呆立在原地目送着那个黑乎乎的背影，她的背影离他越来越远了，渐渐听不到她踩踏砂石路行走的脚步声之后，他才不得不转身重重地踩踏着那条砂石路回去了。她知道他离去了呢，还是他踩踏砂石路的脚步声太过于响亮了？总之，这时候除了听到他自己踩踏砂石路而发出的脚步声之外，根本就听不到她的脚步声了，也看不到她那黑乎乎的身影。此时此刻，他心里多么希望听到从他后面传来的脚步声啊！同时，他还希望传来她叫喊他的悦耳动听的喊叫声。他多么希望她那黑乎乎的身影跑到他面前，阻拦住他气冲冲地向前行走的去路啊！

可是，实际上她根本没有停下脚步来回头看他的背影，也没有迈着匆忙的脚步声向他的后面追赶而来，更没有阻拦住他气冲冲地向前行走的去路。

此后的十年里他和她就再没有见过一面。

嗡嗡声

1987 年 8 月 11 日　夜晚

不知道在哪个角落里飞行，那夜，堂屋里忽远忽近地传来一阵苍蝇的嗡嗡声。那只苍蝇的嗡嗡声忽而在他耳边盘旋，忽而又飞远而暂时听不到它的嗡嗡声了。

她把那个骨碌骨碌翻滚着的药罐子端出去放在星光灿烂的夜幕下的院子里，又折身回到堂屋中去了。

她丈夫的身体被病魔折磨得已经干瘦如柴了下来。她把一条手巾的一角用水蘸湿后，擦拭起粘在她丈夫嘴角上的药汁来。丈夫已经很少开口跟她说话了。他不是不想跟她说话，而是他不能开口说话了。有时候他也抖动着嘴唇想给她说上几句心里憋了很久的话，可当他开口准备给她说话的时候，从他的口中发出一阵恶臭的气息来，不久连她的丈夫自己也闻到那股恶臭后，于是就马上闭紧嘴巴不说话了。丈夫得知自己的口中有股恶臭的味道后，就只能用眼睛默默地凝视她，从来不跟她说任何话了。

等那罐草药汤凉冰了之后，她又把那罐汤药端进屋里，用漏勺过滤着药渣把汤药倒进碗里，又用小勺子舀着小心翼翼地把汤药一小勺、一小勺地往她丈夫的嘴里灌去。不久积存在她丈夫口中的那些汤药又变成小泡沫顺着他的嘴角流淌了下来，于是她又马上用一条手巾的一角擦拭起顺着丈夫下颌滴落在胸前的药水来。这时候，她丈夫抖动着嘴唇又想说什么了，或许是他担心口腔里散发出的那股口臭，或许是他真的变得发不出声音说话了，在他那苍白的脸上露出某种表情却不开口说什么话。她又用小勺子舀了一小勺汤药灌进他的嘴里去了之后，他又伸出那个泡得肿大了的舌头把口中的汤药都推了出来，于是那汤药伴随着他口里的涎水，又顺着他的下颌流淌到胸口上去了。一阵后，他竖起大拇指给她暗示了一阵后，她才知道她的丈夫已经彻底不能开口说话了。于是，她就把自己的耳朵贴在丈夫的嘴边，反复询问了丈夫很久后才知道了丈夫竖起大拇指暗示她的意思。所以，她马上爬上了土炕，取下一床被子垫在了丈夫的后背，慢慢地把他扶了起来。等她的丈夫坐稳后抬起头来环视了一圈堂屋，而后详细看了一眼睡在土炕上孩子的脸庞后，在他那张苍白的脸上使劲挤出了一点儿微笑来。这时候，刚才那只在堂屋里飞舞着的苍蝇，又发出嗡嗡的声音飞到儿子的头顶上左右盘旋了一阵后，端端落在了儿子的额头上。灯光下，儿子的脸上露着红润，那只苍蝇像个硕大的蜘蛛一样，很不妥帖地落在了儿子白嫩湿润的脸上。为此，丈夫憋了一阵气，想使劲吹一口气把那只落在儿子脸上的苍蝇给吹赶走。当他慢慢憋足气的时候，他的脑子里发出了嗡的一声，被一阵黑暗给笼罩住了，于是他的眼前模糊得看不清自己儿子的脸庞了。

他也无法确定过了多久，等堂屋的某个角落里又渐渐传来了那只苍蝇的嗡嗡声后，他之前的那个模糊不清的意识又慢慢变得清晰了起来。等眼前变得清晰了起来后，他又清楚地见到了自己儿子那张可爱的脸庞。这时候，落在他儿子脸上的那只蜘蛛般的苍蝇已经飞走不见了，于是他不由得高兴起来。当那只苍蝇的嗡嗡声变得越来越清晰起来后，他担心那只苍蝇恐怕又要落到儿子的脸上去了。

那只苍蝇的嗡嗡声忽而响起忽而熄灭，儿子的脸庞也变得忽而清晰忽而模糊起来。丈夫的双眼紧盯着儿子那张稚嫩的脸庞，聚精会神地听着那只苍蝇的嗡嗡声，他使劲在辨识那只苍蝇飞舞在堂屋的哪个角落里。随着那只苍蝇的嗡嗡声渐渐变弱变小，他心中的担忧也渐渐变小了起来。同时，他那双紧盯着儿子凝望的双眼也变绿了，为此，儿子那张潮湿红润的脸庞也彻底从他的视线里消失了。她使劲扶着他，可他的头还是耷拉了下去……

于是，一串眼泪从她的脸颊上缓缓地滚落下来，滴落在了丈夫的胸口上后，泪水立刻掺和到聚集在丈夫胸前的药汤中去了。而后，堂屋里才渐渐传来了阿妈和儿子的哭喊声。

面　孔

2006 年 8 月 11 日　夜晚

那个突然打来的电话使得他惊呆了。那时候，他下班正顺着一条喧闹的大街回家。就因为那个突然打来的电话他又不得不折身向汽车站走去。班车从城市出发到达家乡最起码也需要行走十多个小时的路程，为此，等他赶到家时肯定是晚上了。

他把时间估计得一点儿也没错。当他赶到她家大门口的时候，已经快到晚上的十二点了。此刻，他在灯光下看到她时，她已经完全不是去年在那夜闪电的照射下见到的她了。她的眼睛里没有了之前的亮光，她的脸上失去了之前的微笑。现在显现在他眼前的她，除了她自己之外就没有可比喻的对象了。她见到他之后，强堆着皮肉露出了点儿微笑。土炕上有许多张脸正朝她俯瞰着。她的脸上既没有哀伤也没有泪水，在缓缓地环视着每一个人的脸。那张既宽又长，鼻翼上翻，鼻尖如同老鹰的喙一样勾着的男人是她现在的丈夫——拉玛的脸。他是为了没有及时送她到医院里去治疗而后悔呢，还是彻底知道了她的病情后痛苦不堪了啊？总之，他的眼睛里蓄满着泪水，含情脉脉地凝视着她那张苍白如纸的脸。站在他下面的那个脸形细长，肤色比较白皙的青年的脸一定是她的儿子叁丹的脸了。叁丹现在到十九岁了，已经是一个小青年了，可在她眼里叁丹永远是个孩子。叁丹望着她撇了撇嘴，两行热泪从他那双黝黑清澈的眼眸里像断了线的珍珠般地滚落了下来。当她见到叁丹的脸颊上落着一只苍蝇后，她突然想起了十九年前的那个夜晚来。叁丹用手拍打了一下自己的脸蛋后，那只苍蝇就发着嗡嗡声飞到堂屋的某个角落里去了。这时候，她的脸上又露出了安宁的神色，继续环视起围着她看的每一张脸来。

他的脸上流露着懊悔、悲哀和埋怨的神色。她见到他脸上含着复杂的神色后，想起了那夜他说给她的那些话来。她确实没想到自己的病情原来有这么的严重。他固执地说她一定要到省城的医院里去看病治疗的话时，是个深沉的夜晚，为此她虽然没有看清楚他脸上的神情，可是借天空中发出的一道道的闪光，她还是隐隐约约地看到他脸上凝重的神情，当初他脸上的神情俨然就是现在流露在他脸上的这副神情了。现在她从他的脸上看到的神情中仿佛是在埋怨她说：“我不想让你到一个世人都看不到的地方去啊！”

她从他的脸上又记起了那个快要忘记的形象来。那次是个多么珍贵的相聚啊！他们相聚的时刻虽然是那样的短暂，可却成为了她永远铭记在心底的相聚之夜。她心里闪现出了那夜和他短暂相聚的情形后，在那张干瘪的脸庞上又露出了一阵会心的笑容来。那微笑仿佛成了她在世上最珍贵的财宝，幸福的笑容停留在她那张干瘪的脸上好一阵子后，可她腹腔里的疼痛感又向她袭来，才由疼痛感逐渐掩盖住了她脸上的微笑。随着疼痛感的逐渐加重，她的眼睛变得模糊不清了起来，围在她身边凝望着她看的那些脸都混合到一起去了。

她忽而非常喜欢那些面孔，忽而又非常害怕去看那些面孔，从而她想挣扎着动一动，可觉得在她的胸口上仿佛有一个沉重的东西在死死地压着她，使得她动弹不得。不久，那些面孔渐渐地在她的眼里变得模糊了起来，连她眼睛里的瞳仁都扩散开来……

他慢慢抬起头来用他的脸对准了那个鼻翼上翻着的拉玛的脸。拉玛的脸颊上滑落下两行泪水，好像在有意躲避着他的目光般地不敢正面看他的脸。一只苍蝇从她的腮边发出嗡嗡的声音，在屋里飞旋了几圈后，穿过堂屋的天窗飞到外面去了……

译者后记

才加这位在藏区很有声望的作家，已经出版了许多本小说著作。这十一篇中短篇小说构成的小说集《平凡的人生》是我第二次以民译汉成集的小说，是由我从著名作家才加先生的众多小说中精心挑选出来而翻译的小说作品。他的每篇小说不仅作为单独的小说代表着其自身，而且这个集子作为一个整体可以得窥一小段中国的历史，在一本书中呈现的矛盾而分裂的并立和整合在现代藏族文学中并不罕见。才加的写作风格受影响于汉族现当代文学，唤起了同时代藏族文学的创新精神。

在这部小说集中共收录了才加先生的十一篇中短篇小说，其中《平凡的人生》是一篇比较长且占篇幅较大的中篇小说，小说叙述了一位在平凡的教师岗位上奋斗了终生的优秀少数民族教师的人生旅程。

主人公拉玛大学毕业后被分配到谷芒草原的谷芒学校，做了一名普通的人民教师。他的家乡在离谷芒学校较远的一个叫绒村的地方。拉玛刚到七岁那年，父亲因患病而去世了。慈祥的母亲拉扯他长大，并把他送进了大学。

他在大学期间，母亲患了重病。当母亲躺在病榻上与病魔作痛苦抗争的时候，拉玛多次想辍学回家照顾病危中的母亲，母亲却担心自己误了拉玛的美好前程而上吊自尽了。

其实，拉玛大学毕业的时候，就已经被分配到某城市的一家报社工作了。可拉玛非常留恋自己的家乡，毫不犹豫地辞退了某城报社条件优越的工作，义无反顾地去自己的家乡工作了。转眼间，拉玛在谷芒草原上、在人民教师这个岗位上默默无闻地工作了二十多年。其间，他只去过城市一次，那还是他得了严重的肺病，在地方治不了此病才去城市的医院住院治疗而去的。他由于吸多了粉尘，刚四十出头就患严重的肺病不幸去世了。他去世后留在世上的遗物只有一篇还没有写完的却能反映他一生事迹的《回忆录》和一篇没来得及实施的《长远教学计划》，以及已成了回忆的那段凄美的爱情故事。他虽然是一个极其普通的人民教师，却在他住院期间有许多他连名字都叫不上的学生慕名来探望他。这样的举动彻底改变了人们眼中对他的价值评价。他的人生旅程中折射出了新时期新一代的青年艰苦奋斗，耐得住寂寞，为国家的教育事业默默奉献的敬业精神。从而凸显出了他们不平凡的人生。小说故事情节清晰明了，采用了多种写作手法，心理描写尤为突出。拉玛被病魔折磨得痛苦不堪时的人物心理描写，真实地反映了当时的现实生活。用魔幻现实主义的手法反映出了当时社会的真实生活。从而，表现了人生短暂如梦的哲理，并具有在短暂无常的人生中为永固不变的社会事业作出自己应有的贡献的号召力。

还有几篇篇幅较长的小说，如《次成嘉措》等中篇小说，都把普通的人物放在特殊的历史框架里，把人物的形象刻画得惟妙惟肖，人物性格凸显得入木三分，彰显出了小人物多样的个性。也有一些篇幅较短，读起来耐人寻味的短小说，如《故乡的小路上》《岔路口》《空行秘籍》《达珍姑娘》《雪山脚下的故事》《夜晚日记》等短篇小说，描述了藏族普通百姓的爱情和生活故事。还有一部分小说以比兴的手法写出了普通藏族老百姓曲折的人生命运。如《大伯的帽子》《家猫的故事》《爷爷·黑帐篷》等，以物言志的方式描述了普通老百姓的生产生活、人生经历和多舛的命运。

我感到特别荣幸，自己的翻译得到了中国作协少数民族文学发展工程办公室的认可，获准在2016年度翻译出版民译汉专项作品，我通过自己一年多的努力完成了翻译任务。

我一直在写藏族草原题材的小说，从没考虑过翻译文学作品的事。之前，读过一些民译汉的作品，说实话对那些翻译作品我并不满意，读起来无神采和意韵，只是勉强地把原创作品译成了汉文而已。大多数民译汉翻译作品读起来文字晦涩，句子不通，译文难懂。但一时说不出问题存在的根源，后来自己从事了翻译作品才发觉之前读过的翻译作品，在信、达、雅三要素中，严重缺乏“达”和“雅”这两个要素。信、达、雅，求其信已大难矣，顾信矣不达，虽译犹不译也，则达尚焉。“信”指意义不悖原文，即是译文要准确，不歪曲，不遗漏，也不要随意增减意思；“达”指不拘泥于原文形式，译文通顺明白；“雅”则指译文时选用的词语要得体，追求文章本身的古雅，简明优雅。简而言之，也就是译文的忠实、通顺、美好。很多搞翻译的作家，做到了“信”，可很难过“达”和“雅”的关，翻译出来的作品就离开了文学性，达不到雅俗共赏的目的。概而言之，“达”和“雅”使译作容易获得心理认同，是彼时受众读者的要求，其意义目的指向的是作品的可读性。

说起来容易，做起来难。刚拿起母语作品，翻译出来后读起来时，连自己都觉得不知所云，读起来文章特别拗口，经过几遍修改也品味不出其作品的韵味来。后来，反反复复地琢磨了很久后，才悟出些道理来。翻译是一种再创作，但它与创作还是有区别的，不能不顾原文，一味臆造。所以，在翻译时，要强调“达”和“信”。“信”与“达”相辅相成。

在通常情况下，我们要坚持“信、达、雅”的翻译标准，而在特殊情况下，又可能以“达旨”辅之，这些都是符合客观实际的。

与此同时，尽量兼顾“达”“雅”，使译文通顺，明畅，优美，做到译出的中文符合中文的习惯，像中文。译出的外文像外文，符合外文习惯。如果不能兼顾两方面，译文歪曲了原意，文字再优美，句子再通顺也没有用。文字晦涩，句子不通，译文难懂，也达不到传达原意的目的。“信”与“达”，“达”与“雅”是一对既统一又对立的矛盾，是一个统一体的两个方面，是相互联系，不可分割的。翻译时，应力求做到两者兼顾，使译文尽量符合“信”“达”“雅”三条标准。

理解透这一层意思后，我再做民译汉翻译时就得心应手多了，翻译出来的作品让原创作者看时，他们都感到满意，而且还说觉得比原创作品更有韵味了。因此，我们可以看出来，如果要想真正达到“信、达、雅”的标准，有一些困难，没有扎实的汉语底子，没有扎实的藏语底子，没有扎实的翻译实践的底子，也就是说，没有多年积淀的底子，靠突击、靠速成、靠耍小聪明等，是绝对不可能达到的，所以作为翻译可以发现，那些真正能够达到“信、达、雅”标准的翻译家，往往都是一些鬓发斑白的老先生。

从2015年尝试着搞起了民译汉翻译后，翻译作品陆续在《民族文学》等文学期刊发表，现有翻译作品集《南色小说集》《情感的泪水》《格萨尔王传之比热山羊宗》《格萨尔王传之象雄珍珠宗》等。

我首先对推荐这部书的青海省文联表示感谢，感谢中国作协，作家出版社，特别是责任编辑史佳丽、李亚梓女士，对书稿的出版付出了耐心细致的编辑工作，美化了我的翻译。衷心感谢所有与这部小说集出版有关的人们。

图书在版编目（CIP）数据

平凡的人生 / 才加著；赵有年译. -- 北京：作家出版社，2017. 12（2023.2重印）

（中国少数民族文学发展工程·民译汉专项）

ISBN 978-7-5063-9820-6

Ⅰ. ①平… Ⅱ. ①才… ②赵… Ⅲ. ①中篇小说 - 小说集 - 中国 - 当代 ②短篇小说 - 小说集 - 中国 - 当代 Ⅳ. ① I247.7

中国版本图书馆CIP数据核字（2017）第318160号

平凡的人生

作　　者：才　加
译　　者：赵有年
责任编辑：史佳丽　李亚梓
装帧设计：薛　怡
出版发行：作家出版社
社　　址：北京农展馆南里10号　　**邮　　编**：100125
电话传真：86-10-65930756（出版发行部）
86-10-65004079（总编室）
86-10-65015116（邮购部）
E-mail:zuojia@zuojia.net.cn
http://www.haozuojia.com（作家在线）
印　　刷：固安兰星球彩色印刷有限公司
成品尺寸：170 × 240
字　　数：195千
印　　张：19
版　　次：2018年10月第1版
印　　次：2023年2月第2次印刷
ISBN 978-7-5063-9820-6
定　　价：38.00元